*Melanie Strohmaier*

# Der Traumwandler

## Band 2:
## Der Fall des Monsters

SADWOLF

Noir Roman

Melanie Strohmaier

**Der Traumwandler: Band 2**

*Der Fall des Monsters*

1. Auflage



Autorin/Illustrationen: Melanie Strohmaier
Umschlagdesign: Jaqueline Kropmanns
Illustration Karte: Mel Engisch
Lektorat: Anne Junker
Korrektorat: Paula Bolte
Satz/Layout/E-Book: Johannes Wolfers
Druck: Custom Printing

Print: ISBN 978-3-96478-071-3
E-Book Epub: ISBN 978-3-96478-072-0

Bibliografische Information der Deutschen Nationalbibliothek:
Die Deutsche Nationalbibliothek verzeichnet diese Publikation in der Deutschen Nationalbibliografie; detaillierte bibliografische Daten sind im Internet über http://dnb.dnb.de abrufbar.

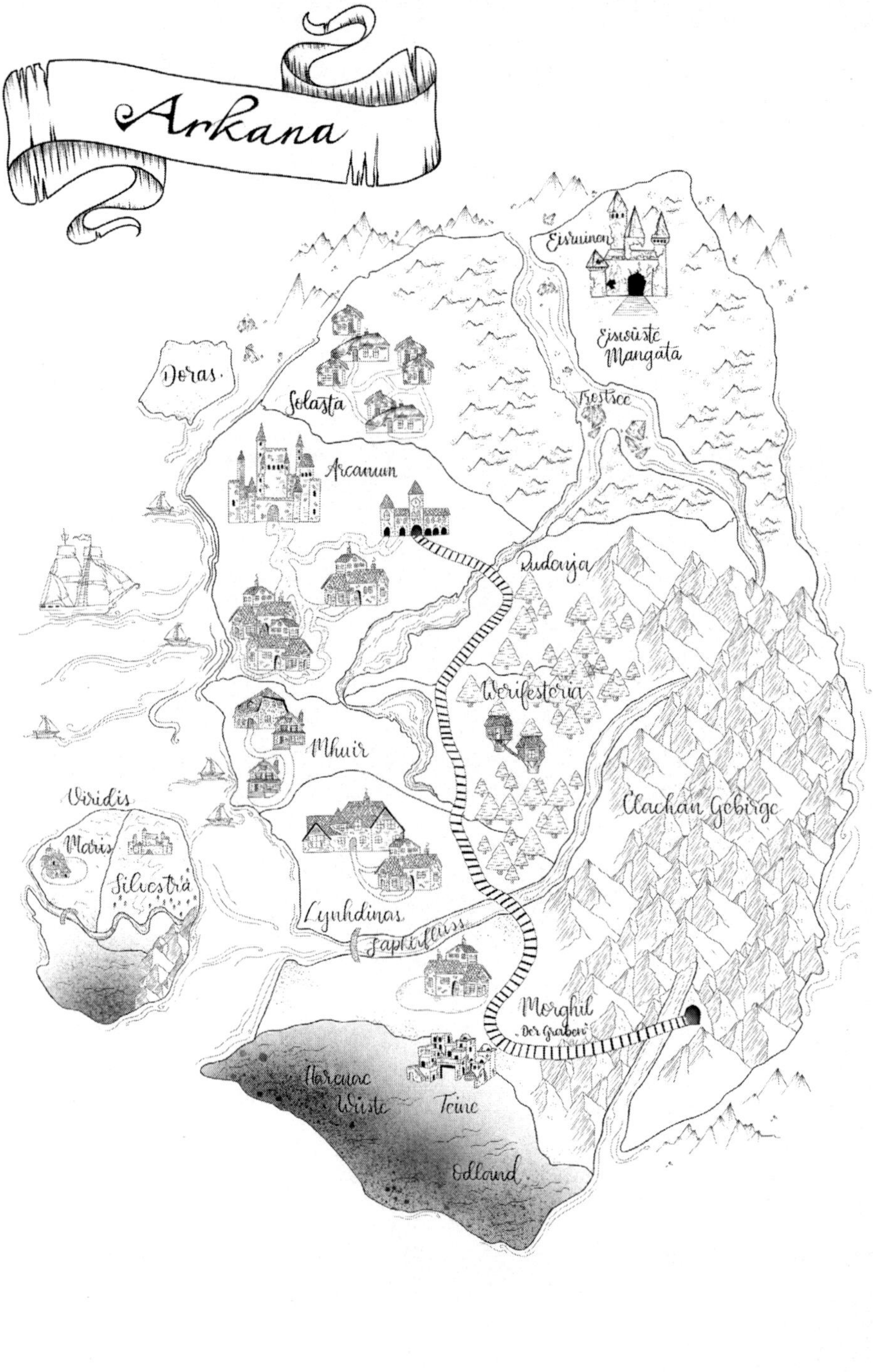
Arkana
Eisruinen
Eiswüste
Mangata
Doras.
Trostsee
Solasta
Arcanum
Rudaya
Werifesteria
Mhuir
Clachan Gebirge
Viridis
Maris
Silvestra
Lynhdinas.
Saphirfluss
Morghil
„Der Graben"
Harenae
Wüste
Teine
Odland.

**Widmung:**

*Wie konntest du solch tiefe Spuren auf mir hinterlassen,
ohne mich je zu berühren?*

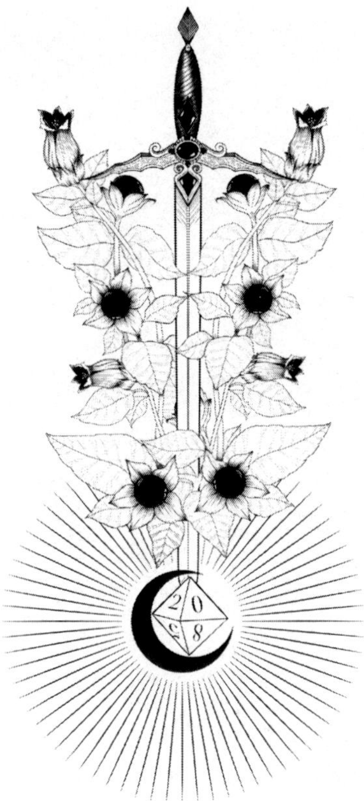

## Color-Blind

*Monochrome darkness*
*blurred out lines*
*your words turn into whispers*
*I fear your hidden signs*

*I walk these paths*
*they're all the same*
*shades of grey*
*seemed to lead me astray*

*Grainy sky of anthracite*
*charcoal dust and freezing mist*
*I breathe in and taste*
*memories on bloody lips*

*Do I dream or am I awake?*
*I'm never sure but also quiet*
*when lullaby's guide me through*
*vicious, honey-soaked nights*

# Prolog

## *Die Farbe von Blut*

*Ich stand in einem Meer aus Blut.*

*Das Gefühl der dickflüssigen Nässe unter meinen nackten Füßen bereitete mir eine so starke Übelkeit, dass ich kaum denken konnte. Der Geruch der noch warmen Flüssigkeit raubte mir den Atem. Ich drückte meine Hand auf Mund und Nase und sah mich um. Als ich erkannte, wo ich mich befand, blieb mir fast das Herz stehen.*

*Die Gasse war leer, dennoch dröhnte ohrenbetäubender Lärm um mich herum. Schreie, Schüsse, Explosionen und – ich erstarrte – das Gelächter von Piraten. Ich drehte mich im Kreis und fand die von Efeu bewachsene Wand vor mir. Diesmal zögerte ich keinen Moment. Wie in Trance lief ich darauf zu und fand sogleich die Tür, die hinter dem dichten Grün verborgen lag. Zu meiner Überraschung ließ sie sich mühelos öffnen, als hätte sie seit damals niemand mehr angerührt.*

*Unsere erste Begegnung, dachte ich und ein flüchtiges Lächeln schlich sich auf meine Lippen. Ein Lächeln, das die unsagbare Traurigkeit in meinem Herzen nicht einmal ansatzweise trügen konnte. Warum bin ich hier?, fragte ich mich, während ich in das Innere des Gebäudes trat und die Treppen nach oben stieg. Der Gestank des Blutes wurde von Staub und Moder vertrieben. Ich atmete ein paar Mal tief durch und es war, als hätte ich noch nie etwas Angenehmeres gerochen als den Duft dieses zerfallenen, vermodernden Gebäudes.*

*Oben angekommen, trat ich selbstsicher durch die Tür, die nur sachte angelehnt war. Sie knarzte leise – das Flüstern einer fremden Welt. Ich trat auf das Dach hinaus. Über mir prangte der Nachthimmel, der unter anderen Umständen sternenklar gewesen wäre. So wie damals, als ich mit Petrichor hier oben gestanden hatte. Damals, als ich noch nicht einmal seinen Namen gekannt hatte. Ja, unter anderen Umständen hätte diese Erinnerung ein nostalgisches Gefühl in mir ausgelöst.*

*Doch nicht heute.*

*Rauchschwaden stiegen zwischen den Häusern empor, vernebelten die klare Luft und trugen den Duft von Verbranntem und Schwefel mit sich. Der mit Rußpartikeln getränkte Rauch stieg mir in die Lungen und ich hustete, als ich näher an die Kante des Daches herantrat. Das rostige Geländer unter meinen Fingern bröckelte – ich fühlte die Partikel wie Sand an meiner Haut kleben. Mein Blick wanderte voller Unbehagen über Lynhdinas. Was ich sah, löste eine ungeheure Angst in mir aus.*

*Der Ursprung der Unruhen lag etwas weiter nördlich. Ich wusste noch immer nicht, in welchem Teil der Stadt sich diese Gasse befand. Ich hatte auch nie jemanden danach gefragt. Wieso auch? Lynhdinas war eine große Stadt, ich hätte mit der Information nicht einmal etwas anfangen können. Jedoch war das Meer so weit entfernt, dass ich es selbst von hier oben kaum erkennen konnte. Eine kühle Brise wehte vom Abgrund empor und trug erneut den metallischen Geruch mit sich, den ich mittlerweile viel zu gut kannte – viel zu oft hatte ertragen müssen. Diesmal musste ich mich nicht übergeben.*

*Kann man sich tatsächlich an den Tod gewöhnen?*

*Flammen züngelten aus etlichen Häusern gen Himmel, breiteten sich rasend schnell aus. Die Holzgiebel der Fachwerkhäuser boten eine Delikatesse für das Flammenmeer. Die Umgebung war in ein* kontrastreiches, orange-schwarzes Flackern getaucht. Menschen liefen schreiend durch die Straßen, flüchteten. Immer wieder hörte ich Schüsse. Gelächter. Immer wieder dieses grässliche Lachen! Hörten sich alle Piraten so dermaßen widerwärtig an? Mir ging dieses Geräusch durch Mark und Bein. Es klang, als würden es diese Mistkerle in vollen Zügen genießen, Menschen zu bestehlen, zu quälen und deren Häuser niederzubrennen.

Ich fühlte mich hilflos – unbewaffnet konnte ich nichts ausrichten. So musste ich mich wie ein elender Feigling auf diesem Dach verstecken und hoffen, dass ich bald aufwachen würde.

Aufwachen? Etwas regte sich in meiner Erinnerung, aber meine Gedanken waren nicht vollkommen klar. Als läge ein trüber Nebel über meinem Verstand. Ich hob den Blick. Verlor mich kurz. Irgendwo. In einer Welt, die nicht meine war. In einer Erinnerung, die nicht mir gehörte.

Der Himmel besaß die Farbe von Karmesin, das frisch aus reinem Pigment angerührt worden war. Die Stormhunter schwebte über der Stadt, nicht allzu weit von mir entfernt. Ich hatte sie nicht einmal bemerkt. Hätte sie mir nicht schon vorher auffallen müssen? Jetzt zuckte ich bei ihrem Anblick nicht einmal zusammen. Was stimmte nicht mit mir? Auch dieser Gedanke verlor sich. Und noch etwas anderes ging verloren, ich wusste nicht, was. Oder ob nicht stattdessen etwas hinzukam. Ein Riss in der Realität.

Ein Riss im Traum wohl eher, dachte ich und spürte eine Anwesenheit neben mir. Eine düstere, starke Erscheinung. Fremd und doch vertraut. Jedoch wusste ich sofort, dass es nicht Petrichor war.

Ich wollte mich umdrehen, doch es gelang mir nur schleppend. Mein Blick haftete weiterhin an der Stormhunter. Als würde ein tonnenschweres Gewicht auf meinem Körper lasten. Eine eiskalte Furcht legte sich über mein Innerstes. Eine Angst, die ich kaum in Worte fassen konnte. Es war, als würden sich Frostblumen auf meinen Knochen festsetzen. Eine Form von Kälte, die kein Feuer der Welt jemals hätte schmelzen können.

*Für einen Moment dachte ich daran, mich dennoch in die Flammen zu stürzen. Nur, um dieser Anwesenheit neben mir zu entkommen. Um aufzuwachen. Da, wieder dieser Gedanke! Etwas veränderte sich. Als würde sich dieser Moment weiterentwickeln wie eine Schmetterlingslarve in ihrem Kokon. Eine Metamorphose in Augenblicken. Millimeter für Millimeter zwang ich mich, meinen Kopf zu drehen. Meine Hand wanderte zu meinem Hals, als erwartete mein Unterbewusstsein, dort etwas zu finden, was mich aus diesem Alptraum befreien könnte.*

*Alptraum? War ich nicht eben noch …? Ehe meine Finger über den silbernen Würfel tasteten, dessen Existenz ich bis gerade eben vollkommen vergessen hatte, fiel jede Last von mir ab. Ich drehte mich ruckartig zur Seite. Als hätte sich die Zeit von einem zähen Kaugummifaden losgerissen und schnellte jetzt in dreifacher Geschwindigkeit voraus.*

*Doch noch bevor meine Augen die Person neben mir fixieren konnten, noch bevor meine Finger die Zahl unter meinen Fingern ertasteten – wachte ich auf.*

Die Straßen waren blutgetränkt.

Die Dunkelheit ließ zuerst nicht erkennen, ob es nur die Nässe des Regens war, die sich über die in der Nacht farblos wirkenden Pflastersteine gelegt hatte, oder ob sich etwas anderes, Dickflüssigeres daruntermischte. Man musste schon ganz genau hinsehen, um den Hauch Bordeauxrot im Licht der Straßenlaternen schimmern zu sehen.

*Ein wahrlich inspirierendes Kunstwerk*, dachte er und wurde von einem Geräusch aus den Gedanken gerissen.

Eine Frau mit blutüberströmtem Gesicht stolperte die Straße entlang, bog in die Gasse ab und wiegte sich in Sicherheit. Sie sank gegen eine Wand und ließ sich wimmernd in einem geschützten Hauseingang nieder. Die Flammen waren noch nicht bis hierher vorgedrungen und sie erhoffte sich wohl, in den Schatten der kleinen Seitengasse vor den Piraten in Sicherheit zu sein.

*Vorerst vielleicht,* dachte er. *Eigentlich haben meine Männer die Anweisung, die Frauen und Kinder zu verschonen. Was solls, diese Tiere tun und lassen, was sie wollen. Und letzten Endes sind alle Opfer irgendwann begraben und vergessen. Und das schneller, als man denkt.*

Er wandte den Blick ab. Das Einzige, was ihn im Moment interessierte, war, dass der Raubzug erfolgreich ausfallen würde. Die Vorräte waren knapp und seine Crew würde hoffentlich an genügend nützliche Dinge kommen. *Kuchen oder Wein wären definitiv auch nicht zu verachten,* dachte er. Auch wenn er wusste, dass die Leute in diesem Teil der Stadt nicht gerade die reichsten waren. Dennoch hatte er ab und an wahre Schätze bei den ärmeren Bürgern entdeckt. *Man glaubt gar nicht, welche Menschen im Besitz von magischen Artefakten sind.*

Auf dem Dach, auf dem er sich befand, hatte er einen unschlagbaren Ausblick auf sein Werk. Die wundervollen Farben des absoluten Chaos – Flammenmeere aus Neon-Orange und Scharlachrot. Die Schreie der Menschen klangen wie süßliche Musik in seinen Ohren. Ein Orchester aus Schüssen, Explosionen und einstürzenden Gebäuden.

Er lächelte.

Sein Angriff war eine Spontanaktion gewesen und kam für die Bürger der Stadt völlig unerwartet, weshalb seine Crew auch nicht allzu viele Verluste erleiden würde. Die Stadtwache war noch nicht einmal am Ort des Geschehens angekommen. Über die Soldaten machte er sich sowieso keine Sorgen.

*Lynhdinas Bürgermeister ist ein unfähiger Idiot. Außerdem hat dieser Mann genauso wenig Skrupel wie ein Verbrecher.*

*Ich könnte Timothy Van Buren eigentlich direkt in meine Crew aufnehmen,* dachte er belustigt. *Lieber opfert er ein paar Bürger seiner Stadt, als seine Soldaten in den Kampf zu schicken, um eventuelle Verluste zu vermeiden. Es steht mir zu, mir zu nehmen, was ich will. Timothy weiß haargenau, dass ihm die Hände gebunden sind. Er hat viel zu viel Respekt vor meinem lieben alten Freund. So wie jeder hier in diesem verdammten Land. Der Pakt ist wirklich ein Segen …*

Bevor er sich den Namen seines alten Freundes in Erinnerung rufen konnte, wurde er abgelenkt.

Ein Windstoß wehte ihm feine Rußpartikel ins Gesicht. Er wischte sich fluchend über die Augen und erstarrte. Sofort schnellte seine Hand zu der Pistole an seinem Gürtel. Er spürte eine Anwesenheit, dicht neben ihm. Blitzschnell zog er die Waffe und zielte … ins Nichts.

Er runzelte die Stirn. Ein hauchfeines Flimmern durchzuckte die Schatten, war jedoch nach einem weiteren Blinzeln verschwunden.

Es war niemand zu sehen.

»Was …?«, murmelte er und starrte angestrengt in die Leere. »Wer ist da?« Er spürte deutlich eine starke Präsenz dicht vor ihm. Und dieses formlose Nichts sah ihn an – starrte direkt in seine Augen. *Direkt in ihn hinein.*

Die Dunkelheit schien zu flüstern und ihn wie ein formloser Geist zu verspotten, ehe sie vollends verschwand. Die Leere füllte sich und wog schwerer als zuvor.

*Noch nie hatte der Alchemist eine derart verschlingende Angst empfunden, wie in jener Nacht über den Dächern von Lynhdinas.*

# Kapitel 1

## *Der Alchemist*

*Wann wird ein Monster zu einem Monster? Erschafft es sich selbst? Wird es langsam über Zeiten hinweg – Wunde für Wunde, Narbe für Narbe – zu dem gemacht, was es ist? Oder gibt es Dinge, die von Anfang an dazu bestimmt sind, böse zu sein? Doch kann ein Schatten gänzlich ohne Licht existieren? Kann irgendwann, nach so viel empfundenem Leid, jeglicher Funke Hoffnung aus einer Seele verbannt werden? Bis letztendlich nichts mehr übrig ist, außer Hass und Dunkelheit? Wie viel Schmerz muss jemand erleiden, um ein Monster zu werden? Ein Monster, das von den Schatten zehrt, um zu überleben?*

Der Raum war düster und voller tanzender Schatten, als Petrichor die Tür hinter sich schloss. Ein paar Kerzen tauchten das Holz der Wände fleckenweise in ein orange-flimmerndes Licht, das es jedoch nicht schaffte, den kompletten Raum zu erhellen. Der Duft des heruntertropfenden Wachses lag in der Luft und vermischte sich mit dem Geruch des knisternden Kaminfeuers. Die Wärme im Raum war angenehm, dennoch blieb eine unheimliche Kälte in der Luft hängen wie ein krankhaftes Miasma.

»Komm zu mir«, sagte eine tiefe Stimme.

Petrichor trat näher an den großen Sessel heran, in dem die Gestalt saß, die zu ihm gesprochen hatte. Sein Gesicht lag fast gänzlich in den Schatten verborgen und wurde zusätzlich vom Rauch seiner Pfeife in einen grauen Nebel gehüllt.

Als der Duft des süßlichen Tabaks in Petrichors Nase stieg, musste er dem Drang widerstehen, sich eine Zigarette anzuzünden. Er spielte mit den Ringen an seinen Fingern herum, um sich abzulenken. Denn er wusste, dass der Alchemist ein so unhöfliches Verhalten nicht dulden würde.

Auf dem Tisch vor ihm stand die Belladonna, die sorgfältig in einen Behälter mit Erde gepflanzt worden war. Ihre Blätter schimmerten selbst in der Dunkelheit und strahlten in ihrem gewohnten magieblauen Ton.

Er war kurz davor, den Alchemisten nach den Kräften der Pflanze zu fragen, als dieser zuerst das Wort ergriff.

»Petrichor, du warst in letzter Zeit sehr erfolgreich. Ich bin mehr als zufrieden mit deiner Arbeit«, lobte ihn der Alchemist und nahm einen tiefen Zug von seiner Pfeife.

»Danke. Ich gebe mir stets die größte Mühe, die Artefakte für Euch zu beschaffen«, erwiderte er monoton.

Der Mann nickte. »Es ist nur äußerst bedauerlich, dass du das Schwert nicht finden konntest. Ich werde weitere Nachforschungen betreiben. Vielleicht ist es an einem anderen Ort versteckt. Es ist sehr wichtig, dass wir es finden …« In seine Stimme schlich sich ein warnender Unterton, dann lag für einige Sekunden eine unheilvolle Stille zwischen ihnen. »Immerhin hast du die Belladonna beschaffen können. Diese wird mir noch von großem Nutzen sein. Mein erstes kleines Experiment hat bereits erfolgreich funktioniert.«

»Darf ich erfahren, was diese Pflanze für Kräfte besitzt?«, fragte Petrichor und nutzte den Augenblick.

Der Alchemist lachte. Es war ein tiefes und schauriges Lachen. »Du wirst es erfahren, wenn es an der Zeit ist. Heutzutage weiß fast niemand mehr, welche unglaublich starke Magie in ihr steckt.

Man sagt, dies wäre die Letzte ihrer Art. Sie ist ein wichtiger Bestandteil, damit wir unseren Plan in die Tat umsetzen können. Wir benötigen sie für die letzte *Zutat.*«

Petrichor nickte. Mehr musste er nicht wissen. Er wandte sich um und schritt auf die Tür zu. Die Übergabe war abgeschlossen.

»Warte«, befahl der Alchemist plötzlich.

Petrichor blieb stehen. Seine Finger zitterten und er wusste nicht, ob es die Sucht war, die an seinen Nerven zerrte, oder die unheilvolle Anspannung, die er grundsätzlich in der Nähe des Piratenkönigs spürte. Es war keine direkte Angst, die er empfand, sondern vielmehr krankhafter Respekt und das Wissen, dass dieser Mann unberechenbar war. Er *wollte*, dass der Alchemist stolz auf ihn war.

Sein Auftraggeber sah weiter unbeirrt ins Feuer und war die Ruhe selbst. »Wer ist das Mädchen?«

Petrichor ballte die Hände zu Fäusten. »Igor nimmt es wohl immer sehr vorschriftsmäßig mit der Berichterstattung …«, antwortete er mit ruhiger Stimme. »Sie ist mir, beziehungsweise uns, eine große Hilfe bei der Beschaffung der Artefakte.«

»Wie lange arbeitet sie schon für dich?«

»Seit November letzten Jahres«, gestand Petrichor und wusste, welche Konsequenzen diese Antwort für ihn haben könnte.

»Warum hast du nicht schon längst eine höhere Bezahlung gefordert, wenn du eine Person mehr in deiner Bande hast?«, fragte er skeptisch.

*Weil sie keine Bezahlung benötigt,* dachte er schmunzelnd und log stattdessen. »Ich habe den Lohn der anderen ganz einfach etwas gekürzt.«

Der Alchemist lachte amüsiert und nickte anerkennend. »Igor hat erwähnt, dass sie eine Hexe ist.«

»Ja. Sie hat die Gabe, magische Dinge aufzuspüren.«

»Erstaunlich. Von so einer Gabe habe ich noch nie gehört.« Er legte die Pfeife auf den Tisch und stützte das Kinn auf seine Hand.

»Ging mir genauso.«

Der Alchemist schwieg und Petrichor atmete auf. Jedoch ließ er sich seine Anspannung in keiner Weise anmerken. Ohne Asras Hilfe hätten sie viele der Gegenstände gar nicht erst beschaffen können und er vermutete, dass der Alchemist deshalb über seinen Fehler hinwegsah.

Der Mann in den Schatten streckte plötzlich die Hand aus. Petrichor zuckte alarmiert zusammen, doch es war nur ein Umschlag mit der Bezahlung und ein zusammengefaltetes Stück Papier. Er trat näher auf seinen Auftraggeber zu und nahm es dankend an sich. Dabei wagte er es nicht, ihm ins Gesicht zu sehen.

»Der nächste Auftrag«, erklärte der Alchemist.

Petrichor verbeugte sich leicht und wollte sich schon auf den Weg zur Tür machen, als er grob am Handgelenk gepackt wurde.

»Ich hätte gern meinen Kompass zurück. Du benötigst ihn ja jetzt nicht mehr.« Ein eiskaltes Lächeln lag auf den Lippen des gefürchtetsten aller Piraten.

Petrichor wurde plötzlich übel, als der süßliche Duft des Tabaks ihn immer mehr einhüllte. *Es war niemals dein Kompass, verdammt.* »Aber …«, begann er stattdessen, doch der Alchemist erhob warnend seine Hand.

»Der Kompass ist eines der mächtigsten Artefakte, die ich kenne. Er war jetzt lange genug in deinem Besitz.«

Petrichor schwieg resigniert und griff in seine Jackentasche, um dem Alchemisten den goldenen Kompass auszuhändigen. Er wusste, dass er keine andere Wahl hatte. Wütend biss er sich auf die Lippe, als er sich umdrehte und zur Tür zurückmarschierte.

Doch der Alchemist lachte schadenfroh. »Denkst du wirklich, ich lasse dich so gehen? Du bist mein bester Mann, Petrichor. Ich brauche deine Dienste auch weiterhin.« Er streckte ihm erneut seine Hand entgegen, in der er ein vom

Alter gezeichnetes Buch hielt. »Das hier wird dir bei deinem Problem helfen«, erklärte er knapp.

Petrichor nahm das Buch an sich, auch wenn er nicht wusste, was er davon halten sollte. Seine Neugier ließ er sich nicht anmerken, als er auf die Tür zuging. Er wollte diesen Ort so schnell wie möglich verlassen – doch wieder erstarrte er mitten in der Bewegung.

»Verrate mir noch eins«, begann der Alchemist ein letztes Mal, »wie konntest du so eine begabte Hexe davon überzeugen, für dich zu arbeiten?«

Auf Petrichors Lippen schlich sich ein spöttisches Lächeln. »Ich habe ihr keine andere Wahl gelassen.«

# Kapitel 2

## *Zwischen Licht und Schatten*

*»Manchmal hinterlässt die Schwärze der Nacht nichts weiter als eine alles verschlingende Leere in mir.«*

*Dies hatte er mir in einem stillen Moment anvertraut, so flüchtig und nebensächlich, als wäre es das Selbstverständlichste der Welt. Wir waren allein, was zu dieser Zeit eine Seltenheit war. Dieser Moment schien so unrealistisch, dass er mir so zerbrechlich vorkam wie ein seidiges Spinnennetz. Ich hatte Angst, er würde sich jede Sekunde in Luft auflösen. Doch nichts passierte und ich wusste nicht genau, was er damit meinte und warum ausgerechnet ich es war, der er es erzählte, aber ich fühlte seinen Schmerz. Ich sagte zu ihm, dass meine Nächte nicht mehr leer seien, seitdem ich Arkana das erste Mal betreten habe. Seitdem ich ihn und die anderen kennengelernt habe. Was ich jedoch nicht aussprach, war, wie sehr ich hoffte, es würde ihm vielleicht irgendwann genauso ergehen.*

*Wir saßen die ganze Nacht wach und blickten in den sternenübersäten Winterhimmel.*

*Nicht jede Nacht ist dunkel, dachte ich.*

*Doch Petrichor sagte kein einziges Wort mehr.*

Asra starrte an die weiße Zimmerdecke.

Den Alptraum, der sie vorhin unsanft aus dem Schlaf gerissen hatte, versuchte sie mühsam, in eine Abstellkammer ihrer Seele zu sperren. Zu tief saß die Furcht. Wie eiskalte Klauen, die noch immer mit langen, dürren Fingern nach ihr tasteten. *Über Welten hinweg.* Sie spürte nur allzu deutlich die spitzen Nägel auf ihrer Haut – unheilvolle Omen ritzend. Dieser Alptraum war so unglaublich real – und doch nicht. Ein Traum im Traum. Sie hatte den Zustand nicht einmal ansatzweise durchschauen können. Nur seltsame Erinnerungsfetzen waren aufgetaucht, die sie jedoch nicht greifen konnte. Sie flammten auf wie ein Funke in der Asche und erloschen genauso schnell wieder. Im Schlaf absolut keine Kontrolle zu haben, war etwas, was ihr schreckliche Angst einjagte.

Ihre Lippen zitterten. Normalerweise wachte sie immer sofort auf, wenn sie Arkana verließ. Zum ersten Mal wurde sie unmittelbar danach in einen Alptraum katapultiert.

*Dann ist das halt so. Es muss nicht immer für alles einen Grund geben. Reiner Zufall. Ganz einfach.*

Asra rief sich selbst zur Ruhe und atmete ein paar Mal tief durch. Dann zog sie sich die Decke über den Kopf und hoffte, dass die Wärme ihre gefrorenen Knochen auftauen würde.

*Bevor sie zu splittern begannen.*

Der Traum verblasste, doch sie fand keine Ruhe. *Von einer Endlosschleife in die nächste.*

Ihre Gedanken drehten sich langsam in eine andere Richtung. Wurden schneller. Erinnerungen der letzten Nacht überschlugen sich, kreisten in ihrem Geist umher und wiederholten sich zuckend und windend, rasten dahin wie ein schrecklicher Film im Zeitraffermodus. Es waren immer wieder dieselben Bilder, die sich vor ihrem inneren Auge abspielten.

Adrian, der mit ihr getanzt und sie fest an sich gedrückt hatte. Der Duft seines teuren Parfüms in ihrer Nase. Der äußerst seltsame und nervenaufreibende Kampf mit Lisa. Stan, der sie tröstend zum Auto gebracht und nach Hause gefahren hatte. Die schlimmeren Bilder konnte sie nach wie vor erfolgreich verdrängen. Asra umklammerte sie so fest es ging mit ihrer ganzen Willenskraft und ließ sie nicht frei.

Sie schluckte den Schmerz hinunter und widmete sich stattdessen den körperlichen Qualen. Ihre Hand wanderte zu ihrer Wange und die Haut unter ihren Fingern fühlte sich glühend und geschwollen an. Diesmal würde sie es nicht vor Lucy verstecken können, also sollte sie sich am besten schon einmal eine passende Geschichte dazu ausdenken. Vielleicht würde sie auch einfach die Wahrheit sagen.

Asra hatte Mühe, sich auf einen Gedanken zu konzentrieren. Sie wusste nicht einmal, wie spät es war. Jegliches Zeitgefühl war von ihr gewichen. Sie lag bereits seit Stunden wach und fühlte nichts weiter als eine tiefe Leere in sich. Warm, pochend und verzehrend. Jede Erinnerung lastete unwahrscheinlich schwer auf ihrem Körper. Jede Bewegung kostete sie unglaubliche Anstrengung.

Ein Klopfen an der Tür riss sie unsanft aus ihrer Lethargie. Asra zuckte zusammen und zog sich schnell die Decke über den Kopf. »Ja?«, rief sie und drehte sich zur Seite.

Schon im nächsten Augenblick wurde die Tür schwungvoll geöffnet und Lucy steckte ihren roten Haarschopf durch den Spalt. »Guten Morgen, mein Schatz!«, rief sie fröhlich. »Beziehungsweise, guten Mittag. Möchtest du nicht langsam aufstehen, Asra? Das Wetter ist traumhaft und ich habe eine kleine Überraschung für dich!«

»Was?«, murmelte Asra und verstand nicht, warum ihre Mutter schon so quietschfidel und munter war.

Lucy grinste in den dunklen Raum hinein und Asras Augen tränten, sobald sie zu dem hellen Lichtkegel hinübersah, der durch die offene Tür drang.

»Ich sehe dich in fünf Minuten im Garten. Keine Widerrede, meine liebe Tochter!«, erklärte sie feierlich und ließ die Tür absichtlich laut ins Schloss fallen.

Asra rieb sich gequält die Augen und drehte sich stöhnend

weiter nach links. Mit einer Hand tastete sie nach dem Vorhang und zog ihn mit einem Ruck auf. Helle Sonnenstrahlen blendeten sie und sie drückte ihr Gesicht zurück ins Kissen. »Ich will nicht aufstehen«, grummelte sie und bemerkte selbst, dass sie sich anstellte wie ein kleines Kind. Erneut unternahm sie einen Versuch und stützte sich mit den Armen hoch, um das Fenster zu öffnen. Warme Sommerluft strömte ins Zimmer und sie meinte sogar, den Duft von frischem Kaffee und Tee zwischen dem von Rosen und gemähtem Gras wahrzunehmen.

Sie atmete tief durch, warf die Decke schwungvoll nach hinten und schwang die Beine aus dem Bett. Als sie aus dem Augenwinkel das rote Kleid erblickte, das sie noch immer trug, musste sie mit aller Macht die aufflackernden Erinnerungsfetzen unterdrücken. Sie blinzelte den Schwindel weg und streifte das Kleid über den Kopf, nur um es energisch in den Mülleimer zu befördern.

*Das Kleid setze ich auf meine imaginäre Liste der Dinge, die ich wegen dir wegwerfen musste,* dachte sie verärgert und lief zu ihrem Schrank hinüber. Am liebsten wäre sie erst noch unter die Dusche gesprungen, aber das heiße Wasser und die Ruhe würden ihr nicht guttun. Noch waren die Erinnerungen, *seine Berührungen* zu lebhaft, zu real. Das Einzige, was ihr jetzt helfen konnte, war Ablenkung. Außerdem wartete Lucy bereits auf sie.

Also zerrte sie das erstbeste Kleid heraus, das sie finden konnte, und zog es sich über. Vielmehr war es ein übergroßes T-Shirt, das ihr fast bis zu den Knien reichte. Es war hellrosa und vorn war eine schwarze Katze mit einem Halbmond auf der Stirn abgebildet. *Ich werde dieses Grundstück heute sowieso nicht verlassen, also kann ich auch in einem Sailor Moon T-Shirt rumlaufen,* dachte sie gleichgültig und schlenderte ins Bad hinüber. Sie musste zumindest den ärgsten Schaden beseitigen, bevor sie ihrer Mutter gegenübertreten konnte. Also band sie sich die zerzausten Haare zu einem lockeren Dutt zusammen und wusch sich das verschmierte Make-up von ihrem Gesicht.

Asra wagte einen Blick in den Spiegel und hätte am liebsten laut losgelacht. Das Einzige, was immer noch perfekt saß, war der rote Lippenstift. Sie grinste wie eine Irre und schwor sich, bei der nächstbesten Gelegenheit, den Laden erneut zu betreten, in dem sie ihn gekauft hatte. Und sie würde zu der Verkäuferin gehen und ihr sagen, dass ihr verdammter vierzig-Euro-Lippenstift tatsächlich einer Party, einer Schlägerei, einem Lauf durch strömenden Regen und einem Kuss standgehalten hatte. Sogar mehreren Küssen. *Ziemlich intensiven Küssen.*

Asra schluckte bei den aufkeimenden Erinnerungen und starrte in ihre geröteten Augen. Sie krallte sich mit den Händen am Rand des Waschbeckens fest und versuchte krampfhaft, seine Berührungen auszublenden.

*Seine Lippen, an ihrem Hals. Seine Hände, in ihrem Haar. Seine Dunkelheit*, auf ihrer Haut.

*Petrichor.*

Die Bilder von vergangener Nacht rasten durch ihre Gedanken und ihr Spiegelbild wurde ihr mit jeder Sekunde fremder. Tränen rannen über ihre Wangen – der Bluterguss war tiefblau und rot verfärbt. »Ist das alles wirklich passiert?«, flüsterte sie. Sie beobachtete ihre Lippen, die Worte formten, doch kein Ton drang an ihr Ohr.

Asra schniefte und atmete tief durch. Sie durfte jetzt nicht die Kontrolle verlieren. Also öffnete sie energisch den Spiegelschrank und tauchte ein Wattepad in den Make-up Entferner und rieb sich so lange und so fest über die Lippen, bis alles Rot verschwunden war. Sie wusch sich wiederholt das Gesicht mit eiskaltem Wasser, bevor sie noch einmal in den Spiegel blickte. Ihre Haut war weiß wie eine Wand und ihre Lippen waren spröde und rissig. Als sie mit der Zunge darüberfuhr, schmeckte sie Blut.

*Er wird mich nicht zerstören. Nein, ich werde mich von ihm nicht zerstören lassen,* dachte sie zitternd und betete, dass sie stark genug sein würde. Dann setzte sie ein Lächeln auf, das wirklich armselig aussah, und verließ das Badezimmer. Barfuß hüpfte sie die Treppenstufen hinunter und lief schnurstracks durch die offenstehende Haustür.

»Mama?« Eigentlich hatte sie vermutet, Lucy auf der Veranda vorzufinden, doch Asra entdeckte sie nirgends. Kurzerhand sprang sie die drei hölzernen Stufen hinunter ins Gras und genoss das Gefühl unter ihren Füßen.

*Warum erinnert einen Barfußlaufen immer so sehr an seine Kindheit? Jedes Mal taucht dieses nostalgische Gefühl von Vergangenheit und Sommer in mir auf, wenn ich Gras unter meinen Füßen spüre,* dachte sie und tapste – nun tatsächlich wie ein kleines Mädchen – um das Haus herum.

Dort entdeckte sie ihre Mutter, die auf einer Decke unter dem Apfelbaum saß. Allerlei Leckereien waren um sie herum verteilt und Lucy grinste Asra fröhlich an, als sie in ein Stück Kuchen biss. Asras Magen knurrte und sie ließ sich seufzend ihrer Mutter gegenüber auf die Decke nieder.

»Picknick?«, fragte sie verwundert und griff nach einer Tasse.

Ihre Mutter nickte. »Da wir fast nie Zeit haben, gemeinsam zu frühstücken, dachte ich, ich nutze den seltenen Moment. Wenn ich schon mal frei habe und noch dazu so schönes Wetter ist. Stan sollte übrigens auch gleich hier sein. Ich war so frei und habe ihn eingeladen.«

»Okay …«, murmelte Asra gleichgültig und goss sich Kaffee aus einer rotgepunkteten Keramikkanne in die Tasse.

»Seit wann trinkst du Kaffee?« Misstrauisch musterte Lucy ihre Tochter. Dann schnupperte sie mit gerunzelter Stirn. »Hast du geraucht?« Ihre Stimme klang mit einem Mal entsetzt und vorwurfsvoll.

Asra zuckte zusammen. *Rieche ich wirklich so sehr nach ihm*?

»Adrian raucht!«, sagte sie hastig und schüttelte heftig den Kopf. »Ich war mit Stan gestern auf seiner Geburtstagsparty. Du hast mir ja keine Zeit zum Duschen gelassen.«

»Ach so«, antwortete Lucy grinsend. »Adrian also.«

»Nichts *ach so*, Mama! Wir sind Freunde, das ist alles. Falls du darauf anspielen willst …« Ihre Hände umklammerten zitternd die Kaffeetasse. Sie steckte fast ihre Nase hinein, um den herben Duft des dampfenden Getränks einzuatmen.

»Hast du zu viel getrunken?«, fragte Lucy so nebenbei und schenkte sich ebenfalls Kaffee nach.

»Ja und ich will jetzt bitte keinen Vortrag von dir hören. Ich habe schreckliche Kopfschmerzen«, log sie und hoffte, dass Lucy die Erklärung als plausibel empfand.

»Aspirin würde helfen«, schlug sie vor und linste verstohlen über den Rand ihrer Kaffeetasse. »Bist du hingefallen, oder hat sich meine liebe Tochter doch tatsächlich geprügelt?«

»Mama!«, rief Asra entsetzt. »Was denkst du denn von mir?«

Lucy stellte die Tasse ab und sah ihrer Tochter eindringlich in die Augen. »Hast du dich geprügelt?«

Asra wusste nicht, ob sie die Wahrheit sagen sollte. Lucy schien nicht aufgebracht zu sein, selbst nach der Beichte mit dem Alkohol. Seufzend gab sie nach. »Ja. Aber ich schwöre, ich habe nicht angefangen! Lisa ist auf mich losgegangen. Glaub mir, sie ist ein richtiges Miststück.«

Lucy konnte ihr Pokerface nicht länger aufrechterhalten und lachte lauthals los.

Asra starrte sie nur entsetzt an. »Schön, dass du dir solche Sorgen um mich machst.«

»Du bist wirklich wie dein Vater. Er geriet auch oft grundlos in Schwierigkeiten, obwohl er sich fast schon krampfhaft bemüht hatte, sich aus allem herauszuhalten.« Lucy wischte sich immer noch lachend eine Träne aus dem Augenwinkel. »Ich hoffe, das Mädchen sieht schlimmer aus als du?«

Diese Frage verwunderte Asra nur noch mehr. »Wärst du denn stolz auf mich, wenn ich ja sage?« Sie runzelte die Stirn und schob sich eine Erdbeere in den Mund. »Nein Mama, ich habe mich nur gewehrt und nicht zurückgeschlagen.«

»Das ist meine Tochter«, murmelte Lucy strahlend.

»Du bist nicht böse auf mich?«

»Es wird immer Leute geben, die Ärger machen. Du hast dich richtig verhalten. Sich zu wehren, erfordert Mut. Man darf sich im Leben nicht alles gefallen lassen, sonst geht man kläglich unter«, erklärte Lucy aufrichtig. »Aber Asra, wenn sie dich auch weiterhin nicht in Ruhe lässt, sag es mir bitte, okay?«

»Ist gut«, murmelte diese. »Ich denke allerdings, dass sie aus der Sache gelernt hat.«

»Ich werde dich jetzt besser nicht nach dem Grund der Prügelei fragen.« Lucy zuckte mit den Schultern und sah zur Auffahrt hinüber, als sie das gewohnte Geräusch der knirschenden Kieselsteine unter Autoreifen wahrnahm.

»Stimmt. Frag besser nicht«, grummelte Asra und sah zu Stan hinüber, der gerade sein Auto parkte und zu ihnen hinübergeschlendert kam.

»Du siehst wirklich übel aus«, bemerkte Stan mit hochgezogener Augenbraue und setzte sich neben das Häufchen Elend auf die Decke. »Habe ich gestern etwa noch irgendetwas verpasst? Hast du die ganze Nacht durchgemacht, oder bist du krank?«

»Danke für die nette Begrüßung, mein ehemaliger bester Freund«, zischte sie und war kurz davor, ihm eine besonders reife Erdbeere an den Kopf zu werfen. Stattdessen nahm sie einen weiteren Schluck Kaffee. Der bittere Geschmack half tatsächlich, den wirren Nebel aus ihren Gedanken zu vertreiben.

Lucy hingegen plauderte fröhlich darauf los und reichte dem Jungen eine Tasse schwarzen Kaffee. »Schön, dass du kommen konntest, Stan! Asra freut sich sehr, dich zu sehen. Auch, wenn sie es vielleicht gerade nicht so zeigen kann.«

»Danke für die Einladung. Ich soll dir übrigens schöne Grüße von meiner Mutter ausrichten«, erwiderte er lächelnd.

Lucy sah ihn überrascht an. »Wie geht es Sarah denn? Ich fühle mich schon richtig schlecht, weil ich mich momentan so selten bei ihr melde«, erklärte sie und ihre grauen Augen wirkten mit einem Mal traurig. »Meine Arbeit beschlagnahmt mich in letzter Zeit ziemlich.«

Stan schüttelte den Kopf. »Mach dir keine Gedanken. Das weiß sie und sie nimmt es dir auch nicht übel. Außerdem …«, begann er nachdenklich, »ist sie heute zu Hause. Du könntest ja bei ihr vorbeischauen.«

»Meinst du wirklich? Ich will nicht unangemeldet vor ihrer Tür stehen«, erwiderte Lucy und wedelte nervös mit ihren Händen herum.

»Sie würde sich sicher freuen. Ich denke, meine Mum fühlt sich ziemlich einsam, seitdem ich nicht mehr zu Hause wohne. Ich muss heute auch wieder zurück nach Frankfurt fahren …«, erklärte er und schien sich wirklich Sorgen um seine Mutter zu machen. Sarah war etwas älter als Lucy und ein sehr bescheidener und ruhiger Mensch. Asras Mutter hingegen war das genaue Gegenteil, weshalb sich die beiden Frauen wohl auch so gut ergänzten.

Stan schien sie überzeugt zu haben, denn Lucy nickte. »Dann werde ich sie später gleich besuchen.«

»Sie wird sich riesig freuen«, versicherte Stan und nahm sich ein Stück Kuchen.

Asra saß wortlos daneben und starrte abwesend in ihre Kaffeetasse.

»Du solltest mehr essen«, meinte Lucy besorgt. »Das würde deinen Kreislauf wieder etwas in Schwung bringen. Soll ich dir vielleicht doch ein Aspirin holen?«

Stan stieß Asra unauffällig in die Seite.

»Was? Äh, nein danke. Ich bin nur müde«, stammelte sie.

Stan wandte sich entschuldigend an Lucy. »Die Party gestern ist leider etwas anders gelaufen als geplant.«

»Ja, ich weiß schon, was passiert ist.«

Stan sah verwundert zu Asra und hätte wohl nicht damit gerechnet, dass sie ihrer Mutter die Wahrheit sagen würde. »Asra kann wirklich nichts dafür. Diese Lisa ist der Teufel höchstpersönlich und ist einfach auf sie losgegangen. Und das alles nur wegen diesem Kerl, ich fass es nicht …«

Asra riss die Augen auf und starrte Stan böse an.

Lucy verschluckte sich an ihrem Kaffee und wirkte nun mehr als überrascht. »Habt ihr euch etwa wegen …?«, begann sie und ihre Augen funkelten, als ihr ein Licht aufging.

Doch Asra ließ nicht zu, dass sie den Satz beendete. »Mama bitte! Das ist doch vollkommen irrelevant …«

Stan lachte und legte seiner Freundin versöhnend einen Arm um die Schulter. »Ich finde, du kannst stolz drauf sein, dass ein reicher und beliebter Kerl – der noch dazu unwiderstehlich gut aussieht – auf dich steht und nicht auf das Blondchen.«

Asra seufzte und wäre am liebsten im Erdboden versunken.

Lucy wusste gar nicht mehr, wo sie als erstes hinsehen sollte. Die intimen Informationen schienen sie zu überfordern. Doch die Neugier über das Liebesleben ihrer Tochter gewann Oberhand. »Dieser Adrian ist in dich verliebt? Hach!«, murmelte sie und wandte sich an Stan, weil sie wusste, dass sie von Asra keine Antworten bekommen würde. »Wie ist er so?«

»Lucy, eins muss ich zugeben, wenn er nicht schon in Asra verknallt wäre, würde ich ihn mir angeln«, erklärte er ernst.

Asra versuchte vergebens, ihn von sich wegzuschieben. »Geh weg! Du elender Verräter!«, zischte sie und versuchte angestrengt, seinen Arm von ihrer Schulter zu schieben.

»Jetzt sei doch nicht so! Deine Mutter ist so cool und verständnisvoll, der kannst du es ja wohl sagen«, erwiderte Stan und wuschelte ihr neckend durch die Haare.

»Ich hasse euch alle«, murmelte sie und gab auf. Immerhin hatte Stan recht. Sie wusste, dass sie mit ihrer Mutter über alles reden konnte. Lucy wurde fast nie wütend und verzieh ihr auch gelegentliche Eskapaden. Trotzdem war ihr dieses Thema peinlich, vor allem, weil es jeder toll zu finden schien, dass Adrian sich für sie interessierte. Jeder, außer sie selbst. »Er ist wahrscheinlich gar nicht in mich verknallt und das ist alles nur ein großes Missverständnis«, erklärte sie ruhig und schob sich ein riesiges Stück Kuchen in den Mund. Sie kaute angestrengt und überlegte, wie sie unauffällig das Thema wechseln konnte.

Stan ließ sich währenddessen von Lucy Kaffee nachschenken und schüttelte verzweifelt den Kopf. »Asra. Sogar ein Blinder würde sehen, dass er dich mag.«

»Du fährst heute zurück?«, frage sie stattdessen und ignorierte seine Worte.

Er seufzte. »Heute Abend. Aber ich dachte, wir könnten bei der Hitze vielleicht an den See fahren.«

»Ich weiß nicht …«, begann sie, vollendete ihren Satz aber nicht. Sie sah aus dem Augenwinkel, wie Lucy den restlichen Kuchen nahm und aufstand.

»Ich werde jetzt zu Sarah fahren. Was auch immer ihr heute macht, viel Spaß dabei!« Auf ihren Lippen lag weiterhin dieses seltsame Grinsen und Asra wollte gar nicht daran denken, was für Dinge sich ihre Mutter gerade gedanklich ausmalte. Sie sah es schon kommen, von nun an würden täglich unzählige Fragen über Adrian auf sie einprasseln.

»Viel Spaß Mama und lass dir ruhig Zeit!«, rief sie ihr monoton hinterher und schenkte sich die dritte Tasse Kaffee nach. Dieses Mal kippte sie allerdings noch einen großen Löffel Zucker dazu. Ihre Hände zitterten bereits und ihr Herz raste. So viel Kaffee war sie einfach nicht gewohnt.

»Also, fahren wir an den See?«, fragte Stan erneut und sah sie abschätzend an.

»Ich habe ein Sailor Moon T-Shirt an. Du weißt, was das bedeutet.«

»Ich dachte mir schon, dass du das Haus heute nicht verlassen willst. Deswegen bin ich ja da. Du brauchst Ablenkung!« Er stand auf und nahm ihr die Tasse aus der Hand. »Du hattest genug Kaffee.«

Er balancierte das Geschirr und die restlichen Dinge

geschickt auf einer Hand und räumte sie ins Haus. Als er wiederkam, lag Asra auf dem Rücken und sah in den blauen, mit weißen Wolken übersäten Himmel.

»Asra, Lucy ist weg. Du kannst mit mir reden«, schlug er vor, doch sie hörte seine Worte kaum. Er hielt ihr auffordernd die Hand hin.

Sie starrte ihn etliche Sekunden lang an, bevor sie nachgab und sich von ihm hochziehen ließ. Ohne ein Wort zu sagen, ging sie ins Haus. Asra zog sich einen schwarzen Bikini unter das Shirt und stopfte ein Handtuch und ein Buch in eine Stofftasche. Sie ertappte sich dabei, wie sie nach ihren Kopfhörern suchte. *Ich brauche dringend neue! Danke, Petrichor.* Seufzend setzte sie sich eine schwarze Sonnenbrille mit runden Gläsern auf die Nase und ging nach unten, wo Stan geduldig wartete.

Er hatte eine Tüte Chips und Kekse in der Hand und gab sie Asra, die sie in ihrer Tasche verstaute.

»Wasserflaschen habe ich im Auto«, sagte er und schloss die Haustür. »Asra?«

»Was?«

»Hast du nicht was vergessen?«

»Oh«, murmelte sie und bemerkte, dass sie immer noch barfuß herumlief. Sie schlüpfte in die schwarzen Chucks, die oben auf der Veranda herumlagen, und lief dann zum Auto.

»Gestern war wohl eindeutig zu viel Aufregung für dich«, merkte Stan an und schüttelte fassungslos den Kopf. Dann stieg er zu ihr ins Auto und startete den Motor. Er lenkte den Fiat über den knirschenden Kieselsteinweg zur Straße hinunter. Er war ungewöhnlich still.

Sie fuhren denselben Weg wie gestern und Asra sah stur aus dem Fenster. Die Sonne brannte heiß in ihr Gesicht und mit einem Mal tat es ihr leid, wie mies sie sich gegenüber ihrem besten Freund verhielt.

»Es tut mir leid. Ich fühle mich einfach so schrecklich. Ich will kein Arschloch sein«, flüsterte sie entschuldigend.

»Das weiß ich doch«, antwortete er verständnisvoll. »Deswegen bin ich dir auch nicht böse.«

»Danke.«

»Hast du eigentlich geraucht?«, fragte er und schnupperte an ihrem Haar. »Mir ist der Geruch vorher schon aufgefallen, ich wollte nur nichts sagen, weil Lucy dabei war.«

Asra hätte am liebsten die Hände vors Gesicht geschlagen und lauthals losgeheult. »Schon vergessen, wir waren auf einer Party. Ich bin erst vor einer Stunde aufgestanden, also hatte ich keine Zeit zu duschen«, erklärte sie stattdessen. Ihre Worte hörten sich furchtbar kratzig und verzweifelt an. Als würde sie ihren eigenen Lügen keinen Glauben schenken.

»Ist okay«, antwortete Stan und bog in eine kleine Seitenstraße ein, die zum See hinunterführte.

Asras Blick hing an der Hauptstraße fest, die etwas weiter vor ihnen über eine Brücke führte. Der See bildete dort einen schmalen, seichten Ausläufer und ging dann in einen weiteren kleinen Weiher über. Jedes Mal, wenn Asra über diese Brücke fuhr, musste sie unweigerlich an ihren Vater denken. Er war damals genau an diesem Ort ums Leben gekommen, als die Eisfläche unter dem Auto gebrochen war. *Wäre dieses Unglück nur ein paar Minuten früher geschehen, wäre ich niemals geboren worden,* dachte sie und schauderte.

Stan parkte das Auto am Straßenrand, unter dem schützenden Schatten der Bäume. Auf dieser Seite des Sees konnten keine Häuser gebaut werden, da es zu viele Zuläufe und Bäche gab, die sich ihren Weg in das Gewässer bahnten. Diese durchzogen den Wald wie ein Geflecht aus blauen Adern. Die Gemeinde hatte einen Wanderweg angelegt und kleine Holzbrücken gebaut. Asra und Stan hatten an diesem Ort schon viel Zeit miteinander verbracht und jedes Mal, wenn sie hierherkamen, fühlte es sich ein bisschen an, wie nach Hause zu kommen. Asra seufzte sehnsuchtsvoll, als sie aus dem Auto stieg und über die ruhige Wasseroberfläche des tiefblauen Sees hinwegsah.

Stan trat neben sie und legte ihr einen Arm um die Schultern. »Siehst du, manchmal muss man dich eben zu deinem Glück zwingen.« Er grinste und zog sie hinter sich her. Es war nicht viel los und die meisten Leute lagen direkt am sandigen Ufer gegenüber des Parkplatzes. Dieser Bereich war speziell für Badegäste angelegt und mit einem Kiosk und einem Kinderspielplatz ausgestattet. Asra und Stan hingegen bevorzugten eine ruhige Stelle, die ein paar Gehminuten weit entfernt im Wald lag. Hier war es schattig und idyllisch. Sie breiteten ihre Handtücher im Schatten einer Buche aus und setzten sich schweigend nebeneinander. Asra lehnte ihren Kopf an Stans Schulter und beobachtete ein paar Enten, die auf dem See herumschwammen.

»Schade, dass das Wochenende immer so schnell vorbei ist«, sagte Stan. »Ich fand es ehrlich gesagt ziemlich amüsant, auch wenn es mehr als verrückt war und du verletzt worden bist.«

»Ja, war toll«, antwortete Asra abwesend und schloss die Augen. »Nicht mehr lange, dann sind Semesterferien. Dann musst du mich bitte davon abhalten, noch mehr seltsame Dinge anzustellen.«

»Ich geb mir Mühe«, antwortete er lachend. »Obwohl ich es spannend finde, wie sich dein Leben so entwickelt. Aber Asra, jetzt mal im Ernst, ich mache mir echt Sorgen um dich.«

»Musst du nicht. Es ist alles in Ordnung«, versicherte sie.

»Du lügst«, erwiderte Stan mit fester Stimme.

Asra widersprach nicht.

Stattdessen zupfte sie an ein paar Grashalmen herum und gähnte. »Warum muss mein Leben momentan so wahnsinnig kompliziert sein?«

Stan sah sie fragend an. »Was genau ist denn so kompliziert?«

*Das ist eine ausgesprochen gute Frage.* Angestrengt überlegte sie, was und wie sie antworten sollte. »Na ja, du bist die meiste Zeit weg, Lisa will mich umbringen und es steht ein Junge auf mich, den ich sehr gern mag.«

»An Letzterem sehe ich kein Problem.«

Asra druckste schon wieder herum und wusste nicht, wieso es ihr auf einmal so schwerfiel, mit ihrem besten Freund über solche Dinge zu reden. »Das einzige Problem daran ist, dass ich eben nur mit ihm befreundet sein möchte und nicht mehr«, antwortete sie und ließ sich stöhnend nach hinten ins Gras fallen. Sie war wütend. »Warum bin ich erst für alle unsichtbar und plötzlich ...« Sie stoppte mitten im Satz und starrte auf die im Wind wiegenden Äste der Bäume. *Es hat doch alles keinen Sinn,* dachte sie resignierend und eine bekannte Taubheit breitete sich in ihr aus. Asra atmete tief durch. »Ich empfinde nichts für ihn, Stan, und ich habe Angst, es ihm zu sagen.« Das war das Ehrlichste, das sie seit Langem ausgesprochen hatte.

Stan ließ sich ebenfalls ins Gras sinken und verschränkte die Arme hinter dem Kopf. »Wenn er dir weiterhin so offensichtliche Zeichen sendet, musst du es ihm sagen. Er ist ein netter Kerl und er gibt sich wirklich Mühe. Du solltest ehrlich zu ihm sein, das hat er verdient.«

»Ich weiß«, flüsterte sie mit zitternder Stimme.

»Gibt es jemand anderen, Asra? Liebst du jemanden?«

Diese Frage schnürte ihr die Kehle zu. Stan kannte sie besser als sie sich selbst.

Und mit einem Mal fühlte sie Petrichors Hände um ihren Hals. Seine eiskalten Finger, die immer fester zudrückten. Ihre Augen füllten sich mit Tränen und sie war froh, dass sie die Sonnenbrille trug und Stan das Drama nicht sehen konnte. Dann schloss sie die Augen.

*Was, wenn sie es ihm erzählen würde?*

Sein Name lag bereits brennend auf ihren rissigen Lippen und ihre Zunge formte jeden einzelnen Buchstaben. »Monster lieben niemanden«, flüsterte sie so leise, dass sie ihre Worte selbst kaum hören konnte. Es war wie ein Wispern, das der Wind weit davontrug und letztendlich in Luft auflöste.

Stan drehte sich zu ihr auf die Seite und beugte sich leicht über sie. »Was hast du gesagt?«

Sie sah tief in seine saphirblauen Augen, die von dichten, schwarzen Wimpern umrandet waren. *Er würde mir niemals glauben.*

»*Dean Winchester*«, murmelte sie und lachte los, als sie seinen verdutzten Gesichtsausdruck sah.

Stan seufzte theatralisch und schlug sich mit der Hand auf die Stirn. »Dass du einfach nie etwas ernst nehmen kannst.«

»Das ist mein voller Ernst! Und an zweiter Stelle kommst gleich du«, erklärte sie. Irgendwie hatte sie das Gefühl, dass das falsche Lachen sie tatsächlich etwas aufmunterte.

Sie setzte sich auf und streifte sich das Shirt über den Kopf. »Wer als Letzter im Wasser ist, muss eine Runde Eis springen lassen!«, rief sie kindisch und rannte zum Wasser hinunter. Sie zögerte nicht, als sie sich in das kühle Blau warf und untertauchte.

Das Wasser umhüllte ihren Körper und fühlte sich auf ihrer – von der Sonne aufgewärmten – Haut eiskalt an. Sie genoss das stechende Gefühl, das ihren Körper durchzuckte, die Taubheit verschwand langsam, aber sicher aus ihren Gedanken. Die Kälte befreite sie von den unsichtbaren Fesseln, die um ihre Seele geschlungen waren, lockerten sie, zerrissen die Stränge jedoch nicht vollkommen. Das restliche Gefühl des Traumzustandes wich aus ihren Knochen. Trotzdem tastete sie vorsichtshalber nach ihrem Würfel, doch alles war in Ordnung. Die Schwerelosigkeit um sie herum war wie eine Erlösung – umhüllte sie und ließ sie in ein Gefühl der absoluten Freiheit sinken.

*Monster. Lieben. Niemanden.*

Die Luft wurde langsam knapp und sie tauchte widerwillig auf. Stan schwamm gerade hektisch auf sie zu und starrte sie fassungslos an. »Verdammt, du kannst doch nicht einfach so untertauchen und ewig unter Wasser bleiben!«, schimpfte er und packte sie bei den Schultern.

Asra strich sich die nassen Haare aus dem Gesicht. »Ich bin doch nur kurz untergetaucht! Reg dich ab, Stan.« Sie verstand nicht, warum ihr Freund so ein Drama aus diesem kleinen Spaß machte. Kurzerhand schwamm sie zurück ans Ufer und blieb im seichten Wasser sitzen.

Stan gesellte sich zu ihr, er sah immer noch besorgt aus. Seine schwarzen Haare klebten ihm an der Stirn und die Wasserperlen rannen über seine helle Haut. »Das war nicht kurz!«, erwiderte er und starrte auf den See hinaus. »Du warst gerade ein paar Minuten unter Wasser und ich konnte dich nicht finden.« Seine Stimme wurde leise und sie sah, wie er seine Hände fest in den sandigen Grund des Seeufers krallte.

»Was …?« Ihr wurde übel. Sie konnte nicht glauben, dass sie so lange unter Wasser geblieben sein sollte. Für sie hatte es sich höchstens wie ein paar Sekunden angefühlt. Das schlechte Gewissen kroch in ihr empor und mischte sich mit einem anderen Gefühl: Angst. Sie griff nach seiner Hand und hielt sie fest, auch, als er sie wegziehen wollte.

»Es tut mir leid«, sage sie. »Ich verstehe nicht, wie das passieren konnte. Es war, als hätte ich unter Wasser jedes Zeitgefühl verloren. Für mich hat es sich nur wie ein paar Sekunden angefühlt«, erklärte sie eindringlich und hoffte, dass er ihr glaubte. Wenn sie so weitermachte, würde sie auch ihn verlieren. Diese Furcht ließ sie starr werden.

Als er nicht antwortete, sondern aufstand, wusste sie, dass er ihr diese Sache nicht verzeihen würde.

*Werde ich selbst langsam zum Monster?*

Bevor ihre Gedanken sie in die Leere ziehen konnten, tippte Stan ihr an die Schulter. Er hielt ihr die Hand hin. »Lass uns rausgehen. Ich schulde dir noch ein Eis.«

Asra atmete auf und nahm völlig perplex seine Hand. Stan ließ sie nicht los, ehe sie auf ihrem Platz angekommen waren. Asra wickelte sich in ihr Handtuch und setzte sich mit ihm auf einen sonnigen Flecken Wiese, um sich aufzuwärmen.

»Ich weiß nicht, was ich ohne dich tun würde.« Sie hatte das dringende Bedürfnis, ihm dies mitzuteilen. »Du gehörst zu meiner Familie. Lucy und du. Du bist wie mein großer Bruder und ich möchte dich nie, nie, niemals verlieren, hörst du?«

Die Härte wich aus seinem Gesicht und er blickte sie mit traurigen Augen an. »Wieso sagst du mir das jetzt?«

»Weil es wichtig ist und ich mich eben genau jetzt danach fühle, es dir zu sagen.«

»Du bist mir genauso wichtig und deshalb darfst du es mir auch nicht übelnehmen, wenn ich mir Sorgen um dich mache und dich mit Fragen löchere, die dich vielleicht nerven«, antwortete er und konnte ihrem Blick nicht standhalten. Stattdessen strich er sich die nassen Haare aus dem Gesicht. »Es macht mich verrückt, dass ich dir nicht helfen kann. Genau genommen, fühle ich mich deswegen sogar wie ein riesiger Versager.«

Asra traute ihren Ohren kaum, als sie diese Dinge aus seinem Mund hörte. *Sie* sollte ein schlechtes Gewissen haben und nicht er. *Sie* verheimlichte ihrem besten Freund diese Träume, die zu verrückt waren, um sie auszusprechen. *Sie* war eine schlechte Freundin und sollte sich schämen, ihm solche Sorgen zu bereiten.

Asra schniefte und rückte so nah an ihn heran, dass sie ihm die Arme um den Hals schlingen konnte. »Ich bin ein Idiot und ich versage hier gerade, nicht du. Ich führe mich auf wie ein idiotisches, verstörtes Kleinkind und du musst dir darüber den Kopf zerbrechen. Nur weil ich mein Leben nicht auf die Reihe bekomme. Es tut mir leid und ich hoffe, du kannst mir verzeihen.«

Die Worte kamen so schnell über ihre Lippen, dass er genau hinhören musste, um sie zu verstehen. Er runzelte die Stirn, ehe er ruhig und besonnen zu einer Antwort ansetzte. »Es gibt nichts zu verzeihen. Du machst eine schwere Zeit durch und das ist okay. Aber ich möchte, dass du mehr mit mir über deine Probleme redest.«

»Versprochen«, murmelte sie und löste sich von ihm.

»Gut. Dieses Versprechen nehme ich sehr ernst, hörst du?« Stan stand auf und strich sich ein paar Grashalme von den Beinen. »Ich gehe Eis holen«, erklärte er und zog sich sein weißes T-Shirt über. »Willst du dasselbe wie immer?«

Asra nickte lächelnd und setzte sich zurück in den Schatten, als Stan zum Kiosk hinüber marschierte. Mit einer trügerischen Leichtigkeit im Herzen lehnte sie sich an den Stamm des Baumes, als plötzlich ihr Handy vibrierte. Sie kramte in ihrer Tasche herum und es dauerte, bis sie es fand. *Warum findet man in Taschen nie etwas, egal, wie wenig Fächer sie haben?*, dachte sie grummelnd und zog endlich das Smartphone hervor. Als sie die Nachricht anklickte, ahnte sie bereits Schlimmes.

Und natürlich, es war Adrian.

*»Hey Asra. Wie gehts dir? Ich habe die ganze Nacht kein Auge zugetan, weil ich mich so mies gefühlt habe. Tut mir unglaublich leid, dass dir so etwas ausgerechnet auf meiner Party passieren musste. Falls dir das ein Trost ist: Ich hab Lisa sofort weggeschickt und ihr gesagt, wenn sie dir noch mal ein Haar krümmen sollte, kriegt sie es mit mir zu tun. Na ja, eigentlich habe ich mit meinem Vater gedroht, der sie verklagen und ruinieren wird, wenn sie sich weiterhin so scheiße benimmt. P.S. Es war trotzdem schön, dass du da warst. Schöne Grüße an Stan, er ist wirklich eine coole Socke.«*

Asra runzelte die Stirn und schaffte es trotzdem nicht, ein Lachen zu unterdrücken. Sie schüttelte den Kopf und antwortete.

*»Hey Adrian. Du musst dich wegen mir nicht schlecht fühlen. Lisa ist einfach ein Miststück, da kannst du schließlich nichts dafür. Meiner Wange gehts prima. Ich sehe zwar aus wie Batman, nach einem Kampf mit Superman, aber halb so wild. Ich habe, Gott sei Dank, genug Gin getrunken und erinnere mich an das meiste gar nicht mehr. Ich hoffe, du hattest einen tollen Abend. Wir sehen uns morgen in der Uni. P.S. Wer schreibt denn heutzutage noch ein P.S.? P.P.S. Hast du zufällig meine Jeansjacke irgendwo gefunden?*

»Mit wem schreibst du denn?«, fragte Stan und riss Asra aus ihren Gedanken.

»Erschreck mich doch nicht so!«, rief sie entsetzt und nahm dankbar das grüne Wassereis entgegen. »Hm, Waldmeistereis, es gibt nichts Besseres!« Sie fühlte sich sofort wieder in ihre Kindheit versetzt, als sie an dem giftig grünen Eis schleckte.

»Hallo Zucker mit künstlichen Aromen«, meinte Stan kopfschüttelnd und setzte sich mit seinem klassischen Schokoladeneis zu ihr. »Also, mit wem schreibst du?«

»Adrian«, erwiderte sie zögernd und starrte auf ihr Handy. Die nächste Nachricht kam wenige Sekunden später.

*»Gut, dann bin ich beruhigt. Wenn es arg schlimm aussieht, müssen wir dir halt eine Tüte über den Kopf ziehen. Falls du gerade eine Augenbraue hochziehen solltest, das war Sarkasmus, Asra. Ich bin nur noch nicht so gut darin wie du. P.S. Warum sollte man das nicht mehr schreiben dürfen? P.P.S. Ich bringe deine Jacke morgen mit. P.P.P.S. Aber nur im Tausch gegen einen Kaffee. Bis morgen.«*

»So ein Idiot!«, rief sie und gab Stan das Handy, damit er die Nachrichten selbst lesen konnte. »Keine Anspielung«, fügte Asra hinzu. »Er hat nichts über den Tanz oder Ähnliches gesagt.« Sie hörte den riesigen Stein fast auf dem Boden aufprallen, als er von ihrem Herzen fiel.

Stan sah prüfend auf das Display. »Trotzdem macht er sich Sorgen um dich und will mit dir Kaffee trinken gehen.«

»Irgendwie macht sich ja momentan jeder Sorgen um mich, der Punkt gilt also nicht. Und Kaffeetrinken ist ja schließlich kein Date«, erklärte Asra zufrieden.

»Warte einfach ab, wie sich das Ganze entwickelt«, riet Stan und knabberte an dem Schokoladenguss herum.

Sie nickte und genoss das kühle Eis auf ihrer Zunge. »Wann musst du fahren?«

»In einer Stunde ungefähr. Ich bringe dich dann nach Hause, hole meine Sachen und fahre gleich weiter.«

»Nur ein paar Wochen«, murmelte sie wie ein Mantra vor sich hin.

»Die Ferien werden sicher toll«, erwiderte Stan und zählte auf, was sie alles unternehmen mussten. »Wir müssen ganz oft an den See baden gehen, in die Stadt fahren und jedes Café ausprobieren, in dem wir noch nicht waren, ins Kino gehen und jeden noch so dämlichen Film ansehen …«

Asra unterbrach ihn und plauderte weiter. »… Draußen im Garten unter dem Sternenhimmel schlafen, ein Lagerfeuer machen und Marshmallows grillen, bis zur Dämmerung im Wald herumlaufen, so lange, bis wir halb von den Mücken aufgefressen worden sind, Eis essen, bis uns schlecht ist …«

»Toller Plan. Ich freue mich schon darauf«, sagte Stan und streckte sein Gesicht der Sonne entgegen. »Fotografierst du momentan eigentlich gar nicht mehr so viel?«

Asra schüttelte den Kopf. »Nur das, was ich für die Uni erledigen muss, sonst stecke ich wohl in einem kleinen *Krea-Tief.*«

Stan nickte. »Im Sommer ist das bei dir ja meistens der Fall.«

»Kein schönes Licht. Der Sommer ist mir zu grell und zu bunt«, erklärte Asra und sah sich um. All das saftige Grün empfand sie in ihren Fotos immer als störend. Sie mochte die sanften Farben des Frühlings und das gedämpfte Rotbraun des Herbstes. In diesen Jahreszeiten war sie am produktivsten, was die Fotografie anging. Im Sommer hingegen fiel ihr das Zeichnen leichter und sie liebte es, mit kräftigen Farben auf weiße Leinwände zu malen. Beim Fotografieren war es das genaue Gegenteil und ihre Werke waren meist ruhig, gedämpft, monochrom und leise. Dennoch strahlten sie intensive Gefühle und Empfindungen aus.

*Meine Arbeiten sind ein Widerspruch in sich,* dachte sie und wusste nicht, warum dies so war. Stan hatte einmal zu ihr gesagt, dass sie deshalb keinen durchgängigen Stil hatte, weil ihr Charakter ebenso vielschichtig war.

Einerseits liebte sie die Ruhe, die Einsamkeit. Sie war

ein Denker, ein hoffnungsloser Träumer. Ihre Fantasie und Kreativität waren entweder voll da oder gar nicht. Asra produzierte an einem Tag mehrere Fotos oder Zeichnungen, dann wieder monatelang nichts.

Der andere Teil ihres Charakters war laut und impulsiv. Sie war voller Abenteuerlust und wollte ihre Gedanken in die Welt hinausschreien. Sie mochte keine Menschenmengen und dennoch genoss sie einige spezielle Momente. Die Lautstärke um sie herum und die unterschiedlichen Menschen, die sie beobachten konnte. Sie wollte der Schatten sein, der von der Ferne aus zusah. Doch sobald ein fremder Mensch sie wahrnahm und sie ansah, fühlte sie sich unwohl. Im Mittelpunkt zu stehen, war das Unangenehmste, was Asra passieren konnte und dennoch brauchte sie es, von den Personen wahrgenommen zu werden, die sie mochte.

So war es auch mit Adrian. Sie hatte ihn wirklich gern und genoss es, Zeit mit ihm zu verbringen. Es war erfrischend anders, mit jemanden unterwegs zu sein, der ständig im Mittelpunkt stand und sich dessen auch vollkommen bewusst war. Es war okay für sie, solange sie wusste, dass der Abstand zwischen ihnen groß genug war. So war es nun einmal – Asra wollte alles und nichts zugleich. Stille und Lärm. Einsamkeit und Freundschaft. Schwarzweiß und Farbe. Licht und Dunkelheit. *Vor allem seine Dunkelheit,* dachte sie plötzlich und ihr Herzschlag beschleunigte sich.

»Wir müssen langsam aufbrechen«, unterbrach Stan ihre Gedanken und sie nickte niedergeschlagen.

»Schade.«

»Ich weiß. Ich würde auch lieber hier bleiben, anstatt stundenlang nach Frankfurt zurückzufahren.« Er seufzte gequält und packte seine Sachen zusammen.

Asra stopfte ihr Handtuch in die Tasche, zog ihr rosarotes Shirt über und warf einen letzten Blick über den See. Von hier aus konnte sie sogar die Glasfront des Hauses von Adrians Vater durch die Bäume hindurchblitzen sehen. *Diese Welt besteht aus so vielen Erinnerungen, die immer wieder durch bestimmte Dinge hervorgerufen werden*, dachte sie fasziniert. Dann riss sie sich kopfschüttelnd von dem Anblick los und hakte sich lächelnd bei Stan unter. »Lass uns gehen.«

Er nickte fröhlich und sie schlenderten Arm in Arm den Weg zum Parkplatz zurück. Asra öffnete als Erste die Tür und Hitze schlug ihr entgegen. »Dein Auto ist eine Sauna!«, rief sie lachend und ließ sich trotzdem auf den heißen Sitz fallen.

Stan startete den Motor, um die Klimaanlage einzuschalten. Asra lachte, als er das heiße Lenkrad berührte und fluchte.

»Sei froh! Mein Frosch hat nicht mal eine Klimaanlage. Ich werde morgen sicher gebraten, wenn ich von der Uni nach Hause fahren muss.«

»Du wirst es überleben«, erwiderte Stan schadenfroh und warf sein Handtuch auf den Rücksitz.

»Ich wette, das ist in fünf Minuten trocken«, sagte Asra und warf ihres ebenfalls auf die aufgewärmte Rückbank. Dann steckte sie ihr Handy ans USB-Kabel und wählte ihre Lieblings-Playlist aus.

Stan lenkte das Auto zurück auf die Hauptstraße und Asras Miene hellte sich durch die Musik schnell auf, auch wenn ihr bewusst war, dass dies die letzten paar Minuten sein würden, die sie mit ihm verbrachte. Sie drehte lauter und als sie zu ihrem Freund hinübersah, erwiderte er ihren Blick grinsend.

Dann sangen sie beide lautstark zum Song *Savior* von *Rise Against* mit und Asra fühlte sich wieder wie fünfzehn. Es war ihr egal, wie falsch sie sang und sie schämte sich auch nicht vor Stan, der zu ihrem Bedauern unwahrscheinlich gut singen konnte.

Die restliche Fahrtzeit verbrachten sie lachend und singend und es half ihnen für einige Minuten, den Ernst des Lebens zu vergessen. Erst als Stan in ihre Einfahrt einbog, schlich sich ein Funke Trauer in ihr Herz. Er parkte direkt vor dem Haus und ließ den Motor laufen.

Keiner von beiden dachte daran, auszusteigen, bevor der Song von *Billy Talent* nicht zu Ende war. Stan entfernte den Stecker ihres Handys und stellte den Motor ab.

Asra seufzte enttäuscht. »So etwas sollten wir viel öfter machen«, schlug sie vor. »Hat irgendwie etwas Therapeutisches, findest du nicht? Vielleicht solltest du die Psychologie in eine ganz neue, revolutionäre Richtung treiben? Mach was aus deinem Leben, Stan!«

Er lachte. »Weißt du was, das wäre eigentlich ein spannendes Konzept. Leute, die eine Therapie nötig haben, setze ich einfach in ein Auto und lasse sie zu Punkrocksongs mitsingen.«

»Damit wirst du reich! Aber du musst mir einen Anteil zahlen, es war meine Idee«, erwiderte Asra und grinste verschwörerisch.

»Soll mir recht sein«, antwortete Stan, während er aus dem Auto stieg.

Asra packte ihre Sachen und Stan hielt ihr die Tür auf. »Deine Mutter hat dich einfach gut erzogen. Stan, ich glaube, wir sollten es doch noch einmal miteinander versuchen«, scherzte sie und umarmte ihren Freund zum Abschied.

»Das merke ich mir«, sagte er gedankenverloren und gab ihr einen Abschiedskuss auf die Stirn. »Halte durch. Bald bin ich wieder da und dann genießen wir den Sommer. Und halte mich ja auf dem Laufenden, was Adrian angeht.« Er zwinkerte ihr zu und stieg zurück in sein Auto.

Asra sah ihm so lange nach, bis das Auto außer Sicht war. Dann stieg sie die Stufen zur Veranda hinauf und schloss die Haustür auf.

Lucy schien noch nicht zu Hause zu sein und als könnte der Zufall nicht größer sein, klingelte ihr Handy, das sie immer noch in der Hand hielt. Es war ihre Mutter und sie nahm an. »Mama?«

»Hallo, mein Schatz! Ich wollte dir nur schnell Bescheid geben, dass es heute später wird. Ich habe Sarah überredet, nachher mit mir ins Kino zu gehen. Stan hat recht, sie braucht wirklich etwas Ablenkung.«

»Kein Thema, macht euch einen schönen Abend«, antwortete Asra und lief mit dem Handy am Ohr nach oben in ihr Zimmer.

»Ist Stan noch bei dir? Wir haben gekocht und wollten zusammen essen«, fragte Lucy. »Du kannst ja mitkommen!«

»Er ist leider schon weg und sollte demnächst bei euch sein. Aber nicht so schlimm. Ich ernähre mich einfach von Tiefkühlpizza«, erwiderte sie grinsend.

»Na gut, bis später! Ich habe übrigens Eispads im Gefrierfach, für deine Wange«, erklärte Lucy und legte kichernd auf.

Asra warf das Handy auf ihr Bett und schüttelte den Kopf. »Die bringen jetzt auch nichts mehr«, murmelte sie und sah auf die Uhr. Es war fünf und die Sonne stand immer noch hoch am Himmel. Sie beschloss, nun endlich unter die Dusche zu gehen, um seinen Geruch endgültig loszuwerden. Der Rauch hing nach wie vor in ihren Haaren.

Sie streifte sich das Shirt und den Bikini vom Körper und warf beides in den Wäschekorb. Dann stieg sie unter das kühle Wasser und benutzte extra viel Shampoo und Seife. Nur um sicher zu gehen, natürlich.

Als sie sich in ihr flauschiges Handtuch gewickelt hatte, sah sie noch einmal in den Spiegel. Asra sah immer noch unglaublich müde aus und ihre Wange war genauso blau wie heute Morgen. Aber sie fühlte sich stärker und schwor sich, dass sie den Tränen heute keine Chance mehr geben würde.

Sie umklammerte tröstend ihren Würfel und ging in ihr Zimmer zurück, um sich ein bequemes, graues Shirt und eine Leggins überzuziehen. Dann schnappte sie sich ihr Skizzenbuch und ihr Handy und stieg die schmalen Stufen zum Dachboden hinauf.

Hier oben war es ziemlich warm und sie öffnete die Fenster auf beiden Seiten, um einen Durchzug zu erzeugen. Jetzt wehte zumindest ein kühles Lüftchen durch den Raum und ließ die Staubpartikel im Licht tanzen.

Asra ließ sich auf ihre Couch am Fenster fallen und sah zum grünen Wald hinüber. Dann öffnete sie ihr Buch und schlug eine freie, weiße Seite auf.

Wie in Trance kritzelte sie mit Bleistift darin herum und ließ ihrer Kreativität und ihren Gefühlen freien Lauf. Sie zeichnete eine Belladonna, mit ihren kleinen, tödlichen schwarzen Beeren. Sie gestaltete das Bild in schwarz-weiß, nur die magischen Adern malte sie mit blauer Aquarellfarbe, damit sie noch stärker hervorstachen.

Als sie fertig war, blätterte sie hektisch um und begann damit, Narahs ernstes Gesicht zu skizzieren. Direkt daneben malte sie Jorah, dessen weiche Gesichtszüge sie so deutlich vor ihrem inneren Auge sah, als wäre er wirklich hier. Eigentlich besaß sie kein bildliches Gedächtnis, dennoch konnte sie sich die Dinge in Arkana besser einprägen als hier in der realen Welt.

Sie zeichnete immer weiter und füllte Seite um Seite. Die Sonne sank tiefer und tauchte den Himmel in ein wunderschönes Abendrot. Sie konnte nicht aufhören, aus Angst, die Muse würde sie verlassen, sobald sie eine Pause machte. Also aß sie nichts und bewegte sich keinen Schritt von ihrer Couch weg.

Ihre Haare waren inzwischen getrocknet und wellten sich leicht, so wie sie es immer taten, wenn sie keinen Fön benutzte. Das Petrol war durch das Wasser und die Sonne ziemlich ausgeblichen, doch im Moment war ihre Haarfarbe das absolut Letzte, um was sie sich Sorgen machte.

Sie zeichnete, bis ihr die Finger weh taten und der Bleistift um die Hälfte geschrumpft war. Sie zeichnete, bis ihr vor Anstrengung und Müdigkeit die Augen zufielen und das Notizbuch dumpf auf dem Boden aufschlug. Die Dämmerung tauchte den Dachboden in ein tiefblaues und rötlich schimmerndes Licht. Die Traumfänger wirbelten in der abkühlenden Abendluft umher und sie fiel in einen tiefen Schlaf, noch ehe das letzte Licht des Tages erloschen war.

Doch Asra träumte nicht.

Weder von Arkana noch von Adrian noch von irgendetwas anderem. Und dennoch war es genau das, was ihr Körper und ihre Seele gerade am dringendsten brauchten.

Einen schwarzen, erholsamen Schlaf ohne Bilder, ohne Gefühle, ohne Angst. Und Asra schlief, bis das erste Licht der Morgensonne sie weckte.

Sie gähnte und sah schlaftrunken auf die Holzbalken über ihr, an denen allerlei Kristalle und Fundstücke baumelten. Zwischen Muscheln und Federn, die an hauchdünnen Fäden befestigt waren, drehte sich getrocknete Kamille vom letzten Sommer. Die Blüten verströmten einen grünen, krautartigen Duft.

Erst nach einigen Minuten realisierte sie, dass sie auf dem Dachboden eingeschlafen war.

Sie lauschte und hörte das Zwitschern der Vögel, das durch das offenstehende Fenster hereindrang. Dieser Moment war so voller Ruhe und Vollkommenheit, dass sie erneut ihre Augen schloss und tief die nach Tau und Gras duftende Morgenluft einatmete.

Diesen Geruch liebte Asra mehr als alles andere. Nur im Sommer rochen die nasse Erde und das saftige Grün der Wiesen so unwahrscheinlich gut. Es löste ein starkes Gefühl von Nostalgie in ihr aus, dass sie völlig in Besitz nahm. Eine tiefe Geborgenheit breitete sich in ihr aus wie ein Meeresrauschen, das sanft in ihrem Inneren wogte und jeden Schmerz unter sich begrub.

Sie wusste nicht, wie lange sie in diesem Zustand des Halbschlafes dalag – die Zeit hatte einmal wieder jegliche Bedeutung verloren.

Asra war kurz davor, wieder in einen tiefen Schlaf einzutauchen, als plötzlich ihr Handy klingelte. Sie hatte vergessen, auf lautlos zu stellen, und wurde unsanft aus ihrem Halbschlaf gerissen. Sie grummelte, tastete halb blind um sich herum und fühlte dann etwas Kaltes unter dem Kissen. Sie hielt sich das Smartphone vors Gesicht und fluchte, als ihr das Entsperren nicht beim ersten Anlauf gelang.

»Verdammt, ja?«

»Asra? Bist du krank?«

»Nein, wieso? Wer will das überhaupt wissen?«, fragte sie wütend und rieb sich mit der freien Hand über die Augen.

»Du bist seltsam. Ich bin's, Adrian. Und du hörst dich an, als würdest du noch im Bett liegen und schlafen. Heute ist Montag, nur so zur Info.«

»Ach du heilige …«, rief sie und setzte sich ruckartig auf.

»Dann habe ich mit meiner Vermutung wohl ins Blaue getroffen«, antwortete Adrian.

Asra konnte sich sein spöttisches Grinsen nur allzu deutlich vorstellen. »Nein, hast du nicht. Ich liege auf der Couch«, giftete sie und war bereits dabei, die Treppe hinunterzulaufen.

»Soll ich sagen, dass du krank bist?«, schlug Adrian vor.

»Nein, ich komme. Lass dir was einfallen. Sag einfach, vor mir ist ein Unfall passiert und ich stehe im Stau. Oder ein Ufo ist vor mir auf der Straße gelandet, was weiß ich. Sei kreativ!«, erwiderte sie und schlüpfte bereits in ihre Chucks. Sie schnappte sich ihre Tasche und warf einen kurzen Blick in den Spiegel. »Praktisch, dass ich angezogen eingeschlafen bin«, murmelte sie und zuckte mit den Schultern.

»Ich bin verwirrt«, sagte Adrian.

Sie hatte fast vergessen, dass sie ihn noch am Handy hatte.

»Ich fahre jetzt, bis gleich!«, erklärte sie knapp und legte auf, ohne eine Antwort abzuwarten. Dann stürmte sie auch schon nach unten und fand einen Zettel auf dem Küchentisch vor. Lucy hinterließ ihr immer Nachrichten, wenn es um ihre Arbeitszeiten ging. Sie hatte zwar einen festen Plan, aber sie machte meistens Überstunden und sprang ein, wenn Not am Mann war.

Asra wusste, dass ihre Mutter eine gute und geschätzte Ärztin im Krankenhaus war. Sie hatte eine besondere Gabe, mit Menschen umzugehen. Es war bewundernswert, mit wie viel Herz Lucy diesen Beruf ausübte. Asra könnte niemals ertragen, was Lucy jeden Tag mitansehen musste. Kinder und Jugendliche, die an Krebs erkrankt waren und auf die schlimmste Art und Weise leiden mussten. Zu Lucys Aufgaben gehörte nicht nur die Krebsbehandlung, sondern auch, die Erkrankten und ihre Familien zu betreuen und seelisch zu unterstützen.

Lucy hatte schon viele Menschen sterben gesehen und Asra wusste nicht, woher sie diese Ruhe und Kraft nahm. Sie opferte sich jeden Tag erneut für andere auf und gab ihr Bestes, um zu helfen und den Kindern Hoffnung zu geben.

Asra warf einen Blick auf das Stück Papier. Lucy hatte Frühschicht und war bereits seit fünf Uhr morgens in der Arbeit. *Meine Mutter ist dreiundvierzig, geht bis spät abends aus und schafft es sogar, pünktlich in die Arbeit zu kommen. Und ich bin achtzehn und fühle mich, als hätte ich die Kontrolle über mein Leben verloren.* Sie seufzte theatralisch.

»Ich bin stolz auf dich, Mama«, flüsterte sie und nahm ihre Schlüssel von der Ablage. Dann verließ sie ungeschminkt und mit zerzausten Haaren das Haus. Noch nie zuvor war sie so in die Uni gegangen, doch aus irgendeinem Grund scherte sie sich heute einen feuchten Dreck darum, was die anderen von ihr denken würden. Allerdings musste sie zugeben, dass sie hoffte, Adrian würde sie so nicht mehr attraktiv finden und in Ruhe lassen.

Asra stieg ins Auto und drückte aufs Gas. Die vierzig Minuten Fahrt vergingen wie im Flug und ehe sie sich versah, parkte sie ihren Frosch schief am Straßenrand. Sie fiel beinahe über ihre eigenen Füße, als sie ausstieg und betrachtete mit gerunzelter Stirn ihr Werk. Immerhin hatte sie einen

Schattenparkplatz ergattert und schlug zufrieden die Tür zu. Ihre schlechten Parkkünste ignorierte sie gekonnt und setzte sich ihre runde Sonnenbrille auf die Nase.

»Dann mal los«, murmelte sie und hing sich ihre Tasche über die Schulter. Ohne nach links oder nach rechts zu schauen, lief sie über die Straße zum Universitätsgebäude hinüber und musste sich erst einmal krampfhaft daran erinnern, wohin sie überhaupt musste. *Montag. Montag. Montag … Bildbearbeitung!*, fiel es ihr wieder ein und sie marschierte festen Schrittes durch das Foyer. Nachdenklich und verwirrt zugleich schlug sie die richtige Richtung ein. Sie schob sich ihre Sonnenbrille zurück ins Haar und grinste. *Heute ist mein Glückstag,* dachte sie, als sie einen Blick auf ihr Handy warf. Es war gerade Stundenwechsel und wenn sie Glück hatte, würde es dem Professor gar nicht auffallen, dass sie erst jetzt kam. Sie beschleunigte ihre Schritte und sah die noch offenstehende Tür des Computerraumes. Das war definitiv ein gutes Zeichen und bedeutete, dass der Richter vermutlich noch nicht da war.

Asra rauschte in das Zimmer und warf ein kurzes »Morgen« in den Raum. Die meisten Studenten ignorierten sie und starrten in ihre Smartphones oder plauderten miteinander. Fabian, mit dem sie so gut wie noch nie ein Wort gewechselt hatte, begrüßte sie und Asra warf ihm einen verwirrten Blick zu. Er saß neben Adrian, der überschwänglich auf den anderen freien Platz neben sich zeigte. Ihre Jeansjacke hing bereits an der Lehne des Stuhls und ein Becher mit Kaffee stand vor ihr auf dem Tisch.

»Ist der etwa für mich?« Sie lächelte und setzte sich. Dann redete sie sich ein, dass sich absolut nichts zwischen ihnen geändert hatte und alles gut war.

Adrian nickte. »Ich weiß, dass du keinen Kaffee magst, aber ich dachte, du hast ihn heute sicher nötig«, erklärte er. »Außerdem habe ich extra viel Zucker reingetan.«

»Ich schulde dir etwas«, erwiderte sie dankbar. »Eigentlich hätte ich dir einen Kaffee bringen müssen.«

Er bedachte sie mit einem nachdenklichen Blick und sie wandte ihr Gesicht von ihm ab.

»Geht es dir gut, Asra?«

»So sehe ich immer aus, wenn ich kein Make-up trage«, scherzte sie. Allerdings hörte sich ihr Sarkasmus heute ziemlich jämmerlich an. Seine braunen Augen musterten sie weiterhin und eine tiefe Unruhe breitete sich in ihrem Magen aus. »Hör bitte auf, mich so anzustarren«, murmelte Asra und tat so, als würde sie Nachrichten auf ihrem Handy checken.

»Du siehst wirklich aus wie ein anderer Mensch«, stellte er fest.

»Vielleicht bin ich ja gar nicht Asra, sondern ein Alien aus einer anderen Welt?« Sie sah ihm tief in die Augen und grinste.

»Kannst du nicht ein Mal ernst bleiben?«

»Ich kann niemanden ernst nehmen, der in der Uni ein *Gucci* T-Shirt trägt«, erwiderte sie und lachte.

Adrian seufzte und fuhr sich durch seine tiefbraunen Haare, die kürzer waren als sonst.

»Warst du beim Friseur?«, fragte sie, um vom Thema abzulenken. Sie war schon immer geschickt darin gewesen, Gespräche unauffällig und manipulativ in eine andere Richtung zu lenken.

»Ja, musste sein. Im Sommer werden die dichten Locken sonst viel zu warm«, erklärte er und zuckte mit den Schultern.

»Steht dir.«

»Und dir steht das *kein Make-up.*«

Asra schwieg und startete den PC.

Wenige Sekunden später marschierte Professor Richter fröhlich pfeifend in den Raum und begrüßte die Studenten. Die nächste Stunde hielt er einen Vortrag über *Dodge and Burn* und zeigte ihnen verschiedene Techniken mit Photoshop.

Asra hörte zwar zu, schaffte es aber nicht, sich richtig zu

konzentrieren. Am Ende der Stunde hatte sie bereits das meiste wieder vergessen.

»Fällt dir eigentlich gar nichts auf?«, flüsterte Adrian.

»Nein, was denn?«, murmelte sie und sah sich im Raum um. Dann fiel es ihr wie Schuppen von den Augen. »Lisa ist nicht da!«

»Sie hat sich wohl krankgemeldet«, erklärte Adrian und gab sich nicht einmal die Mühe, ein Grinsen zu unterdrücken.

»Ich verstehe einfach immer noch nicht, warum sie mich so sehr hasst«, brummte Asra und starrte auf den Bildschirm.

»Vergiss es einfach und mach dir keinen Kopf darüber. Wie gesagt, sie wird dich von nun an in Ruhe lassen.« Adrian schien sich dessen ziemlich sicher zu sein. »Deine Wange sieht übrigens übel aus.«

»Da werde ich noch längere Zeit etwas davon haben«, erwiderte Asra und die Wut kroch erneut in ihr hoch.

»Willst du nach der Uni noch in den Park?«, fragte er plötzlich.

»Klar«, antwortete sie. »Wir müssen ja noch unser Tauschgeschäft abschließen«, fügte sie hinzu und zeigte auf ihre Jacke.

»Ja, sonst behalte ich die Jacke nämlich. Sie passt mir und steht mir ausgesprochen gut.« Er grinste und verschränkte die Arme vor der Brust.

»Du mit deinem großen italienischen Ego …«, begann sie schmunzelnd, »… würdest niemals eine secondhand Jeansjacke tragen.«

Professor Richter sah alarmierend oft in ihre Richtung und Asra schwieg vorsichtshalber, bevor es noch Ärger gab. Adrian unterhielt sich in der Zwischenzeit flüsternd mit Fabian und verrichtete nebenbei seine Arbeit am PC, als wäre es ein Kinderspiel. Asra hingegen verschwand wieder in ihrer eigenen Gedankenwelt.

Die nächsten Stunden vergingen quälend langsam und rasend schnell zugleich. Asra war nicht voll da und es fühlte sich an, als würde sie Schlafwandeln. Halb wach und halb im Traum versunken. Die restlichen zwei Stunden lauschten sie einem Vortrag über Produktfotografie und Asra musste sich zusammenreißen, um nicht einzuschlafen. Am liebsten hätte sie einfach ihren Kopf auf den Tisch fallen lassen, doch sie riss sich tapfer zusammen.

Als endlich auch die restliche Zeit verstrichen war, atmete sie erleichtert auf. Sie wusste selbst nicht, was seit den letzten Wochen in sie gefahren war. Normalerweise ging sie gerne zur Uni und tat sich unglaublich leicht damit, neue Dinge zu lernen. Sie hatte diesen Traum schon lange vor Augen und wollte nichts sehnlicher, als irgendwann eine selbstständige Fotografin zu sein. Sie wollte ihr Geld mit ihrer Kunst verdienen und ihr Hobby zum Beruf machen. Aber seitdem sie regelmäßig nach Arkana reiste und die anderen kennengelernt hatte, war ihr normales Leben so sehr aus den Fugen geraten, dass ihr alles in der realen Welt unglaublich schwerfiel.

Adrian stieß ihr unsanft den Ellbogen in die Seite. »Über was grübelst du schon wieder nach?«

»Über nichts. Lass uns endlich gehen«, erwiderte sie monoton und packte ihre Sachen.

Sie verließen die Uni schweigend und als sie im Freien standen und die heißen Sonnenstrahlen auf sie hinunter brannten, marschierte Asra kurzerhand auf ihr Auto zu. »Lass uns fahren. Es ist viel zu heiß zum Laufen.«

»Von mir aus«, antwortete er schulterzuckend, folgte ihr und ließ sich kurz darauf auf den Beifahrersitz fallen.

Asra öffnete alle Fenster und warf Adrian einen entschuldigenden Blick zu. »Ich habe leider keine Klimaanlage. Aber ich parke zur Feier des Tages mal richtig verschwenderisch in der Tiefgarage. Dann wird mein Auto wenigstens nicht zur Sauna.«

Adrian grinste und lehnte sich lässig aus dem Fenster.

Keine zehn Minuten später parkte Asra bereits in der teuersten Parkgarage der Stadt. Adrian wollte das Ticket bezahlen und sie war so frei, sein Angebot anzunehmen.

»Danke. Macht es eigentlich Spaß, die Kohle deines Dads so zu verprassen?«

»Total. Unterschätz das aber nicht! Es kann ganz schön anstrengend sein, so viel Geld im Monat zur Verfügung zu haben.«

Asra lachte. »Deine Probleme möchte ich haben.«

Sie verließen das graue Betongebäude und mussten nur noch die Straße überqueren, um in den Park zu gelangen. Die kleinen Kieselsteine knirschten unter ihren Füßen, als sie gemächlich den angelegten Weg entlangschlenderten. Auch wenn Asra diesen Ort mochte, war ihr die unberührte Natur des Waldes hinter ihrem Haus lieber. Hier wirkte alles zu künstlich, zu arrangiert. Für die Stadtmenschen musste dieser Park jedoch wie ein rettender Zufluchtsort sein. Trotz der Hitze waren viele Leute unterwegs, aßen gut gelaunt Eis oder lagen auf Decken im Gras unter den Schatten spendenden Bäumen. Asra steuerte auf einen Kiosk zu und bestellte einen Kaffee für Adrian und vier Donuts.

»Wer zur Hölle soll denn vier Donuts essen?«, fragte er amüsiert.

»Ich habe das schon gut kalkuliert. Da du ja deine mega trainierte Figur nicht ruinieren darfst, ist einer für dich. Die restlichen drei selbstverständlich für mich«, erklärte sie ernst.

»Klingt logisch«, erwiderte er und zog eine Augenbraue hoch.

»Sag ich doch! Außerdem habe ich heute nicht gefrühstückt«, sagte sie und gab weiterhin die Richtung vor. Asra suchte nach einem weniger überfüllten Platz und ließ sich zufrieden im Schneidersitz auf dem Gras nieder. Adrian setzte sich ihr gegenüber und musterte sie weiterhin unverhohlen. Er hielt seinen Becher Kaffee in den Händen und war für Asras Geschmack viel zu ruhig.

»Wenn du mich auslachen willst, tu dir keinen Zwang an«, meinte sie sarkastisch. »Damit kann ich umgehen.«

»Warum ist es dir so unangenehm, wenn ich dich ansehe?«, fragte er und schien nicht die leiseste Ahnung zu haben, warum sich Asra so verhielt.

»Keine Ahnung. Ich fühle mich dabei irgendwie nicht wohl. Vor allem, weil ich nicht weiß, warum ich angestarrt werde«, antwortete sie ausgesprochen ehrlich und biss in einen der Donuts.

»Du wirst angestarrt, weil du schön bist, Dummerchen«, sagte er mit einer Selbstverständlichkeit, die ihr nur noch mehr Unbehagen bereitete.

Asra schwieg, weil sie nicht wusste, was sie darauf antworten sollte.

»Willst du gar nichts darauf sagen?«, fragte er und betrachtete sie abschätzend. Seine Augen funkelten, als würde er die Ungeduld nur mit aller Kraft unterdrücken können.

»Na ja …«, begann sie zögernd, »vielleicht finde ich es deshalb schräg, weil du mich anfangs immer blöd angemacht hast. Ich dachte, du kannst mich nicht leiden und findest mich abstoßend. Es ist seltsam, dass du mir jetzt sagst, dass ich schön bin. Ich habe dich eher zu der Sorte gezählt, die Mädchen wie Lisa schön findet.«

Sie wusste nicht, woher sie den Mut nahm, ihm diese Dinge zu sagen. Asra griff bereits nach dem nächsten Donut und biss hinein. Den Zucker brauchte sie dringend. Allerdings bewunderte sie es, wie Adrian so locker bleiben konnte. Ihm schien dieses Gespräch nicht im Geringsten unangenehm zu sein. Es schien ihm sogar Spaß zu machen, denn er dachte nicht daran, das Thema zu wechseln.

»Darf ich dir eine persönliche Frage stellen?« Er nahm einen Schluck von seinem Kaffee und lächelte, als er ihren skeptischen Blick bemerkte. »Keine Angst, es ist keine schlimme Frage.«

»Dann frag«, erwiderte Asra und zupfte an ein paar Gänseblümchen herum.

»Magst du mich?«

»Klar, du bist nach Stan mein zweitbester Freund«, antwortete sie. »Und wenn ich dich nicht mögen würde, wär ich jetzt auch nicht hier.«

Jetzt druckste Adrian herum, dennoch klang er selbstbewusst wie immer. »Das ehrt mich natürlich sehr. Aber, magst du mich so, dass ich dich auch um ein richtiges Date bitten darf?«

Asra schluckte und starrte ihn mit großen Augen an. Sie überlegte sich eine Antwort, doch Adrian setzte bereits erneut an.

»Jetzt schau doch nicht so entsetzt!«, bat er amüsiert und lachte.

Ihr Blick milderte sich nur langsam von *was-zur-Hölle* zu einem einfachen *kann-mich-bitte-wer-erschießen.* Allerdings war sie erleichtert, dass er die Situation mit Humor nahm.

Adrian fuhr sich nervös durch die Haare und sprach weiter. »Es muss ja noch nicht jetzt sein, irgendwann einmal. Wenn du mich besser kennst. Ich will nicht, dass du dich von mir bedrängt fühlst, oder so.«

Ihre Finger drückten sich fester in den weichen Teig des Donuts und der grobkörnige Zucker drückte sich in ihre Haut, bevor er langsam in der Wärme schmolz. Schweigend sah sie in seine tiefbraunen Augen, doch sie wusste nicht, wonach sie suchte. Und auch nicht, ob überhaupt Gefühle da waren, die sie hätte finden können. Aus irgendeinem Grund erleichterte es sie, dass er so ehrlich zu ihr war. Das Gespräch war gar nicht so schlimm verlaufen, wie sie gedacht hatte. Die Angst davor war völlig unbegründet. Jetzt war sie froh, dass es sich in eine Richtung entwickelte, mit der sie leben konnte.

»Okay«, antwortete sie.

»Wirklich?« Sein Blick wurde weicher und er strahlte über das ganze Gesicht.

Asras Wangen glühten und sie wunderte sich, dass sie gerade

tatsächlich verlegen wurde. »Wir können ja einfach abwarten«, begann sie, »und in den Ferien kannst du mich ja vorsichtig noch mal nach einem Date fragen.«

Auch wenn er etwas enttäuscht wirkte, streckte er ihr die Hand entgegen. »Abgemacht?«

Lächelnd griff sie danach und drückte etwas zu fest zu. »Versprochen. Bis dahin werde ich aber bitte weiterhin deine seltsame, nervige Freundin sein, okay?«

»Damit kann ich leben«, entgegnete er und griff nach einem Donut.

Und sonderbarerweise war es von nun an wieder wie vorher. So, wie es vor der Party gewesen war. Sie waren wieder Asra und Adrian, zwei ungleiche Freunde, die über normale Dinge plauderten und einfach gern Zeit miteinander verbrachten. Die sich gegenseitig ärgerten und zumindest eine richtige Leidenschaft miteinander teilten: die Fotografie.

Die beiden verbrachten so lange Zeit im Park, bis die Sonne langsam hinter den Bäumen verschwand und die Wolken sich in rosa Zuckerwatte verwandelten.

Asra fühlte sich so befreit, wie schon lange nicht mehr, als sie sich von Adrian verabschiedete und zurück nach Hause fuhr. Die Landstraße lag wie ausgestorben vor ihr und sie beobachtete den dunkler werdenden Himmel am Horizont. Gewitterwolken zogen auf und der Wind hatte aufgefrischt, als sie die Auffahrt hinauffuhr und aus dem Auto stieg.

Die Luft war bereits getränkt vom Duft des Regens und sie stand noch eine ganze Weile im Garten und starrte in den nun blutroten Himmel. Die schnell dahinziehenden Wolken wurden immer mehr in ein tiefes Grau getaucht und wirkten wie ein getupftes Aquarell oder wie Wattebäusche, die man in Tusche getunkt hatte. Der Wind peitschte um ihren Körper und die ersten Donnerschläge erklangen unheilvoll in der Ferne. Die Laune der Natur war beängstigend und faszinierend zugleich.

*Wie er,* dachte sie plötzlich und konnte nicht mehr verhindern, dass sich sein Gesicht in ihre Gedanken drängte. *So gefährlich und doch so wunderschön.* Ihre Lippen bebten und sie hob das Kinn, bis sie nur noch den schwarzen Himmel über sich sah.

Und wieder dachte sie darüber nach, ob es nicht besser wäre, nicht mehr durch die Tür zu gehen.

Ob sie widerstehen könnte? Dem ziehenden Drang nach Abenteuern und dem bittersüßen Ruf der Sehnsucht?

Asra kannte die Antwort bereits und verstand nicht, warum sie sich diese Frage überhaupt noch stellte. Sie hätte bereits viel früher einen Schlussstrich ziehen müssen, dann hätte sie diesem Elend vielleicht noch entgehen können. Nicht einmal die stetig wachsende Gefahr hielt sie noch davon ab, Arkana zu betreten, so weit war es schon gekommen.

Regelmäßig setzte Asra ihr eigenes Leben aufs Spiel. Und für was? Für welchen Zweck? Tat sie es für ihre Freunde? Für Jorah, Narah und Midas? Sie alle drei waren ihr unwahrscheinlich ans Herz gewachsen und sie musste zugeben, dass längst nicht alles schlecht war, was ihr in Arkana widerfuhr. Diese Welt war zu spannend und zu faszinierend, um sie einfach ignorieren zu können. Ihre Magie hatte Asra bereits von der ersten Nacht an unwiderruflich in ihren Bann gezogen. Und sie wusste eines ganz genau: Egal, wie oft sie noch knapp am Tod vorbeistolpern würde und egal, wie oft ihr Petrichor noch eine Waffe an den Kopf hielte, sie würde, ohne zu zögern, wieder durch die Tür treten. Sie akzeptierte bedingungslos die Eventualität, von ihm getötet zu werden. Es war zu spät, um noch umkehren zu können.

Das Monster hatte seine Krallen bereits zu tief in ihr Herz gebohrt.

Und was tat das Reh – unter den Klauen des Raubtieres –, das bereits wusste, dass es sterben würde?

*Es ergab sich seinem Schicksal.*

# Kapitel 3

## *Requiem*

*Ich kann mich nicht mehr an den Zeitpunkt erinnern, der alles verändert hatte. War es plötzlich geschehen, von einer Sekunde auf die andere? Oder war es ein schleichender Prozess gewesen? Nein, ich konnte nicht sagen, wann meine Faszination für Petrichor zur Besessenheit geworden war. Wann sich diese fremden Gefühle wie Saatkörner in meiner Seele festgesetzt und langsam zu keimen begannen hatten.*

*Was hatte mich dazu gebracht, mich in ihn zu verlieben? In einen gefühllosen Menschen ohne jegliche Moral? Es schockierte mich und machte mir Angst. Ich versuchte, Abstand zu halten und ihm aus dem Weg zu gehen. Dennoch zog es mich immer wieder magisch in seine Nähe. Ich konnte es nicht verhindern. Seine Dunkelheit zog mich in ihren Bann – ich konnte ihr nicht entfliehen. Die Schatten hatten bereits seit unserem ersten Treffen ihre Widerhaken in mein Herz gebohrt.*

*Die Gefahr berauschte mich und machte mich süchtig. Wann hatte ich so sehr meine Selbstbeherrschung verloren? Meinen Sinn für Realität? Jegliche Logik war aus mir gewichen und vielleicht fand ich Gefallen daran, mich selbst zu verletzen. Vielleicht benutzte ich Petrichor als eine selbstzerstörerische, verführerische Droge, die sich zu gut anfühlte, um clean zu bleiben. Ich wusste, dass es falsch war. Dass ich mich benahm wie eine Süchtige. Ihn zu küssen, war das absolut Dümmste und Fatalste gewesen, was ich jemals in meinem ganzen Leben getan hatte.*

*Er war wie eine Krankheit, die mich nach und nach auffressen und zerfallen lassen würde. Ich hatte mir meinen qualvollen Tod selbst ausgesucht. Es gab kein Zurück mehr. Petrichor würde mein Schicksal sein. Mein unaussprechliches Geheimnis. Meine absolute Selbstzerstörung.*

*Und er würde bis zum bitteren Ende tröstend meine Hand halten, während er mir lächelnd die Kehle durchschnitt.*

Die nächsten Wochen bis zu den Semesterferien verbrachte Asra hauptsächlich damit, für anstehende Klausuren zu lernen. Am Anfang fiel ihr das Lernen erstaunlich leicht und sie hatte schon einige gute Noten erzielt. Doch irgendwann begann das Ziehen in ihrer Brust unweigerlich stärker zu werden und es ließ sich nicht vertreiben.

Was dies bedeutete, wusste sie nur allzu gut: Die Sehnsucht nach Arkana wuchs. Das Gefühl war mit tiefem Fernweh zu vergleichen – vielleicht sogar mit Liebeskummer. Oder war es eine Mischung aus beidem? *Hiraeth,* war das Wort, das dieser Sehnsucht am nächsten kam, und das sie immer wieder in ihren Gedanken wiederholte wie ein Wiegenlied.

Ihr Herz schmerzte fürchterlich und das Atmen fühlte sich an, als lägen unsichtbare Hände um ihren Hals. Auch wenn sie sich unbewusst wünschte, dass die Tür bald auftauchen würde, ließ ihr Stolz die Wahrheit nicht zu. Sie lenkte sich mit aller Macht ab, telefonierte abends stundenlang mit Stan oder traf sich nach der Uni mit Adrian. Entweder lernten sie bei schönem Wetter zusammen im Park oder sie verbrachten Zeit in ihrem Lieblingscafé.

Der Sommer war nach wie vor heiß und in vielen Nächten entluden sich schlimme Gewitter über der Stadt. Asra wurde oft von lauten Donnerschlägen aufgeschreckt und fand danach nur schwer zurück in den Schlaf.

Die Tage verstrichen zähflüssig und rannen zugleich dahin. *Manchmal besaß die Zeit eine seltsame Konsistenz …*

Mittlerweile war der Juni dem noch heißeren Juli gewichen. Der letzte Tag vor den Ferien war unglaublich schnell vergangen und Asra war mit einem Gefühl der Freiheit im Herzen nach Hause gefahren. Vor allem freute sie sich auf die zwei entspannten Tage, die vor ihr lagen. Denn sie würde das ganze Wochenende sturmfrei haben. Lucy war mit Sarah in ein Wellnesshotel gereist und Stan würde erst am Montag zurückkommen. Er hatte am Wochenende noch ein Date und Asra freute sich jetzt schon darauf, ihn ausgiebig darüber auszuquetschen. Sie würde genauso lästig Fragen stellen, wie er es bei ihr mit Adrian tat.

Dieser würde die erste Woche in Italien bei seiner Mutter verbringen. Asra hatte ihm aufgetragen, dass er möglichst viele italienische Leckereien für sie mitbringen sollte. Außerdem hatte sie ihn schon seelisch darauf vorbereitet, dass er sich wieder von ihr fotografieren lassen musste. In den Ferien stand eine Projektarbeit an, die benotet werden würde, und die Aufgabe bestand darin, eine Serie von mindestens fünf Fotos zu einem bestimmten Thema zu erstellen. Zusätzlich musste ein passender Text dazu verfasst werden wie eine kleine Geschichte, die zu den Fotos passte.

In welche Richtung ihre Arbeit ginge, wusste sie schon ganz genau. Stan müsste auch als Model herhalten, ob er wollte oder nicht. Bis jetzt hatte er allerdings immer bei ihren verrückten Ideen mitgemacht und sich nicht einmal beschwert, wenn sie ihn mit Farbe oder Glitzer beschmiert hatte.

Spät am Abend hatte Asra geradezu ein fertig gestaltetes Fotoalbum im Kopf. Ihre Fantasie war lebendig genug, um sich die Ideen bildlich vorzustellen. Die Vorfreude auf die

Umsetzung hob ihre Stimmung. Sie ließ sich auf das Bett fallen und ließ die Gedanken fließen. Ihr Thema würde selbstverständlich von Träumen handeln. Explizit gesagt, um Alpträume. Und als wäre der Moment nicht passender gewesen, brach das nächste Unwetter herein. Sie hatte das Fenster geöffnet, um die schwüle Luft aus ihrem Zimmer zu vertreiben. Der Traumfänger tanzte wie wild im Kreis und der Sturm peitschte die Äste der Bäume umher. Die Böen rissen und zerrten erbarmungslos an Lucys Pflanzen, sodass Blütenblätter davon wehten und die Luft mit einem süßen, erdigen Duft tränkten.

Asra atmete die langsam kühler werdende Luft tief ein und lauschte dem Prasseln des Regens. Die Donnerschläge rollten in kurzen Abständen über den Himmel und grelle Blitze zogen sich über den gesamten Horizont, bis sie nach Sekundenbruchteilen wieder erloschen und die Nacht in Dunkelheit tauchten.

Asra lag nur in einem dünnen, hellgrauen Nachthemd auf dem Bett, dennoch war ihr viel zu heiß. Die Temperaturen waren heute permanent über der fünfunddreißig Grad Marke gelegen. Selbst der strömende Regen vermochte es nicht, die Hitze vollends aus ihrem Zimmer zu vertreiben.

Eine Hand lag an ihrem Würfel und sie fragte sich, was Petrichor und die anderen wohl gerade machten. Welchen Abenteuern sie hinterherjagten, oder ob jeder von ihnen seinen eigenen Angelegenheiten nachging. Sie hatte sich schon oft gefragt, was die anderen wohl mit ihrer Zeit anfingen, wenn sie nicht gerade mit Petrichor Aufträge des Alchemisten erledigten. Von Midas wusste sie lediglich, dass er sich heimlich unter einem falschen Namen in einer Universität eingeschrieben hatte und dort wissenschaftliche Vorlesungen besuchte.

Asra hatte ihn einmal gefragt, warum er nicht einfach aufhörte, für Petrichor zu arbeiten. Mit seinem Wissen und seiner Intelligenz könnte er es zu so viel mehr bringen als zu einem Dieb. Eine richtige Antwort hatte sie darauf noch nicht bekommen, weil immer etwas dazwischenkam. Sie schätzte, dass er seine Freunde einfach nicht im Stich lassen wollte. Midas war viel zu loyal und hatte ein zu großes Herz, um sein Wohl über das der anderen zu stellen. Trotzdem nahm sie sich fest vor, ihn beim nächsten Mal danach zu fragen. Ebenso erinnerte sie sich daran, dass er ihr seine Geschichte noch nicht zu Ende erzählt hatte. Wie und warum Petrichor ihn gerettet hatte und weshalb er so tief in seiner Schuld stand.

Asra lag noch lange Zeit wach und lauschte dem beruhigenden Prasseln des Regens. Langsam entfernten sich die Donnerschläge und die Tropfen fielen leiser und sanfter. »Ach Midas …«, flüsterte sie, als sie endlich in einen hypnotischen Schlaf sank und Arkana verführerisch ihren Namen hauchte.

Als Asra die Augen öffnete, stand sie unter dem alten Apfelbaum in ihrem Garten. Es regnete nicht mehr und der Sturm hatte sich gelegt.

Überrascht hob sie das Kinn und begutachtete die noch kleinen Äpfel, die bereits an den Ästen heranwuchsen. Doch sie waren nicht grün, sondern tiefschwarz wie die Früchte der Belladonna. Bei diesem Anblick regte sich etwas in ihr. Automatisch wanderte ihre Hand zu ihrem Würfel.

Die 0 lag kalt unter Asras Fingern – sofort wurde sie klar.

»Ich träume«, flüsterte sie und sah sich um. Die Tür war nirgends zu sehen. Doch als sie sich suchend im Kreis drehte, nahm sie plötzlich ein Geräusch wahr. Sie schloss die Augen, um sich besser auf das leise Summen konzentrieren zu können und um herauszufinden, woher es kam. Es klang wie eine weit entfernte Melodie, die der Wind wispernd zu ihr hinübertrug. Asra öffnete die Augen und drehte sich zum Wald um, der dunkel hinter dem Haus emporragte.

Und dann sah sie es.

Die Wurzeln des Apfelbaumes begannen blau zu leuchten und schienen sich unter ihr auszudehnen wie die Fäden eines

Spinnennetzes. Es war, als würden sie unter dem Boden in Richtung Wald dahinströmen.

Die Nacht um sie herum war finster und kein einziger Stern prangte am Himmel. Sie schauderte und folgte zögernd den blauschimmernden Linien, die ihr den Weg zu weisen schienen. Geschickt kletterte sie über den Gartenzaun und fragte sich, was sie wohl dieses Mal erwarten würde. Das Gras unter ihren Füßen war kühl und feucht, als sie sich Schritt für Schritt dem Waldrand näherte.

Als sie durch das Dickicht der Büsche trat, begannen die Fäden nur noch heller zu leuchten. Sie führten sie tiefer in den Wald hinein und noch immer war von der Tür keine Spur zu sehen. Asra wurde ungeduldig – die Dunkelheit und die immer lauter werdende Melodie machten sie langsam, aber sicher nervös. Sie wusste, dass sie ihr irgendwoher bekannt vorkam, erinnerte sich aber nicht mehr an den Namen des Komponisten. Jedoch klang dieses Werk viel düsterer und auf eine verquere Weise verzerrt und unheilvoll.

Sie zerkratzte sich die Arme an Dornenbüschen und stolperte unbeholfen durch die Dunkelheit. Die Linien führten sie abseits der Wege mitten durch die Wildnis. Normalerweise kannte sie den Wald in und auswendig, dennoch hatte sie vollkommen die Orientierung verloren. Das Adrenalin rauschte durch ihre Adern und sie folgte dem Leuchten immer hektischer. Sie rannte über den moosbewachsenen Waldboden und stolperte durch Bachläufe, doch allmählich schien sie sich dem Ursprung der Melodie zu nähern.

Mit letzter Kraft kämpfte sie sich durch einen Himbeerstrauch und zerfetzte sich ihr Nachthemd an den kleinen, spitzen Dornen. Völlig außer Atem taumelte sie auf eine kleine Lichtung. Im selben Moment stoppte die Melodie abrupt und tauchte die Nacht in eine gespenstische Stille. Der Himmel prangte schwarz über ihr und nur der Boden wurde von den blauen, pochenden Adern durchzogen, die sich über die gesamte Fläche vernetzten.

Düstere Gestalten standen auf der Lichtung verteilt, als wären sie mitten in der Bewegung zu Stein erstarrt. Asra konnte ihre Gesichter nicht erkennen. Mutig trat sie einen Schritt nach vorn.

*Nur ein Traum,* dachte sie und hielt nach der Tür Ausschau. *Es ist alles nur ein Traum, hier kann mir nichts passieren. Erst in Arkana bin ich verwundbar, oder?* Der Zweifel schlich sich hartnäckig in ihr Bewusstsein und steigerte ihre Nervosität ins Unermessliche. Der Geruch von Schwefel stieg ihr in die Nase und löste eine tiefe Angst in ihr aus.

Sie zwängte sich an den Schatten vorbei, krampfhaft bemüht, sie nicht zu berühren, um dem Leuchten weiter auf die Lichtung hinaus zu folgen. Doch plötzlich veränderte sich etwas. Die Linien begannen zu pulsieren und die Melodie ertönte erneut laut und deutlich. Sie erfüllte die Dunkelheit, ließ sie lebendig werden, erweckten die Schatten zum Leben. Blaue Funken erhoben sich und schwebten in der Luft wie Glühwürmchen.

Asra sah sich erschrocken um und betrachtete die Gestalten zum ersten Mal genauer. Ihr Herzschlag setzte für einen Sekundenbruchteil aus, als sich der Schatten vor ihr ruckartig bewegte. Das Licht wurde heller und der Schock war so intensiv, dass sie nicht mehr richtig atmen konnte.

Vor ihr stand auf einmal Midas, der ihr die Hand hinhielt, als würde er sie zum Tanzen auffordern. *Doch er hatte kein Gesicht.* Asra starrte in ein verzerrtes, leeres Etwas. Die Furcht wurde fast unerträglich. Sie hatte nicht einmal die Kraft, wegzulaufen. Asra drehte sich um und betrachtete die anderen Gestalten. Ungläubig riss sie die Augen auf, als ihr klar wurde, dass sie jeden Einzelnen von ihnen kannte. Und sie alle waren gekleidet, als würden sie sich auf einem festlichen Ball befinden.

*Stan, Adrian, Mama, Midas, Jorah und Narah, Lisa, sogar einige Professoren und Studenten*, dachte sie verwirrt und wusste nicht, was sie tun sollte.

Die Musik wurde lauter und dröhnte förmlich in ihrem Kopf. Die Melodie war so krank wie die Töne einer verzerrten, kaputten Spieluhr. Jeder Ton zupfte und zog unangenehm stark an ihrer Seele und an ihrem Verstand.

Sie sah sich panisch nach einem Ausweg um, doch die Gestalten drängten sich näher um sie und begannen, miteinander zu tanzen. Wie Marionetten – ruckartig und ohne fließende Bewegungen. Asra fühlte sich, als wäre sie in einem Horrorkabinett gefangen.

Der gesichtslose Midas packte sie grob an der Hand und zog sie zu sich. Sie wollte sich wehren, doch es war zwecklos. Der Schatten besaß unwahrscheinlich viel Kraft und wirbelte sie herum. Zog sie wieder zu sich, tanzte mit ihr wie mit einer Puppe. Asra wagte es nicht, in das verzerrte Nichts zu sehen. Es war zu beängstigend und schien ihre Willenskraft aufsaugen zu wollen.

Der Schatten stieß Asra fort und sie wurde von hinten von der nächsten Gestalt gepackt. Es war Stan, der einen schwarzen Anzug trug. Er riss sie grob herum und wirbelte sie mit festem Griff umher. Die Umgebung begann zu verschwimmen, zu verblassen. Sie wurde immer weiter herumgereicht, von einer Person zur nächsten. Aus dem Augenwinkel heraus dachte sie, die Tür am gegenüberliegenden Rand der Lichtung auszumachen. Doch jedes Mal, wenn sie den Schemen erkannte, wurde sie wieder herumgewirbelt. Sie tanzte mit den unterschiedlichsten Gestalten. Ihre Kräfte schwanden langsam, aber sicher dahin.

Keiner der Schatten gab einen Ton von sich und die Musik spielte lauter und schneller und Asra versuchte angestrengt, sich die Ohren zuzuhalten. Doch ohne Erfolg. Ihre Hände waren meist mit denen der Wesen verschränkt, lagen an Hüften oder wurden umklammert. Sie hatte keine Chance, sich aus den Griffen zu befreien.

Also fasste sie einen Entschluss.

Asra unterdrückte die Furcht mit dem restlichen Funken Willenskraft, der noch in ihr war, und tanzte. Sie tanzte und spielte mit und sie tat es mit voller Hingabe. Dabei griff sie immer nach der Hand der Personen, die sie näher an den Rand der Lichtung führten – der rettenden Tür entgegen.

Ihre Beine schmerzten und ihr war von den vielen Drehungen schwindelig. Doch ihr Plan funktionierte. Die Tür stand surreal zwischen den Bäumen und befand sich nur noch wenige Meter entfernt. Die blauen Lichter tanzten um sie herum und wäre der Moment nicht so bizarr gewesen, hätte sie es vielleicht sogar als schön empfinden können.

Asra tanzte gerade mit Narah, die ein flatterndes Kleid trug und schon mit der nächsten Umdrehung lag sie in den Armen der nächsten – und hoffentlich letzten – Schattengestalt. Doch als sie ihren Blick hob, war etwas anders als bei den vorherigen Schatten. Sie sah in sein Gesicht und ihr Herzschlag setzte aus.

Asra stolperte vor Schreck, doch Petrichor hielt sie fest. Sie starrte ihn entsetzt an, denn er war der Einzige, der kein verzerrtes Gesicht hatte. Er sah sie an, grinste diabolisch und seine Augen waren vollkommen schwarz.

Asra fühlte sich an einen Dämon erinnert und versuchte, sich aus seinem Griff zu befreien. Doch je mehr sie sich wehrte, desto fester drückte er zu. Sie wusste, dass es keinen Sinn machte. Also lächelte sie.

Und Asra tanzte.

Auch wenn sie wusste, dass nicht er es war, sondern ein surreales Monster aus einer alptraumhaften Sequenz, fühlte es sich so unglaublich real an.

Petrichor war vollkommen in schwarz gekleidet. Seine dämonischen Augen ruhten unablässig auf ihr.

Asra wandte den Blick ab und suchte nach einem Weg, zur Tür zu gelangen. Sie lag unmittelbar neben ihr und sie müsste sich nur für einen kurzen Moment aus seiner Umarmung befreien, um sie erreichen zu können. Was auch immer das für Wesen waren, sie versuchten Asras Erinnerungen – der Menschen aus ihrem Leben – perfekt zu imitieren. Allerdings verstand sie nicht, warum die Gesichter zur Unkenntlichkeit verzerrt waren. Ihr kam eine ziemlich verrückte Idee in den Sinn.

Petrichor wirbelte sie herum und zog sie im nächsten Augenblick wieder nah zu sich heran.

*Er ist nur ein Monster,* dachte sie und hätte fast selbst über ihren naiven Gedanken gelacht. *Egal in welcher Welt, egal in welchem Alptraum, er würde immer ein Monster bleiben. Egal auf welche Weise und in welcher Gestalt.*

Und Asra durchschaute den Dämon, noch ehe er seinen Plan in die Tat umsetzen konnte. Sie drückte sich an ihn und lenkte seine volle Aufmerksamkeit auf sie, indem sie ihm ihr verführerischstes Lächeln schenkte.

Doch das war ihr nicht genug. Sie musste sich auf die Zehenspitzen stellen, um die Arme um ihn zu schlingen und ihre Lippen auf seine zu drücken. Ihre Hände wanderten über seinen Rücken nach unten. Blitzschnell zog sie den Dolch von seinem Gürtel, den er unter seinem schwarzen Hemd versteckt hatte. Noch während er sie herumwirbelte, stach sie ihm die Klinge mitten ins Herz.

Er sah ihr fassungslos in die Augen und taumelte einige Schritte zurück.

Und Asra wusste eines ganz genau: Es gab nur einen einzigen Grund, wieso sie es hatte tun können. Warum sie keinen Augenblick gezögert hatte.

*Der Dämon roch nicht nach ihm. Und die Schatten umgaben ihn nicht – er war der Schatten höchstpersönlich. Und nicht einmal Petrichors Schatten wagten es, ihrem Gebieter die Stirn zu bieten.*

Asra vergeudete keine Sekunde, riss den Würfel von ihrem Hals und öffnete die Tür. Als sie einen letzten Blick über ihre Schulter warf, sah sie aus dem Augenwinkel, wie sich die Gestalten langsam wieder in wabernde Schatten ohne feste Form veränderten.

Nur Petrichor blutete schwarzes Öl aus seiner Wunde und löste sich langsam in tausende Aschefetzen auf, die sich in Motten verwandelten und in die Nacht davonflatterten.

Asra trat blitzschnell durch das Portal und diesmal warf sie zum ersten Mal kraftvoll die Tür hinter sich ins Schloss, bevor sie in die Dunkelheit hinabstürzte.

Bereits im nächsten Moment knallte sie mit voller Wucht gegen ein Bücherregal. Ein dumpfes Geräusch erklang, als einige der Bücher hinunterfielen und schwer auf dem marmornen Fußboden aufschlugen. Staub wirbelte ihr entgegen und sie musste niesen.

»Mensch, Asra! Mach doch nicht so einen Lärm!«, zischte Narah und wedelte entsetzt mit den Händen herum.

Kaum hatte das Mädchen ihren Namen ausgesprochen, kam auch schon Midas um die Ecke gestürmt und lief lächelnd auf Asra zu. »Asra! Schön, dich zu sehen«, flüsterte er und drückte sie fest an sich.

Diese musste erneut niesen und ließ sich kurz an Midas Schulter sinken. Sie war immer noch völlig erschöpft vom Tanzen und ihre Wangen waren vor Anstrengung gerötet. »Ihr glaubt ja nicht, was ich gerade Gruseliges erlebt habe …«, murmelte sie und löste sich sanft aus Midas Umarmung.

Narah hielt ihr eine enge, dunkle Hose und ein schlichtes Shirt entgegen. Während Asra hineinschlüpfte, sah sie sich neugierig um. »Wo sind wir?«, fragte sie und schnürte ihre Stiefel zu. Dann steckte sie ihr zerfetztes Nachthemd kurzerhand in das Regal hinter sich.

»In der Stadtbibliothek«, antwortete Midas.

»Eigentlich nicht zu übersehen«, erwiderte Asra und drehte sich einmal im Kreis.

Sie standen in einem schmalen Gang, im Schutze der Bücherregale. Es war Nacht, allerdings war es nicht völlig dunkel. Asra legte ihren Kopf in den Nacken und bewunderte die riesige Glaskuppel, die hoch über ihnen prangte. Der Himmel war klar und voller leuchtender Sterne.

»Warum braucht ihr eure Waffen in einer Bibliothek? Wollt ihr Bücher erdolchen?«, fragte sie in Gedanken versunken und starrte auf Narahs Schwert. Eigentlich wollte sie sarkastisch klingen, stattdessen schweifte ihre Aufmerksamkeit unweigerlich ab. Nachdenklich sah sie an ihren Freunden vorbei. Anstatt zu warten, bis jemand ihre Frage beantwortete, stellte sie sogleich die nächste. »Wo sind die anderen?«

»Petrichor kümmert sich gerade um die Wachen«, erklärte Narah und schien von Asras wirren Art jetzt schon genervt zu sein. »Und Jorah steht Schmiere.«

Asra machte ein paar Schritte vorwärts und spähte um das meterlange Regal in den dunklen Hauptgang hinein. Der Boden war mit großen, zweifarbigen Marmorfliesen schachbrettartig gemustert und so blank poliert, dass sich ihre Schatten darin im Mondlicht spiegelten. Sie entdeckte Jorah, der am anderen Ende des Raumes vor einer Tür stand und sein Schwert zum Angriff bereit in den Händen hielt.

»Warum wird eine Bibliothek so gut bewacht?«, fragte Asra irritiert. »Ich kann es natürlich absolut verstehen, wenn man Bücher stehlen will«, scherzte sie und trat in den Gang hinaus, »aber deswegen gleich Wachen aufzustellen?«

»Bleib lieber hier«, warnte Midas und hielt sie sanft an der Schulter fest. »Nicht, dass du wieder schreckliche Dinge mitansehen musst.«

»Wieso, tötet Petrichor gerade die Wachen?«, fragte sie ironisch und grinste.

Doch als Midas schweigend ihrem Blick auswich, verstummte sie.

»Nein …«, murmelte sie entsetzt.

»Keine Zeugen«, erklärte Midas leise. »Das ist eine seiner wichtigsten Regeln. Petrichor macht keine Ausnahmen.«

Asra schluckte und der Knoten in ihrer Brust zog sich

fester zusammen. »Und keiner von euch versucht auch nur, ihn davon abzuhalten?«

»Asra …«, begann Midas, doch Narah legte ihm eine Hand auf die Schulter. Er sprach seinen Satz nicht zu Ende.

»Du musst dich nicht vor ihr rechtfertigen«, murmelte sie und starrte Asra aus zusammengekniffenen Augen an. »Sie hat absolut keine Ahnung von diesem Leben.«

»Stimmt, habe ich nicht«, antwortete Asra kühl, »und dennoch weiß ich, was richtig und was falsch ist.« Langsam drehte sie sich um. »Habt ihr wirklich solche Angst vor ihm?«, fügte sie erstaunt hinzu, als sie den Grund für ihre Zurückhaltung begriff.

Als keiner von den beiden antwortete, zuckte Asra mit den Schultern und lief in Richtung Tür. »Ich gehe jetzt dem Monster Manieren beibringen.«

Sie hörte gerade noch Narahs Fluchen und wie sie Midas davon abhielt, ihr zu folgen.

»Lass sie gehen. Soll Petrichor sie doch erschießen! Mir soll's egal sein«, brummte das Mädchen und trat wieder hinter das Regal.

Asra hörte keine Schritte hinter sich, also ging sie davon aus, dass Midas auf Narah hörte. Im Moment kümmerte es sie nicht im Geringsten, denn nur ein einziges Ziel lag vor ihr. Sie durchquerte den Raum und verhielt sich so leise wie möglich. Ihre Schritte waren fast lautlos und Jorah schien sie noch nicht bemerkt zu haben. Asra vermutete, dass die Tür, vor der er stand, der Haupteingang war. Erst als sie unmittelbar vor dem Jungen stand, drehte er sich blitzschnell um und richtete sein Schwert auf sie.

»Du?«, flüsterte er überrascht und ließ die Klinge wieder sinken. »Du solltest besser zu den anderen gehen, sie verstecken sich hinter einem der Regale.«

»Ich weiß«, entgegnete Asra und legte ihre Hand auf die vergoldete Türklinke.

»Was hast du vor?«, begann Jorah perplex und sein fragender Gesichtsausdruck wurde mit einem Mal ernst.

Asra blickte in seine besorgten, eisblauen Augen und sie wusste selbst, wie dumm ihr Handeln war und welche Konsequenzen es haben würde.

»Ich werde da jetzt rausgehen«, erklärte sie ruhig, »und dann werde ich ihn davon abhalten, diese schlimmen Dinge zu tun.«

Jorah schüttelte verständnislos den Kopf. »Hast du jetzt völlig den Verstand verloren? Woher weißt du überhaupt …«

Doch Asra wartete nicht länger und öffnete die gewaltige, mit Schnitzereien verzierte Tür.

Angenehm kühle Nachtluft schlug ihr entgegen und das Einzige, was sie sah, waren die grauen Treppenstufen, die vor ihr lagen. Denn weiter kam sie nicht. Sie hörte einen dumpfen Aufprall und noch ehe sie einen Schritt nach draußen setzen konnte, drängte sie eine große Gestalt zurück in die Bibliothek.

Er war komplett in schwarz gekleidet, fast wie vorhin in der alptraumhaften Zwischensequenz. Auch wenn er seine Kapuze tief ins Gesicht gezogen hatte, wusste sie sofort, dass er es war. Seine Schatten tasteten bereits nach Asra, als würden sie sie begrüßen wollen.

Petrichor stand dicht vor ihr und schloss lautlos die Tür hinter sich.

Asra dachte nicht daran, sich zu bewegen, sondern sah resigniert zu ihm auf.

Sie war zu spät.

Er nahm die Kapuze vom Kopf und sah sie einfach nur an. Seine Haare waren zerzaust und die Schatten unter seinen Augen waren tief und dunkel. Sein kalter Blick war ohne jegliches Gefühl, ohne Ausdruck, und jagte ihr einen Schauder über den Rücken. Nichts von dem, was sie in ihrer letzten gemeinsamen Nacht darin gesehen hatte, war noch da. Seine Dunkelheit schlug ihr entgegen und sie atmete tief seinen gewohnten Geruch nach Rauch und Nacht ein. Auf seiner hellen Haut bemerkte sie dunkle Spritzer, die im Mondlicht fast schwarz wirkten. Seine Wange und sein Hals waren von mehreren dieser feinen Tropfen bedeckt. Asra hob wie in Trance ihre Hand …

Jorah beobachtete das Geschehen aus sicherer Entfernung und versuchte vergebens, die Situation zu retten. »Dann sollten wir uns jetzt unserem Auftrag widmen«, sagte er nachdrücklich und steckte sein Schwert zurück in die Scheide. »Asra, du solltest jetzt besser zu Midas gehen.«

Diese ignorierte den blonden Elben-Jungen und dachte nicht daran, auf ihn zu hören.

Petrichor warf ihm einen kurzen Blick zu. »Geh zu den anderen und findet heraus, wo sich der Eingang befindet. Midas sollte sich hier eigentlich bestens auskennen«, befahl er.

Jorah nickte entmutigt. Er wollte sich bereits umdrehen, startete aber dennoch einen letzten Versuch. »Soll ich Asra …«

»Nein. Wir kommen gleich nach.« Petrichors Stimme war schneidend kalt.

Diesmal gehorchte Jorah und ging.

Gleich darauf zog Petrichor Asra mit sich, hinter eins der Regale, und sah sie eindringlich an. Sein Geruch vermischte sich mit dem von Staub und Leder und sie konnte seinem Blick kaum mehr standhalten. Dennoch legte sie ihre Hand an seine Wange, um das Blut wegzuwischen. Er zuckte leicht zusammen, ließ es aber zu.

»Du wirst kein Wort darüber verlieren, was letztes Mal passiert ist«, sagte er monoton. »Wenn du auch nur eine simple Andeutung den anderen gegenüber machen solltest, bringe ich dich um.«

Asra wusste ganz genau, was er damit meinte und es verletzte sie zutiefst. »Du hast gerade unschuldige Menschen getötet«, erwiderte sie stattdessen und ging nicht auf seine Drohung ein. »Wie viele?«

»Stell keine Fragen, dessen Antwort du nicht ertragen kannst«, zischte er und drängte sie näher an das Regal.

»Wie viele?«, wiederholte sie ihre Frage lauter.

»Drei.«

Übelkeit kroch in ihr empor und sie wusste nicht, ob sie angewidert war, weil sie vor einem Mörder stand, oder, weil sie von sich selbst angewidert war. Weil sie ihn trotz alledem küssen wollte. Ihr Blick wanderte zu seiner Lippe, die aufgeplatzt war und leicht blutete. Ihre Finger wanderten seine Wange hinab und sie bemerkte, wie er mit sich rang. Würde er sich wegdrehen, oder ihr einen Dolch an die Kehle halten?

*Soll er doch machen was er will, es ist mir egal,* dachte sie gleichgültig und lächelte.

»Hör auf damit«, flüsterte er und hielt ihre Hand fest. Die schwarzen Ringe an seinen Fingern fühlten sich kalt an auf ihrer Haut. »Das hier ist falsch, Asra.«

»Wie könnte das hier falsch sein?«, entgegnete sie. »Fühlt es sich wirklich so schrecklich an, in meiner Nähe zu sein?«

»Nein.«

»Aber?«

»Es gibt keinen Weg …«, begann er und stoppte mitten im Satz. Er drückte ihre Hand nach unten und hielt sie weiterhin fest umklammert.

Asras Verzweiflung wuchs. »Es gibt immer einen Weg!«

»Nicht in unserem Fall. Das hier ist zum Scheitern verurteilt und das weißt du ganz genau«, erwiderte er und ließ ihre Hand los.

Sie hätte am liebsten laut aufgelacht. Die Wut und Verzweiflung vermischten sich mit Enttäuschung und Trauer. »Wovor hast du solche Angst, Petrichor?«, fragte sie und hätte ihm am liebsten eine Ohrfeige verpasst.

»Ich habe keine Angst«, flüsterte er, doch etwas in seinem Ausdruck hatte sich verändert.

»Ich denke sehr wohl, dass du Angst hast.« Brennende Tränen stiegen ihr in die Augen. »Warum solltest du sonst mit aller Macht versuchen, ein Monster ohne Gefühle zu sein?«

Diesmal war sie zu weit gegangen.

Er riss ungläubig die Augen auf und nahm ihr Gesicht grob zwischen seine Hände. Er beugte sich zu ihr hinunter und küsste sie kurz, aber mit solch einer Intensität, dass ihr die Luft wegblieb. Ihre Knie zitterten und sie hätte alles dafür getan, damit er sie nicht wegstoßen würde.

»Petrichor …«, flüsterte sie.

»Du bist so dumm, Asra«, hauchte er und ein eiskaltes Lächeln lag auf seinen Lippen. »Diese eine Nacht war ein Fehler und völlig bedeutungslos. *Du* bist bedeutungslos …«

Er hätte ihr ebenso gut ein Messer ins Herz rammen können und es wäre leichter zu ertragen gewesen als diese Worte.

In Asra erlosch der letzte Funke Hoffnung.

Petrichor brannte einfach alles um sich herum nieder, begrub es unter einer Schicht aus grauer Asche und stand am bitteren Ende lächelnd und zufrieden vor seinem Werk.

*So ist er nun einmal, ich hätte es wissen müssen,* dachte sie voller Schmerz. *Monster lieben niemanden.*

Dann drehte er sich um und ließ sie allein in der Dunkelheit zurück.

Und Asra fühlte nichts weiter als eine tiefe, alles durchdringende Leere, die sich in ihrem ganzen Körper ausbreitete. Sie starrte noch eine ganze Weile auf den Boden, bevor sie zitternd einatmete. Dann schluckte sie den Schmerz hinunter und folgte ihm mit einer Taubheit im Herzen, die sie davor bewahrte, den Verstand und die Kontrolle zu verlieren.

Das Mondlicht wies ihr den Weg und sie fühlte sich, als würde sie schlafwandeln. Die schweren, massiven Holzregale wirkten mit einem Mal erdrückend und furchteinflößend. Die Schatten wurden dichter und Asra wusste nicht, woher die Furcht kam, die sie tief in ihren Knochen spürte.

*Er wird mich nicht zerstören,* predigte sie und lächelte unter der quälenden Pein ihrer eigenen Lüge, als sie um die Ecke bog und wieder vor den anderen stand.

»Also, was suchen wir dieses Mal?«, fragte sie mit einem gespielten Lächeln auf den Lippen und schmeckte immer noch den Rauch auf ihrer Zunge. Sie schlug die Zähne hinein, bis der metallische Geschmack von Blut den seinen verdrängt hatte.

Jorah sah besorgt zu ihr und musterte sie von oben bis unten. Als er feststellte, dass sie nicht verletzt war, atmete er erleichtert auf.

»Ist irgendetwas passiert?«, fragte Midas mit gerunzelter Stirn, als schien er zu bemerken, dass etwas nicht stimmte.

Asra schüttelte den Kopf. »Nein, ich habe mich nur kurz verlaufen«, erklärte sie und trat an seine Seite. Sie brauchte die Nähe eines Freundes, sonst würde sie ihre Maske nicht aufrechterhalten können.

Petrichor würdigte sie nicht eines Blickes, sondern starrte verbissen auf ein Stück Papier in seinen Händen.

Narah hatte die Arme vor der Brust verschränkt und beobachtete das Geschehen skeptisch. »Irgendetwas ist hier faul«, stellte sie fest und kniff die Augen zusammen. Ihr Blick schweifte von Asra zu Petrichor und wieder zurück.

»Was denn?«, fragte Asra herausfordernd.

»Du hast nicht einmal eine kleine Schramme«, erwiderte Narah und musterte dann ihren Anführer, als würde etwas ganz und gar nicht mit ihm stimmen.

Dieser hob den Blick und sah sie fragend an.

Währenddessen überlegte Asra, ob sie ihre Grenzen weiterhin ausreizen sollte. Im Moment fühlte sie sich, als hätte sie nichts mehr im Leben zu verlieren. Also gab sie sich der Gefahr vollkommen hin.

»Stimmt Narah, das war gelogen.« Ihre Stimme war voller Sarkasmus, als sie die Wahrheit sorgfältig als Witz verpackte. »Eigentlich hat Petrichor mich vorhin geküsst und es ist ihm nur zu peinlich, es zuzugeben.«

Die Stille, die nun herrschte, war gespenstisch.

Jorah starrte Petrichor an, Midas starrte Asra an und Petrichor war totenstill. Dennoch sah sie aus dem Augenwinkel, wie seine Hand langsam zu seiner Waffe wanderte.

Narah starrte sie erst für ein paar Sekunden mit offenem Mund an und prustete dann lauthals los. »Verdammt, der war wirklich gut! Ich lach mich kaputt!« Als sie selbst bemerkte, wie laut sie war, hielt sie sich kichernd die Hand vor den Mund.

»Ich verstehe den Witz nicht und ich finde das auch absolut nicht lustig«, meinte Midas und rückte sich nervös seine Brille zurecht.

»Tut mir leid«, erwiderte Asra grinsend, »das war wirklich ein ziemlich flacher und durchschaubarer Witz.« Sie warf Petrichor einen Blick zu und stellte erstaunt fest, dass seine Hand nicht mehr auf seinem Revolver lag. Stattdessen hatte er seine Hände in die Taschen seiner Jacke gesteckt und sah drohend von einem Gesicht ins nächste.

»Jetzt hört endlich mit diesem kindischen Unsinn auf und konzentriert euch gefälligst auf eure Arbeit!« Seine Stimme war wieder einmal schneidend kalt. »Midas, du kennst diese Bibliothek in und auswendig, wo könnte sich der Eingang befinden?«

»Ich weiß es nicht …«, erwiderte dieser leise und konnte seinem Anführer nicht in die Augen sehen. Er sah verwirrt aus und dieser Ort schien ihm großes Unbehagen zu bereiten.

»Will mir jetzt bitte endlich mal wer erklären, was unser Auftrag ist?«, fragte Asra erneut und verdrehte die Augen.

Jorah trat näher an sie heran. Er bedachte sie mit einem fragenden Blick, als könnte er nicht so recht einschätzen, was sie mit ihrem Verhalten bezwecken wollte.

Sie wusste, dass Jorah Petrichor von allen am nächsten stand. Er war sein Gegenstück, sein Ausgleich. Jorah hielt ihn am Boden – erdete ihn. Passte auf, dass Petrichor nicht alles und jeden um sich herum in Schutt und Asche legte.

Für einen Moment fragte Asra sich, ob Jorah vielleicht etwas von der Wahrheit ahnte. Doch er ließ sich nichts anmerken.

Er räusperte sich und erklärte ihr, warum sie hier waren. »Wir sind in der privaten Bibliothek des Bürgermeisters von Lynhdinas und suchen den Eingang zu den unterirdischen Katakomben. Man sagt, vor vielen hundert Jahren hätte genau an diesem Ort ein Magier sein Institut für Zauberei gehabt und eine geheime Bibliothek darunter angelegt. Die mächtigsten Zauberbücher soll er dort unten versteckt haben. Doch eines Tages gab es eine Sturmflut und dieser Stadtteil wurde komplett überschwemmt und zerstört. Viele Bewohner kamen damals ums Leben und der Zauberer wurde nie wieder gesehen.

Die Bibliothek versank in den Tiefen. Erst viele Jahre danach, wurde Lynhdinas mühsam wieder aufgebaut und diese Bibliothek im Zentrum der Stadt errichtet. Es gibt Gerüchte, die besagen, der Zauberer selbst hätte dafür gesorgt, auch wenn ihn niemand je wiedergesehen hatte. Die Katakomben sind erst durch Zufall vor ein paar Jahren entdeckt worden. Der jetzige Bürgermeister hat einen geheimen Eingang hinunter anlegen lassen. Nur die Wenigsten wissen davon und wir mussten eine Menge Leute bestechen, um an Informationen zu kommen.«

Asra hing wie gebannt an seinen Lippen und verstand sofort, welchen Gegenstand sie dieses Mal suchten. »Also ein Zauberbuch?«

»Ein sehr mächtiges Grimoire«, verbesserte sie Petrichor und zündete sich eine Zigarette an.

»Du willst nicht ernsthaft in einer Bibliothek rauchen«, erwiderte Asra bissig.

»Wie du siehst, will ich das offensichtlich schon«, antwortete er und hauchte ihr provozierend den Rauch entgegen.

»Vielleicht solltest du endlich mal deine Anführer-Qualitäten unter Beweis stellen und nach dem Eingang suchen«, schlug sie patzig vor. Dann machte sie eine Anspielung, von der sie wusste, dass sie ihn so richtig wütend machen würde. »Du könntest ja deinen schlauen Kompass nach dem Weg fragen.«

Doch ihre Schadenfreude wurde im nächsten Moment zerstört und der Spieß drehte sich um.

»Ich habe den Kompass nicht mehr.« Er zog an seiner Zigarette und der Rauch schimmerte silbern im Mondlicht.

Asra biss die Zähne zusammen, als sie verstand, was das für sie bedeuten würde. »Warum?«

»Der Alchemist hat ihn«, erklärte er und sein Mundwinkel zuckte spöttisch.

*Als würde es ihm Spaß machen, mich zu quälen,* dachte sie hasserfüllt und wandte sich kurzerhand an Midas. »Dann müssen wir es halt auf die altbewährte Weise versuchen«, grummelte sie. Fragend sah sie zu dem rothaarigen Jungen auf und schenkte ihm ein Lächeln. »Ist das die Bibliothek, von der du mir erzählt hast?« Schmerzlich erinnerte sie sich an den Anfang seiner Geschichte, die er ihr in den Eisruinen erzählt hatte. Sein Stiefvater war der Bürgermeister von Lynhdinas und hatte ihm schreckliche Dinge angetan. Er hatte ihn hier nachts viele Male eingesperrt und erst am nächsten Tag wieder herausgelassen. Allein in der Dunkelheit, ohne Decke, ohne Wärme.

»Ja …«, murmelte er.

Sie sah ihm an, dass die Erinnerungen unwahrscheinlich schmerzlich für ihn waren.

»Ich weiß, das ist nicht leicht für dich, aber was weißt du über diesen Ort? Gibt es noch weitere Räume?«, fragte sie und nahm liebevoll seine Hand.

»Es gibt nur noch einen kleinen abgeschlossenen Raum, in dem die seltenen und kostbarsten Bücher aufbewahrt werden. Sie sind nicht für den Verleih bestimmt«, antwortete er nachdenklich. »Aber ich war bereits mit Narah dort und wir haben nichts gefunden.«

»Hat sonst noch wer eine Idee?«, warf Petrichor ungeduldig in den Raum, doch niemand antwortete.

»Vielleicht sollten wir den Raum einfach von oben bis unten absuchen«, schlug Jorah vor. »Wenn wir uns aufteilen, sollten wir in ein paar Stunden durch sein, bevor die Sonne aufgeht«, fügte er erklärend hinzu.

»Das dauert mir zu lange«, stellte Petrichor klar. »Asra soll gefälligst ihre Fähigkeiten benutzen.«

Diese hörte gar nicht hin und trat währenddessen wieder in den Gang hinaus, um sich umzusehen.

Regal um Regal reihten sich aneinander und waren bis obenhin mit Büchern bestückt. Die Reihen zogen sich durch die gesamte Halle und füllten jede freie Fläche aus. Auch an den Wänden befanden sich schwere, dunkle Holzregale und es schien sich kein einziges Fenster an den Außenwänden zu befinden. Das einzige Licht kam von der Glaskuppel über ihnen.

Asra stellte sich vor ein Regal und zog wahllos ein Buch heraus. Von dem Autor hatte sie noch nie etwas gehört. Desinteressiert stellte sie es zurück. Sie bedachte die Reihen und überlegte, wo sie selbst wohl einen geheimen Eingang verstecken würde.

Die anderen diskutierten leise miteinander, doch Asra ließ sich nicht stören. Sie zog ein Buch nach dem anderen halb heraus, sodass sie nur die Titel lesen konnte. Als sie das kühle Leder unter ihren Fingern spürte, kam ihr eine absurde Idee.

»Midas?«, rief sie leise.

»Was gibt es denn?«

Sie sah ihn mit funkelnden Augen an. »Was weißt du über deinen Stiefvater?«

»Wie meinst du das?«, fragte er irritiert.

Asra strich sich eine Haarsträhne hinters Ohr und stellte hibbelig ihre Fragen. »Welche sind seine Lieblingsbücher? Seine Lieblingsautoren? Hatte er ein Haustier? Irgendwelche Hobbys? Für was interessierte er sich? Was liebte er?«

Midas sah sie immer noch skeptisch an und überlegte. Seine blasse Haut wirkte im Mondlicht noch fahler und seine Locken warfen feine Schatten auf seine Stirn und seine Wangen. Petrichor trat näher an die beiden heran, um mithören zu können. Jorah und Narah ließen sich nicht stören und grübelten weiter.

»Hm«, begann Midas und schien nicht so recht zu wissen, ob es überhaupt etwas gab, was bedeutungsvoll sein könnte.

Asra half ihm weiter auf die Sprünge und regte seine Gedanken an. »Es muss irgendetwas Besonderes sein, Midas. Etwas, von dem er oft gesprochen hat, oder im Gegenteil – das er versucht hat, zu verstecken. Ein Geheimnis. Ein wertvoller Gegenstand vielleicht?«

Mit einem Mal sah Midas sie mit großen Augen an. »Ich weiß nicht, ob das wichtig sein könnte, aber ich erinnere mich an ein Buch. Er hat es oft meinen Stiefbrüdern vorgelesen. Ich habe mich manchmal versteckt und heimlich zugehört.«

»Wie hieß das Buch?«, fragte sie.

»Ich weiß es nicht, aber er hat es immer wieder mitgenommen und an einem Ort aufbewahrt, an dem wir es nicht finden konnten. Niemand durfte es anfassen, nicht einmal seine leiblichen Kinder. Er hat es behütet wie seinen Augapfel. Ich hatte meine Mutter einmal danach gefragt und sie meinte, dieses Buch sei sehr kostbar, weil es …« Er stoppte und wurde immer nervöser.

»Was?«, sagten Asra und Petrichor gleichzeitig und warfen sich einen genervten Blick zu.

Midas nahm plötzlich Asras Hände in seine und er strahlte über das ganze Gesicht. »Sie sagte, weil es aus einer anderen Welt kommt.«

Asras Herz machte einen Sprung. »Das heißt …«, begann sie zitternd.

»… Dass dieses Buch höchstwahrscheinlich von einem Traumwandler stammen muss und deshalb so unglaublich wertvoll ist«, vervollständigte Midas ihre Gedanken.

Die Zwillinge waren ebenfalls näher herangetreten und verfolgten neugierig die Unterhaltung.

»Um was ging es in dem Buch?«, fragte sie ungeduldig.

»Es war eine Geschichte über einen Jungen, der andere Kinder überredet hat, ihm in ein fremdes Land zu folgen, weil sie dort nicht erwachsen werden müssen. Sie sind mit ihm dorthin geflogen und haben spannende Abenteuer erlebt«, erklärte Midas, so gut es seine Erinnerung zuließ. »Ich mochte diese Geschichte so sehr. Ich hatte immer gehofft, er würde mich auch abholen kommen …«

»*Peter Pan*, von James Matthew Barrie«, murmelte Asra und grinste. »Wenn dein Vater die echte Ausgabe hat, sollte hier irgendwo eine Kopie sein, mit dem wir den Eingang öffnen können.« Dessen war sie sich absolut sicher, auch wenn sie nicht wusste, woher sie diese Vermutung nahm.

»Ist das nicht etwas weit hergeholt?«, warf Narah skeptisch in den Raum.

Asra zuckte mit den Schultern. »Also ich würde es zumindest genauso anstellen! Ich fände es ziemlich clever, sein Lieblingsbuch für so einen Zweck zu verwenden. Vor allem wenn es darum geht, den Eingang zu einer geheimen Bibliothek zu öffnen.« Ihre Augen strahlten voller Abenteuerlust.

»Du kennst das Buch?«, fragte Midas erstaunt.

Asra nickte.

»Dann kommt das Buch aus deiner Welt«, stellte Jorah fest und musterte sie weiterhin nachdenklich.

»Ja, wirklich äußerst interessant. Und jetzt lasst uns nicht noch mehr Zeit verschwenden«, murmelte Petrichor gleichgültig und zog sich erneut seine Kapuze über den Kopf. Selbstbewusst marschierte er an den anderen vorbei und lief den Gang entlang, den vorderen Regalen entgegen. »Jetzt fangt endlich an zu suchen!«, rief er kurz über seine Schulter, während er weiter mit den Schatten verschmolz.

Auch wenn sich alles in Asra sträubte, so folgte sie ihm, ohne zu zögern. Mit schnellen Schritten holte sie zu ihm auf. »Warum hat dir der Alchemist deinen Kompass genommen?«

»Weil er von dir weiß.«

»Du hast ihm von mir erzählt?«, fragte sie ungläubig.

»Igor hat sich verplappert. Das wird er noch büßen«, erwiderte er monoton und lief schneller. Sie hörte die leisen Schritte der anderen, die ihnen mit einigem Abstand folgten.

»Weiß er, dass ich magische Dinge aufspüren kann? Hat er ihn dir deshalb genommen? Um mich zu quälen?«, fragte sie grübelnd.

»Ja.«

Sie sah zu ihm hinüber, doch sein Gesicht war unter der schwarzen Kapuze verborgen. Asra biss die Zähne zusammen und schluckte die Wut hinunter. Statt ihm ihren Hass entgegenzuschmettern, schwieg sie. Die Zurückhaltung fühlte sich an, als würde sie absichtlich auf eine brennende Herdplatte fassen, nur, um ihm nicht an die Gurgel zu gehen. *Lieber schade ich mir selbst, als ihm diese Genugtuung zu geben.*

Die anderen hatten mittlerweile zu ihnen aufgeschlossen und gesellten sich neben Asra, die abwesend auf den Buchstaben B starrte, der kunstvoll in das Holz mehrerer Regale graviert war.

»B wie Barrie«, erklärte sie in Gedanken versunken. Die Regale mit diesem Buchstaben lagen weitgehend im Dunkeln. Petrichor teilte den anderen ein Regal zu, das sie nach dem speziellen Buch durchsuchen sollten. Jorah und Narah nickten und verschwanden in einem der Gänge. Midas nahm sich eines der nächsten Regale vor. Nur Asra blieb verschont von seinen Anweisungen. Petrichor ignorierte sie und trat an ihr vorüber, als wäre sie gar nicht da.

Sie seufzte und wandte sich stur den Büchern zu. Allerdings hatte Asra Mühe, die Titel in den Grautönen der Schatten lesen zu können. Nach einigen Minuten gab sie es auf. Ihr fiel nur eine Lösung ein. Sie marschierte um das Regal herum und bat Petrichor um einen Gefallen.

»Ich brauche bitte ein paar Streichhölzer. Ich sehe absolut

gar nichts«, erklärte sie und ärgerte sich sogleich darüber, dass sie *bitte* gesagt hatte. Auf dieses Regal hingegen fiel ein heller Strahl des Mondlichtes und tauchte es in ein bläuliches Licht. Sogar die Staubpartikel konnte sie in der Luft schweben sehen.

Petrichor hatte bereits die Hälfte davon durchsucht und warf ihr einen abschätzigen Blick über die Schulter zu. »Komm her und hilf mir«, befahl er und wandte sich wieder den Büchern zu.

Eigentlich wollte sie sich umdrehen und gehen. Außerdem kribbelte ihr Mittelfinger verdächtig, doch sie ballte die Hände zu Fäusten. *Fick dich,* flüsterte sie lautlos lächelnd und atmete tief durch, bevor sie mit konzentrierter Gefasstheit zu ihm hinüberging.

Asra fühlte sich in seiner Nähe wie ein verdammter Heuchler, der jegliche Selbstbeherrschung verloren hatte.

Gemeinsam suchten sie Reihe für Reihe das Regal ab. Immer angestrengt darauf bedacht, dem anderen nicht zu nahe zu kommen.

»Warum hast du das vorhin gesagt?«, fragte er plötzlich.

»Was meinst du?«

»Du weißt ganz genau, was ich meine.«

Asra ging in die Knie und las die Titel der unteren Reihe. »Ich weiß nicht, was in mich gefahren ist«, gab sie mitgenommen zu. »Es tut mir leid, Petrichor.«

Er stoppte mitten in der Bewegung und sie fragte sich, was er wohl gerade dachte.

»Du hast nicht geschossen«, stellte sie stattdessen fest und starrte stur auf die Buchrücken. Er kniete sich zu ihr und ließ seine schlanken Finger über die Ledereinbände gleiten.

»Midas wäre zu nichts mehr zu gebrauchen, wenn ich dich erschießen würde«, sagte er, als wäre das die einzig logische Erklärung und der einzige Grund, warum er sie am Leben ließ. Es war nicht das erste Mal, dass er ihr diese Tatsache nannte.

»Ich bin froh, dass dir zumindest Midas wichtig ist«, flüsterte sie so leise, dass es fast nicht zu hören war. Asra machte eine kurze Pause, als würde sie hoffen, dass er etwas dazu sagen würde. Doch sie wartete vergebens. Sie wusste nicht, wie sie es schaffte, ihre Enttäuschung zu überwinden und trotz alledem weiterzusprechen. »Du hast mir auch vorhin nichts getan, sondern bist einfach gegangen.« Gespielt kühl wich sie vor ihm zurück. Ihr Blick schweifte über die nächsten Autorennamen.

»Willst du so dringend von mir verletzt werden, Asra?«, fragte er voller Hohn. »Gehst du mir deshalb so penetrant auf die Nerven?«

»Nein, aber du lässt auch sonst keine Gelegenheit aus, mir deinen Dolch an die Kehle zu halten. Deshalb wundert es mich einfach. Was hat sich geändert, Petrichor?«

Asra bemerkte, wie seine Hände zu zittern begannen. Sie wusste, dass sie schon wieder auf einem guten Weg war, ihn so richtig wütend zu machen. Aus irgendeinem Grund stachelte sie dieses Wissen nur noch mehr an. Sie wollte, dass dieses Gespräch eskalierte.

»Doch solange es nur deine Klinge ist, die mich verletzt, ist es mir völlig egal. Denn körperlicher Schmerz ist so viel einfacher zu ertragen als deine zerstörenden Worte«, flüsterte sie und konnte seinem Blick immer noch nicht standhalten.

Petrichor schwieg nach wie vor.

Asra hielt seine Stille nicht mehr aus und stand etwas zu ruckartig auf.

Leder, Staub und Rauch in ihrer Lunge.

Sie blinzelte den dichter werdenden Schleier vor ihren Augen weg und akzeptierte, dass es zwecklos war. *Barrie, James Matthew,* las sie in Gedanken und tastete über die goldene Schrift des Buches vor ihr. *Peter Pan.*

»Ich habe es gefunden«, flüsterte sie mit kratziger Stimme und Petrichor war gleich darauf dicht neben ihr. Ihre Arme berührten sich und sein Gesicht war nah bei ihrem.

*Macht er das mit Absicht?,* fragte sie sich verzweifelt und versuchte angestrengt, seine Nähe so gut es ging zu ignorieren.

Sie sah ihm kurz in die Augen, die im Schatten seiner Kapuze fast schwarz wirkten. Auf ihrer Haut breitete sich eine Gänsehaut aus und sie starrte verbissen auf das Buch.

»Ist es das?«, fragte er.

»Ja.«

»Zieh es raus.«

Asra legte ihre Hand auf das dünne Buch und zog es vorsichtig heraus. Sie wartete. Nichts geschah.

»Hm«, murmelte sie enttäuscht und drückte das Buch Petrichor in die Hand. »So hatte ich mir das allerdings nicht vorgestellt.« Dann tastete sie mit der Hand in die Lücke und steckte ihren Arm so weit hinein, bis sie die Rückwand des Regals erreichte. Ihre Finger tasteten suchend nach einem Hebel oder einem Druckmechanismus. Und tatsächlich ertönte ein leises Klicken und Asra stolperte zur Seite, als sich unter ihr die Marmorplatte zu bewegen begann.

»Woher wusstest du das?«, fragte er verblüfft und hielt sie fest, als sie gegen ihn stolperte.

»Indiana Jones?«, vermutete sie schulterzuckend.

Er sah sie schief an. Asra wich seinem Blick aus und musste sich ein Lächeln verkneifen. »Vergiss es einfach. Du würdest es sowieso nicht verstehen«, erklärte sie, während sie einen Schritt zurück machte.

Sie sahen beide fasziniert auf die steinerne Treppe hinab, die sich nun vor ihnen in die Dunkelheit hinunterwand.

Einen Augenblick später kam Midas um die Ecke, als hätte er das Geräusch des kratzenden Marmors gehört. »Ihr habt es geschafft!«, rief er erfreut aus und drehte sich um, um die Zwillinge zu holen.

»Wer geht vor?«, fragte Asra währenddessen und wusste es bereits im selben Moment, in dem sie Petrichors schadenfrohes Grinsen sah.

»Ich gebe dir Rückendeckung«, erwiderte er und zog seinen Revolver.

»Sehr beruhigend.« Sie seufzte. »Zumindest glaube ich nicht, dass es dort unten Monster gibt.«

»Da wäre ich mir nicht so sicher«, entgegnete er. »Mindestens eins gibt es.«

»Würdest du bitte aufhören, jede meiner Hoffnungen in ein Häufchen Asche zu verwandeln?«, giftete sie und setzte den ersten Fuß auf die Stufe.

Dann verstand sie es. Und sie musste zugeben, dass sie seinen schwarzen Humor unwiderstehlich fand. Asra warf ihm grinsend einen Blick über die Schulter zu. »Nur *ein* einziges Monster«, murmelte sie.

Er nickte und sein Lächeln war so voller Dunkelheit, dass es ihr das Herz brach.

»Kann ich wenigstens meinen Dolch haben?«, fragte sie.

Er reichte ihn ihr, ohne zu widersprechen. Asra steckte ihn an ihren Gürtel und fühlte sich gleich etwas weniger verwundbar.

»Das ging ja schnell!«, rief Narah von hinten und Jorah blickte neugierig über die Schulter seiner Schwester.

Midas drängte sich an ihnen vorbei und sah ebenfalls in die Tiefe. »Asra, du bist einfach die Beste!«

Sie lächelte verlegen und sah in die verblüfften Gesichter der anderen. »Hat nicht zufällig jemand eine Taschenlampe dabei?«

Narah holte etwas aus ihrer Tasche. Sie hielt ihr eine kleine Kugel entgegen, die aus Kristall zu bestehen schien. Sie sagte ein Wort in einer fremden Sprache und die Kugel begann ein milchig weißes Licht auszustrahlen.

»Es hat unserer Mutter gehört, pass bitte darauf auf.«

Asra nickte und nahm den Gegenstand dankbar entgegen. Dann stieg sie Stufe für Stufe in die Finsternis hinab.

Petrichor blieb wie ihr eigener Schatten dicht hinter ihr. Je weiter sie nach unten stiegen, desto kälter wurde es. Wasser tropfte von den grauen Steinwänden und die Feuchtigkeit lag wie ein unsichtbarer Nebel in der Luft. Es roch modrig und erdig. Das Licht wies ihr den Weg und es dauerte eine Weile, bis sie endlich unten ankamen.

Ein schmaler Tunnel führte sie zu einer ziemlich neu aussehenden Tür. Asra legte eine Hand auf die Klinke und zuckte sofort schmerzerfüllt zusammen, als ihr ein blauer Blitz einen Stromschlag verpasste.

»Das gibt es doch nicht!«, rief sie wütend und drehte sich zu Petrichor um. »Verzaubert?«

»Sieht so aus«, antwortete er und musterte nachdenklich die Zeichen, die in die Tür eingraviert waren und nun ebenfalls blau leuchteten.

»Dein Stiefvater gibt sich wirklich alle Mühe, die alte Bibliothek zu schützen«, brummte Asra ungeduldig und warf Midas einen fragenden Blick zu. »Kann irgendjemand lesen, was dort steht?«

»Das sind elbische Runen«, erklärte Jorah und sah prüfend über ihre Schulter. »Ganz kann ich es auch nicht entziffern, aber ich denke, wir brauchen eine Art Passwort.«

Petrichor nickte. »Könnte es nicht auch *Zitat* heißen?«, fragte er.

»Das wäre auch möglich«, entgegnete der Elben-Junge. »Eine Rune kann mehrere Bedeutungen haben.«

Als Nächstes drängte sich Midas an Jorah vorbei und sah sich die Zeichen ebenfalls an. »Fast. Wir müssen das obenstehende Zitat vervollständigen, um die Tür zu öffnen.«

Alle starrten Midas an.

»Was? Ich habe diese Sprache ziemlich lange studiert«, entgegnete er, als wäre es das Normalste der Welt, dass jemand fließend eine alte Runensprache entziffern konnte.

»Und welchen Satz müssen wir vervollständigen?«, fragte Asra.

Midas ging etwas näher heran und runzelte die Stirn. »Kennst du den Platz zwischen Schlafen und Wachen? Der Platz, wo deine Träume noch bei dir sind?«

Asra schluckte und atmete tief die modrige Luft ein. »Dort werde ich dich auf ewig lieben. Dort werde ich auf dich warten …«

Und die Tür sprang mit einem leisen Klicken auf.

»War das ein Zitat aus dem Buch?«, fragte Narah verblüfft.

»Ja«, flüsterte Asra. »Erstaunlich, dass jemand genau diese Worte für sein magisches Vorhängeschloss verwendet.«

»Wohl eher erstaunlich, dass du sie kennst«, erwiderte Petrichor anerkennend und wartete geduldig, bis sie als Erstes durch die Tür trat.

»Dieses Buch ist sehr bekannt in meiner Welt. Außerdem ist es eines meiner Lieblingsbücher. Meine Mama hat es mir oft vorgelesen, als ich noch klein war und nicht schlafen konnte.«

Kaum hatte Asra die Schwelle übertreten, stiegen tausende glühende Funken in die Höhe und erhellten den unsagbar großen Raum. Sie ließ Narahs leuchtenden Kristall abwesend in ihre Hosentasche gleiten, ehe sie staunend den Kopf in den Nacken legte.

»Wunderschön«, flüsterte sie und sah mit großen Augen zu dem gigantischen Gewölbe auf, in dem nun die blauen Lichtpunkte wie Sterne funkelten. Es schien, als wäre es von Hand gemeißelt worden und erstreckte sich in Rundbögen über die gesamte Decke. Gewaltige Säulen stützen die Bögen und ragten aus dem von Wasser bedeckten Boden.

In etwa hundert Metern Entfernung begannen sich die ersten Bücherregale aus dem Wasser zu türmen. Sie waren aus dunklem, massivem Holz und Asra wunderte sich, wie die meisten davon selbst nach so langer Zeit noch intakt sein konnten. Der Geruch von Leder und feuchtem Papier lag unwahrscheinlich penetrant in der Luft und sie wünschte sich, Petrichor würde sich eine Zigarette anzünden, um den Geruch zu vertreiben.

Vor ihnen führte eine breite, flache Treppe direkt ins Wasser. Es sah aus, als würde die Bibliothek inmitten eines unterirdischen Meeres liegen und die Regale majestätisch aus den Fluten emporwachsen. Sanfte Wellen schlugen gegen die Stufen und bildeten eine weiße Gischt. Asra stieg weiter hinunter und kniete sich an den Rand. Das Wasser war klar und sie konnte den Boden erkennen. Wenn sie hineinstieg, würde es ihr wahrscheinlich nur bis zur Brust reichen.

»Sollen wir durch das Wasser schwimmen?«, fragte sie irritiert und steckte nachdenklich ihre Hand hinein. Es war ziemlich kalt und der Gedanke gefiel ihr ganz und gar nicht.

»Problem gelöst!«, rief Midas von hinten und zog ein kleines Ruderboot hinter sich her, das er an der anderen Seite der Treppe entdeckt hatte.

Asra stand auf und musterte es zweifelnd. »Da passen wir nie und nimmer alle rein.«

Petrichor sah unbeeindruckt zu den großen Bücherregalen hinüber. »Die Zwillinge bleiben hier und bewachen den Eingang.«

»Aber …«, begann Narah sofort zu protestieren, doch ihr Bruder legte ihr eine Hand auf die Schulter.

»Er hat recht, Narah. Midas kann viele Sprachen fließend und sie brauchen Asras Magie, um das Buch aufzuspüren. Wir wären dieses Mal keine große Hilfe.«

Narah schwieg betreten und war sichtlich enttäuscht. Trotzdem zog sie gehorsam ihr Schwert und drückte es tröstend wie einen Teddybären an sich.

Midas war schon ins Boot geklettert und hielt ungeduldig das Ruder in den Händen. Er schien es kaum noch erwarten zu können, endlich die geheimnisvollen Bücher zu durchstöbern.

Asra stieg nun ebenfalls zu ihm in das wackelige Boot und setzte sich neben ihn. »Vielleicht sollten wir einfach ohne Petrichor fahren«, flüsterte sie ihm ins Ohr.

Midas grinste und zuckte mit den Schultern. »Hätte nichts dagegen.«

Petrichor warf den beiden einen düsteren Blick zu, als hätte er ihre Worte gehört. Dann rollte er mit den Augen und setzte sich auf die Bank gegenüber. Er sah aus, als würde er es bereuen, die zwei als Gefährten gewählt zu haben.

»Asra, du kannst langsam deine Kräfte aktivieren«, befahl er.

»Wenn wir bei den Regalen angekommen sind«, erwiderte sie verbissen. Sie hatte schon jetzt schreckliche Angst vor den Schmerzen und der Hass auf den Alchemisten verursachte einen Knoten in ihrer Brust.

Fragend sah sie zu Midas hinüber. Dieser nickte, als würde er sie auch ohne Worte verstehen. Dann griff Asra nach dem zweiten Ruder und sie bewegten das Boot in einem ziemlichen Tempo über das ruhige Wasser. Die blauen Sterne spiegelten sich darin und würde das Rudern keine Wellen verursachen, würde es fast so aussehen, als wäre das Gewölbe vollends mit dem Wasser verschmolzen.

Asra blickte stur an Petrichor vorbei und konzentrierte sich auf Jorahs helle Gestalt. Der Junge sah ihnen noch immer nach und hielt sein Langschwert fest umklammert. *Weiß er es?*, fragte sie sich wieder in Gedanken. *Jorahs Blick hat sich verändert, wenn er mich ansieht. Was würde er wohl darüber denken …?*

»Lässt du gerade deinen ganzen Frust raus?«, fragte Petrichor plötzlich, während er sich eine Zigarette anzündete.

»Wieso?«, entgegnete sie mürrisch.

»Du ruderst, als wäre ein Seeungeheuer hinter uns her. Der arme Midas ist schon völlig außer Atem.«

Asra sah zu ihrem Freund hinüber und verlangsamte ihre Bewegungen. »Warum sagst du denn nichts, Midas?«

Seine roten Locken standen wirr in alle Richtungen ab und er lächelte verlegen. »Weil es mir peinlich gewesen wäre?«

Petrichor grinste. »Sollte es auch. Eigentlich ist Asra der Schwächling. Was ist los mit dir?«

»Ich habe schlecht geschlafen«, gab Midas leise zu. »Ich wollte diesen Ort eigentlich nie wieder betreten.«

»Es wird das letzte Mal sein«, versprach Petrichor und Asra wunderte sich über den weichen Ton in seiner Stimme.

»Was ist damals passiert?«, fragte sie vorsichtig.

»Du sollst rudern, Asra«, erwiderte Petrichor patzig, bevor Midas auch nur Luft zum Antworten holen konnte.

Sie funkelte ihn böse an und ruderte in einem normalen Tempo weiter. »Warum ruderst du denn nicht? Bist nicht du der Stärkste von uns allen?«

Er zuckte mit den Schultern und zog an seiner Zigarette. »Ich bin der Anführer, deswegen.«

»Ach ja, hatte ich fast vergessen. Das ist in meiner Welt übrigens genauso. Der Boss lässt grundsätzlich die anderen die Drecksarbeit für sich machen und heimst dann die Lorbeeren ganz allein ein.«

Midas sah sie kurz erschrocken an und vergaß für einen Moment das Rudern.

»Das war der Deal«, antwortete Petrichor knapp und sah sie von oben herab an. »Und du hast ihn damals selbst mit einem Handschlag besiegelt, erinnerst du dich?«

Asra schwieg betreten und warf einen Blick über ihre Schulter. Sie würden bald bei der ersten Regalreihe ankommen.

»Was wissen wir über dieses Grimoire? Wie sieht es aus? Wie lautet der Titel?«, fragte sie stattdessen und ihr wurde mulmig, als sie das Ausmaß des Raumes begriff. Es würde Stunden, wenn nicht sogar Tage dauern, alles zu durchsuchen.

»Es heißt *Umbra et Somnium Secretum*«, erwiderte Petrichor monoton.

Asra starrte ihn neugierig an. »Was für Zauber stehen darin und warum benötigt es der Alchemist?«

»Ich weiß es nicht. Es ist ein Auftrag, also stell keine Fragen.«

Sie schluckte. »Es macht mir Angst.«

Petrichor warf seine Zigarette ins Wasser und strich sich genervt die Haare hinter die Ohren. »Hör auf, dir ständig über Dinge Gedanken zu machen, die dich nichts angehen.«

Asra wollte gerade zu einer bissigen Antwort ansetzen, als plötzlich ein harter Ruck das Boot erschütterte. Es war, als wären sie gegen einen festen Widerstand gestoßen. Asra verlor den Halt und rutschte unsanft von der Bank. Ihr Kopf knallte dumpf gegen das Holz.

»Was war das denn gerade?«, rief sie gequält.

»Hast du dir wehgetan?«, fragte Midas besorgt und zog sie wieder nach oben.

»Geht schon«, log sie und hielt sich schmerzerfüllt den Kopf. »Wenigstens war es kein Eisberg …«

Midas sah sie schief an und verstand natürlich nicht, worauf Asra hinauswollte.

Petrichor drängte sich wortlos an ihnen vorbei, so, dass das ganze Boot gefährlich ins Wanken geriet. Dann sprang er hinaus und stand in knöcheltiefem Wasser.

Asra spähte über den Rand des Bootes und bemerkte eine Treppe in den Fluten, gegen die sie gerade geprallt waren.

»Na kommt endlich«, befahl Petrichor und seine schweren Stiefel platschten durch das Wasser.

Midas stieg ebenfalls aus dem Boot und half Asra, die schon wieder kurz davor war, das Gleichgewicht zu verlieren. Gemeinsam zogen sie das Boot ins flache Gewässer, sodass es nicht davontreiben konnte. Asras Hand wanderte unbewusst zu ihrem Würfel und die 0 war nach wie vor anstatt der 3 auf der Oberfläche eingraviert. Sie blickte starr auf die dunklen Regale vor sich und ihre Finger begannen unruhig zu zittern.

»Du musst das nicht tun«, flüsterte Midas und umschloss liebevoll ihre Hand mit seiner. »Er kann dich nicht dazu zwingen.«

»Aber es sind so viele Regale und unzählige Bücher …«, erwiderte sie und war sich schmerzlich bewusst, dass es keine andere Möglichkeit geben würde.

»Dann bekommt der Alchemist das Buch eben nicht«, fügte Midas schulterzuckend hinzu.

»Das wird Petrichor nicht zulassen.« Geknickt sah sie zu ihm hinüber. Er hatte ihnen den Rücken zugewandt und zog gerade ein Buch aus einem der Regale.

Midas folgte ihrem Blick und drückte ihre Hand fester. »Er kann nicht immer alles bekommen, was er will.«

Bei diesen Worten lief es Asra kalt den Rücken hinunter und sie sah ihm fragend in die Augen.

»Ich beschütze dich.«

»Midas, ich …«

»Du musst nichts sagen«, unterbrach er sie lächelnd, »ich möchte nicht, dass du dich zu irgendetwas gezwungen fühlst. Und jetzt lass uns dieses Grimoire suchen. Vielleicht funktioniert es ja genauso einfach wie mit *Peter Pan.*«

»Das wäre zu schön, um wahr zu sein«, antwortete Asra zweifelnd und lachte. »Aber einen Versuch ist es wert.«

Sie hakte sich bei Midas unter und ihre Schritte wateten durch das seichte Wasser, als sie zu Petrichor hinüber marschierten.

»Warum trödelt ihr zwei schon wieder?«, rief er ihnen ungeduldig entgegen und steckte das Buch zurück. Kurz darauf drehte er sich um und lief den Gang zwischen den Regalen hindurch. Dort lagen immer mehr Bücher im Wasser und viele der Seiten trieben darin umher und lösten sich langsam in ihre Bestandteile auf. Algenartige Pflanzen wucherten vom Boden über die hölzernen Regalbretter hinauf und verströmten einen salzigen Geruch.

Asra seufzte. »Was ist, wenn das Buch bereits zerstört ist? Wenn es sich in einem der unteren Regale befand, das vom Wasser überflutet wurde?«

Petrichor sah den endlos scheinenden Gang entlang. »Es gibt nur eine Möglichkeit, das herauszufinden.« Er warf ihr einen auffordernden Blick zu.

Asra drückte sich fester an Midas und dieser legte ihr schützend einen Arm um die Hüfte. Gedankenvoll holte sie den Kristall aus ihrer Tasche. Dieser erstrahlte sogleich in hellem Schimmer. Hoffnungsvoll schritt sie auf das Regal zu ihrer Rechten zu.

»Lass mich erst noch etwas anderes versuchen, okay?« Der

modrige Geruch von nassem Papier und Leder schlug ihr entgegen und sie hielt sich die Hand vor die Nase.

Midas blieb dicht neben ihr und warf Petrichor immer wieder flüchtige, warnende Blicke zu. Dieser ignorierte seine Feindseligkeit gekonnt und schien neugierig darauf zu sein, was Asra wohl vorhatte. Er grinste schadenfroh, als würde er ahnen, dass sie nur verzweifelt versuchte, Zeit zu schinden.

»Denkst du wirklich, du hättest eine Wahl?«, fragte er amüsiert.

»Lass mich in Ruhe, Petrichor«, giftete sie, während sie angestrengt die Regale nach Buchstaben absuchte. Mühsam zupfte sie das Moos herunter und zog tapfer ein Buch nach dem anderen heraus. Doch es gelang ihr nicht, ein Schema herauszufinden, nach dem die Regale sortiert waren.

»Hat dieser berühmte Magier die Bücher wirklich komplett ohne Sinn geordnet?«, fluchte Asra ungläubig und tat sich schon schwer genug damit, die Titel und Autoren zu entziffern. Die meisten Bücher waren in Latein oder anderen Sprachen verfasst, die sie nicht einmal ansatzweise lesen oder verstehen konnte. Viele der Bücher waren noch dazu handgeschrieben und so alt, dass die Seiten unter ihren Fingern zu bröckeln begannen, sobald sie sie aufschlug.

Midas hatte schon längst verstanden, was Asra vorhatte und half ihr dabei, nach einem System zu suchen.

»Denkt ihr nicht, dass es Zeitverschwendung ist, was ihr versucht?«, fragte Petrichor ungeduldig und zündete sich erneut eine Zigarette an.

Asra hätte ihm am liebsten den Elbenkristall an den Kopf geworfen. »Du könntest uns ja bei der Suche helfen, dann würde es vielleicht etwas schneller gehen«, schlug sie lächelnd vor.

Er schüttelte den Kopf. »Wir werden das Buch auf diese Weise nicht finden.«

»Woher willst du das wissen?«, fragte Midas, der konzentriert ein Buch nach dem anderen inspizierte.

»Ich weiß es einfach. Vor allem denke ich nicht, dass nach so vielen Jahren immer noch alles an seinem ursprünglichen Platz steht«, erklärte er und kickte eins der herumtreibenden Bücher davon.

»Was denkst du, wie viel Zeit wir haben?«, fragte Asra und fuhr mit ihren Fingern über die vergoldeten Zeichen eines Zauberbuches. »Ich meine, bis irgendjemand die Leichen der Soldaten entdeckt und der Bürgermeister uns die halbe Stadt auf den Hals hetzt?«

»Mit Sicherheit nicht so viel, dass ihr zwei jedes einzelne Regal durchsuchen könnt«, erwiderte Petrichor patzig.

Er wurde zusehends unruhiger, das bemerkte sie anhand feiner Details in seinem Verhalten. An seinen Händen, die er in seinen Jackentaschen vergrub, weil sie zitterten. Oder daran, dass er eine Zigarette nach der anderen rauchte. Die Art und Weise, wie seine Blicke wirr umherwanderten, als würde er unsichtbare Monster sehen.

»Gib mir noch zehn Minuten, dann aktiviere ich meine Kraft«, versprach Asra plötzlich. »Aber tu mir wenigstens den Gefallen und schau dir das nächste Regal an. Wenn auch dort nichts zu finden ist, werde ich nicht mehr zögern.«

Petrichor schien überrascht und nickte wortlos. Dann verschwand er hinter dem massiven Regal.

Asra grinste. »Midas? Würdest du mir jetzt deine Geschichte zu Ende erzählen?«

Dieser legte den Kopf schief und musterte sie. »Du willst gar nicht weitersuchen.«

»Nein. Ich wollte Petrichor nur kurz loswerden.«

»Warum interessiert es dich so sehr?«, fragte er neugierig, doch der Ausdruck in seinen Augen wurde weicher.

»Ihr seid meine Freunde und ich weiß so wenig über euch. Das kommt mir falsch vor«, erwiderte sie leise und meinte es vollkommen ehrlich.

Midas nickte und trat näher an sie heran. Er flüsterte, als

er weitersprach. Wahrscheinlich fürchtete er, dass Petrichor ihn hören konnte. »Leider haben wir nie Zeit, über solche Dinge zu reden. Wenn du herkommst, geht es meistens schon drunter und drüber.«

»Ja leider. Ich wünschte, ich könnte einfach mal einen ganz normalen Tag mit euch verbringen. Ohne an gefährlichen Orten herumzuschnüffeln und Dämonen zu töten. Es wäre toll, einfach mit allen zusammenzusitzen, mit Kaffee und Kuchen und jeder erzählt seine Geschichte.« Asra musste sich ein Lachen verkneifen, als sie sich Petrichor mit einer kitschigen Blümchen Kaffeetasse in der Hand vorstellte, wie er über seine Hobbys sprach.

Midas strahlte über das ganze Gesicht, als er Asras aufgehellte Stimmung bemerkte und erzählte den Rest seiner Geschichte. »So spannend ist das alles eigentlich gar nicht«, begann er und fuhr sich nervös durch die roten Locken. »Ich hatte damals bereits einige Versuche unternommen, von Zuhause wegzulaufen. Ich hielt es einfach nicht mehr aus, mit einer Familie zusammenzuleben, die mich ignorierte und für wertlos abstempelte. Mein Stiefvater hasste mich, weil ich nicht sein eigenes Fleisch und Blut war und meine Mutter unternahm nichts gegen seine grausamen Erziehungsmaßnahmen. Von diesen Dingen hatte ich dir schon letztes Mal erzählt. Es war ein ewiger Kreislauf. Ich rannte davon und die Soldaten fingen mich wieder ein. Zur Strafe wurde ich verprügelt und in der Bibliothek eingesperrt.

Als Petrichor mich rettete, war ich siebzehn. Er erzählte mir danach, dass der Einbruch sein erster Auftrag für den Alchemisten gewesen war. Er sollte in der Bibliothek ein Buch stehlen, stattdessen fand er mich blutend und ausgehungert in einer Ecke liegend. Er hätte mich einfach töten können, doch stattdessen machte er mir ein Angebot: Wenn ich für ihn arbeitete, würde er mich von hier wegbringen. An einen sicheren Ort, an dem mich mein Stiefvater nicht finden würde.«

Midas machte eine kurze Pause und sah zu den blauleuchtenden Sternen hinauf. »Ich habe keine Sekunde mit meiner Antwort gezögert.«

Asra schluckte und sie fragte sich, wie Midas trotz all den schrecklichen Dingen, die er erlebt hatte, so ein liebenswerter und fröhlicher Mensch sein konnte.

»Dann bist du bereits seit …«, *Midas ist jetzt zweiundzwanzig*, »fünf Jahren bei Petrichor?«

Er nickte. »Ich war sein erstes Teammitglied. Jorah und Narah kamen erst zwei Jahre später dazu.«

Asra bemerkte, wie seine glückliche Fassade langsam zu bröckeln begann. Sie dachte nicht länger nach, sondern umarmte ihn und hoffe, ihm zumindest etwas Trost spenden zu können. Sie musste sich strecken, um ihn an sich zu drücken.

Sein Bogen rutschte ihm von der Schulter und fiel ins Wasser, doch es schien ihn in diesem Moment nicht im Geringsten zu kümmern. Midas legte seine Arme um Asra und drückte sie fest an sich. Er strich ihr liebevoll über das Haar und seine Stimme zitterte, als er ihr etwas ins Ohr flüsterte.

»Ich bin so froh, dich kennengelernt zu haben, Asra. Doch manchmal ist die Tatsache, dass du nicht für immer hierbleiben kannst, so unglaublich schwer zu ertragen …«

Seine ehrlichen Worte berührten sie tief. »Midas …«, flüsterte sie und sah besorgt zu ihm auf. Seine Wangen schimmerten feucht. Er weinte lautlos. Vorsichtig schob sie ihm die Brille ins Haar und strich ihm sanft mit den Fingern über die mit Sommersprossen übersäten Wangen, um die Tränen zu trocknen.

»Ich werde jetzt meine Kräfte aktivieren, dann können wir schnell von hier verschwinden«, versprach Asra und löste sich langsam von ihm. Als er sie immer noch traurig ansah, versuchte sie, die düstere Stimmung etwas aufzulockern.

»Wenn du willst, können wir später oben in der Bibliothek ein klitzekleines Feuer legen, bevor wir verschwinden. Petrichor hätte da sicher nichts dagegen …«, schlug sie grinsend vor.

Midas blinzelte lächelnd die letzten Tränen weg und schob sich seine runde Brille zurück auf die Nase. Dann hängte er sich voller Tatendrang seinen nassen Bogen um die Schultern. »Die Vorstellung gefällt mir.«

»Gegen was habe ich nichts?«, rief plötzlich jemand mit schneidender Stimme von hinten. Petrichor stand mit dem Rücken am Regal und hatte die Arme vor der Brust verschränkt.

*Wie lange steht er da schon?*, fragte sich Asra verärgert und mit glühenden Wangen. Dann wiederholte sie ihre Worte etwas härter, als beabsichtigt. »Ich sagte, dass du sicher nichts dagegen hättest, wenn wir später die Bibliothek des Bürgermeisters abfackeln.«

Petrichor zog verdutzt eine Augenbraue hoch. »Ihr wollt wirklich dieses wertvolle Kulturgut der Stadt zerstören? Jahrhundertelange Sammlungen der Geschichte von Arkana? Bücher über ausgestorbene Sprachen? Erzählungen über die verschiedensten Rassen und Arten von Lebewesen?«

Er klang ausgesprochen empört, als er diese Dinge aufzählte. Doch Asra bemerkte das feine Detail, das ihn verriet.

Sein Mundwinkel zuckte und seine Augen funkelten. »Von mir aus. Aber erst, wenn wir das Grimoire gefunden haben.«

Asra lachte laut auf. Vermutlich mehr aus Verwunderung als über seine Zustimmung. Sie lief an ihm vorbei und klopfte ihm überschwänglich auf die Schulter. »Petrichor, du wirst mir tatsächlich noch sympathisch.«

Er sah sie leicht angewidert an und folgte ihr wortlos.

Inmitten des Hauptganges blieb Asra stehen und umklammerte ihren Würfel. Das Metall war von ihrer Haut gewärmt und fühlte sich so vertraut an wie immer. Das Schmuckstück war wie ein Teil von ihrem Zuhause, das sie mit in diese fremde Welt nehmen konnte und das ihr Trost und Sicherheit spendete.

*»Asra, du musst gut auf diesen Gegenstand aufpassen. Das ist sehr wichtig …«*, erinnerte sie sich an Petrichors Worte, die er

am Tag ihrer ersten Begegnung zu ihr gesagt hatte. Sie wusste noch immer nicht, was dies bedeutete.

Ihr Herzschlag beschleunigte sich, als der Anhänger zu pulsieren begann. Midas stand dicht neben ihr und beobachtete besorgt und fasziniert zugleich, was gerade mit seiner Freundin geschah.

Asra konzentrierte sich mit geschlossenen Augen auf ihre Kraft und stellte sich das Zauberbuch in ihren Gedanken so genau wie möglich vor. Sie hatte es noch nie zuvor gesehen und dennoch bildete sich ein detailreiches Bild in ihrem Kopf. Immer wieder flüsterte sie den Titel, bis er sich anhörte wie ein selbstgesponnener Zauber.

»*Umbra et Somnium Secretum. Umbra et Somnium Secretum. Umbra et Somnium Secretum …*«

Und aus diesen Worten wob sich der schimmernde Faden, der sich langsam vor ihr in die Dunkelheit erstreckte. Als sie die Augen öffnete, lag der Faden genauso deutlich vor ihr, wie in ihren Gedanken.

»Dann mal los«, murmelte Asra und die Angst vor den Schmerzen kehrte schleichend zurück. *Wird es dieses Mal noch schlimmer sein?* Sie atmete tief durch und verdrängte den Gedanken. »Ich kann es jetzt sowieso nicht mehr ändern«, hauchte sie und rannte los.

Midas und Petrichor folgten ihr und die platschenden Schritte ihrer Stiefel im seichten Wasser hallten laut durch das gewaltige Gewölbe. Nur die dichtstehenden Regale und unzähligen Bücher dämpften das Geräusch ein wenig. Asra bog von einem Gang in den nächsten und die anderen hatten Mühe, mit ihr Schritt zu halten. Sie gelangten immer tiefer in das Labyrinth aus Stein, Papier und Holz. Der Schein der Lichter an der Gewölbedecke schaffte es nicht mehr, bis ganz nach unten zu dringen. Die Dunkelheit wurde dichter und furchteinflößender.

Asra spürte, wie das Ziehen in ihrer Brust stärker wurde

und sie wusste nur allzu gut, was dies bedeutete: Sie näherte sich dem Ziel.

Sie sprang über ein umgestürztes Regal und wäre fast auf dem algenbewachsenen Untergrund ausgerutscht, als der Schmerz mit voller Wucht auf sie einprasselte. Asra schrie und fasste sich an die Brust. Das Atmen fiel ihr schwer und der Faden zerrte mit aller Kraft an ihrem Herzen.

»Asra!«, rief Midas und war sofort an ihrer Seite, um sie zu stützen.

Petrichor drängte sich an ihnen vorbei und sah sich hektisch um. »Wo ist es?«

Asra starrte auf einen Haufen vermoderter Buchreste, die im Wasser lagen, und brachte kein Wort mehr heraus.

»Ist es das?«, fragte Petrichor entsetzt, als er ihrem Blick folgte.

»Ich denke … schon …«, presste sie unter Schmerzen hervor und starrte auf das Papier, das zerfetzt und durchnässt auf dem Boden verteilt lag. »Aber etwas stimmt nicht …«

Petrichor ließ sich auf die Knie sinken und hob die tropfenden Überreste des Buches auf. Er betrachtete das von grünlichem Moos überwucherte Leder und konnte gerade so das erste Wort des Titels entziffern.

»Somnium …«, las er monoton und der Ausdruck, der über sein Gesicht huschte, verhieß nichts Gutes.

»Es ist vollkommen zerstört.« Er schlug es auf und die Tinte der verbliebenen Seiten war verschwommen und teils ganz aufgelöst.

»Gib es mir, bitte!«, rief Asra und der Schmerz drohte übermächtig zu werden. Als Petrichor zögerte, riss Midas ihm kurzerhand das Buch aus den Händen und reichte es ihr. Sie nahm es dankbar entgegen und hoffte, dass der Schmerz endlich aufhören würde. Doch nichts passierte.

»Warum hört es nicht auf?«, rief sie voller Angst und drückte die Überreste fest an ihre Brust.

Midas legte mit angstverzerrtem Gesicht seine Hände an ihre Schulter und sah ihr tief in die Augen. »Du musst durchhalten, bitte!«, flehte er und sah hilflos zu Petrichor hinüber. »Was sollen wir nur tun? Wir müssen ihr doch irgendwie helfen können?«

Petrichor starrte ins Leere, seine Augen waren voller Schatten. »Es muss das falsche Buch sein …«, murmelte er und sah dann zu Asra hinab. Diese war auf die Knie gesunken und Tränen rannen über ihre Wangen. Sie biss sich so fest auf die Zunge, dass sie Blut schmeckte und krallte ihre Fingernägel tief in ihre Haut, doch nichts vermochte den Schmerz zu übertünchen. Der Faden wollte nicht abreißen und zog weiter unablässig an ihrem Herzen.

»Ich halte es nicht mehr aus!«, rief sie weinend und die Verzweiflung wuchs.

Midas schlug das Buch erneut auf und drückte es Asra hilflos in die Hand. »Es ist das richtige Buch! Ich bin mir zu hundert Prozent sicher!«, rief er, »sprich den Titel noch einmal aus, bitte!« Dann kroch er auf allen vieren im Wasser herum und suchte alle Seiten zusammen, die er finden konnte. Er legte sie in ihre Hände, doch Asra zitterte so stark, dass sie ihr immer wieder ins Wasser fielen.

»Verdammt, hilf ihr doch!«, rief Midas Petrichor entgegen, der immer noch wie angewurzelt dastand. Erst als Midas ihn noch einmal anschrie, erwachte er aus seiner Starre. Er ließ sich zu Asra auf den Boden sinken und steckte alle Seiten in den Ledereinband des Buches. Er drückte es ihr in die Hand und hielt es mit ihr zusammen fest.

Sie sah ihm flehend in die Augen und flüsterte ihm etwas zu. »Bitte … wenn es nicht aufhört, musst du mich erschießen.«

Ihr Gesicht näherte sich seinem und er riss ungläubig die Augen auf.

»Versprich es mir, Petrichor …« Die letzten Worte waren nichts weiter als ein Wispern. Sie schwieg sofort, als Midas ihr die letzten Überreste in die Hand drückte. Petrichor legte seine Hände auf ihre und achtete darauf, dass sie nichts fallen ließ.

»Asra, du musst jetzt den Namen des Buches sagen!«, flehte Midas und er wirkte so voller Angst, wie noch nie zuvor.

Sie bekam kaum mehr Luft, als sie die Worte mit ihren Lippen formte. »*Umbra …*« Ein schneidender Stich durchfuhr ihre Brust und es fühlte sich an, als würde ihr jemand eine Klinge ins Fleisch bohren.

Petrichor hielt sie fest und sah sie eindringlich an. »Ich verspreche es.«

Und mit letzter Kraft schrie Asra die Worte hinaus. »Umbra et Somnium Secretum!«

Und der Faden riss mit einer Heftigkeit, die sie mit voller Wucht zurückprallen ließ.

*Bin ich tot?*, fragte sie sich mit einer aufkeimenden Taubheit, die wie ein Sedativum durch jede ihrer Adern strömte und sich unaufhaltsam ausbreitete.

Sie lag mit dem Rücken im Wasser und starrte an die leuchtende Gewölbedecke. Es war so still um sie herum. So friedlich und angenehm gefühllos, als wäre die Zeit stehen geblieben. Die Kälte durchdrang langsam ihren ganzen Körper und verstärkte das Gefühl der Leere in ihr.

Doch dieser kurze Moment der Ruhe währte nicht lange.

Denn nur wenige Sekunde später zerbrach ein Schuss die Stille, der sich hohl und dumpf anhörte. Asra hob angestrengt ihren Kopf aus dem Wasser, doch ihre nassen Haare zogen sie zurück nach hinten. Die Schwäche war immer noch übermächtig und ihr wurde schwarz vor Augen.

»Midas?«, rief sie und versuchte, durch den Schleier hindurchzusehen. Sie stützte sich mit den Armen ab und hielt sich schwer atmend an dem Regal zu ihrer Rechten fest. Ihre Kleidung klebte kalt an ihrer Haut.

Asra hörte ein zischendes Geräusch, fast wie ein Fauchen. Etwas wirbelte durch die Luft und sauste wie wild umher, durchschnitt die Luft vor ihr wie eine Klinge. Sie nahm immer noch nichts weiter als grobe Schemen wahr, jegliche Konturen waren unscharf und verschwommen.

Dann packte sie jemand grob am Handgelenk und zog sie auf die Beine.

»Du musst dich jetzt zusammenreißen«, sagte Petrichor und stellte sich schützend vor sie.

Asra rieb sich hektisch über die Augen und versuchte, sich zu konzentrieren. Ihre Beine fühlten sich an wie Wackelpudding, doch immerhin konnte sie ihr Gleichgewicht halten. Petrichor stand so dicht vor ihr, dass sie nur den schwarzen Stoff seines Pullovers wahrnehmen konnte. Ein weiterer Schuss hallte unglaublich laut durch die Luft. Sie drückte sich erschrocken die Hände auf die Ohren.

»Was passiert hier?«, rief sie ängstlich und sah vorsichtig an ihm vorbei. Sie blinzelte und ihre Sicht wurde allmählich klarer.

Midas stand am anderen Ende des Ganges und hatte die Sehne seines Bogens bis zum Anschlag gespannt. Er zielte auf etwas, das Asra mit bloßem Auge nicht erkennen konnte. Ein weißes Etwas zischte durch die Luft und war so unglaublich schnell, dass es unmöglich war, es zu fokussieren. Es heulte und flatterte und sauste immer wieder auf Midas hinab. Dieser schoss einen Pfeil nach dem anderen ab, doch er schien das Wesen nicht zu treffen. Oder, er konnte ganz einfach keinen Schaden damit anrichten. Denn normalerweise verfehlte Midas nie sein Ziel.

»Was zur Hölle ist das?«, rief Asra und zog mit zitternden Händen ihren Dolch hervor.

»Midas, geh aus dem Weg!«, befahl Petrichor und zielte auf das Wesen.

Midas duckte sich blitzschnell und Petrichor schoss erneut. Asra hörte ein Geräusch, das sich anhörte wie zerreißendes Papier. Dann segelte etwas vor ihr auf die Wasseroberfläche. Sie hob es auf und hielt eine mit seltsamen Zeichen beschriebene

Seite in der Hand. Inmitten des Papiers prangte ein rundes Loch, wo die Kugel hindurchgeschlagen war.

»Nein«, murmelte Asra ungläubig und suchte die Luft nach dem geflügelten Monster ab.

Sie hörte es eher, als dass sie es sehen konnte.

Es flog blitzschnell auf sie zu, und hätte Petrichor sie nicht im letzten Moment nach unten gedrückt, hätte das Vieh sie frontal erwischt. So streifte es nur ihren Arm und hinterließ eine flache Schnittwunde auf ihrer Haut.

Asra sog die Luft scharf ein, denn der Schmerz von schneidendem Papier war intensiver als der einer Klinge.

»Alles okay?«, erkundigte sich Petrichor und als er sie nicken sah, wandte er sich unverzüglich dem Monster zu.

»Es ist das Grimoire. Es ist … lebendig«, murmelte Asra und drückte sich panisch an das Regal.

Das geflügelte Buch griff immer wieder an und hinterließ brennende Schnitte auf ihrer Haut. Egal wie schnell sie auswichen und sich duckten, das Wesen war schneller.

Midas hatte all seine Pfeile verschossen und war dabei, sie mühsam aus den Regalen zu ziehen und sie vom Boden aufzusammeln. Petrichor schoss unablässig auf das geflügelte Buch, das – wie Asra nun bemerkte – die Form eines Vogels angenommen hatte. Die Seiten waren wie Federn gefaltet und scharf wie Rasierklingen. Sie bildeten riesige Flügel, die am ledernen Einband des Buches zusammenliefen. Dieser bildete den Rumpf des Vogels und schützte den verletzlichen Körper aus Papier.

»Wie sollen wir das Vieh denn erledigen?«, rief sie verzweifelt. »Es ist viel zu schnell!«

Petrichor steckte seinen Revolver zurück, als hätte er sich damit abgefunden, mit Kugeln nichts gegen ein verzaubertes Buch ausrichten zu können. »Wir müssen es irgendwie einfangen oder festhalten …«

Bereits im nächsten Augenblick traf der Vogel ihn mit

voller Wucht. Hart prallte er auf dem nassen Boden auf und schlitterte durch das Wasser. Ein Wirbel aus Papier und Leder schlug unbarmherzig auf ihn ein.

Asra sah voller Panik, dass sich die Federn an manchen Stellen blutrot färbten. Sie handelte sofort und warf sich mit all ihrer verbliebenen Kraft auf das Monster, um es von Petrichor wegzudrängen. Sie rollte sich mit dem Wirbel voller Papier auf dem Boden und stach mit ihrem Dolch halb blind auf das Wesen ein. Die Seiten schlugen ihr wie wild um die Ohren und auch das Wasser schien ihm nichts auszumachen.

Ihre Haut brannte an manchen Stellen und das Papier schien problemlos, durch ihre Kleidung hindurchzuschneiden. Sie krallte ihre Hände um den Ledereinband und versuchte mit aller Macht, das Monster von ihrem Gesicht wegzubekommen. Das Geräusch von knitterndem Papier war so laut, dass sie die Worte fast nicht verstand, die Midas ihr zurief.

»Asra! Halte das Vieh nur noch etwas höher!«

Sie tat, was er sagte. Auch wenn ihre Arme wahnsinnig schmerzten, drückte sie das Monster so weit wie möglich von sich weg. Der modrige Geruch des Papieres wehte ihr mit jedem Flügelschlag entgegen und löste eine unangenehme Übelkeit in ihr aus.

Im nächsten Moment zischte haarscharf über ihr ein Pfeil vorbei. Sie meinte sogar, den Luftzug spüren zu können, den er auf ihrer Haut hinterließ. Das Monster wurde aus ihren Händen gerissen und ein dumpfer Aufprall erklang, als die Pfeilspitze auf Holz traf.

Erschöpft blieb Asra liegen und ließ die Hände neben sich ins Wasser sinken. Sie spürte die brennenden Schnitte wie Feuer auf ihrer Haut. »Ist es tot?«, fragte sie und rührte sich auch weiterhin nicht vom Fleck. Jeder Muskel in ihrem Körper schmerzte fürchterlich und sie fühlte sich unglaublich müde.

»Nein, es bewegt sich immer noch«, erklärte Petrichor und hielt ihr die Hand hin.

Sie nahm sie zögernd und ließ sich von ihm aufhelfen. Sein Gesicht war einigermaßen verschont geblieben, aber das Monster hatte seine Krallen tief in seinen Hals und seine Brust geschlagen. Sein Pullover war von Rissen übersät und unter dem dünnen, schwarzen Stoff sah sie tiefrote Rinnsale hinablaufen. Er war ebenfalls klitschnass und seine Sachen klebten an seiner Haut.

Asra sah ihn einfach nur an und unterdrückte den Drang, ihm um den Hals zu fallen und seine Wunden zu berühren.

»Alles in Ordnung bei euch?«, rief Midas hektisch und stürmte kurzerhand an ihnen vorbei, um vorsichtshalber noch einen zweiten Pfeil in das Wesen zu rammen, das an einem der Regale fixiert war. Es wand sich und schlug wild mit den Flügeln, konnte sich aber nicht befreien. Midas überlegte nicht lange und steckte noch zwei Pfeile in die Flügel der Kreatur.

»Das sollte erst einmal halten«, murmelte er erleichtert und ließ sich gegen ein Regal sinken. »Was für ein abscheuliches Ding!«

»Ich glaube, meine Liebe zu Büchern hat sich gerade schlagartig in Hass verwandelt«, grummelte Asra und betrachtete ihre blutenden Hände. Betrübt ging sie zu Midas hinüber und legte ihm eine Hand auf die Schulter. »Danke, dass du mich vor diesem Ding gerettet hast. Du bist einfach der talentierteste Bogenschütze, den ich kenne.«

Midas grinste. »Wahrscheinlich bin ich auch der Einzige, oder?«

»Gut erraten«, gab sie zu und wuschelte ihm durch die Haare. Midas schien es gut zu gehen und sie entdeckte auch keine allzu großen Schnittwunden auf seiner Haut. Er war sogar einigermaßen trocken geblieben.

Petrichor stand vor dem Monster und schien zum ersten Mal in seinem Leben ratlos zu sein.

Asra trat neben ihn und rieb sich fröstelnd über die Arme. »Irgendwie clever, ein Zauberbuch nicht wegzusperren, sondern es in etwas zu verwandeln, das sich selbst vor Dieben schützen kann«, bemerkte sie anerkennend.

»Jetzt müssen wir nur noch einen Weg finden, es zurückzuverwandeln«, erwiderte er genervt und schien nichts für diesen aufwändigen Zauber übrig zu haben. Für ihn bedeutete es nur mehr Arbeit, die ihn Zeit und Energie kostete.

»Mir fällt da gerade etwas ein …«, begann Asra geheimnisvoll und sah etwas zu auffällig auf seinen blutenden Hals. Seine Haut war so hell, dass das Rot unnatürlich leuchtend darauf hervorstach.

Er sah sie fragend an und schien dann selbst darauf zu kommen. »Das Schwert …«

»Genau«, erwiderte sie lächelnd.

»Welches Schwert?«, rief Midas neugierig von der Seite. Er blieb in einem sicheren Abstand zu dem Monster stehen und beobachtete das Geschehen lieber interessiert aus der Ferne.

»Sag es ihm, Petrichor«, erwiderte Asra und wartete.

Doch dieser zögerte.

Sie seufzte. »Du kennst Midas schon so lange und ihr habt so viel zusammen erlebt. Findest du nicht, dass du ihm etwas mehr Vertrauen entgegenbringen solltest?«

Bei diesen Worten veränderte sich Petrichors Ausdruck schlagartig. »Er hat es dir erzählt …«

Sie nickte und wurde rot, als er sie auf frischer Tat ertappte. »Das spielt doch jetzt gar keine Rolle! Wir müssen das Ding irgendwie zurückverwandeln, sonst bekommt der Alchemist sein Buch nicht. Ich werde das Vieh nämlich ganz sicher nicht lebendig hier heraustragen.« Trotzig verschränkte sie die Arme vor der Brust und musterte ihn unauffällig von der Seite.

Tatsächlich nahm Petrichor die Kette von seinem Hals, an dem der silberne Anhänger des Schwertes baumelte. Er reichte ihn ihr und Asra nahm das magische Schmuckstück behutsam an sich. Sein Blut klebte daran und sie fragte sich, ob es ihm wirklich gut ging. Falls nicht, gelang es ihm unwahrscheinlich gut, seine Schmerzen zu verstecken.

*Er würde niemals zugeben, wenn es ihm schlecht ginge,* dachte sie und war aus irgendeinem Grund enttäuscht darüber. *Er zeigt keine Gefühle, weil er keine hat. Ganz einfach.*

Traurig flüsterte sie das Wort, mit dem sie die Macht des Schwertes aktivieren konnte. »*Atharrachadh.*«

Bereits in der nächsten Sekunde begann sich das Metall auszudehnen und zu verwandeln.

Midas starrte mit großen Augen zu ihnen hinüber und erachtete es mittlerweile als sicher, näher zu kommen.

*Wahrscheinlich überwiegt die Neugier,* dachte Asra belustigt und hielt das Artefakt ruhig in ihren Händen. Es sah anders aus als letztes Mal, als sie es in Morghil aktiviert hatte. Es war kleiner und ähnelte mehr einem Dolch als einem Schwert. Die Klinge bestand aus einem rotleuchtenden Material, das wie flüssige Lava glühte. Doch als Asra sie vorsichtig mit den Fingern berührte, verbrannte sie sich nicht. Das Metall war kalt.

»Ihr habt das Schwert also doch gefunden«, sprach Midas seine Gedanken laut aus und musterte die beiden argwöhnisch. »Warum habt ihr es uns verschwiegen?«

»Wir mussten es vor dem Alchemisten verbergen«, antwortete Asra. »Er darf es nicht in die Finger bekommen.«

»Asra!«, mischte sich Petrichor ein.

Doch sie ließ sich von ihrem Anführer nicht verunsichern. »Petrichor, er wird es den Zwillingen nicht verraten, wenn du es nicht willst. Habe ich recht, Midas?«, fragte sie freundlich und betrachtete ihren Freund.

»Ich schweige wie ein Grab«, versprach dieser und legte seine Hand auf sein Herz.

»Das will ich auch hoffen«, entgegnete Petrichor und sah Midas warnend an. »Wenn du redest, bringe ich dich nämlich höchstpersönlich unter die Erde.«

»Langsam bin ich wirklich enttäuscht, dass du mir nach

fünf Jahren noch immer nicht vertraust, Petrichor. Habe ich jemals etwas getan, damit du Grund zum Zweifeln gehabt hättest?« Midas Stimme klang verbittert und er sah Petrichor tief in die Augen. »Ich für meinen Teil vertraue dir und würde sofort für dich in den Tod gehen. Weil du mein Freund bist.«

Petrichor schien von Midas' Worten völlig überrumpelt zu sein und konnte seinem Blick nicht länger standhalten. Er zog es vor, das Thema zu wechseln.

»Asra, würdest du bitte endlich dieses Ding erstechen, damit wir von hier verschwinden können?«, befahl er und war dabei, sein silbernes Etui aus seiner Hosentasche zu ziehen. Doch es gelang ihm nicht, auch nur ein Streichholz zu entzünden, da der Inhalt nass geworden war. Er fluchte und steckte es zurück.

Asra bemerkte, wie er seine zitternden Hände zurück in seine Taschen schob, um sie zu verstecken. Sie musste zugeben, dass sie ein bisschen Schadenfreude verspürte, denn Midas tat ihr unwahrscheinlich leid. Es war gemein und unfair, wie Petrichor ihn behandelte. *Wenigstens ein nettes Wort hätte er doch zu ihm sagen können, oder?*

Midas verstand allmählich, dass er keine Antwort mehr bekommen würde und ließ Petrichor einfach stehen. Er gesellte sich zu Asra und sie schritten gemeinsam auf das Papierwesen zu, das sich immer noch wild unter den Pfeilen wand. Es war ihm bereits gelungen, einen Flügel zu befreien.

Asra zögerte nicht länger. Sie holte weit aus und stach mit aller Kraft das Schwert in das lederne Herz des Buches.

Der Zauber erlosch.

Die Seiten verwandelten sich zurück, entfalteten sich und krochen zurück unter den Einband des Buches, wohin sie gehörten. Die Metamorphose dauerte nur ein paar Sekunden, bis unter dem Schwert nur noch ein gewöhnliches Buch steckte. Ein Buch in einem dunkelblauen, ledernen Einband, auf dem verschnörkelte, silberne Buchstaben den Titel verrieten: *Umbra et Somnium Secretum.*

»Wir haben es tatsächlich geschafft!«, rief Asra erleichtert und fiel Midas überglücklich um den Hals. »Wir haben das dämliche *Necronomicon* besiegt!«

»Das was?«, murmelte er verwirrt und lachte.

Petrichor stand allein und wie fehl am Platz neben den beiden und beobachtete sie schweigend. Nach einer Weile wandte er den Blick ab, als könnte er ihre Freude nicht länger ertragen. Er zog mit einem Ruck das Schwert aus dem Holz. Dieses verwandelte sich zurück in den silbernen Anhänger, den er sich wieder um den Hals hängte.

Nachdenklich betrachtete er das Grimoire in seinen Händen. Dafür, dass es so wertvoll und mächtig sein sollte, wirkte es ziemlich gewöhnlich. Als er es prüfend aufschlug, waren die Seiten wieder vollständig und fast unversehrt. Das Papier war mit tiefblauer Tinte handbeschrieben und magische Runen und Sigillen waren fein säuberlich aufgezeichnet worden. Die Sprache war alt und fast nicht zu entziffern, dennoch konnte man die kraftvollen Wörter und die Macht darin spüren.

Petrichor nickte zufrieden und klappte das Buch zu. »Lasst uns gehen«, murmelte er und schlug den Weg zum Hauptgang ein.

Asra warf Midas einen fragenden Blick zu und flüsterte ihm etwas ins Ohr. »Ich glaube wir sollten …«

Er nickte, schien aber noch nicht ganz überzeugt zu sein. »Bist du sicher?«

»Ich denke, er braucht das jetzt wirklich«, antwortete sie ihm leise. »Hast du seinen Blick vorhin gesehen?«

»Er wird wütend werden.«

»Er hat das Buch, er wird darüber hinwegkommen.«

»Ich weiß wirklich nicht, ob das eine gute Idee ist …«

Asra sah ihn mit großen, flehenden Augen an. »Bitte?«

Er schien immer noch verunsichert, doch Asra zuliebe gab er nach. »Na gut.«

»Genau das mag ich so an dir, Midas. Die Zwillinge hätten

nie und nimmer 'Ja' zu so einem Selbstmordkommando gesagt.«

»Ich werde es später sicher bereuen.«

»Ich auch. Aber das ist es mir wert«, hauchte Asra fast lautlos.

Midas zuckte gleichgültig mit den Schultern.

»Petrichor?«, rief Asra geheimnisvoll.

Dieser blieb stehen und drehte sich fragend zu ihnen um. »Was ist denn?«

Midas und Asra nickten sich zu und liefen gemeinsam los. Petrichor konnte gar nicht so schnell reagieren, als die beiden ihm auch schon stürmisch um den Hals fielen. Er stand stocksteif da und wusste nicht, wie ihm geschah.

»Was zur …«, begann er fluchend, doch Asra ließ ihn nicht ausreden.

»Halt die Klappe, Petrichor. Selbst ein Monster braucht nach so einem Kampf mal eine Umarmung.« Sie hatte einen Arm um seine Hüfte gelegt und den anderen um Midas Schulter. Sie spürte seine Dunkelheit, doch die Schatten wichen nicht zurück.

*Brauchen selbst deine Schatten manchmal einen Funken Licht?*, fragte sie sich fasziniert und legte mutig ihren Kopf an seine Brust.

»Du kannst uns nachher eine Predigt halten, wenn du möchtest«, fügte Midas lächelnd hinzu und klopfte seinem Freund entschuldigend auf die Schulter.

»Ihr habt sie doch nicht mehr alle!«, rief Petrichor wütend, ließ aber trotzdem kurz seine Wange an Asras Stirn sinken. Seine nassen Haare kitzelten ihre Haut und er fühlte sich mit einem Mal unglaublich vertraut an.

Wenige Sekunden später stieß er die beiden kraftvoll zur Seite und stapfte laut fluchend durch das Wasser davon.

»Siehst du, war doch gar nicht so schlimm«, meinte Asra fröhlich zu Midas. Ihr Erfolg ließ den Schmerz für einen Moment verstummen.

»Wir werden das sicher noch irgendwann büßen«, entgegnete Midas grinsend.

Die beiden sahen ihrem wütenden Anführer zufrieden hinterher, bevor sie ihm folgten. Asra kam noch eine Frage in den Sinn, die sie Midas unbedingt stellen wollte. Also nutzte sie den kurzen Moment, um ihn über seinen Anführer auszufragen.

»Weißt du eigentlich, was Petrichor sonst so macht? Ich meine, wenn er nicht gerade Menschen tötet und krumme Dinger dreht?«

»Wie kommst du denn jetzt da drauf?«

»Interessiert mich einfach. Außerdem würde er mir nie selbst davon erzählen«, erklärte sie schulterzuckend.

»Ehrlich gesagt, kann ich dir dazu auch nicht viel sagen. Er verschwindet oft tagelang, ohne ein Wort zu sagen und kommt dann mit neuen Aufträgen des Alchemisten an.«

»Erzählt er euch denn gar nichts darüber?«, fragte sie ungläubig. »Hat er denn gar keine Interessen, Hobbys, lebende Verwandtschaft, Familie?«

»Nein, nicht viel. Und wir fragen auch nicht nach. Du kennst ihn doch. Er war schon immer so, also haben wir gelernt, es zu akzeptieren.« Midas grinste und sah sie an, als wäre ihre Frage überflüssig. »Vielleicht besucht er ja heimlich einen Strickkurs und es ist ihm zu peinlich, davon zu reden«, scherzte er und lachte.

»Oder er tanzt Ballett«, setzte Asra einen drauf und lachte ebenfalls lauthals los. »Er würde ausrasten, wenn er uns hören könnte.«

»Sowas von«, antwortete Midas vollkommen ernst und sein Lachen verwandelte sich in ein lautloses Grinsen.

Als sie wenig später am See ankamen, saß Petrichor bereits ungeduldig im Boot und hielt das Ruder fest umklammert. An seinen Fingern klebte Blut und die Schatten unter seinen Augen waren tief und dunkel. Asra ließ sich ungeschickt neben ihm auf die Bank sinken und nahm das andere Ruder. Das Boot schwankte verdächtig, doch auch Midas gab sich keine Mühe, vorsichtig zu sein. Er saß Asra gegenüber und sie sah ihm die Erschöpfung deutlich an. Dennoch schenkte er ihr ein Lächeln. »Ich bin so froh, wenn ich endlich in meinem Bett liege.«

»Kann ich mir vorstellen«, antwortete Asra und gähnte. Sie bemerkte selbst, wie weh ihr jeder einzelne Knochen tat. Der Zauberfaden forderte eine Menge ihrer Kraft. Es schien jedes Mal noch länger zu dauern, bis sich ihr Körper von den Strapazen erholt hatte.

»Petrichor, bist du bereit? Ich kann natürlich auch allein rudern«, bot Asra an und warf einen kurzen Blick über ihre Schulter. Sie entdeckte Jorah, der ihnen aus der Ferne erleichtert zuwinkte.

»Du musst mir nicht helfen«, erwiderte er kühl.

»Ich will aber. Du bist verletzt.«

Er schnaufte und gab nach. Wahrscheinlich hatte er ganz einfach keine Lust mehr, weiter mit ihr zu diskutieren. Petrichor drückte Midas das Grimoire in die Hand und begann zu rudern.

»Was steht denn nun drin?«, fragte Asra neugierig.

Midas schlug das Buch auf und blätterte kurz darin herum. »Zaubersprüche, Rituale, Dämonenbeschwörungen …«

»Ich wusste es!«, murmelte Asra kryptisch und musste sofort wieder an das sagenhafte *Necronomicon* denken.

Midas schien etwas Interessantes entdeckt zu haben, denn er verweilte mit wachem Blick auf einer bestimmten Seite.

Petrichor fuhr plötzlich blitzschnell nach vorn und riss ihm das Buch aus den Händen.

Midas sah ihn bestürzt an und schüttelte den Kopf. »Musste das jetzt sein?«

»Es ist sicherer, wenn du nicht weißt, was drin steht«, mahnte er kühl und ruderte weiter, ohne einen weiteren Grund für seine harsche Reaktion zu nennen.

Midas seufzte und warf Asra einen enttäuschten Blick zu. Diese schwieg und hoffte, dass sie bald aufwachen würde.

Die Kälte durchdrang allmählich jeden ihrer Knochen und das Letzte, was sie in den Ferien gebrauchen konnte, war eine Erkältung.

Es dauerte keine zehn Minuten, bis sie am anderen Ufer anlegten und Jorah ihnen aus dem Boot half.

»Ist alles in Ordnung bei euch?«, fragte er und musterte die drei besorgt.

»Wir haben mit dem Buch gekämpft«, antwortete Asra trocken und grinste verschwörerisch. Jorah sah sie nur verständnislos an und Petrichor wedelte sogleich königlich mit dem Grimoire vor seiner Nase herum.

»Ihr habt es tatsächlich gefunden!«, rief er erfreut aus und strahlte.

»Hast du etwa an uns gezweifelt?«, erwiderte Asra gespielt empört und wrang einen Zipfel ihres Pullovers aus, sodass das Wasser prasselnd auf den steinernen Boden tropfte.

»Ihr seht schrecklich aus«, bemerkte Narah mit großen Augen und verschränkte die Arme vor der Brust. »Was für ein Dämon hat euch angegriffen?

»Wie Asra gesagt hat, das Buch«, wiederholte Midas grinsend ihre Worte.

Narah schüttelte den Kopf und sah aus, als würde sie darüber nachdenken, ob sie mit einer Horde Verrückter redete.

Petrichor überließ Jorah das Zauberbuch, der es sorgfältig in seiner Tasche verstaute. »Lasst uns endlich von hier verschwinden.«

Die anderen nickten und trotteten ihm müde und erschöpft hinterher. Asra schloss die Tür hinter sich und die blauen Funken leuchteten erneut auf. Das Schloss war wieder versiegelt. Sie holte den Elbenkristall aus ihrer Tasche und warf ihn Narah zu, die ihn geschickt auffing. »Danke fürs Ausleihen.«

Das Mädchen nickte ihr zu und ging nach vorn, um den anderen mit ihrem Licht den Weg zu weisen. Sie stiegen Stufe um Stufe empor und das bedrückende Gefühl ließ langsam nach. Als sie endlich durch die Öffnung traten und wieder im hellen Schein des Mondes standen, atmeten alle erleichtert auf.

Asra sah nach oben durch die gläserne Kuppel und der Anblick des Sternenhimmels ließ einen Stein von ihrem Herzen fallen. »Bin ich froh«, murmelte sie und trat in den Hauptgang hinaus.

Petrichor betätigte währenddessen den Mechanismus und die Marmorplatte schob sich knirschend wieder über den Geheimgang.

»Gehen wir?«, fragte sie in die Runde und spähte sehnsüchtig zur großen Eingangstür hinüber.

»Haltet lieber eure Waffen bereit«, flüsterte Petrichor und zog seinen Revolver. Die Zwillinge taten es ihm mit ihren Schwertern gleich und lauschten prüfend in die Stille.

»Es scheint niemand hier zu sein«, meinte Jorah.

Auch Narah nickte. »Ich höre nur Asra, die ständig quasselt.«

»Sehr witzig. Wenn uns jemand entdeckt hätte, würde es hier doch schon von Soldaten nur so wimmeln, oder?«, meinte diese und strich sich die nassen Haare aus dem Gesicht. »Soll ich vielleicht vorausgehen und schauen, ob die Luft rein ist?«

»Gar keine schlechte Idee«, erwiderte Petrichor. »Wenn dich jemand erschießt, könnte ich damit leben.«

Asra warf ihm einen bösen Blick zu und machte den ersten Schritt.

Doch weiter kam sie nicht.

Die Tür wurde schwungvoll aufgerissen und mindestens zehn Soldaten stürmten in den Raum. In ihrer Mitte erschien ein Mann, der hasserfüllt zu ihr hinübersah. Er hatte eine ehrfurchtsvolle und eiskalte Ausstrahlung.

Asra ahnte bereits, wer er war.

*Der Bürgermeister? Midas' Stiefvater?*

Sie sah aus dem Augenwinkel, dass die anderen wie angewurzelt im Sichtschutz des Bücherregals verharrten und keinen Mucks von sich gaben.

»Keine Bewegung!«, rief einer der Soldaten und zielte mit seinem Gewehr auf Asra.

Sie gehorchte und hob zögerlich die Hände.

»Es ist nur ein Mädchen?«, fragte ein anderer Soldat und ließ seine Waffe sinken.

Der Mann, den Asra für den Bürgermeister hielt, trat nach vorn. Auch wenn noch immer mindestens zehn Meter zwischen ihnen lagen, erkannte sie den Orden, den er stolz an seiner Brust trug. »Bist du allein, Mädchen?«

»Ja«, rief Asra mit fester Stimme. »Ich wurde hier von einem Dieb eingesperrt«, log sie und hoffte, dass ihr Plan aufgehen würde. Plötzlich erschien eine weitere Person im Türrahmen und spähte neugierig zwischen den Soldaten hindurch.

Der Bürgermeister drehte sich ruckartig um und fauchte die rothaarige Frau fassungslos an. »Was zum Teufel tust du hier? Ich habe gesagt, du sollst im Haus bleiben!« Er drückte die Frau unsanft zurück durch die Tür und widmete seine Aufmerksamkeit wieder Asra. Sie sah, wie sich vor lauter Aufregung sein Gesicht rot färbte.

»Wer ist das Mädchen und was sucht sie in unserer Bibliothek?«, fragte die Frau und dachte anscheinend nicht daran, auf ihren Mann zu hören.

»Geh zurück, Weib! Drei der Soldaten sind spurlos verschwunden. Irgendetwas geht hier vor und dieses Mädchen hat etwas damit zu tun.«

»Aber sie ist doch noch so jung?«, erwiderte die Frau und versuchte, sich wieder an ihrem Mann vorbei zu drängen.

Der Bürgermeister wurde zusehends unruhiger und befahl einem der Soldaten, seine Frau zurückzubringen. »Sirah, du gehst jetzt sofort zurück …«

Als der Mann diesen Namen aussprach, trat plötzlich Midas auf den Gang hinaus und stellte sich schützend vor Asra.

»Verdammt, Midas! Was tust du da?«, zischte sie, doch es

war bereits zu spät.

Die Soldaten gerieten sofort in Aufruhr und warteten auf Befehle. Als der Bürgermeister den Jungen sah, fuhr er erschrocken zusammen und hob reflexartig die Hand.

Einer der Soldaten schrie etwas, ein anderer zog seine Waffe und zielte auf den rothaarigen Jungen.

»Er wird nicht auf mich schießen …«, begann Midas und zuckte im nächsten Moment zusammen, ehe er seinen Satz beenden konnte.

Dann geriet alles außer Kontrolle.

Midas prallte gegen Asra und ging mit ihr zu Boden.

Keine Sekunde später stürzte Petrichor hervor und schoss drei der Soldaten nieder. Keine einzige Kugel verfehlte sein Ziel. Jorah und Narah blieben vorerst im Schutz des Regals. Sie wussten, dass sie mit ihren Schwertern nichts gegen die Gewehre ausrichten konnten. Also suchten sie sich einen anderen Weg, um die Soldaten überraschend von der Seite her auszuschalten.

Petrichor warf sich hinter das nächste Regal und stürmte sofort wieder hervor, um blitzschnell die nächsten Soldaten zu töten.

Der Bürgermeister schrie entsetzt auf. Seine Frau stand stocksteif und voller Schreck da und hatte die Hand vor den Mund geschlagen. Als sie verstand, was gerade passiert war, versuchte sie, an ihrem Mann vorbeizukommen. Doch dieser zog sie grob hinter die schwere Holztür.

All diese Dinge bekam Asra nicht mehr mit.

Es war, als würde sich alles in Zeitlupe abspielen und nicht wirklich passieren. Midas lag auf ihr und sie kämpfte sich mühsam unter ihm hervor. Sie redete auf ihn ein und zog ihn Zentimeter für Zentimeter in den Schutz eines Regals.

»Midas! Midas, bitte …« Ihre Stimme bebte, als sie ihm zitternd die Arme unter den Oberkörper schob und ihn mit aller Kraft auf ihren Schoß zog.

»Asra …«, flüsterte er und seine Stimme versagte. Unter ihm

breitete sich ein roter Fleck auf dem Boden aus. Seine Locken klebten nass an seiner Stirn und ein rotes Rinnsal lief seine Schläfe hinab. Das Glas seiner Brille war zerbrochen und hatte ihm einen Schnitt an der Augenbraue zugefügt. Sie nahm sie ihm vorsichtig ab und legte sie zur Seite.

»Midas?« Tränen strömten über ihr Gesicht, als sie ihrem Freund ins blasse Gesicht sah. »Warum hast du das getan? Midas, warum nur?«

Er lächelte und legte den Kopf schief, um sie besser ansehen zu können. »Du darfst nicht sterben. Das hätte ich niemals ertragen können.«

»Aber die Soldaten hätten doch sicherlich nicht auf mich geschossen …« Sie schluchzte und die Angst um ihn wurde unerträglich.

»Das Risiko war mir zu groß. Ich hätte niemals …« Er hustete, »dein Leben in den grausamen Händen meines Stiefvaters gelassen.« Zitternd drückte er seine Hand auf die blutende Wunde an seiner Brust. Der Stoff war mittlerweile rot getränkt und immer mehr Blut quoll durch seine bleichen Finger hindurch.

Asra schrie voller Verzweiflung und bemerkte nicht, wie die Schüsse verstummten und eine unheimliche Stille einkehrte.

Sie bekam ebenfalls nicht mit, wie die anderen zu ihnen eilten und fassungslos auf die Blutlache unter Midas starrten.

Narah schlug eine Hand vor den Mund und wimmerte voller Entsetzen. Auch Jorah starrte fassungslos zu seinem Freund hinab und ließ sein Schwert klirrend auf den Boden fallen.

Selbst in Petrichors Gesicht spiegelte sich blankes Entsetzen wider. »Midas …«, murmelte er und ließ sich kraftlos gegenüber von Asra auf den Boden sinken. »Halte durch, das bekommen wir wieder hin …«

Er legte seine Hände auf Midas' und drückte fest auf die blutende Wunde an seiner Brust. Asra weinte und strich ihm liebevoll die Haare aus dem Gesicht.

»Asra, hör auf zu weinen«, flüsterte Midas und seine Augen

glänzten.

»Bitte nicht …«, flehte sie und zog ihn näher zu sich.

Petrichors Miene versteinerte sich und seine Hände verringerten den Druck. »Es ist zu spät …«, flüsterte er bestürzt.

»Hör verdammt nochmal auf, so etwas zu sagen! Drück weiter auf die Wunde!«, rief sie hysterisch und sah ihn flehend an.

Seine Augen trafen ihre und Asra hatte noch nie so viel Mitgefühl und Trauer darin gesehen, wie in diesem Augenblick.

*Es ist zu spät.*

»Ist schon gut …« Midas hustete und Blut lief über seine Lippe. »Ich bin froh, hier bei euch zu sein …«

Auch Narah begann fürchterlich zu weinen und vergrub ihr Gesicht an der Schulter ihres Bruders.

Midas zitterte immer stärker und Petrichor starrte mit leerem Blick auf das tiefrote Blut an seinen Händen. Midas griff schnell nach seiner Hand und hielt sie mit erstaunlicher Kraft fest. »Du musst jetzt auf Asra aufpassen …« Der Ausdruck in seinen Augen war nicht bittend – es war ein Befehl.

Petrichor nickte und eine Träne lief über seine Wange. »Midas, mein Freund …«, flüsterte er mit zitternder Stimme.

Der Junge lächelte, als hätte er sehr lange auf diese Worte gewartet, dann krümmte sich sein Körper voller Schmerzen zusammen.

»Midas!«, rief Asra und ihre Stimme versagte. Sie vergrub ihr Gesicht an seinem Hals und schluchzte. »Du darfst mich nicht verlassen, bitte …«

Midas legte seine Hand an ihre Wange. »Sieh mich an.«

Ihre Sicht war verschwommen und sie blinzelte, doch die Tränen wollten nicht versiegen. *Wie kann er in diesem Zustand noch lächeln?*, dachte sie und ihr Herz zersprang in tausend Teile.

»Asra … ich …« Er zitterte so stark, dass er die Worte nicht aussprechen konnte.

Für Asra gab es nur noch eins, was sie für ihn tun konnte,

um ihn zu retten.

»*Ich liebe dich auch*«, flüsterte sie in sein Ohr und küsste seine kalten Lippen. Er erwiderte ihren Kuss und schenkte ihr das schönste und hoffnungsvollste Lächeln, das sie jemals gesehen hatte. Es würde sich für den Rest ihres Lebens in ihre Erinnerungen einbrennen wie eine Fotografie.

Dann wurde sein Blick leer und Asras Welt zerbrach.

Die Fragmente würden niemals wieder zusammengesetzt werden können.

Sie schrie und schluchzte und weinte und drückte sich so lange an den toten Jungen, bis Petrichor sie langsam von ihm wegzog. Er tat es nicht grob oder fordernd, sondern sanft, und schob sie auch nicht weg, als sie völlig aufgelöst an seiner Schulter zusammenbrach und ihr Gesicht an seinem Hals vergrub.

»Du hast ihn gerettet«, flüsterte er.

»Er ist wegen mir gestorben!«, schrie sie immer und immer wieder, bis ihre Stimme versagte.

»Er hat es für dich getan, also hör auf, so einen Unsinn zu reden.« Petrichor klang wieder mehr wie er selbst. Wütend. Verzweifelt. »Du hast ihm das einzige Gefühl geschenkt, das ihm Erlösung bringen konnte.«

Asra konnte den Blick nicht von Midas abwenden und beobachtete durch einen Schleier aus Tränen, wie sich die Zwillinge von ihrem Freund verabschiedeten.

Narah küsste weinend Midas' Stirn. Jorah flüsterte Worte des Abschieds in einer fremden Sprache, bevor er liebevoll Midas' Augen schloss.

Asra krallte sich weiterhin an Petrichor fest und seine Nähe war das Einzige, was sie davon abhielt, den Verstand zu verlieren. Die Trauer riss an ihrer Seele und hinterließ nichts als Fetzen aus Schmerz und Hass.

Petrichor hielt sie fest und seine Dunkelheit wachte über ihnen beiden.

Wenige Sekunden später hörten sie einen Schrei und die

Frau des Bürgermeisters stand plötzlich vor ihnen. Sie war völlig außer Atem. Ihr Blick wanderte suchend und gehetzt umher und blieb letztendlich am Boden hängen.

Petrichor zog seine Waffe und zielte auf sie. Doch es schien Sirah nicht im Geringsten zu interessieren, als sie ungläubig den toten Jungen am Boden betrachtete. Sie trat näher auf ihn zu und sank vor ihm auf die Knie.

»Midas … mein Junge …«, flüsterte sie voller Trauer und begann furchtbar zu weinen. Sirah drückte ihren toten Sohn fest an sich und wimmerte immer wieder dieselben Worte. *»Bitte verzeih mir. Es tut mir leid … so leid …«*

Petrichor ließ die Waffe sinken und zog Asra vorsichtig auf die Beine. »Wir müssen gehen«, murmelte er, während er sie weiterhin stützte.

Mittlerweile befand sich Asra in einem Zustand der vollkommenen Taubheit. Sie nahm nichts richtig wahr. Stimmen klangen verzerrt und weit entfernt. Hallten wie Echos und verloren sich dann im Nichts, bis nur noch die Stille in den Schatten pochte.

»Wir können ihn doch nicht einfach hierlassen«, wimmerte Narah und ließ Midas' Mutter für keine Sekunde aus den Augen.

»Wir haben keine andere Wahl …«, murmelte Petrichor und trat mit Asra im Arm auf den Gang hinaus. Doch sie riss sich von ihm los und lief wankend auf Sirah zu. Niemand hielt sie auf, als sie die rothaarige Frau grob an den Schultern schüttelte. »Sie müssen mir versprechen, dass er ein angemessenes und wunderschönes Begräbnis bekommt! Versprechen Sie es! Eher werde ich diesen Ort nicht verlassen!« Asra weinte und schrie und ihre Augen funkelten wie hellgraues Eis. »Sonst werde ich wiederkommen und alles zerstören, was Sie lieben …«

Die Frau starrte sie mit großen Augen an. Doch sie nickte. »Ich verspreche es …«

Asra wich vor ihr zurück und nahm Midas' Bogen an sich. Sie küsste den Jungen ein letztes Mal auf die Stirn und wäre bei seinem Anblick beinahe wieder zusammengebrochen.

Er sah aus, als würde er nur friedlich schlafen und von etwas Schönem träumen. Von allein kämpfte sie sich auf die Beine und lief wie in Trance zur Tür hinüber. Der Schleier aus Tränen wirkte wie eine Scheibe aus dreckigem Glas. Die Welt war verschwommen und monoton. *Warum kann es nicht einfach nur ein Traum sein?*

Bei jedem Zwinkern sah sie Midas vor sich, bei jedem Schritt wuchs ihr Hass. Sie nahm nicht einmal die Leichen der Soldaten wahr, als sie an ihnen vorüberschritt. Ihr Blick war starr auf den Sternenhimmel gerichtet, als sie durch die Tür nach draußen trat.

Sie bekam nicht mit, wie Petrichor und Jorah das Flehen von Midas' Mutter erhörten und ihren Sohn zusammen nach draußen trugen.

Zurück blieb nur ein dunkler Fleck auf dem Marmorboden. Ein junges Leben, das unnötig ausgelöscht worden war.

Der Verlust war wie ein Sturm über sie alle hereingebrochen und legte sich über ihre Seelen wie flüssiges Metall. Es brannte und ätzte und hinterließ eine Lücke in ihren Herzen, die niemals wieder gefüllt werden konnte.

Asra stand einfach nur da und atmete tief die laue Nachtluft ein. Der metallische Geruch von Blut löste jedes Mal wieder die qualvolle Angst in ihr aus, ersticken zu müssen.

Währenddessen betteten die beiden Jungen Midas vorsichtig ins weiche Gras einer Blumenwiese, die direkt neben dem Bibliotheksgebäude angelegt war. Seine Mutter wich keinen Schritt von seiner Seite und hielt unablässig die Hand ihres toten Sohnes.

*Wie schön er doch ist,* dachte Asra und verstand nicht, warum ihr diese Tatsache erst viel zu spät auffiel.

Die kupferroten Locken, die sein weiches Gesicht umspielten. Die makellos helle Haut, die mit unzähligen Sommersprossen übersät war. Strahlend grüne Augen, die mit braunen Sprenkeln durchzogen waren. Seine große, schlanke Gestalt, die altmodische Weise, sich zu kleiden und seine liebenswürdige, manchmal tollpatschige Art. Midas, der stets strahlte und fröhlich war und für jeden nur das Beste wollte.

*Ich werde dich niemals vergessen, Midas. Niemals …*

Dann passierte etwas, womit Asra niemals gerechnet hätte. Das blonde Elbenmädchen zog sie mitfühlend aus ihren wirren Gedanken heraus, indem sie immer noch weinend neben sie trat und tröstend ihre Hand drückte. Es fühlte sich an wie die Geste einer Schwester, als wolle sie Asra sagen, dass sie nicht allein war.

Petrichor und Jorah kamen zurück und wirkten, als läge die Last der Welt auf ihren Schultern.

»Lasst uns gehen«, flüsterte Petrichor und seine Stimme klang rau und leer.

»Einen Moment noch«, erwiderte Asra und erspähte aus dem Augenwinkel eine verdächtige Bewegung.

Der Bürgermeister war aus den Schatten getreten und starrte ohne jeglichen Ausdruck auf seinen toten Stiefsohn und seine weinende Frau hinunter. Er hielt eine Waffe in der Hand und richtete sie plötzlich auf Asra und die anderen. Seine Bewegungen waren jedoch unkoordiniert und zittrig, als hätte er noch nie zuvor eine Pistole gehalten.

Asra schritt unbeeindruckt auf den Mann zu.

»Stehen bleiben!«, rief dieser und wich stolpernd zurück. Es war ihm klar, dass Petrichors Truppe in der Überzahl war. Außerdem hatte er hautnah miterlebt, was sich für ein erbarmungsloser und kaltblütiger Mörder unter ihnen befand.

»Wollen Sie wirklich, dass noch ein unschuldiger und junger Mensch stirbt? Reicht Ihnen der Tod ihres Stiefsohnes nicht?« Asras Stimme bebte.

»Ich habe nicht geschossen! Es war einer meiner Soldaten!«, versuchte er, sich zu rechtfertigen.

»Halten Sie einfach die Klappe! Das macht es auch nicht

wieder gut, was sie Midas angetan haben!« Asra schritt weiter auf ihn zu, bis sie direkt vor ihm stand.

Der Bürgermeister war groß und ein äußerst gutaussehender Mann. Dennoch ging eine unsympathische Distanziertheit von ihm aus. Eine arrogante Kälte, die Menschen mit viel Macht häufig besaßen.

»Was willst du, Mädchen?«

»Das Sie Reue zeigen.«

Er lachte spöttisch auf.

Asra schlug ihm mit einer blitzschnellen Bewegung die Pistole aus der Hand. Keine Sekunde später hielt sie ihm ihren Dolch an die Kehle.

Der Mann riss ungläubig die Augen auf und rührte sich keinen Millimeter. »Bitte ...«, flehte er und klang plötzlich wie ein kleines, verängstigtes Kind, das um sein Leben bettelte.

Sie stand so nah vor ihm, dass sie seinen Schweiß und einen Hauch von Tabakrauch wahrnehmen konnte.

»Ein Jammer, dass Petrichor Sie nicht umgebracht hat. Aber ich denke, diese Geste war ein Geschenk an mich.« Sie grinste diabolisch und es war, als wäre sie nicht mehr Asra, sondern eine fremde Person. Als wäre mit Midas' Tod eine zweite Persönlichkeit in ihr geboren worden. Eine dunkle, rachsüchtige Asra, die Vergeltung wollte.

Der Bürgermeister wimmerte und seine Feigheit stachelte sie nur noch mehr an. »Sie sind Raucher?«, fragte sie zusammenhangslos und drückte die Klinge fester an seine Haut.

»Ja, aber wieso ...?«

Doch Asra ließ ihn nicht ausreden. »Würden Sie mir kurz Ihre Streichhölzer leihen?«

Der Bürgermeister kramte ungeschickt in seiner Jackentasche herum und ließ eine kleine Schachtel in ihre Hand fallen.

»Danke«, antwortete sie lächelnd. »Und jetzt kümmern Sie

sich um Ihre Frau und Midas. Sirah hat mir versprochen, dass er ein würdiges Begräbnis bekommt. Glauben Sie mir eins: Ich werde es kontrollieren. Wenn ich nur einmal an seinem Grab stehe und keine Blumen vorfinde, werde ich kommen und Sie töten. Wenn Sie uns Soldaten hinterher hetzen, werden wir Sie ebenfalls töten. Und noch etwas: Wenn Sie vorhaben, sich mit uns anzulegen, legen Sie sich auch mit dem gefürchtetsten Mann von ganz Arkana an.« Ihre Stimme war schneidend wie Metall und voller Hass.

Der Bürgermeister nickte und sein Atem ging schwer und rasselnd.

»Ich hoffe, Ihr Leben wird irgendwann ein schmerzhaftes und qualvolles Ende finden. Sie widerwärtiges, bemitleidenswertes Arschloch.« Langsam ließ Asra den Dolch sinken. Dann kickte sie dem Mann, der sich in Sicherheit wog, mit voller Wucht das Knie in die Weichteile. Dieser ging keuchend und wimmernd zu Boden.

Erhobenen Hauptes marschierte sie auf die Eingangstür der Bibliothek zu. Bevor sie hindurchtrat, kam ihr noch etwas in den Sinn, denn sie wandte sich noch einmal um. »Midas mochte Sonnenblumen«, flüsterte sie unter Tränen und verschwand daraufhin in der Bibliothek.

Die Zwillinge starrten ihr fassungslos hinterher.

Nur Petrichor trug ein stolzes Lächeln auf den Lippen.

Als Asra nach einigen Sekunden zurückkam, quoll bereits dichter Rauch aus der offenen Tür und hüllte die Nacht in einen Duft nach Asche und Vergeltung.

»Das ist für dich, Midas«, hauchte sie halb lächelnd, halb weinend.

Dann sah sie sich kein einziges Mal mehr um.

Asra erinnerte sich nicht mehr daran, wie sie mit den anderen durch die Gassen der Stadt gelaufen war.

Jedes Bild war unscharf und glich einer Halluzination.

Der Mond prangte noch immer hell am Firmament und verwandelte die Stadt in ein tiefblaues Traumgemälde.

Sie erinnerte sich auch nicht mehr daran, wie sie beim Versteck angekommen und die Stufen des Kirchturms nach oben gestiegen waren. Wie die Zwillinge sie nacheinander umarmt hatten und dann weinend und erschöpft in ihre Zimmer verschwunden waren.

Sie erinnerte sich nicht mehr daran, wie sie mit Petrichor in sein Zimmer gegangen und erneut zusammengebrochen war. Wie sie sich selbst schreiend und wimmernd den blutgetränkten Pullover vom Leib gerissen und Petrichor sie davon abgehalten hatte, sich selbst die Arme zu zerkratzen, weil auch dort sein Blut geklebt war. Wie er ihr geholfen hatte, eines seiner Hemden überzuziehen, und dass er dabei kein einziges Wort verloren hatte.

Sie erinnerte sich auch nicht mehr daran, wie sie es fertiggebracht hatte, unversehrt aus seinem Fenster zu klettern und auf das Dach hinaufzusteigen.

Die Momente verstrichen wie Nebelschwaden und hüllten ihre Gedanken in Watte.

Die Dächer der Stadt lagen seelenruhig unter ihnen und es war, als wäre nie etwas passiert. Die Stille war surreal und falsch. Die Welt drehte sich einfach weiter und kümmerte sich einen feuchten Dreck darum, dass eine Seele weniger existierte.

Sie saßen dicht nebeneinander und ließen ihre Gedanken schweifen. Asra hatte die Knie nah an ihren Körper gezogen und die Arme fest darum geschlungen. Die Ärmel von Petrichors Hemd waren viel zu lang, ihre Hände waren vollständig darunter verborgen. Sie schmiegte ihr Gesicht an den weichen Stoff und atmete den Duft tief ein, der nur ihm gehörte.

*Ihm und der Nacht.*

Das Meer rauschte leise in der Ferne und der Mond spiegelte sich silbern in den blauschwarzen Fluten. Eine kühle, nach Salz riechende Brise wehte zu ihnen hinüber und trocknete die Tränen auf ihren geröteten Wangen.

Petrichor gelang es diesmal, sich eine Zigarette anzuzünden und der Rauch hüllte sein Gesicht in einen hellgrauen Nebel. Auch er hatte sich ein frisches Hemd übergezogen und starrte abwesend zum anderen Ende der Stadt hinüber. Eine gewaltige Rauchsäule erhob sich in den Nachthimmel und man konnte sogar über diese weite Entfernung die lodernden Flammen der brennenden Bibliothek sehen.

»Midas wäre so unglaublich stolz auf dich, Asra.«

Seine Worte vermochten es nicht ganz, sie aus ihrem Dämmerzustand zu reißen.

Sie legte den Kopf leicht schief, um ihn fragend anzusehen. Seine Augen waren gerötet und sie vermochte nicht zu sagen, ob er wirklich geweint hatte, oder ob der Rauch seine Augen reizte.

»Warum hast du Midas' Vater nicht getötet?«, fragte Asra abwesend und vergaß gleich daraufhin wieder, was sie ihn gefragt hatte. Die Worte flossen davon, wie Sand in einem Stundenglas.

»Ich wollte ihn dir überlassen.«

Sie schwieg.

»Und du hast das einzig Richtige getan«, fügte er hinzu.

»Meinst du wirklich? Hätte ich ihm nicht einfach die Kehle durchschneiden sollen?«

Petrichor lächelte. »Der Tod könnte niemals grausamer sein, als bis an sein Lebensende mit der Schuld leben zu müssen, das Kind seiner eigenen Frau getötet zu haben.«

Asra nickte und ihre Gedanken schweiften wieder ab. Der Würfel auf ihrer Haut brannte und schnitt ungewöhnlich schmerzhaft in ihre Brust.

»Was passiert, wenn ich meinen Traumgegenstand verliere?«, fragte sie zusammenhangslos und ihre Stimme war rau und heiser vom vielen Weinen und Schreien. *Manchmal war Verdrängung die einzige Möglichkeit, die Kontrolle zu behalten.*

Er sah sie eindringlich an und schien nicht ganz sicher zu sein, ob er ihr antworten sollte. Doch er tat es, auch, wenn es ihm Unbehagen zu bereiten schien.

»Wenn du deinen Gegenstand in Arkana verlierst, kannst du nicht mehr aufwachen. Dein Körper wird in deiner Welt in einen tiefen Schlaf fallen, aus dem dich niemand mehr aufwecken kann. Wenn du den Würfel in deiner Welt verlierst, kannst du nicht mehr durch die Tür treten. Er ist der einzige Schlüssel.«

Asra schwieg und Petrichor war sich nicht sicher, ob sie seine Worte überhaupt wahrgenommen hatte.

»Asra?«

Sie zuckte zusammen und jeder Atemzug kostete sie unwahrscheinliche Kraft. Sie schaffte es nicht einmal, seinem Blick standzuhalten, bis er plötzlich ihre Hand in seine nahm.

Und im selben Moment flammte das Ziehen in ihrer Brust auf. Die reale Welt streckte erbarmungslos die Krallen nach ihr aus und zog sie langsam, aber sicher zurück auf ihre Seite. Als würde sie besitzergreifend klarstellen, wohin Asra eigentlich gehörte.

»Petrichor …«, murmelte Asra voller Angst und drückte seine Hand fester.

Er begriff sofort, was mit ihr geschah und zog sie näher zu sich. Er nahm ihr Gesicht zwischen seine Hände und sah ihr tief in die Augen. »Das hier wird uns zerstören, oder?«, hauchte er und seine Worte kamen fast lautlos über seine rissigen Lippen.

»Ja«, antwortete Asra mit splitternder Seele und die Welt um sie herum verschwand in einem Wirbel aus Dunkelheit.

*Berstende Knochen wären so viel einfacher zu ertragen gewesen, als etwas zu verlieren, das die Welt bedeutete.*

*Ich hätte mir jeden einzelnen Knochen selbst gebrochen, nur um dich zurückzuholen.*

# Kapitel 4

## *Das Flüstern der Dunkelheit*

*Die Endgültigkeit des Todes war so schwer zu akzeptieren, dass ich nicht wusste, wie ich jemals darüber hinwegkommen sollte. Meine Seele und mein Verstand wehrten sich mit aller Macht dagegen, die schrecklichen Geschehnisse als wahr anzusehen. Ich wollte und konnte mich nicht damit abfinden. Vielleicht war es auch lediglich eine reine Abwehrhaltung meines Körpers, da die Realität mich sonst erbarmungslos zerfetzen würde wie ein wertloses Stück Papier. Ich war von Anfang an von Petrichor gewarnt worden, dass diese Abenteuer gefährlich waren, und dennoch hatte ich diese eine Eventualität immer verdrängt. Ich wollte wahrscheinlich einfach nicht wahrhaben, dass tatsächlich jemand bei einem Kampf ums Leben kommen könnte.*

*Und jetzt stehe ich hier.*

*Allein, am Boden zerstört, und zweifle an der bitteren Realität.*

*Wie ich jemals wieder ein normales Leben führen sollte, war mir ein Rätsel und egal, wohin ich blickte, überall sah ich Midas vor mir. Im Grün der Blätter sah ich seine Augen, in Menschenmengen sein lachendes Gesicht. Wenn Stan mich umarmte, fühlte ich Midas' liebevolle Berührungen und sogar, wenn ich Lucys rote Locken erblickte, musste ich unweigerlich an Midas denken. Wie sich seine weichen Locken unter meinen Fingern angefühlt hatten.*

*Ich schmecke noch immer sein Blut auf meinen Lippen und es zerstört mich jedes Mal erneut. Ich weiß nicht, wie ich mit diesem Verlust umgehen soll und ich habe in meinem ganzen Leben noch nie so viel Schmerz empfunden. Seine Abwesenheit wird sich in meine Seele einbrennen und ein verkohltes Stück Leere hinterlassen. Er wird mir so sehr fehlen. Er fehlt mir jetzt schon so unendlich, dass es mir das Herz zerreißt und ich nicht mehr atmen kann.*

*Es war nicht nur so, dass ich einen geliebten Freund verloren hatte, ich verlor ebenso und unwiderruflich ein Stück von mir selbst.*

Asra starrte seit vielen Stunden an die Zimmerdecke.

Sie war gefangen in einem Zustand, der halb Traum und halb Wachzustand war. Sie hing fest, wie in einem unsichtbaren Spinnennetz. Jedes Mal, wenn sie kurz davor war, klar zu werden und aufzuwachen, fiel sie erneut und die klebrigen Fäden zogen sich fester zusammen.

Sie hatte jegliches Zeitgefühl verloren und ließ die Taubheit durch ihren ganzen Körper strömen. Alles war besser, als diesen Schmerz zu empfinden.

Und so hieß Asra die Leere dankend willkommen.

Denn sie wusste, wenn sie ihren Gefühlen jetzt nachgab, wäre es ihr Ende.

Das Wetter hatte sich über Nacht nicht geändert und der Regen prasselte weiterhin ununterbrochen vom dunkelgrauen Himmel. Ihr Fenster stand offen und das Fensterbrett war von durchsichtigen Regentropfen übersät. Die Luft war erfüllt vom schweren Duft nach Erde und tränkte ihr ganzes Zimmer in eine unangenehme Feuchtigkeit, die ihr bis tief in die Knochen kroch.

Ihre Decke lag auf dem Boden und sie zitterte am ganzen Körper. Obwohl sie in ein Hemd gehüllt war, das nicht ihr gehörte. Ihr gelang es nicht, die Decke aufzuheben und sie empfand es auch nicht als wichtig. Es war, als würde der Schmerz jeden Muskel und jedes einzelne Gelenk lähmen. Als läge ein Gewicht auf ihr, eine unerträgliche Last, die sie daran hinderte, sich zu bewegen.

Asra wollte frieren. Sie wollte sich bestrafen. Sie wollte zittern und sich der Kälte bedingungslos hingeben. Solange, bis jedes qualvolle Gefühl, jedes herzzerreißende Bild aus ihrem Kopf und jede tödliche Empfindung aus ihr gewichen waren.

Ihr Atem ging so langsam, dass es einem Hypnosezustand glich. Doch bei jedem Atemzug fühlte sie Petrichors Nähe. Sie trug noch immer sein Hemd und es roch so unwahrscheinlich intensiv nach ihm, dass sie ihn fast körperlich spüren konnte.

Noch gelang es ihr nicht, dieses Ding der Unmöglichkeit zu erfassen. *Ich kann nichts von Arkana mit in meine Welt nehmen. Ich bilde mir das sicher nur ein. Es ist nicht möglich. Es sei denn …?*

Ihre Gedanken schweiften immer wieder ab. Ihr Gehirn schaffte es nicht, die Lücke auszufüllen und das Puzzle zu vollenden. Es war ein Mysterium und würde fürs erste auch eines bleiben.

Dieses Rätsel kostete ihr zu viel Kraft und eine Welle der Dunkelheit brach über sie herein. Ihre Augenlider wurden schwer wie Blei, fielen zu und tauchten ihre zerbrochene Welt in noch mehr schwarz, grau und rot. Ihr Leben war ein Trümmerhaufen und die Trauer schickte sie in einen tiefen, traumlosen Schlaf. Ihr Körper versuchte mit aller Macht, sich vor ihr selbst zu retten. Nur der Schlaf konnte sie davon abhalten, durchzudrehen und vollkommen die Fassung zu verlieren.

Wenn sie jetzt zusammenbrach, würde niemand hier sein, um sie zu retten.

Und Asra schlief. Für viele, viele Stunden.

Doch seine Schatten wachten über ihr, über Welten hinweg, und schenkten ihr erlösende Dunkelheit.

Aus ihrem Dämmerzustand erwachte sie erst, als Lucy am Montag nach Hause kam und ihren Namen rief.

Das Bett hatte Asra die letzten zwei Tage nur verlassen, wenn es dringend nötig gewesen war oder sie auf die Toilette musste. Sie aß nichts und selbst wenn sie mühsam versuchte, einige Schlucke

Wasser zu trinken, weigerte sich ihr Körper, die Flüssigkeit in sich zu behalten. Mittlerweile war sie so kraftlos und geschwächt, dass sie mehrere Minuten benötigte, um ins Badezimmer zu gelangen. Ihre Lippen waren spröde und eingerissen und die Übelkeit breitete sich sofort in ihrem Magen aus, wenn sie sich versuchte, aufzusetzen.

Asra kämpfte sich gerade zurück in ihr Zimmer, als Lucy fröhlich summend die Treppe nach oben kam und ihre Tochter gerade noch stützen konnte, bevor sie kraftlos auf den Boden hinabsank.

»Asra! Was ist los?«, rief Lucy fassungslos und kniete sich vor ihre kranke Tochter. Stützend hielt sie Asra an den Schultern fest.

»Mama …«, murmelte diese und sah beschämt zur Seite. Es fühlte sich kalt und grausam an, als sie sich die erste Lüge zurechtlegte.

»Schatz? Sag doch bitte was! Muss ich den Notarzt rufen?« Lucy geriet völlig aus der Fassung und nahm das blasse Gesicht ihrer Tochter prüfend zwischen die Hände.

»Nein Mama … Ich glaube, ich habe eine Lebensmittelvergiftung. Mir ist so schlecht und ich muss mich seit zwei Tagen übergeben.« Sie zwang sich zu einem Lächeln und versuchte, sich auf die Beine zu kämpfen. »Es wird schon wieder. Ich sollte dieses verdammte Restaurant verklagen«, fügte sie grummelnd hinzu und hoffte, dass Lucys Angst verschwinden würde. Asra hatte schon einmal eine Lebensmittelvergiftung gehabt und ihre Mutter hatte sich zu Hause um sie gekümmert, bis das Ärgste vorüber gewesen war.

»Okay …«, entgegnete Lucy und sie schien zu überlegen, was sie als Nächstes tun sollte. »Aber warum hast du mich denn nicht angerufen? Ich wäre sofort nach Hause gefahren!«, rief sie vorwurfsvoll und kramte hektisch ihr Handy aus der Hosentasche. Sie wählte eine Nummer und es dauerte nicht lange, bis abgenommen wurde.

»Stan? Hier ist Lucy! Bist du zufällig schon zu Hause?«

Hoffnungsvoll wartete sie auf seine Antwort. Sie atmete erleichtert auf und erklärte ihm schnell das Problem. »Kannst du bitte vorbeikommen und auf Asra aufpassen? Ihr geht es ziemlich schlecht und ich muss eine Infusion aus dem Krankenhaus besorgen.«

Als sie seine Antwort hörte, nickte sie. Die Erleichterung stand ihr deutlich ins Gesicht geschrieben. »Danke, Stan, du bist meine Rettung! Bis gleich.« Dann legte sie auf.

Lucy sah ihrer Tochter besorgt in die Augen. »Wir müssen dich zurück ins Bett bekommen. Kannst du aufstehen?« Stützend griff sie ihr unter die Achseln und zog sie mit aller Kraft hoch.

Asra hielt sich an der Wand fest und stolperte ungeschickt in ihr Zimmer zurück. Sie wankte und ihr wurde schwarz vor Augen.

»Was hast du denn gegessen?«, fragte Lucy nebenbei und versuchte, sinnvolle Antworten aus ihrer Tochter herauszubekommen.

»Alles Mögliche«, antwortete Asra. »Es könnte der Fisch gewesen sein, aber auch das Fleisch … Muscheln habe ich auch gegessen.«

Lucy fluchte leise und ließ Asra vorsichtig zurück auf ihr Bett sinken. Sie hob die Decke auf und breitete sie liebevoll über ihr aus. Als das Tageslicht ihr Gesicht erhellte, schrak Lucy noch einmal sichtlich zusammen.

»Mein Gott, Asra … Du siehst gar nicht gut aus. Vielleicht sollte ich dich doch gleich ins Krankenhaus fahren.«

»Nein Mama, bitte nicht! Ich hasse Krankenhäuser, das weißt du …«, bat sie flehend und rang sich erneut ein Lächeln ab. »Es wird schon wieder, wie beim letzten Mal.«

»Du siehst schrecklich aus«, antwortete Lucy.

Asra seufzte. Sie wusste selbst ganz genau, wie erbärmlich sie aussah. Vorhin im Bad hatte sie einen Blick in den Spiegel geworfen und sich kaum wiedererkannt. Ihre Haut war weiß wie eine Wand, ihre Augen rot, geschwollen und ihre Lippen rissig. Ihre Stimme klang, als hätte sie Schleifpapier geschluckt. Die Haare klebten strähnig am Kopf und auf ihrer Stirn funkelten Schweißtropfen.

Lucy sah sie zweifelnd an und runzelte ungläubig die Stirn, als sie bereits das Klingeln an der Haustür hörte.

»Wie schnell ist Stan bitte gefahren?«, murmelte sie fasziniert und vorwurfsvoll zugleich, während sie aufsprang und nach unten stürmte.

Asra hörte, wie die Tür geöffnet wurde und die beiden miteinander redeten.

»Danke, Stan, dass du kommen konntest! Ich werde sofort losfahren und für Asra Medikamente besorgen.«

»Ist sie oben?«

»Ja.«

Asra vernahm das Klirren der Autoschlüssel.

»Wenn es ihr schlechter gehen sollte, ruf sofort den Notarzt. Egal, was Asra sagt«, befahl sie ihm, »und sieh zu, dass sie viel trinkt!«

»Ist okay.«

Die Haustür wurde zugeknallt und es wurde kurz still.

Asra hörte den Motor des Autos aufheulen und wenig später das leise Plätschern von Wasser.

Kurze Zeit danach klopfte es an ihrer Tür und Stan kam, ohne abzuwarten, ins Zimmer. Er stellte das Glas auf dem Nachttisch ab und setzte sich zu ihr aufs Bett.

»Was hast du nur wieder angestellt?«, fragte er besorgt und strich ihr liebevoll die Haare aus der Stirn.

»Chinesisch gegessen«, murmelte sie, »Lebensmittelvergiftungen sind mein Ding.« Sie lachte und hustete gleichzeitig. Doch als sie ihrem besten Freund in die Augen sah, begann ihre Fassade zu bröckeln.

Auch wenn Stan Midas ganz und gar nicht ähnlich sah, sein besorgter Blick ließ die Erinnerung an ihren toten Freund wieder aufkeimen.

»Stan …«, hauchte sie und begriff schockiert, dass sie es nicht mehr verhindern konnte. »Stan ich …«

»Was ist los? Was willst du mir sagen?« Seine Hand ruhte an

ihrer Wange und der Ausdruck, der auf seinem Gesicht lag, war voller Sorge und Angst.

Asra hustete erneut und sie schmeckte Blut auf ihrer aufgerissenen Lippe.

Stan zog sie hoch und hielt ihr das Glas Wasser an die Lippen. Sie nahm einen Schluck, doch der metallische Geschmack wurde nur noch schlimmer. Seit sie Arkana verlassen hatte, war keine einzige erlösende Träne mehr aus ihr gekommen. Als wäre alles Wasser in ihr versiegt und vertrocknet. Sie schüttelte den Kopf und Stan stellte das Glas zur Seite. Dann ließ sie sich an seine Brust sinken und er drückte sie fest an sich.

Und die Tränen kamen.

Heftig und ohne Vorwarnung. Sie weinte so voller Schmerz, dass ihr ganzer Körper bebte und sie meinte, jeden Moment auseinanderbrechen zu müssen.

Stan legte sich zu ihr aufs Bett und zog sie wieder fest in seine Arme. Er zog die Decke über sie beide und strich seiner Freundin immer wieder tröstend über die Haare.

»Asra, wenn du reden möchtest, tu es. Bitte.« Seine Stimme zitterte und ihr Zustand schien ihm eine Höllenangst einzujagen.

»Ich kann nicht«, wimmerte sie und vergrub ihr Gesicht an seiner Brust.

»Was kann so schrecklich sein, dass du es mir nicht erzählen kannst?«, fragte er und versuchte, von selbst auf die Lösung zu kommen. »Hat Lisa wieder irgendetwas angestellt?«

»Nein.«

»Ist das Adrians Hemd? Hat er dir wehgetan? Gib mir doch wenigstens eine vage Vorstellung davon, was dich so sehr zerstört.«

»Nein, dieses Hemd gehört *ihm* und es ist aus Arkana und ich habe keinen blassen Schimmer, warum ich es nach dem Aufwachen immer noch trage!«, rief sie verstört und krallte ihre Hände fest in Stans T-Shirt.

»Wie meinst du das?«, fragte er verwirrt und versuchte, Blickkontakt mit ihr herzustellen. »Wer ist *er*?«

»Du würdest mir niemals glauben. Es ist sowieso alles verloren … Ich werde nie wieder dorthin zurückgehen! Nie wieder!«, schrie sie die Worte wirr aus und bebte dabei wie unter Strom. Es kümmerte sie nicht im Geringsten, dass Stan sie vermutlich für verrückt erklären würde.

Dieser begann erneut einen Versuch, Dinge aus ihr herauszubekommen. Er wollte verstehen, was in ihr vorging. Es tat ihm in der Seele weh, ihr nicht helfen zu können. »Asra, was ist geschehen, das dich so unendlich traurig macht?«

Doch sie antwortete nicht. »Mir ist so kalt, Stan … so unglaublich kalt. Ich schmecke noch immer sein Blut auf meinen Lippen und mir ist so schrecklich übel …«

»Wessen Blut?«, fragte er alarmiert und drehte ihren Kopf zur Seite, sodass sie ihn ansehen musste. »Was zur Hölle ist passiert?«

Asras Tränen stoppten abrupt und sie blickte in seine blauen Augen. Sah durch ihn hindurch, in die Leere.

»*Midas’* …«

»Wer ist Midas?«

Die Bilder erwachten wieder zum Leben und Asra versank in einem Meer aus Erinnerungen.

»Asra!«, rief Stan und setzte sich panisch auf. Seine Stimme klang weit entfernt und hallte in ihr wider, ohne sie zu erreichen. Er zog sie mit aller Kraft an den Rand des Bettes und schüttelte sie an den Schultern.

»Okay, so geht das nicht weiter«, murmelte er entschlossen und lud Asra auf seine Arme. Stan benötigte mehrere Anläufe, denn sie half kein bisschen mit und hing schwer und bewegungslos in seinen Armen. Stan fluchte vor sich hin und trug sie wankend ins Badezimmer hinüber. Vorsichtig setzte er Asra in die Duschkabine und drehte den Hahn voll auf.

Als das kalte Wasser ihre Haut traf, zuckte sie zusammen. Allerdings dauerte es noch eine Weile, bis sie aus ihrer Starre erwachte. Der Stoff des Hemdes war bereits vollkommen durchnässt und klebte an ihrer Haut. Sie wurde langsam klar und der Nebel in ihrem Kopf lichtete sich.

Und der Schmerz überrollte sie erneut. Sie zitterte und das Wasser prasselte auf sie nieder wie schwere Regentropfen.

Stan saß vor ihr und sah sie flehend an. »Bist du wieder da?«, fragte er und nahm ihre Hand.

Asra nickte und fühlte sich so elend wie noch nie zuvor in ihrem Leben. »Kann ich dir vertrauen, Stan?« Ihre Stimme zitterte und sie drückte fest seine Hand.

»Dass du das überhaupt erst fragen musst …«, flüsterte er enttäuscht und stellte das Wasser ab.

Asra zitterte nun so sehr, dass sie kaum sprechen konnte, weil ihre Zähne so hart aufeinanderschlugen. »Dann musst du mir jetzt erst vertrauen, bevor ich dir die Wahrheit erzähle.«

»Ist gut. Ich vertraue dir«, antwortete er erleichtert.

»Ich will duschen, mir ist so schrecklich kalt«, erklärte sie und versuchte ungeschickt, sich das nasse Hemd über den Kopf zu ziehen. Stan half ihr und hängte es zum Trocknen über einen Handtuchständer. Er stützte sie, als sie versuchte, aufzustehen. Es gelang ihr, das Gleichgewicht zu halten. Sein Blick blieb an ihren Armen hängen, wo das verzauberte Buchmonster sie geschnitten hatte.

»Woher hast du diese Schnittwunden?«

»Später«, bat Asra.

Er seufzte. »Du machst mir riesige Angst.«

»Ich habe sie mir nicht selbst zugefügt, ich schwöre es«, versicherte sie ihm, als hätte sie seine Gedanken gelesen.

»Kann ich dich allein lassen?«, fragte Stan zweifelnd.

»Ja.«

»Versprich mir, dass du mich rufst, wenn etwas ist«, mahnte er nachdrücklich und ging zögernd aus dem Zimmer. »Ich lasse die Tür offen.«

»Danke«, rief sie, so laut es ihre brüchige Stimme zuließ. Dann stellte sie das Wasser an und genoss die Wärme, die ihre steifen Knochen langsam wieder lebendig werden ließ. Sie wusch sich das restliche Blut von der Haut und verbrauchte fast eine ganze Flasche Duschgel, um den metallischen Geruch zu vertreiben. Dann wickelte sie sich in ein Handtuch und musterte kurz ihr Gesicht im vom Dunst beschlagenen Spiegel. Sie wandte angewidert den Blick ab und berührte im Vorübergehen Petrichors Hemd, als ginge sie davon aus, es würde sich in Luft auflösen, wenn sie das Bad verließ.

»Wie ist das nur möglich?«, flüsterte sie und kämpfte sich zurück in ihr Zimmer. Stan saß auf ihrem Bett und sprang sofort auf, um ihr beim Anziehen zu helfen.

»Ich habe dir in der Zwischenzeit einen Tee gemacht«, erzählte er fürsorglich, als er ihr zurück zum Bett half. »Wenn du den nicht trinkst, werde ich ernsthaft beleidigt sein.«

Asra lächelte und nahm tatsächlich einen Schluck. Sie musste zugeben, dass ihr die warme, nach Pfefferminz schmeckende Flüssigkeit guttat. Die Übelkeit verschwand und der Schwindel legte sich etwas.

»Danke schön. Ich weiß gar nicht, womit ich dich verdient habe«, flüsterte sie und ließ ihren Kopf an seine Schulter sinken. »Wann denkst du, kommt Mama zurück?«

»Sie sollte jetzt erst im Krankenhaus angekommen sein, also wird sie noch einmal dieselbe Zeit benötigen, um zurückzufahren«, vermutete Stan.

»Das sollte genug sein«, beschloss Asra und verschränkte ihre Hand mit seiner. »Versprich mir, dass du mich ausreden lässt. Egal wie seltsam sich meine Geschichte für dich anhören wird.«

»Versprochen.« Er drückte ihr einen Kuss auf die nassen Haare und ließ sich ins Kissen zurücksinken.

Asra atmete noch einmal tief durch, bevor sie zitternd anfing zu erzählen. »An meinem achtzehnten Geburtstag habe ich Arkana in meinen Träumen zum ersten Mal betreten …«

Sie fasste sich so kurz wie möglich und erzählte nur die wichtigsten Dinge. Persönliche Details, die ihr unangenehm waren, ließ sie vorerst aus. Das Sprechen kostete viel Kraft und ihre Stimme war am Ende nur noch ein kratziges Flüstern.

Stan hatte die ganze Zeit über kein einziges Wort gesagt. Er beobachtete den Traumfänger und seine Miene war nicht zu deuten. Seine dunklen Haare waren zerzaust und Asra beobachtete ihn neugierig und eingeschüchtert zugleich. Sie hatte schreckliche Angst vor dem, was jetzt passieren würde.

Als Stan endlich zu einer Antwort ansetzte, lief es Asra kalt den Rücken hinunter.

»Du hast mir bereits davon erzählt«, stellte er fest.

»Ja, als du mich an meinem Geburtstag angerufen hast, habe ich dir von meinem ersten Traum erzählt«, erinnerte sie ihn.

»Ich habe dir nicht geglaubt.« Seine Stimme war ruhig und monoton. »Seitdem hast du in meiner Gegenwart kein Wort mehr darüber verloren.«

»Das ist richtig.«

Dann sah er sie vorsichtig an. Seine Augen waren gerötet und die Farbe ließ das Blau seiner Iris intensiver leuchten. »Es tut mir so unglaublich leid …«

»Es muss dir nicht leidtun. Du hattest allen Grund dazu, mir nicht zu glauben. Ich wünschte nur, ich könnte es dir irgendwie beweisen. Es gäbe sogar eine Möglichkeit, allerdings wird es schwierig, den genauen Zeitpunkt abzuwarten.« Sie grübelte weiter nach einer Lösung, doch es gab nur eine einzige. »Wenn ich nach Arkana gehe, müsstest du hier sein und mich im Schlaf beobachten. Dann können wir ein Zeichen ausmachen. Zum Beispiel einen Kratzer, den ich mir an einer bestimmten Stelle zufüge. Du solltest ihn dann auf meiner Haut erscheinen sehen, während ich schlafe.«

»Aber du weißt doch nicht, wann du wieder dorthin gehen wirst, oder?«

»Nein, es passiert immer dann, wenn ich am wenigsten damit rechne«, erklärte sie enttäuscht. »Meistens liegen immer ein paar Wochen dazwischen. Ich hatte aber auch schon Fälle, wo die Tür bereits in der nächsten Nacht aufgetaucht ist.«

Stan schien ziemlich überfordert zu sein und rieb sich über die feuchten Augen. Er runzelte die Stirn und bedachte Asra mit einem verwirrten Blick. »Und das Hemd, das du getragen hast, ist von Petrichor?«

»Ja. Ich bin am Freitag mit meinem Nachthemd schlafen gegangen und mit seinem Hemd wieder aufgewacht. Er hat es mir gegeben, weil meine Sachen voll von … *seinem* Blut waren.« Sie brachte es nicht übers Herz, Midas' Namen auszusprechen.

Stan nickte nur. »Du musst diese Dinge nicht mehr allein ertragen.« Er legte tröstend einen Arm um sie.

Asra legte den Kopf schief. »Du hältst mich nicht für verrückt?«

»Nein.«

»Aber …?«

»Natürlich ist es für mich schwer zu begreifen. Deine Geschichte hört sich absolut abenteuerlich und verrückt an. Aber sie ist zu detailreich, als dass du sie dir komplett hättest ausdenken können.« Dann runzelte er die Stirn. »Außerdem kenne ich dich. Du warst zwar schon immer eine Träumerin, aber keine Lügnerin und schon gar keine Verrückte. Du standest schon immer mit beiden Beinen im Leben und mit deiner Psyche ist alles in bester Ordnung.«

Asra starrte ihn weiterhin ungläubig an. »Mit so einer Reaktion habe ich nicht gerechnet«, gab sie kleinlaut zu und wusste nicht, ob sie froh oder traurig darüber sein sollte.

»Egal wie seltsam und surreal sich das alles anhört, es macht für mich in gewisser Weise Sinn. In Bezug auf dein Verhalten in letzter Zeit, meine ich«, erklärte Stan und er klang vollkommen aufrichtig.

Asra fühlte sich schlecht, weil sie ihm seine Worte noch immer nicht ganz abkaufte. Es war einfach zu schön, um wahr zu sein. Nervös spielte sie an ihrem Würfel herum und war schon wieder dabei, in ihrer Welt zu versinken.

»Prüfst du gerade wirklich, ob du träumst?«, fragte Stan und ein amüsiertes Lächeln schlich sich auf seine Lippen.

»Was? Wieso?«, fragte sie abwesend, bis sie verstand, worauf er hinauswollte. »Oh, weil ich mit meinem Würfel spiele? Du hast wirklich besser aufgepasst, als ich dachte.«

»Du glaubst mir nicht, dass ich dir glaube«, stellte Stan fest und sah betreten zur Seite.

»Doch, tue ich«, versicherte sie und zwang sich zu einem Lächeln.

»Jetzt lügst du.« Er sprach die Wahrheit knallhart aus. »Vorhin, als du die Geschichte erzählt hast, warst du ehrlich.«

Seufzend ließ sie sich in ihr Kissen zurückfallen. »Manchmal ist es erschreckend, wie gut du mich kennst.«

Darauf erwiderte er nichts und bereits im nächsten Moment hörten sie, wie Lucy die Haustür aufsperrte und die Treppe nach oben kam.

»Noch eins, Stan. Meine Mum darf niemals davon erfahren.«

»Da wäre ich auch von allein draufgekommen«, erwiderte er im selben Augenblick, in dem Lucy durch die Tür trat.

»Alles klar bei euch?«, fragte diese neugierig und stellte gleichzeitig einen Kleiderständer neben das Bett, um den Beutel mit der Infusion daran zu befestigen. »Ziemlich kreativ, findet ihr nicht?«, fügte sie stolz hinzu und beobachtete die beiden aus dem Augenwinkel.

»Asra geht es schon etwas besser«, erwiderte Stan und rückte auf die Seite, damit Lucy sich neben ihre Tochter setzen konnte.

»Gott sei Dank«, antwortete sie und nahm Asras Arm.

»Muss das sein?«, murmelte diese und versuchte, den Arm wieder wegzuziehen. »Ich hasse Nadeln.«

»Meine liebe Tochter«, begann Lucy in tadelndem Ton,

»du hast dich vor nicht allzu langer Zeit ohne Probleme und ohne meine Erlaubnis tätowieren lassen. Also wirst du diesen kleinen Piks auch überleben.«

Dazu war nichts mehr zu sagen. Schnaufend gab Asra nach und hielt ihr den Arm hin.

Lucy hielt kurz inne, bevor sie die Nadel setzte.

Asra kniff die Augen zusammen, doch der Stich war kurz und schmerzlos.

»Woher hast du diese Kratzer?«, fragte Lucy ruhig und prüfte die Tropfgeschwindigkeit, während sie auf eine Antwort wartete.

»Ähm …« Asra begann nervös zu schwitzen und suchte krampfhaft nach einer Ausrede.

Doch Stan kam ihr zuvor. »Sind die von der gruseligen Katze, die dich letztens angegriffen hat?«, fragte er schnell und grinste.

*Perfektes Timing.* Asra dankte ihm im Geiste für seine Kreativität und lachte. »Ja! Ich glaube, das Vieh hatte Tollwut. Erst hat sie miaut und wollte unbedingt gestreichelt werden. Kaum fasse ich sie an, faucht sie plötzlich wie verrückt und zerkratzt mir die Arme!«

»Gut, dass ich dich gegen Tollwut hab impfen lassen«, sagte ihre Mutter erleichtert und lächelte. Sie legte eine Schachtel Tabletten auf das Nachtkästchen und stand auf.

»Nimm am besten gleich zwei davon, die helfen gegen die Übelkeit. Ich werde jetzt Suppe kochen gehen.«

Sie ging zur Tür hinüber und drehte sich noch einmal um, als hätte sie etwas vergessen. »Stan, könntest du noch etwas bei Asra bleiben?«

»Eigentlich hatte ich sowieso nicht vor, heute wieder nach Hause zu fahren«, erwiderte dieser.

»Du willst hier übernachten?«, fragte Asra überrascht.

»Meine Sachen sind im Auto. Ich gehe erst, wenn es dir besser geht.«

Lucy strahlte über das ganze Gesicht. »Asra kann sich

glücklich schätzen, einen so tollen Freund zu haben.« Dann schloss sie leise die Tür hinter sich.

Asra lachte peinlich berührt. »Ich glaube, sie denkt immer noch, dass wir irgendwann heiraten.«

»Also von meiner Seite aus steht der Deal noch. Wenn wir beide bis dreißig niemanden gefunden haben, mache ich dir einen Antrag. Ich glaube es gibt schlimmere Dinge, als seine beste Freundin zu heiraten, so viel steht fest.« Er lachte und machte es sich neben ihr gemütlich. Diese Sache hatten sie bereits als Kinder ausgehandelt und Asra berührte es, dass er sich immer noch daran erinnerte.

»Du musst übrigens nicht bleiben«, erwähnte sie kurz und spielte an dem Infusionsschlauch herum.

»Doch, ich will nämlich mehr über Arkana erfahren.«

»Wirklich?«

»Mir geht das Ganze nicht mehr aus dem Kopf. Ich werde dich jetzt so lange löchern, bis ich alles weiß.«

Asra fühlte sich etwas unwohl dabei. Sie wusste, dass Stan ziemlich begabt darin war, völlig nebensächlich und ohne Druck, Dinge aus ihr herauszubekommen. Er drehte manche Fragen so geschickt, dass sie einfach vergaß, was sie verheimlichen wollte und was nicht. Manchmal dachte sie wirklich, er hätte lieber Jura anstatt Psychologie studieren sollen. *Er würde mit Leichtigkeit sogar den verschwiegensten Verbrecher zu einem Geständnis bekommen, ohne dass dieser es bemerken würde.*

»Es tut mir übrigens sehr leid wegen Midas.« Stan legte ihr einen Arm um die Schulter. »So wie du von ihm geredet hast, war er ein wunderbarer Mensch. Im Gegensatz zu diesem Petrichor …«

Asra schluckte. Es war unglaublich seltsam, seinen Namen aus Stans Mund zu hören. »Petrichor ist ein ziemliches Arschloch, aber ich komme damit klar.«

»Aber du hast dennoch sein Hemd getragen …«, erwiderte Stan mit hochgezogener Augenbraue.

»Sei still!«, rief sie aufgebracht und sah ihn warnend an.

»Du hast gesagt, du hasst ihn.«

»Tue ich auch!«

Stans Mundwinkel zuckte spöttisch, als er sie prüfend ansah. »Jetzt weiß ich genug.«

Asra war dermaßen schockiert, dass sie sich aus Versehen fast die Nadel aus dem Arm gerissen hätte. »Wenn du es auch nur wagst, daran zu denken …«, zischte sie und ihr Herzschlag raste.

»Ich habe nichts gesagt«, stellte Stan schulterzuckend klar, doch das spöttische Grinsen blieb.

Asra atmete viel zu schnell und ihre Hände wurden feucht. Sie krallte ihre Finger in die Bettdecke und schloss die Augen so fest, bis alles um sie herum grauschwarz flimmerte.

»Hey, ich wollte dich nicht so aus der Fassung bringen.« Stan strich ihr beruhigend übers Haar, doch Asra musste sich zusammenreißen, um nicht einfach aufzustehen und aus dem Zimmer zu stürmen. Sie wusste, dass sie in diesem Zustand nicht weit kommen würde. Also steckte sie ihre Gefühle in eine Schublade und schlug sie kräftig zu.

»Vielleicht solltest du versuchen, etwas zu schlafen«, fügte Stan hinzu und war dabei, aufzustehen.

»Geh nicht«, bat sie und packte ihn am Handgelenk.

»Sicher? Ich dachte, du würdest mich gern etwas loswerden. Ich könnte Lucy beim Kochen helfen.«

»Nein, bitte bleib! Ich habe meine Gefühle nicht unter Kontrolle. Ich will im Moment einfach nicht an *ihn* denken«, gab sie zu und atmete erleichtert auf, als er sich wieder neben sie legte.

»Stan, erzählst du mir etwas? Völlig egal was! Von der Uni oder deinem letzten Date, oder von mir aus denkst du dir ein Märchen aus. Nur bitte, lenk mich ab«, flehte Asra und umklammerte zitternd seinen Arm.

Und Stan tat ihr den Gefallen.

Er erzählte so lange, bis sie erschöpft in einen tiefen und heilenden Schlaf fiel.

Die nächsten Tage waren für Asra alles andere als leicht. Sie musste sich erst wieder langsam daran gewöhnen, normal zu essen. Hauptsächlich ernährte sie sich von Suppe und weicher Nahrung. Die Infusion hatte sie zumindest so weit stabilisiert, dass sie sich nicht mehr übergeben musste. Trotzdem war jeder Bissen eine Qual und ihr Magen krampfte sich jedes Mal unweigerlich zusammen. Die Trauer in ihr war immer noch zu frisch, zu lebendig und zu schmerzhaft.

Stan tat sein Bestes, um Asra abzulenken. Er hatte stundenlang mit ihr Filme angesehen, war mit ihr im Wald spazieren gewesen und konnte sie sogar dazu überreden, die ersten Fotos für ihre Hausarbeit zu schießen. Asras Kraft kehrte langsam zurück und dennoch fühlte sie sich, als wäre sie nicht mehr sie selbst. Als wäre ein Teil von ihr mit Midas zusammen gestorben. Die Leere im Herzen blieb und wollte nicht verschwinden.

Fast eine Woche war seit dieser alptraumhaften Nacht vergangen und Stan war die meiste Zeit über bei ihr geblieben. Mittlerweile hatte sie ihm so viel über ihre Abenteuer in Arkana erzählt, wie ihr Gewissen es zugelassen hatte. Asra hatte ihre Freunde bis ins kleinste Detail beschrieben. Ebenso die Teile Arkanas, die sie besucht hatte. Die Eisruinen, die Elbeninsel und die Stadt Morghil.

Die gefährlichen Kämpfe und die Dinge, die Petrichor ihr angetan hatte, ließ sie vorsichtshalber aus oder schwächte sie ab. Ihr war bewusst, dass sich Stan sonst nur noch mehr Sorgen um sie machen würde. Die Tatsache, dass dies sehr wohl berechtigt war, ignorierte sie geflissentlich. Denn sie war in letzter Zeit mehr als nur einmal am Tod vorbeigestolpert – *um Haaresbreite.*

Stan hatte immer fasziniert zugehört und neugierig Fragen gestellt. Asra war unwohl dabei, diese seltsamen Dinge laut auszusprechen, auch wenn er ihr bester Freund war. Diese Abenteuer waren real. Arkana war real und ihre mysteriösen Freunde ebenso. Dennoch war es, als würde sie ihr Innerstes brutal nach außen kehren, sobald die Worte ihre Lippen verließen. Als wäre es falsch, diese Welt einem normalen Menschen zu offenbaren. Sie wusste selbst, wie egoistisch und überheblich sich das anhörte. Schließlich wusste sie selbst nicht, woher sie die Fähigkeiten des Traumwandelns hatte, oder wovon es ausgelöst wurde. Doch eins wusste sie ganz genau: Sollte sie je nach Arkana zurückkehren, würde sie Petrichor eine ganze Menge Fragen stellen. Und sie würde auf Antworten bestehen. Egal wie sehr er sich dagegen sträuben würde. Sie würde einen Weg finden, um ihn zum Reden zu bringen.

Freitagabend war Stans Mutter, Sarah, zu Besuch gekommen. Sie hatte Asra stürmisch umarmt und ihr eine riesige Schachtel Pralinen in die Hand gedrückt.

Lucy hatte Pizza bestellt und die Atmosphäre fühlte sich fast so an wie früher. Sie saßen lachend zusammen am Küchentisch und erzählten sich Geschichten von damals. Den restlichen Abend hatten sie gut gelaunt alte Brettspiele gespielt. Und tatsächlich gelang es Asra zum ersten Mal, Arkana für ein paar Stunden zu vergessen.

Erst am Samstag war sie wieder komplett auf sich allein gestellt. Asra hatte darauf bestanden, dass Stan endlich nach Hause fahren sollte, damit er selbst etwas Ruhe bekam. Sie wollte nicht, dass er ständig bei ihr war und seine komplette Freizeit für sie opferte. Er hatte ihren Wunsch zwar nur zögernd akzeptiert, war dann aber tatsächlich nach dem Frühstück gefahren.

Ihre Mutter hatte heute Nachtschicht und war nach dem Mittagessen zu ihrem Freund gefahren, um noch etwas Zeit mit ihm zu verbringen. Allerdings musste Asra ihr erst gefühlt hundert Mal erklären, dass es in Ordnung war, wenn sie zu Marten fuhr. Schließlich sah Lucy ihn momentan ziemlich selten, was natürlich auch an ihren langen Arbeitszeiten lag.

*Warum hat eigentlich jeder solche Angst, mich allein zu lassen?,* fragte sich Asra verärgert, während sie nach oben in ihr Zimmer marschierte. Sie genoss die Stille im Haus und war froh, endlich etwas Zeit für sich zu haben. Immerhin ging es ihr körperlich um einiges besser. Außerdem hatte sie sich fest vorgenommen, eine gewisse Sache zu erledigen.

Das Wetter war schöner geworden, auch wenn der Sommer noch nicht vollkommen zurückgekehrt war. Die Temperaturen kletterten auch heute nur knapp über die zwanzig Grad Marke. Der Himmel war weiterhin trüb und mit vielen Wolken bedeckt. Nur ab und zu kämpfte sich die Sonne hindurch. Allerdings war Asra froh, dass die Hitze für ein paar Tage eine Pause eingelegt hatte.

Sie war ungeschminkt und trug nur eine Jeans und ein gestreiftes T-Shirt. In Gedanken versunken, packte sie ein paar Dinge in ihre Tasche. Unter anderem ihr Skizzenbuch, Traumtagebuch und ein Mäppchen mit Stiften.

*Ich muss es endlich tun, es führt kein Weg daran vorbei,* dachte sie wehmütig und biss tapfer die Zähne zusammen.

Als Letztes steckte sie ihr Handy in die Tasche und hing sie sich über die Schulter. *Ich brauche frische Luft. Wenn ich es hier drinnen tue, ersticke ich.*

Asra schlüpfe in ihre Chucks und verließ das Haus. Eine kühle Brise wehte ihr entgegen, als sie den Weg um das Haus herum über die große Wiese nahm, der zum Wald hinüberführte. Das Gras war noch feucht vom Regen und der vertraute Geruch von Erde stieg ihr in die Nase. Sie verband den Duft des Waldes immer mit ihrem Zuhause. Niemals könnte sie sich vorstellen, woanders zu leben als auf dem Land.

Ihr war nicht klar, warum bestimmte Gerüche so tiefe Gefühle in ihr auslösten. Es hatte schon in ihrer Kindheit begonnen und war mit den Jahren immer stärker geworden. Manchmal konnte sie nicht sagen, welche Erinnerung durch welchen Duft ausgelöst wurde. Es war mehr wie ein tiefes, nostalgisches Gefühl, das durch ihren ganzen Körper strömte. Die intensivsten Emotionen wurden meist von denselben Dingen hervorgerufen: *Frisch aufgebrühter Kaffee, der Wald, nachdem es geregnet hat, blühende Pfingstrosen, gebrannte Mandeln und Zimt.* All dies ließ sie in die Vergangenheit reisen und Erinnerungen an ihre Kindheit aufflammen. Die meisten Düfte lösten gute Gefühle in ihr aus. Sehnsucht, Vertrautheit und Geborgenheit.

Doch seit den letzten Monaten hatte sich dies geändert. Seit sie nach Arkana reiste, waren so viele verstörende Dinge geschehen, dass allein der Hauch von Metall, Schwefel oder Tabakrauch sie zutiefst aus der Fassung bringen konnte. Sie wollte sich jedoch nicht eingestehen, dass es nicht mehr nur die Angst vor *ihm* war. In manchen Momenten fühlte sie etwas anderes, etwas viel Mächtigeres. Und Asra wusste, dass er sich genauso vor dieser Wahrheit fürchtete wie sie.

Bereits seit Längerem wanderte sie abseits des Weges mitten durch den unberührten Wald. Die Vögel zwitscherten und sie spürte das Leben um sich herum. Der von Moos und Tannennadeln bedeckte Boden dämpfte ihre Schritte und sie bewunderte die Farben und das Licht des Waldes. Es war windig und die Wolken zogen schnell über dem Himmel hinweg. Sobald die Sonne durch die dichten Baumkronen fiel, verstärkten sich die Farben und der Kontrast der Umgebung.

Der Ort, zu dem sie wollte, lag tief im Wald und es kostete sie eine Stunde, um dorthin zu gelangen. Mittlerweile hatte sie den Bach erreicht, der sie zu ihrem Ziel führen würde. Der Boden veränderte sich und war über und über mit Moos bedeckt. Kleine, weiße Blumen wuchsen darin empor und verwandelten die grüne Fläche in ein helles, schimmerndes Blütenmeer.

Asra folgte dem Bach noch eine ganze Weile, ehe sie von Weitem die alte Eibe wahrnahm, die ihre knorrigen Äste über dem Wasser ausstreckte. Sie wuchs direkt am Ufer und ihre starken Wurzeln waren tief im Flussbett verankert.

Sie zog die Schuhe aus und watete durch das flache Wasser, um auf die andere Seite zu gelangen. Voller Ruhe ließ sie sich unter dem magischen Baum nieder und sah staunend nach oben. Die unzähligen Äste wuchsen in alle möglichen Richtungen, verankerten und verworren sich, streckten sich wie lange Klauen dem Himmel entgegen.

Dieser Baum war weit über fünfhundert Jahre alt. Lucy hatte ihr erzählt, dass sie früher oft mit David hergekommen war. Ihr Vater hatte die Eibe vor vielen Jahren bei einem ausgiebigen Spaziergang entdeckt, kurz nachdem er das Haus gekauft hatte. Diese Bäume kamen in dieser Umgebung eigentlich nicht vor und sind allgemein sehr selten und gefährdet. Asra hatte etwas nachgeforscht und herausgefunden, dass Eiben als Baum des Todes und der Unterwelt galten. Wahrscheinlich wegen ihrer Giftigkeit oder ihrem düsteren Erscheinungsbild. Sie empfand diesen uralten Baum allerdings mehr als schön und faszinierend statt furchteinflößend.

In Erinnerungen versunken, lehnte sie mit dem Rücken am breiten, mit tiefen Furchen durchzogenen Stamm. Als Kind war sie felsenfest davon überzeugt gewesen, dass in den hohlen, meist sehr tiefen Öffnungen im Holz, Feen und andere magische Wesen lebten.

Vielleicht glaubte sie auch noch immer etwas daran.

Sie lächelte, während sie ihre Bücher und ein kleines, metallenes Kästchen aus der Tasche holte. Bedacht atmete sie tief die klare, duftende Luft ein und lauschte dem leisen Plätschern des Baches.

Es dauerte eine Weile, bis sie bereit war, ihr Traumtagebuch zu öffnen. Als sie jedoch die nächste leere Seite aufschlug und der Stift fest in ihrer Hand lag, flossen die Worte nur so aus ihr heraus. So lange, bis jedes Detail auf Papier gebannt war. Es war wichtig, dass sie die Erlebnisse ihres letzten Traumes aufschrieb. Dennoch war es ihr noch nie so schwergefallen.

Noch nie hatte sie es so lange hinausgezögert. Noch nie

war es schrecklicher gewesen, sich die Bilder in Erinnerung zu rufen, als heute.

Über Midas' Tod zu schreiben, war das Schmerzhafteste, was sie jemals getan hatte. Verlust konnte auch körperliche Pein verursachen. Es war fast unerträglich, wenn sich jeder Teil des Körpers anfühlte, als würde er von einer unsichtbaren Macht gewaltsam auseinandergerissen. Jedes Wort war mit Gift versetzt und brannte durch ihre Adern wie blaues Feuer.

Doch als sie das letzte Wort auf Papier geblutet hatte, war es wie eine Erlösung.

Sie las nicht, was sie geschrieben hatte, sondern starrte nur einige Minuten mit leerem Blick und feuchten Wangen auf die beschriebenen Seiten hinab. Als sie bereit war, loszulassen, wischte sie sich die Tränen aus den Augenwinkeln, schlug das Buch zu und legte es zurück. Ihre Finger zitterten, als sie zu ihrem Skizzenbuch griff. Sie blätterte eine Weile darin herum, bis sie mit ihrer Entscheidung zufrieden war. Asra hatte Midas schon sehr oft gezeichnet. Es schmerzte fürchterlich, in sein lächelndes Gesicht zu blicken. Auf den meisten ihrer Zeichnungen lächelte er. *Midas hat immer gelächelt, egal wie er sich gefühlt hat.* Sie wünschte, sie hätte noch die Gelegenheit gehabt, ihm eines der Bilder zu schenken. Oder ihm öfter zu sagen, wie sehr sie ihn mochte.

Wenn er gemerkt hätte, wie sie ihn wahrnahm und *dass* sie ihn wahrnahm, wäre er dann glücklich gewesen? *Selbst, wenn ich nicht dasselbe empfand wie er? Nicht einmal das hätte er mir übelgenommen. So war er nun einmal. War …*

»*War*«, flüsterte sie und ihre Lippen bebten, als sie ihr Lieblingsbild herausriss und zusammenfaltete. Sie legte es in die kleine Box und verschloss sie sorgfältig.

*So möchte ich dich in Erinnerungen behalten.*

Der Wind ließ die Blätter der Bäume rascheln und die knorrigen Äste der Eibe knarzten leise, als würden sie ihr etwas zuflüstern.

Asra stand auf und hängte sich ihre Tasche über die Schulter. Das Kästchen hielt sie fest in beiden Händen. Dann nahm sie all ihren Mut zusammen und sprach ein paar letzte Worte, um sich zu verabschieden.

»Midas, du warst der intelligenteste und liebenswürdigste Mensch, den ich jemals kennenlernen durfte. Du warst der Grund, warum ich mich jedes Mal auf Arkana gefreut habe. Du hast mich immer beschützt und standest hinter mir, wenn ich wieder irgendetwas angestellt habe. Ich wünschte, ich hätte dir mehr entgegenbringen können als nur Freundschaft. Ich habe deine Gefühle immer ignoriert, weil ich es nicht wahrhaben wollte. Ich hoffe, dass du mir irgendwann vergeben kannst. Ich werde dich niemals vergessen. Niemals, hörst du?« Die letzten Worte rief sie schluchzend aus und die Tränen kamen erneut. Sie küsste das Kästchen und suchte sich eine Öffnung im Baumstamm der Eibe. Sie steckte es hinein und spürte, wie es tief in die jahrhundertealten Eingeweide hinabfiel.

Asras Hand ruhte auf dem unebenen Holz und sie ließ für einen Moment ihre Stirn dagegen sinken. »Auf Wiedersehen, Midas. Ich werde dich oft besuchen kommen, versprochen.«

Asra weinte, als sie durch den Bach watete und wieder in ihre Schuhe schlüpfte. Sie sah sich ein letztes Mal um und staunte, als das Licht der Sonne kurz durch die Wolkendecke brach und die Eibe in ein magisches Licht tauchte. Und für einen Moment war sie sich sicher, dass selbst in ihrer Welt manchmal ein Hauch von Magie existierte.

*Man muss nur fest genug daran glauben.*

Asra lächelte unter Tränen, als sie den Weg zurücklief. Es war, als wäre eine schwere Last von ihren Schultern gefallen. Es tat gut, sich auf diese Weise von ihrem Freund verabschiedet zu haben. Jetzt hatte sie auch in dieser Welt einen Ort, an den sie zurückkehren und ihm nahe sein konnte. Selbst dann, wenn sie aus irgendeinem Grund einmal nicht mehr nach Arkana reisen konnte. Dieses Wissen war eine unglaubliche Erleichterung. Und vielleicht würde jetzt alles wieder gut werden. Jetzt brauchte sie nur noch die Kraft der Zeit, um aus ihren frischen Wunden erträgliche Narben zu machen.

Asra war gerade dabei, die Haustür aufzusperren, als ihr Handy klingelte. Sie zuckte zusammen, denn sie war immer noch tief in Gedanken versunken. Sie holte es hervor und starrte auf das Display. Es war Adrian und sie überlegte, ob sie das Klingeln einfach ignorieren sollte. Doch er war hartnäckig und dachte anscheinend nicht daran, aufzulegen.

Seufzend gab sie nach. »Ja?« Ihre Stimme klang heiser und verheult.

»Hey, Asra! Ist alles in Ordnung?«

Sie setzte sich auf die Treppe der Veranda, drückte schnell das Handy auf ihre Oberschenkel, um sich zu räuspern. Dann nahm sie es wieder ans Ohr und hoffte inständig, dass sich ihre Stimme nicht mehr ganz so armselig anhörte.

»Ja, alles gut. Ich dachte, du bist in Italien?«

»Ich bin vorhin zurückgekommen und dachte, ich ruf dich mal an. Du hörst dich seltsam an. Geht es dir wirklich gut?«

*Ist es denn wirklich so offensichtlich?*, dachte sie genervt und überlegte sich eine Antwort. »Ich war krank, vielleicht hört man das noch etwas«, log sie.

»Was hattest du denn?«

»Lebensmittelvergiftung.«

»Was? Verdammt, Asra! Was machst du denn für Sachen? Brauchst du irgendetwas?« Er klang besorgt.

»Nein, es geht mir wirklich gut. Das Ganze ist jetzt auch schon eine Woche her. Wie war es in Italien?«, fragte sie, um vom Thema abzulenken.

»Eigentlich wollte ich dir das heute Abend erzählen …« Adrian druckste etwas herum, bevor er weitersprach. »Ich wollte dich eigentlich fragen, ob du mit mir in die Stadt gehen willst. Einfach gemütlich in einer Bar sitzen, etwas trinken und ein nettes Gespräch führen …«

Asra starrte auf den Boden und wusste nicht, was sie antworten sollte. Er hatte sich einfach den schlechtesten Zeitpunkt überhaupt ausgesucht. Sie schniefte und musste sich mit aller Macht zusammenreißen. Doch sie konnte nicht antworten.

Adrian schien ihr Schweigen richtig aufzufassen, denn er klang verkrampft freundlich, als er weitersprach. »Ich verstehe natürlich, wenn du nein sagst. Wenn es dir nicht gut geht …«

»Ich komme mit!«, rief sie etwas zu laut und ohne ihn aussprechen zu lassen. *Warum zur Hölle habe ich das gerade gesagt?* Niedergeschlagen ließ sie ihren Kopf auf die Knie sinken.

»Wirklich?« Adrian klang irritiert.

Asra nickte und vergaß, dass er sie nicht sehen konnte. »Ja«, murmelte sie und ihre Wangen glühten.

»Kennst du das *Devil's Trap*?«, fragte er zögernd.

Zuerst dachte Asra, sie hätte sich verhört. Ungläubig runzelte sie die Stirn und wollte schon nachfragen, dann ging ihr ein Licht auf. Eigentlich war es ziemlich offensichtlich und sie war kurz davor, laut loszulachen. »Ich gehe nur mit, wenn du mir jetzt die Wahrheit sagst, Adrian«, begann sie grinsend.

Er schwieg, kurz bevor er antwortete. »Ähm, okay?«

»Hast du mit Stan gesprochen?«

»Wie kommst du denn da drauf?«, erwiderte er nervös.

»Weil du sonst niemals so eine Bar betreten würdest, deshalb«, sprach sie ihren Gedanken laut aus.

Betretenes Schweigen tönte ihr entgegen und sie wusste, dass sie ins Schwarze getroffen hatte.

»Adrian?«, hakte sie nach.

»Ja, na gut, du hast recht … Ich wollte nur wissen, wo du gern hingehst. Ich kenne mich da ja absolut nicht aus.

Außerdem wollte ich nicht gleich das erste Date versauen, indem ich dich in meine Lieblingsbar mitschleppe und du danach wahrscheinlich traumatisiert bist.«

Jetzt musste Asra aufrichtig lachen. So sehr, dass ihr fast das Handy aus der Hand gefallen wäre.

»Du machst dich lustig über mich«, murmelte Adrian gekränkt.

»Nein, ich finde das ehrlich gesagt ziemlich süß.« Lächelnd wischte sie sich eine Träne aus dem Augenwinkel. *Seit wann bin ich so nah am Wasser gebaut?*, fragte sie sich in Gedanken und seufzte. *Nach den Dingen, die ich in letzter Zeit erlebt habe, ist das wirklich kein Wunder.*

»Süß?«, murmelte Adrian verstört. »Hat ein Dämon von dir Besitz ergriffen?« Jetzt lachte auch er und Asra konnte seine dunklen, strahlenden Augen deutlich vor sich sehen.

»Wann?«, fragte sie kurz.

»Zehn?«

»Bis dann, Adrian.« Dann legte sie auf.

Mindestens fünfzehn geschlagene Minuten saß sie auf der Veranda und starrte in den wolkenverhangenen Himmel. Der Wind hatte ihre Haare zerzaust und sie konnte nur erahnen, wie schrecklich verweint sie aussah. Doch jetzt durchströmte sie eine tiefe Ausgeglichenheit. Als hätte sie in der Ruhe des Waldes eine neue, innere Kraft gefunden.

Asra fühlte sich stärker, als sie aufstand und ins Haus zurückging. Es war bereits später Nachmittag und sie beschloss, sich etwas hinzulegen, damit sie für heute Abend fit war. Noch war sie sich unklar, ob ihre Zusage ein Fehler gewesen war.

»Was soll's«, murmelte sie. »Das werde ich heute noch früh genug herausfinden.«

Asra lief die Treppe nach oben, immer zwei Stufen auf einmal nehmend. Ihre Tasche warf sie achtlos auf den Boden und ließ sich erschöpft auf das Bett fallen. Der vertraute

Geruch des Waschmittels ließ sie müde werden. Sie tippte noch schnell eine Nachricht an Stan.

»Danke, du Verräter!«

Sie schickte noch einen kleinen braunen Haufen hinterher und legte das Handy auf ihr Fensterbrett. Es dauerte keine Minute, bis das Vibrieren einer Nachricht erklang. Grummelnd griff sie wieder nach dem Handy.

»Sorry. Aber Adrian hat mich so nett gefragt und ich dachte, etwas Ablenkung würde dir guttun.«

Sie tippte schnell eine bissige Antwort und drückte auf Senden. »Vielleicht solltest du mit ihm ausgehen. Ihr würdet ausgesprochen gut zusammenpassen.«

Stan ignorierte sie ganz einfach. »Gib ihm eine Chance. Er gibt sich wirklich Mühe. Wenn du dich unwohl fühlst oder er es verbockt, dann hole ich dich unter irgendeinem Vorwand ab, okay?«

Asra lachte. »Klar. Ich brüll dann einfach ganz laut ins Handy, dass es nicht schlimm ist, wenn du bei *Bambi* weinen musst. Ich erkläre Adrian ganz einfach, dass du vorbeikommen musst, um dich zu betrinken. Weil du sonst die ganze Nacht vor Angst nicht einschlafen kannst.«

»Sehr witzig«, schrieb Stan.

»Gib doch zu, dass dir der Gedanke gefallen würde, von Adrian getröstet zu werden.«

»Er ist schon ziemlich heiß.«

»Perfekt. Du schmeißt dich einfach an ihn ran, während ich heimlich durch die Hintertür verschwinde.«

»Abgemacht. Und halte mich ja auf dem Laufenden!« Er schickte ein paar rosarote Herzen hinterher.

Angewidert verzog Asra das Gesicht und schickte ihm ein Foto, auf dem sie ihm einen gewissen Finger zeigte. Zurück kam ein Foto von ihm, wie er übertrieben schmollend in die Kamera sah.

Grinsend legte sie das Handy endgültig auf die Seite. Dann

starrte sie für eine Weile aus dem Fenster, bis sie letztendlich in einen dämmrigen Halbschlaf hinüberglitt.

Asra erwachte und saß wieder auf der Treppe der Veranda. Noch konnte sie nicht begreifen, dass sie noch immer in ihrem Bett lag und schlief. Verwirrt schüttelte sie den Kopf und sah nach oben in den Himmel.

Die Wolken hatten eine seltsame, purpurrote Farbe angenommen und verdichteten sich rasend schnell. Der Wind wurde stärker und der Geruch von Regen lag in der Luft. Eine seltsame Atmosphäre umgab sie, als sie aufstand und barfuß über die Wiese lief. Asra spürte, dass etwas nicht stimmte, doch dieses Gefühl reichte noch nicht aus, um den Traumzustand zu erkennen. Langsam schritt sie auf Lucys blühendes Blumenmeer zu, das sie aus irgendeinem Grund wie magisch anzog. Als sie genauer hinsah, bemerkte sie ein Flimmern in der Luft, das sich über den Margeriten und Wildblumen ausbreitete. Sie streckte eine Hand danach aus und noch während sie blinzelte, geschah etwas.

Beim nächsten Wimpernschlag war es nicht mehr nur ein Flimmern, sondern eine hölzerne Tür, die direkt vor ihr schwebte.

Und das war der Moment, in dem ihre Hand wie von selbst zu der Kette um ihren Hals wanderte. Sie tastete über den Würfel und fand die 0 auf Anhieb. Asra wurde sofort klar und blickte sich hektisch um.

Diesmal war es anders als sonst.

Sie riss ungläubig die Augen auf, als zwei weitere Türen neben ihr aus dem Nichts auftauchten.

»Was zur …«, murmelte sie und starrte von einer Tür zur nächsten. Sie ähnelten sich alle drei. Auf den ersten Blick konnte sie nicht erkennen, welche die richtige Tür nach Arkana war. Sie spürte jedoch, dass es einen Fehler geben musste. In allen drei Türen war wie gewohnt die quadratische Öffnung für ihren Traumgegenstand. Sie trat näher an die mittlere heran und legte vorsichtig die Hand auf das dunkle Holz.

»Was willst du von mir …?«, murmelte sie verzweifelt. »Ich habe doch überhaupt keinen Grund mehr, nach Arkana zu gehen!«, rief sie voller Trotz und schlug mit dem Fuß hart gegen das Holz.

Bereits im nächsten Moment erschien eine leuchtende Schrift auf der Oberfläche. Asra starrte wie gebannt auf die Worte, die sich wie von Geisterhand dort bildeten.

*»Nur eine Tür wird dich in die richtige Welt führen. Die anderen bringen dir den ewigen Schlaf. Wähle weise.«*

Kaum hatte sie die Worte gelesen, verschwanden sie auch schon wieder. Asras Herz raste und die Nervosität breitete sich tief in ihrem Körper aus.

Die nächsten Worte glühten auf.

Diesmal war es eine simple Frage:

*»Wen liebst du aus tiefstem Herzen?«*

Asra zuckte zusammen, als sie panisch nach links und rechts zu den anderen Türen hinübersah und die Worte las, die sich gleißend hell ins Holz brannten. Auf jeder Tür stand nun ein anderer Name.

*Stan.*
*Adrian.*
*Petrichor.*

Ihr wurde mit einem Mal so übel, dass sie sich fast übergeben musste. Sie fühlte, wie es ihr kalt den Rücken hinunterlief und sich Schweißtropfen auf ihrer Stirn bildeten. Die Panik kroch in ihr empor und löste diese heftige Reaktion ihres Körpers aus. Ihre Hände zitterten und sie atmete viel zu schnell.

»Wieso …?«, murmelte sie fassungslos. »WIESO!« Sie schrie und hämmerte mit beiden Fäusten gegen das Holz der Tür. »Warum tust du mir das an? Ich liebe nur einen von diesen Personen und das ist Stan! Ich liebe ihn wie meinen eigenen Bruder, wie meinen besten Freund. Er ist meine Familie!« Asra schrie und fluchte und ließ ihre ganze Wut heraus. Als jede Kraft sie verließ, trat sie völlig außer Atem einen Schritt zurück. *Es wäre so einfach. Ich weiß, durch welche Tür ich gehen muss.*

Doch sie stand nur da und umklammerte fest ihren Traumgegenstand. Zum ersten Mal in ihrem Leben konnte er ihr keinen Trost spenden.

»Ich liebe Stan«, murmelte sie immer wieder voller Überzeugung.

Irgendwann wurde ihr Blick starr und leer.

Sie ließ die Hände sinken, drehte sich um und ging.

*Dieses Spiel werde ich nicht mitspielen.*

Asra ging zurück ins Haus, lief die Treppe nach oben und staunte nicht schlecht, als sie sich selbst in ihrem Bett liegen sah. *Also verlasse ich nie wirklich diese Welt? Kreiert Arkana etwa einen zweiten Körper für mich?* Sie war zu aufgebracht, um den Gedanken weiter zu verfolgen.

Wie in Trance ging sie zum Bett hinüber, setzte sich auf die Kante und betrachtete sich. Es war ein seltsames Gefühl, sich aus diesem Blickwinkel zu sehen. *Als wäre sie nicht ich – sondern ein Déjà-vu, eine Fata Morgana, ein verzerrtes Spiegelbild, ein Doppelgänger …*

Sie streckte die Hand aus, glitt wie ein Geist durch die zweite Asra hindurch und erschauderte. Es fühlte sich nicht wie *nichts* an. Es war wie eine sanfte, fast schon elektrisierende Spannung unter ihren Fingerspitzen – knisternd, kitzelnd, Geheimnisse singend.

Asra runzelte die Stirn und lächelte. *Werde ich diese Rätsel irgendwann entschlüsseln?*

Sie wusste nicht, was jetzt geschehen würde. Noch nie hatte sie Arkanas Ruf ignoriert. Noch nie war sie *nicht* durch die Tür getreten. Mit einem seltsam fremden Gefühl im Herzen legte sie sich ins Bett. Sie war noch immer im Traum, als sie die 0 auf ihrem Schmuckstück ertastete und die Augen schloss. Ihre Finger ruhten darauf und strichen über die eingravierte Zahl.

*Nein, ich werde dieses dämliche Spiel nicht mitspielen.*

Und die 0 verwandelte sich zurück in die 3, als Asra in der realen Welt erneut erwachte.

Gequält schrak sie aus dem Schlaf hoch und prüfte zur Sicherheit noch einmal den Wachzustand.

»Alles gut. Ich bin zurück«, murmelte sie erleichtert und schwang sogleich die Beine aus dem Bett. »Was zur Hölle sollte diese dämliche Frage?« Sie schlug die Hände vors Gesicht und seufzte. »Was für eine Scheiße!«, rief sie und griff nach ihrem Handy.

Es war bereits acht Uhr. Asra grummelte weiterhin verzweifelt vor sich hin und schlenderte zu ihrem Schrank hinüber.

»Ich werde mich heute definitiv betrinken. Und dann rufe ich Stan mitten in der Nacht an, damit er mich abholt.« Sie grinste schadenfroh und überlegte, was sie anziehen sollte.

Das *Devil's Trap* war eine ziemlich düstere Bar, in der hauptsächlich Metal und härtere Musik gespielt wurde. Es war ihr und Stans Lieblingsladen. Das Feeling dort war einfach perfekt, wenn man alles um sich herum vergessen wollte. Sie musste grinsen, als sie sich Adrian in seinen schicken Designerklamotten in dieser heruntergekommenen und finsteren Bar vorstellte, in der sonst eher gruselige Gestalten abhingen.

Einen Moment lang überlegte sie tatsächlich, ob sie ihn vorwarnen sollte. Nicht, dass der Türsteher ihn am Ende nicht rein ließ. Sie lachte über den kuriosen Gedanken und entschied sich, dass er sich ruhig diesem Risiko aussetzen sollte. *Wenn er mich wirklich kennenlernen will, sollte ihn so etwas nicht abschrecken.*

Asra schlüpfte in ein kurzes, schwarzes Kleid und löchrige Seidenstrumpfhosen. Dazu trug sie wie immer ihre schwarzen Stiefel. Sie begutachtete sich kurz im Spiegel und war einigermaßen zufrieden. So würde sie garantiert keine Probleme haben, in die Bar reinzukommen. Adrian würde sich wahrscheinlich vor ihr gruseln und es bereuen, sie um ein Date gebeten zu haben, aber das war ihr egal. Als Nächstes würde sie sich um ihr Make-up kümmern.

Asra schlenderte ins Bad hinüber und wusch sich zuerst das verweinte Gesicht. Es würde eine Menge Concealer nötig sein, um die tiefen Augenringe abzudecken. Und tatsächlich brauchte sie fast eine halbe Stunde, bis sie mit ihrem Aussehen zufrieden war. Der tiefschwarze Eyeliner saß nahezu perfekt und ließ ihre grauen Augen noch größer wirken. Sie entschloss sich dazu, erneut den blutroten Lippenstift aufzulegen. Allerdings ertappte sie sich dabei, dass sie es als reine Vorsichtsmaßnahme tat. *Mit Lippenstift wird er sicher nicht so schnell auf die dumme Idee kommen, mich küssen zu wollen.* Sie schüttelte den kuriosen Gedanken schnell ab und betrachtete ihr Spiegelbild.

*Ein Date mit Adrian.* Vor ein paar Monaten hätte sie jeden geohrfeigt, der ihr etwas in dieser Art vorhergesagt hätte.

Sie wuschelte sich durch die Haare und beschloss, sie zu lassen, wie sie waren. Wellig und zerzaust.

Zum Schluss hüllte sie sich noch in ihren Lieblingsduft und war schon auf dem Weg zur Tür, als sie noch einmal Halt machte und stocksteif stehen blieb.

*Nein, Asra. Das wirst du nicht tun,* dachte sie und versuchte mit aller Macht, stark zu bleiben. Sie kämpfte für einen viel zu langen Moment mit sich selbst und verlor.

Noch einmal drehte sie sich um und stapfte zurück, um mit einem Ruck das Hemd vom Handtuchhalter zu reißen, das seit einer Woche diesen Platz nicht verlassen hatte. Sie zog es sich über und verabscheute sich gleichzeitig dafür. Doch der weiche Stoff gab ihr aus irgendeinem bizarren Grund ein tiefes Gefühl der Sicherheit. Außerdem gefiel ihr das dunkelgrün karierte Hemd.

*Steht mir sowieso besser als ihm. Er wird das Teil nie wieder zurückbekommen,* dachte sie schulterzuckend und ging in ihr Zimmer zurück, um ihre Tasche zu holen. Das Traumtagebuch verstaute sie sicher unter der Matratze, doch das Skizzenbuch ließ sie weiterhin eingepackt. Es war ein Tick von ihr, dass sie immer eins dabei hatte, egal wohin sie ging. Ohne fühlte sie sich unruhig und musste ständig darüber nachdenken, was wäre, wenn sie doch etwas Wichtiges hätte zeichnen oder aufschreiben müssen. Sie steckte ihr Handy ein und lief nach unten.

Als sie zur Küche hinüberblickte, fiel ihr ein, dass sie noch gar nichts gegessen hatte. Also schnappte sie sich eine Tafel Schokolade und verließ das Haus.

Keine Minute später lenkte sie ihren Frosch auch schon auf die Landstraße in Richtung Stadt. Aus den Boxen dröhnte Musik und sie sang lauthals und vollkommen schief mit. Singen half ihr dabei, sich zu beruhigen und unangenehme Dinge zu vergessen. Sie hatte noch immer nicht ganz realisiert, dass es ein Date war, zu dem sie gerade unterwegs war. *Ein Date mit Adrian,* dachte sie und schüttelte fassungslos den Kopf. *Nein, damit hätte ich tatsächlich niemals gerechnet. Es ist, als würde Brad Pitt mit Wednesday Addams ausgehen.*

Sie lachte über ihren seltsamen Gedanken und verstummte, als sie sich eingestehen musste, dass der Vergleich ziemlich realistisch war. Adrian war so komplett anders als sie. Asra vermutete, dass er einfach nur neugierig war. Wie es sein würde, mit jemandem auszugehen, der nicht der Norm entsprach. Der nicht in sein typisches Beuteschema fiel. Sie bekam fast ein schlechtes Gewissen, dass sie so schlecht von ihm dachte. *Stan hat recht. Er gibt sich Mühe und ist nett zu mir.*

Dass er sie vielleicht sogar aufrichtig mögen könnte, kam ihr gar nicht erst in den Sinn. Es war zu abwegig, um überhaupt darüber nachzudenken. Stattdessen wanderten ihre Gedanken unweigerlich zu jemand anderem, dessen Dunkelheit schon lange an ihrem Herzen zerrte.

Petrichor war so undurchschaubar, dass sie nicht einmal ansatzweise erahnen konnte, warum er sie geküsst hatte. Die Erinnerung ließ ihr Herz rasen und sie wünschte sich, sie könnte ihn vergessen. Ein für alle Mal.

*Was ist, wenn ich nie wieder zurückgehe? Wenn ich Arkana nie wieder betrete? Ich weiß nun, dass es möglich ist. Würden die Zwillinge mich vermissen? Würde er …?*

Sie lachte laut auf und parkte das Auto in einer Seitenstraße. *Er hätte meinen Namen nach nur wenigen Wochen vergessen.*

Die restlichen zehn Minuten zur Bar lief sie zu Fuß. Ein letzter Schimmer Tageslicht blitzte intensiv rot-orange hinter den grauen Häusern der Stadt hervor. Der dunkle Himmel war etwas aufgeklart und der Duft nach Regen war verschwunden. Hier roch es nur nach Asphalt, Abgasen und Essensgerüchen der Restaurants.

Die Bar lag nicht direkt im Stadtzentrum, sondern ein paar Straßen weiter außerhalb. Sie sah das Gebäude von Weitem und wechselte die Straßenseite. Von außen war es unscheinbar und fast nicht als Bar zu erkennen. Es standen einige in schwarz gekleidete Gestalten davor, die sich lachend unterhielten und rauchten. Einer der Kerle zwinkerte Asra zu und sie starrte schnell auf ihr Handy. Sie war pünktlich und hoffte, dass Adrian bald auftauchen würde.

Sie sah sich um und ihr Blick blieb an den Straßenlaternen hängen, die nun alle nacheinander ansprangen. Als ihr der Geruch des Zigarettenrauchs in die Nase stieg, hatte sie kurz

Angst, dass es sie an *ihn* erinnern würde. Doch es roch aus irgendeinem Grund anders und sie atmete erleichtert auf. Die laute Musik dröhnte selbst durch die isolierten Wände hindurch und sie fühlte den Bass vibrieren.

»Asra! Schön dich zu sehen«, begrüßte Adrian sie und riss sie aus ihren Gedanken. Er umarmte sie lächelnd.

Sie roch sein teures Parfüm und spürte die dunklen Locken an ihrer Wange. »Hey Adrian«, murmelte sie verlegen, als sie in seine strahlenden Augen sah. Er sah wieder einmal umwerfend aus. Die Haut war von der Sonne gebräunt und die Haare waren etwas heller geworden. »Du siehst aus, als hättest du eine Woche nur am Strand gelegen und in der Sonne gebrutzelt«, sprach Asra ihren Gedanken aus und musterte ihn verblüfft, als sie sein Outfit sah.

Er war komplett anders gekleidet als sonst. Asra runzelte die Stirn. »Du siehst gut aus, so ganz in schwarz«, stellte sie fest und musste grinsen.

Adrian musterte sie ebenfalls unverhohlen. »Hast du mir gerade wirklich ein Kompliment gemacht?«

Sie rollte mit den Augen. »Ich glaube, du weißt selbst, dass du aussiehst wie ein Model aus einem Fashion-Magazin.«

Adrian schien erstaunt von ihrer Ehrlichkeit zu sein und schwieg für einen Moment.

*Habe ich ihn gerade wirklich verlegen gemacht?*, fragte sie sich verwundert, als sie auf die Tür zusteuerten.

Adrian nahm seinen Arm von ihrer Schulter, um sein Portemonnaie aus seiner Hosentasche zu holen. Sie zeigten dem Türsteher ihre Ausweise und er ließ sie ohne Probleme ins *Devil's Trap*.

»Warum tust du dir das an?«, fragte sie, während sie die Treppenstufen nach unten stiegen, die in den Gewölbekeller des alten Gebäudes führten. Die Musik wurde lauter und er musste sich zu ihr beugen, damit sie ihn verstand.

»Weil du es mir wert bist, ganz einfach.«

Sie sah auf den Boden und krallte ihre Finger in den Stoff von Petrichors Hemd.

Eine Wolke aus Alkohol und abgestandenem Rauch schlug ihnen entgegen, als sie endlich im Getümmel standen. Für diese relativ frühe Uhrzeit war schon einiges los und sie bahnten sich ihren Weg durch die tanzende Menge.

Das *Devil's Trap* war nicht besonders groß, dennoch ergatterten sie einen freien Platz in einer etwas ruhigeren Ecke. Asra ließ sich in einen versifften, schwarzen Samtsessel fallen und fühlte sich sofort wohler, als einer ihrer Lieblingssongs aus den Lautsprechern dröhnte.

»Du fühlst dich hier wie zu Hause, oder?«, brüllte Adrian, um die Musik zu übertönen. Er sah sich neugierig um und schien noch nicht so recht zu wissen, was er von dem Laden halten sollte.

Asra war sich sicher, dass er sonst nur in edlen Bars ausging, in dem kein Getränk unter zwanzig Euro kostete.

»Was willst du trinken?«, fragte er und deutete zur Bar.

»Gin Tonic!«, rief sie grinsend und überlegte, ob es eine gute Idee war. »Warte! Vielleicht doch nur Wasser. Ich bin mit dem Auto da. Wenn ich selbst fahren will, muss ich nüchtern bleiben.« Sie sah enttäuscht drein und seufzte.

Adrian setzte sich kurz auf die Lehne ihres Sessels und beugte sich zu ihr, damit sie ihn besser verstehen konnte. »Du trinkst etwas. Deswegen sind wir schließlich hier. Ich zahle dir später auch ein Taxi nach Hause.« Seine Worte ließen keine Widerrede zu und er war bereits aufgestanden, um an der Bar die Getränke zu bestellen.

Asra beobachtete ihn und musste sich eingestehen, dass sie ihn wirklich mochte. Und heute fand sie ihn seltsamerweise besonders attraktiv. Sie wusste natürlich, dass Adrian schön war. Nicht umsonst wurde er ständig von so vielen Mädchen umschwärmt. Sein italienischer Charme erledigte zusätzlich den Rest. Und trotzdem wanderten ihre Gedanken weit, weit fort.

Durch die stickige Luft wurde ihr warm und sie zog etwas widerwillig *sein* Hemd aus. Hier fühlte sie sich in ihrem knappen Kleid nicht unwohl. Jeder Einzelne in diesem Laden war auf seine Weise anders gekleidet. Hier wurde sie von niemandem angestarrt oder blöd angeredet. Noch ein Grund, warum sie gern herkam. Hier durfte man anders sein. Die Menschen hier machten keinen Ärger. Sie wollten Spaß haben, trinken und zu lauter und düsterer Musik tanzen, sodass sie zumindest für einige Stunden den Alltag hinter sich lassen konnten.

Adrian kam zurück und stellte den Gin vor ihr auf den kleinen Tisch. Sie bedankte sich und stieß mit ihm an.

»Auf einen spannenden Abend!«, rief Asra.

Adrian lächelte und rückte seinen Sessel näher an ihren heran. »Auf deinen interessanten Musikgeschmack!«, antwortete er und zog einmal kräftig an seinem Getränk.

*Er tut das wirklich nur für mich,* dachte sie erstaunt und fühlte mit einem Mal eine tiefe Sympathie für den Jungen neben ihr.

»Möchtest du tanzen?«, fragte er plötzlich.

»Dafür habe ich noch nicht genug getrunken«, erwiderte sie.

»Du tanzt allgemein nicht gern, oder?«, stellte Adrian schmunzelnd fest.

»Nein. Ich genieße alle Formen des Metals lieber trinkend und sitzend.«

Adrian lachte. »Nicht mal Headbangen?«

Sie ließ ihren Kopf an die Lehne des Sessels sinken. »Auch nicht. Manchmal gröle ich etwas mit, das war's dann aber auch schon.«

»Warum magst du diese Art von Musik?«

Asra musste nicht lange überlegen. »Sie ist kraftvoll, intensiv, laut und drückt so viele Emotionen aus, wie keine andere Musikrichtung. Von den meisten Bands, die ich höre, sind sogar die Texte ziemlich gut. Auch, wenn du davon nicht viel verstehen würdest.«

Sie nahm einen großen Schluck Gin und schloss die Augen. Die ersten Takte des nächsten Songs jagten ihr einen Schauder über den Rücken. Ein breites Lächeln lag auf Asras blutroten Lippen, als sie die ersten Zeilen mitsang.

Sie blinzelte und bemerkte, wie Adrian sie weiterhin beobachtete. Er leerte sein Glas in einem Zug.

Asra stand ohne Aufforderung auf und holte die nächste Runde. Sie bemerkte dabei nicht, wie ihre offene Tasche umfiel und ihr Skizzenbuch herausrutschte. Als sie mit den Getränken zurückkam, hatte Adrian es aufgehoben und drehte es neugierig in seinen Händen herum.

»Ist das das Notizbuch, in das du in der Uni immer kritzelst, wenn dir langweilig ist?«

»Gut erkannt, Watson«, erwiderte Asra und reichte ihm sein Glas.

Er lachte. Hast du mich auch schon mal gezeichnet?«

Sie schüttelte den Kopf. »Nein.«

Adrian sah sie enttäuscht an. »Jetzt bin ich schon etwas traurig.«

»Gib her.« Auffordernd streckte Asra die Hand aus und nahm das Buch wieder an sich. Sie kramte in ihrer Tasche herum und fand zumindest einen schwarzen Kugelschreiber. Als Nächstes schlug sie eine leere Seite auf und begann zu zeichnen.

Er beugte sich interessiert zu ihr hinüber, doch sie zog das Buch beiseite.

»Hey! Es gehört sich nicht, dem Künstler bei der Arbeit zuzusehen. Warte gefälligst, bis ich fertig bin.« Sie lachte, als sie sein verdutztes Gesicht sah und widmete sich wieder der Zeichnung. Asra versuchte, genau diesen Gesichtsausdruck festzuhalten. Adrian, der sie leicht verunsichert ansah. *Wie unrealistisch dieser Anblick gerade ist. Adrian und verunsichert? Eigentlich ein Ding der Unmöglichkeit. Er ist einer der selbstbewusstesten Menschen, die ich kenne.*

Seine Haare waren nicht so sorgfältig gestylt wie sonst, sondern fielen ihm zerzaust und lockig in die Stirn. Er trug ein schwarzes *Slipknot* Bandshirt und eine zerrissene Jeans. Hätte sie nicht gewusst, welchen Stil er sonst hatte und wäre er ihr heute als Fremder begegnet, hätte sie sich mit Sicherheit ein kleines bisschen in ihn verliebt.

»An was denkst du?«, fragte er und bedachte sie mit einem neugierigen Blick.

»An deinen plötzlichen Stilwechsel«, scherzte sie und zeigte auf seine Klamotten.

»Ich hatte die Sachen wirklich in meinem Schrank hängen, auch wenn du das vielleicht nicht glaubst. Ich hatte auch einmal eine düstere Phase«, erklärte er.

Asra sah ihn ungläubig an. »Wie kam dann der Wechsel von Emo-Adrian zu Designerklamotten-Adrian?«, witzelte sie und spürte bereits die Wärme des Alkohols, die sich in ihr ausbreitete. Der Gin wirkte heute besonders schnell, was sicher damit zu tun hatte, dass sie relativ wenig gegessen hatte.

Asra nahm einen weiteren Schluck mit dem Ziel, auch ihre letzten Ängste zu vertreiben. Sie wollte diesen Abend genießen und die schrecklichen Dinge der letzten Woche vergessen. Wenigstens für einen unbedeutend kurzen Augenblick. Vielleicht war es selbstsüchtig, aber sie hatte es heute verdient, etwas glücklich zu sein.

Adrian beobachtete die tanzenden Menschen, als er ihr den Grund erzählte. Er beugte sich zu ihr hinüber, damit sie ihn besser verstehen konnte. »Als ich nach der Scheidung meiner Eltern zu meinem Vater gezogen bin, hat er mir verboten, diese Sachen zu tragen. Er hat gesagt, dass er sich für mich schämen würde, wenn ich so rumlaufe. Er hat mir eine Menge Geld gegeben und, na ja, dann habe ich mir eben andere Dinge geleistet. Dabei blieb es dann auch.«

Asra starrte betreten auf das Papier, auf dem sich allmählich Strich für Strich zu einem Ganzen verband. Sie wusste nicht, was sie auf seine Worte sagen sollte. Als sie das Bild vollendet hatte, stand sie mutig auf und quetschte sich zu Adrian in den Sessel. Er rutschte zur Seite, um ihr Platz zu machen.

»Du darfst dir jetzt dein Bild ansehen«, verkündete sie feierlich und hoffte, ihn so vom heiklen Thema abzulenken. Sie wusste, dass ihm sein strenger Vater sein Leben nicht gerade leicht machte. Es musste schwer sein, bei einem Mann aufzuwachsen, dem Geld und Ansehen wichtiger waren als die Liebe und das Vertrauen zu seinem Sohn.

*Jeder hat sein Päckchen zu tragen.* Sie hielt ihm erst das Buch entgegen und legte ihm dann tröstend eine Hand auf die Schulter. »Dein Vater ist ein Idiot und er sollte sich glücklich schätzen, so einen begabten Sohn zu haben. Du wirst es als Fotograf einmal weit bringen, Adrian.«

Sein Gesicht näherte sich ihrem und er sah sie dankbar an. Sie bekam kurz Angst, dass er sie küssen wollte, doch er legte nur seine Wange sanft an ihr Haar. So hielt er einen Moment inne und Asra versuchte, nicht mehr so angestrengt, seine Nähe zu meiden. Sie ließ sich an seine Schulter sinken und er legte vorsichtig seinen Arm um sie.

*Könnte sich das hier richtig anfühlen? Wäre das nicht der Traum eines jeden Mädchens?*

»Ich liebe diesen Song«, murmelte sie nachdenklich und schloss die Augen. Niemand beobachtete sie. Niemand störte, oder verurteilte sie. Die Leute tanzten und sangen und der Raum füllte sich immer mehr. Die Stimme des Sängers drang kraftvoll in jede Ecke. Der Bass ließ die Wände vibrieren, doch Asra fühlte eine tiefe Ruhe in sich.

Die Zeichnung lag auf Adrians Schoß und er betrachtete sie seit einiger Zeit. »Du bist wirklich talentiert. In so kurzer Zeit hast du mich komplett durchschaut und meine Gefühle auf Papier gebracht. Es ist etwas erschreckend, so ein ehrliches Portrait von mir zu sehen. Du hast irgendwie die Gabe, Gefühle einzufangen, Asra. Mit deinen Fotos ist es dasselbe. Du siehst die Menschen, wie sie sind und nicht, was sie vorgeben zu sein.«

Sein Lob berührte sie mehr, als sie es wollte und sie schenkte ihm ein aufrichtiges Lächeln. »Danke schön.«

Er begann, ohne zu fragen, in ihrem Buch herumzublättern. Asra bekam es im ersten Moment gar nicht mit.

*»Doomsday«* von *Architects* dröhnte aus den Lautsprechern und sie verfiel in einen abwesenden Zustand. Ihre Lippen bewegten sich und formten die Worte des Songtextes. Sie hatte diesen Song so oft gehört, dass sie die Lyrics in und auswendig konnte. Die Melodie war intensiv und voller Kraft und dennoch schwang eine gewisse Traurigkeit darin, die sie tief berührte.

»Asra?« Adrian drückte liebevoll ihre Hand, um sie aus ihren Gedanken zu reißen.

Sie zwinkerte den Nebel vor ihren Augen weg und sah ihn wie im Halbschlaf an. »Ja?«

»Woher kennst du ihn?«, fragte er zusammenhangslos.

»Kenne ich wen?«

Er hielt ihr das Buch vor die Nase und ihr Herzschlag setzte für einen Moment aus. »Ich kenne ihn nicht.«

»Aber wieso hast du ihn dann gezeichnet?«

»Ich habe mir die meisten Figuren in diesem Buch ausgedacht«, erklärte Asra, nahm ihm das Skizzenbuch aus der Hand und klappte es zu.

Adrian schüttelte ungläubig den Kopf. »Du musst ihn kennen, sonst hättest du ihn nicht so unglaublich realistisch zeichnen können. Das Portrait von ihm ist wirklich gut geworden. Eins deiner besten, wie ich finde.«

»Wie meinst du das? Adrian, ich verstehe nicht so ganz …«, begann Asra wirr und schüttelte den Kopf.

»Das ist doch der Junge, der sich auf dem Dach des Plattenladens eine Überdosis gespritzt hat. Soweit ich weiß, liegt er jetzt im Krankenhaus im Koma.«

Das Glas, das sie eben noch in der Hand gehalten hatte, fiel auf den Boden und zersprang klirrend in funkelnde Scherben.

Ihre Augen fixierten Adrian und sahen dennoch durch ihn hindurch.

»Was …?«, murmelte sie und krallte ihre Finger fest in die Lehne des Sessels.

Adrian bedachte sie mit einem fragenden Blick. »Ich kenne ihn flüchtig. Ich kann mich nur nie an seinen komplizierten Namen erinnern …«

»Das muss eine Verwechslung sein«, unterbrach Asra ihn aufgebracht.

»Nein, er ist es. Da bin ich mir zu hundert Prozent sicher. Ich habe ihn schon öfter dort gesehen und sogar mit ihm gesprochen, als ich Fabian besucht habe. Er arbeitet dort, neben der Uni. Fabian war es auch, der ihn gefunden hat«, erklärte Adrian und musterte sie eindringlich. »Was ist denn plötzlich los mit dir, Asra?«

Ihre Augen brannten und sie wusste nicht, wie es ihr noch immer gelang, die Fassung zu behalten. »Es muss eine Verwechslung sein …«, murmelte sie erneut. »Sag seinen Namen, bitte.« Ihre Stimme klang zu hoch, fast schon hysterisch.

Adrian legte beruhigend eine Hand an ihre Wange. »Was ist los?«

Sie starrte weiterhin durch ihn hindurch. »Sein Name …«, hauchte sie und er musste die Worte von ihren Lippen lesen, denn es war zu laut, dass er sie hätte verstehen können.

Er schien zu überlegen und gab sich Mühe, sich an den Namen zu erinnern. »Es war irgendetwas mit P, glaube ich … Pet …«

Asras Welt zerbrach.

Wieder und wieder und wieder.

»Petrichor«, vollendete sie den Namen.

Er nickte.

Hektisch griff Asra nach ihren Sachen, sprang auf und stürmte ohne ein weiteres Wort aus dem *Devil's Trap.*

Sie stürzte in die Nacht hinaus und die kühle Luft war das

Einzige, was sie daran hinderte, zu ersticken. Ihre Lungen brannten, als hätte sie Salzwasser eingeatmet und die Wahrheit drängte sich tödlich in ihre Seele. Doch sie konnte es noch nicht zulassen. Nicht begreifen. Sie musste sich selbst davon überzeugen. Erst dann würde sie zulassen, dass ihre Welt in Flammen aufging.

Und Asra rannte durch die dunklen, von Straßenlaternen spärlich beleuchteten Straßen der Stadt. Ihre Schritte hallten laut durch die Nacht und das Blut pochte in ihren Adern. Sie stieg in ihr Auto, auch wenn sie wusste, dass sie getrunken hatte und eigentlich nicht fahren sollte. Dennoch schaffte sie es, heil am Krankenhaus anzukommen. Sie parkte am Straßenrand und rannte wie in Trance auf den Eingang zu. Ihr Handy vibrierte in ihrer Tasche, doch sie ignorierte es. Asra schlüpfte in das Hemd, während sie durch die Tür stürmte und den gewohnten Weg einschlug. Das Krankenhaus kannte sie dank ihrer Mutter in und auswendig. Sie wusste ganz genau, wohin sie musste.

Es war schon spät. Asra vernahm die Rufe der Schwestern, an denen sie vorbei stürmte, doch sie hörte nicht auf sie. Es war, als wäre ihre Welt unter einer Schicht Schnee begraben, durch die nichts hindurchdrang. Asra hatte nur noch ein Ziel vor Augen und sie wusste, dass es nur einen Weg gab, um dorthin zu gelangen. Eine Fremde würden sie niemals zu ihm lassen, schon gar nicht um diese Uhrzeit. Schon gar nicht, wenn sie nicht einmal seinen Nachnamen wusste.

»Mama?«, rief sie mit zitternder Stimme, als sie Lucy aus einem Zimmer kommen sah. Diese drehte sich verwundert um und runzelte die Stirn.

»Asra? Was, um Himmels willen, tust du hier um diese Zeit? Ist irgendetwas passiert?« Sie lief auf ihre Tochter zu und legte die Hände auf ihre Schultern.

»Mama, ich brauche deine Hilfe! Ich weiß, wie seltsam das jetzt klingen mag, aber es ist unglaublich wichtig. Du musst mir vertrauen«, bat Asra eindringlich, sie zitterte am ganzen Körper.

»Was ist los?«, fragte Lucy erneut. »Ich möchte nichts lieber, als dir helfen. Also rede.«

Asra starrte an ihrer Mutter vorbei, in die mit Neonlicht beleuchteten Gänge des Krankenhauses. Sie hasste den Geruch und rümpfte angewidert die Nase. Es fiel ihr unglaublich schwer, zu sprechen.

»Ich war gerade mit Adrian unterwegs und habe von ihm erfahren, dass ein Freund von mir hier eingeliefert worden ist. Ich muss unbedingt zu ihm, Mama. Ich muss wissen, ob er es wirklich ist und ob es ihm gut geht …«

Lucy musterte sie aus ihren grauen Augen und strich sich eine Locke hinters Ohr. »Du weißt, dass nur Familienangehörige ein Besuchsrecht haben. Und um diese Zeit kann ich dich erst recht nicht zu ihm lassen.«

»Mama, bitte! Es ist wirklich wichtig. Ich mache mir solche Sorgen um ihn …« Asra schluchzte und war kurz davor, durchzudrehen. Sie wusste nicht, wie sie Lucy die Dringlichkeit der Lage begreiflich machen konnte.

Lucinda sah schockiert aus, als sie die flehenden Worte ihrer Tochter hörte, die – völlig aufgelöst – kurz davor war, in Tränen auszubrechen. »Wie heißt er denn und auf welcher Station liegt er?«

Asra fiel ein Stein vom Herzen. »Er heißt Petrichor. Ich … verdammt! Ich weiß seinen Nachnamen nicht, es ist so unglaublich kompliziert! Ich weiß nur, dass er eine Überdosis genommen hat und seitdem im Koma liegt.«

Ungläubig riss Lucy die Augen auf. »Diesen Namen würde ich niemals vergessen«, murmelte sie. »Und diesen Jungen kennst du?«, fragte sie besorgt. »Warum ist es dir so wichtig, ihn zu sehen?«

Asra zuckte innerlich zusammen. »Warum kennst du seinen Namen?«

»Beantworte erst meine Frage«, befahl Lucy streng.

Sie schluckte und wusste, dass ihr jetzt nur noch eins helfen konnte: Die Wahrheit. »Er bedeutet mir viel«, erwiderte sie kurz und schwieg.

Betretenes Schweigen. Dann nahm Lucy sie bei der Hand und zog sie hinter sich her. »Seine Schwester war vor einiger Zeit meine Patientin.«

»Seine … Schwester?« Asra fühlte sich, als würde sie kurz vor einer Ohnmacht stehen. Es war, als würde sie nicht durch die Gänge des Krankenhauses laufen, sondern lediglich schlafwandeln, ohne jegliche Kontrolle über ihren Körper. Als wäre ihre Mutter nur eine Traumgestalt, die ihr unlogische Dinge erzählte, die niemals wahr sein konnten. Sie folgte ihr wie in Trance und starrte auf den grauen Boden. Das Neonlicht ließ ihre Augen zusätzlich tränen und der Geruch von Desinfektionsmittel bereitete ihr Übelkeit und Unbehagen. Die Gänge waren leer und sie begegneten keiner Menschenseele.

Lucy erklärte Asra, sie könne sich glücklich schätzen, dass die Nachtschicht krankheitsbedingt noch unterbesetzter war, als sonst.

»Eigentlich dürfte ich das hier gar nicht, das ist dir klar, oder? Aber ich merke, wie wichtig dir das ist, also helfe ich dir. Du hast wirklich unverschämtes Glück, meine Tochter. Daniel hat heute Nachtschicht. Er hat die Leitung für die Intensivstation und er schuldet mir noch einen Gefallen.«

Die beiden standen nun vor einer verschlossenen Tür und Lucy klingelte. Asra sah einen Mann im weißen Kittel herbeieilen. Ihre Mutter winkte ihm überschwänglich durch die Glasscheibe hindurch zu.

Er öffnete die Tür und lächelte. »Was gibt es denn, Lucy?«, fragte er und sein Blick wanderte zu Asra. »Ist das etwa deine Tochter?«

Lucy nickte. »Ja und wir haben ein kleines Problem. Daniel, ich brauche deine Hilfe.« Sie sah ihn flehend an.

»Was gibt es denn?«, fragte er neugierig.

Dann erklärte Lucy kurz ihr Anliegen. »Erinnerst du dich an das junge Mädchen, das ich vor einigen Jahren behandelt habe? Ich glaube sie hieß Eira, sie hatte Leukämie.«

Asra hörte verwundert zu und verstand nicht, was das mit Petrichor zu tun haben sollte. Sie wollte all das einfach nicht wahrhaben. Es war zu ungeheuerlich, zu abwegig, um real zu sein.

Daniel schüttelte den Kopf. »Leider nein. Du hast so viele Patienten, da verliert man schon einmal den Überblick.«

»Ist ja auch egal«, erklärte Lucy. »Auf jeden Fall hat ihr Bruder sie fast jeden Tag besucht. Ich erinnere mich noch genau daran. Seine Mutter war psychisch am Ende, als sie erfuhr, dass ihre Tochter sterben würde. Der Junge und sein Vater haben oft gestritten, wenn sie hier waren. Ich erinnere mich noch an die blauen Flecken, die der Junge immer hatte. Ich hatte ihm meine Hilfe angeboten, doch er hat immer beteuert, dass es ihm gut ginge. Ich wollte ohne seine Zustimmung nichts tun, also ließ ich es gut sein. Und genau dieser Junge ist vor ungefähr einer Woche hier eingeliefert worden, wegen einer Überdosis.«

Asra riss ungläubig die Augen auf und wusste nicht, wie viele Details sie noch ertragen konnte. Sie hörte nur noch gedämpft, was Lucy Daniel erzählte.

»Meine Tochter kennt den Jungen und hat eben erst erfahren, dass er hier auf der Intensivstation liegt. Ich weiß, es ist verboten, aber könnten wir nicht eine kleine Ausnahme machen?« Lucy druckste etwas herum und legte ein unwiderstehliches Lächeln auf. »Fünf Minuten?«

Daniel überlegte. »Der Junge mit der Überdosis also … Schreckliche Sache. Noch dazu, dass ihn bis jetzt noch niemand besucht hat. Kein Wunder, wenn ich mir deine Geschichte so anhöre. Ich denke, es wird also niemanden stören, wenn Asra kurz zu ihm geht.«

»Danke«, murmelte Asra und schluckte. Der Knoten in ihrem Hals bereitete ihr bei jedem Wort Schmerzen.

Daniel nickte und ging den Gang entlang. »Folgt mir.«

Lucy ließ ihre Tochter nicht aus den Augen und musterte sie immer noch nachdenklich. »Woher kennst du ihn?«

»Aus der Uni«, log Asra. »Was ist mit seiner Schwester geschehen?«

Lucy seufzte und fixierte starr den grauen Krankenhausboden, bevor sie die Wahrheit aussprach. »Sie ist gestorben.«

Asra erinnerte sich schlagartig an Petrichors Worte. Es war in der Wüste gewesen, als sie den Sanddämon besiegt hatte. Sie hatte ihn nach dem Traumwandler gefragt, den er einst gekannt hatte. »*Sie ist gestorben*«, hörte sie seine Worte in ihr widerhallen und das Puzzle fügte sich Stück für Stück zusammen, während Asra Stück für Stück zerfiel.

Wenige Minuten später machten sie vor einer Tür halt.

Asra schauderte, als sie die Frage stellte, die ihr am meisten Angst machte. »Wollte er sich wirklich umbringen?«

»Es sieht fast danach aus«, erklärte Daniel. Dann öffnete er die Tür. »Fünf Minuten.«

»Keine Sekunde länger«, fügte Lucy hinzu.

Und Asra trat mit der Last der Welt auf den Schultern durch die Tür, hinein in die Dunkelheit.

Das Gefühl, innerlich zu fallen, wurde fast unerträglich. Die Angst zog sie in ein schwarzes Loch und sie versank, bis nichts mehr von ihr übrig war.

*Und Asra erstickte an einer Flut von unerträglichen Wahrheiten, die in ihre Lungen strömte wie Chloroform.*

# Kapitel 5

## *Das Geheimnis des Monsters*

*Was bleibt von dir, wenn dich deine Dunkelheit im Stich lässt und endgültig dem erlösenden Licht weicht?*

*Wer wirst du sein, wenn dich letzten Endes selbst deine Schatten verlassen? Wohin wirst du gehen, wenn deine Seele sich mit letzter Kraft von den Fesseln der Nacht losreißt und das Monster in dir zum Schweigen bringt?*

*Wer möchtest du sein, wenn dir Gefühle immer noch solche Angst einjagen, dass du kaum atmen kannst?*

*Wer bist du, Petrichor, und warum konntest du dein wahres Ich so lange vor mir verbergen?*

Sie hörte kaum, wie hinter ihr die Tür leise ins Schloss fiel. Der Raum war klein und wurde nur spärlich von einer dämmrigen Lampe erhellt.

Wie ein Schlafwandler trat sie näher auf das Bett zu.

Das Piepsen und Surren der medizinischen Geräte stach unangenehm in ihren Ohren und sie tastete voller Angst nach ihrem Würfel. *Ich träume nicht, das hier ist real.*

Und dann sah sie ihn.

Der schreckliche Schmerz in ihrem Herzen, der sie mit voller Wucht übermannte, machte ihr vollends klar, dass er es wirklich war.

Petrichor lag mit geschlossenen Augen in dem Krankenhausbett vor ihr und war durch mehrere Schläuche an den Maschinen angeschlossen. Sie schluchzte auf und hielt sich die Hand vor den Mund. Wankend kämpfte sie sich Schritt für Schritt näher zu ihm, bis sie direkt vor dem Bett stand.

Er war leichenblass und es war unglaublich surreal, ihn so zu sehen.

*Ihn hier in ihrer Welt zu sehen*. So verletzlich und hilflos und schwach.

Tränen stiegen ihr in die Augen, als sie mit ihrer Hand sanft über seine Wange strich. Als müsse sie sich vergewissern, dass er kein Geist war. Doch sie fühlte seine Wärme und er löste sich auch nicht in Luft auf, als sie ihn berührte.

»Petrichor ...« Ihre Stimme versagte. Sie betrachtete den schlafenden Jungen und konnte noch immer nicht glauben, was gerade geschah. Die Szenerie glich einem Alptraum, der nicht endete, und sie wünschte sich nichts sehnlicher, als endlich aufzuwachen.

»Du elender Lügner ...«, murmelte sie und Tränen liefen brennend heiß über ihre Wangen. Ob aus Trauer oder Wut, war nicht zu sagen. »Wie konntest du es nur so lange vor mir verheimlichen?«

Kraftlos ließ sie sich auf die Bettkante sinken und griff weinend nach seiner Hand. »Du verdammter Idiot ... warum hast du das getan?« So viele Ängste und Fragen spukten in ihrem Kopf herum, dass sie keinen klaren Gedanken fassen konnte. Sie malte sich eine Situation nach der anderen aus, kam aber zu keiner richtigen Lösung. Es konnten so viele Gründe sein.

»Möchtest du nicht mehr aufwachen?«, fragte sie ihn und drückte seine Hand. Sie betrachtete seine reglose Gestalt und wusste nicht, wie sie diese Wahrheit verkraften sollte. »Hat dir der Alchemist irgendetwas angetan?« Sie überlegte verkrampft und spielte an ihrem Anhänger herum.

Die Zeit wurde knapp.

Plötzlich schlug ein Gedanke auf sie ein, wie eine Welle, die sie unter Wasser drückte.

»Du bist also ein Traumwandler wie ich. Also wo ist dein Traumgegenstand?« Aufgeregt betrachtete sie seine Hände, suchte nach einem Schmuckstück, nach irgendeinem Gegenstand, den er immer bei sich trug. Doch sie fand keinen. Er trug nicht einmal wie sonst die schwarzen Ringe an seinen Fingern. Sie konnte sich auch nicht vorstellen, dass ein schlichter Ring ein geeigneter Traumgegenstand sein konnte.

Liebevoll strich sie ihm die Haare hinter die Ohren und sah die kleine Narbe an seinem Mundwinkel. »Was trägst du immer bei dir?« Asra rief sich die Abenteuer in Arkana vor Augen und stellte sich Petrichor so genau wie möglich vor. »Welchen Gegenstand …«, murmelte sie nachdenklich.

Dann fiel es ihr wie Schuppen von den Augen.

»Der Kompass!«, rief sie und fuhr hektisch hoch. Sie durchsuchte alle Schubladen der Kommode neben dem Bett, doch er war nirgends zu finden. »Der Alchemist hat ihn dir weggenommen. Du hattest ihn bereits in der Bibliothek nicht mehr«, erinnerte sie sich. »Kannst du deshalb nicht mehr aufwachen? Weil er deinen Traumgegenstand hat?« *Dann muss er sich die Überdosis aber schon gespritzt haben, bevor er Arkana betreten hat … Warum? Oder genau deswegen?*

Zu viele Fragen, keine Antworten. Die Sache mit dem Traumgegenstand war die einzig logische Erklärung, die ihr einfiel.

»Warum zur Hölle die Überdosis?«, murmelte sie, als würde sie hoffen, dass er gleich die Augen aufschlagen und ihr antworten würde. Sie wollte nicht akzeptieren, dass Selbstmord die einzige Option für ihn gewesen war.

Es war zu simpel. Und Petrichor war nicht simpel.

Sie durchwühlte seine Sachen, doch er hatte nichts anderes bei sich. Zumindest nichts, was sie für seinen Traumgegenstand hielt.

Asra betrachtete seine Arme genauer und bemerkte zum ersten Mal die kleinen, runden Brandnarben, die an vielen

Stellen seine helle Haut bedeckten. *Es sieht aus, als hätte jemand seine Haut mit einer Zigarette verbrannt.*

*Hast du dir das selbst angetan?*

Ebenfalls erkannte sie die alten Einstichstellen an seinen Armbeugen. »Warum ist mir das nicht schon früher aufgefallen?«

*Weil er immer frische Wunden und Blutergüsse auf seinem Körper hat. Wie viele der Narben auf seiner Haut sind wirklich von den Kämpfen in Arkana? Ich war so blind …*

»Warum hast du das getan, du verdammter Idiot?«, flüsterte sie erneut und schloss einen Pakt mit sich selbst:

»Ich werde deinen Traumgegenstand für dich finden, damit du wieder aufwachen kannst. Und es ist mir egal, ob du lieber ewig schlafen willst. Ich weiß noch nicht, vor was du in dieser Welt davonläufst, aber ich werde es herausfinden. Und ich werde verdammt noch mal nicht zulassen, dass du deiner Schwester in den Tod folgst …«

Asra beugte sich zu ihm hinunter und küsste die Narbe an seiner Lippe. Zitternd und bebend rang sie um Fassung. Eine funkelnde Träne fiel auf seine Wange hinunter und sie küsste auch sie weg.

*Halb blind, halb taub, am Rande des Abgrunds.*

*Mittlerweile Normalzustand, oder?*

Asra stand widerwillig auf und wischte sich die Tränen aus den Augenwinkeln, als Lucy auch schon die Tür öffnete.

»Schatz, wir müssen gehen.«

Sie nickte und folgte ihrer Mutter schweigend, doch mit einem entschlossenen Funkeln in den Augen.

Daniel schloss die Tür und begleitete die beiden zurück. Lucy stellte ungewöhnlich wenig Fragen und Asra war froh darüber. Ihre Mutter schien zu ahnen, dass ihr dieser Junge etwas bedeutete.

Die geröteten Augen verrieten sie.

»Welche Drogen hat er genommen?« Asras Stimme hörte sich genauso an, wie sie sich fühlte. Erbärmlich.

Daniel überlegte, ob er es ihr sagen sollte. »Genaugenommen stehe ich unter ärztlicher Schweigepflicht. Aber da der Junge nur noch einen Angehörigen hat, der noch dazu kein einziges Mal hier war, werde ich jetzt einfach so tun, als spräche ich mit einer Kollegin darüber. Asra, du bist gar nicht da.« Er sah kurz zu Lucy, als wartete er auf ihre Zustimmung.

»Erzähl es ihr. Asra wird es für sich behalten.«

Daniel nickte. »Wenn ich ehrlich sein soll, hat er sich einen Stoff gespritzt, mit dem wir noch nie zuvor zu tun hatten. Das Labor hat Spuren von Belladonna entdeckt, aber von keiner hier bekannten Art. Wir konnten nur minimale Spuren in seinem Körper nachweisen und es ist uns noch ein Rätsel, wieso er ins Koma gefallen ist und nicht mehr aufwacht. Für eine Vergiftung reicht diese Dosis nicht aus, dennoch haben wir drei leere Spritzen neben ihm gefunden. Er hat absolut keine Verletzungen und es gibt eigentlich keinen nachweisbaren Grund für seinen Zustand.«

Asra wurde schwindlig und es kostete sie einige Mühe, sich nichts anmerken zu lassen. *Also muss es an seinem Traumgegenstand liegen! Denn er würde sich niemals …*

*Würde er?*

»Mama?«

»Ja?«

»Ich brauche dringend seine Adresse.«

Lucy seufzte. »Das geht nun wirklich nicht.«

»Mama, in Zeiten des Internets würde ich sie so oder so herausfinden. Also kannst du sie mir genauso gut auch gleich geben.«

Daniel grinste und legte Lucy eine Hand auf die Schulter. »Sie ist eindeutig deine Tochter. Genauso starrköpfig wie du!«

Lucy warf ihm einen bösen Blick zu und nickte. »Dafür bist du mir eine Menge Antworten schuldig, Tochter. Ich möchte morgen jedes Detail von dir erfahren, hast du verstanden? Und du musst mir versprechen, dass du nichts Dummes anstellst.«

»Versprochen«, antwortete sie mit fester Stimme. Es tat ihr jetzt schon leid, wie viele Lügen sie ihrer Mutter dennoch auftischen würde.

Daniel verschwand kurz und kam mit einem kleinen Zettel wieder. Darauf hatte er – mit einer für einen Mann ungewöhnlich schönen Handschrift – Petrichors Adresse geschrieben.

»Vielen Dank, Daniel, das werde ich dir nie vergessen!« Dankbar schüttelte sie dem Mann die Hand und zwang sich zu einem Lächeln.

»Jeder von uns war schon einmal verliebt, oder?«, erklärte er schmunzelnd und winkte den beiden zum Abschied.

Asra starrte ihm mit offenem Mund hinterher und wusste nicht, was sie darauf sagen sollte.

Lucy bedachte ihre Tochter mit einem nachdenklichen Blick und legte ihr tröstend einen Arm um die Schulter. Dann begleitete sie Asra bis zum Ausgang des Krankenhauses.

»Danke, Mama! Ich hab' dich so unglaublich lieb«, murmelte sie und fiel Lucy stürmisch um den Hals.

Diese war sichtlich überrascht und drückte ihre Tochter fest an sich. »Ich dich auch, mein Schatz. Morgen unterhalten wir uns ausgiebig über Petrichor, verstanden?«

»Versprochen.« *Lüge Nummer Eins.*

Ihre Gedanken schwirrten umher und ihr Kopf fühlte sich an, als würde er vor lauter Informationen platzen. Diese schrecklichen Tatsachen verwirrten sie und sie musste die aufsteigende Panik mit aller Macht unterdrücken. Wie eine Welle, die sich vor ihr aufbaute und wuchs, bis sie den Himmel verdunkelte. Doch noch prasselte das Wasser nicht auf sie ein.

»Bis dann, Mama!« Asra drehte sich um und lief zu ihrem Auto.

Lucy sah ihr so lange nach, bis sie eingestiegen und davongefahren war.

Es hatte sie nur wenige Sekunden gekostet, die Adresse in ihr Handy einzugeben und die Navigation zu starten. Die Straße, die auf dem Zettel stand, war nicht weit von hier entfernt. Schon bald entdeckte sie die richtige Hausnummer. Asra parkte und blieb noch einen Moment wie erstarrt im Auto sitzen.

Das Gebäude vor ihr war mehrstöckig und ein typischer grauer Plattenbau.

Bevor sie ausstieg, schickte sie Adrian eine kurze Nachricht. Sie hatte noch nicht einmal die Zeit gehabt, einen Gedanken an ihn zu richten und schämte sich unglaublich dafür. Trotzdem las sie die unzähligen Nachrichten nicht, die er ihr geschrieben hatte.

*Es tut mir unglaublich leid, Adrian. Es war ein Notfall.* Außerdem schrieb sie, dass sie es verstehen würde, wenn er sie nicht mehr sehen wollte. Asra klickte auf die zehn unbeantworteten Anrufe und war nicht erstaunt, dass sie ebenfalls von ihm stammten. *Er hasst mich jetzt sicher,* dachte sie und konnte es ihm nicht verübeln. Schließlich war sie einfach ohne ein Wort abgehauen und hatte ihn allein in der Bar sitzen gelassen.

Seufzend stieg Asra aus dem Auto. Die angenehm kühle Nachtluft ließ sie wieder etwas klarer werden, während sie die Stufen des Gebäudes emporstieg. Ein grelles Neonlicht brannte über der Eingangstür und Motten flogen mit einem dumpfen Geräusch gegen das Glas.

Fröstelnd verschränkte sie die Arme vor der Brust und überflog die Namensschilder an den Klingeln. Sogleich stach ihr der außergewöhnliche Name ins Auge.

*Petrichor Heavens,* las sie und wiederholte den Namen leise flüsternd. »*Heavens …*« Wie seltsam es war, seinen vollen Namen auszusprechen. Sie hatte es nie für wichtig empfunden, ihn danach zu fragen. Außerdem bezweifelte sie es, dass Petrichor ihn ihr verraten hätte.

Doch jetzt, als der Name ihre Lippen verließ, erkannte sie es – die Wichtigkeit und Persönlichkeit, die ein Name einem

Menschen verlieh. Es war, als würde sie ihm dadurch ein Stück näherkommen.

Sie wusste selbst, dass es dumm war, aber sie klingelte trotzdem. Als selbstverständlich niemand öffnete, begann sie mit Plan B. Wahllos klingelte sie bei einem der vielen anderen Namen und wartete. Kurz bevor sie beim nächsten Schild klingeln wollte, ertönte ein Knistern aus dem Lautsprecher vor ihr.

Eine genervte Stimme erklang. »Es ist fast ein Uhr morgens! Wer ist da?«

»Es tut mir furchtbar leid«, entschuldigte sich Asra und nannte einen Namen von einem anderen Schild und hoffte, dass sich die vielen Hausbewohner nicht allzu gut kannten. »Ähm … Meier hier. Ich habe meinen Schlüssel in der Wohnung vergessen. Könnten Sie bitte …«, weiter kam sie nicht.

Die Stimme am Lautsprecher fluchte lautstark und verstummte mit einem Knistern.

Zu Asras Erstaunen erklang im nächsten Moment ein knackendes Geräusch und die Tür sprang auf. Schulterzuckend schlüpfte sie hindurch und lief die Treppenstufen nach oben. Dann suchte sie jedes Stockwerk nach seinem Namen ab. Auf dem Zettel, den Daniel ihr gegeben hatte, war keine Information dazu zu finden gewesen.

Im zweiten Stock wurde sie fündig. Die Wohnung lag am Ende eines langen und düsteren Flures. Das Gebäude sah von innen genauso heruntergekommen aus wie von außen. Asra fühlte sich unwohl und wünschte sich, Stan wäre bei ihr. Doch noch wollte sie ihn nicht anrufen. Sie hatte andere Pläne mit ihm und hoffte, dass er ihr später helfen würde.

Als Asra vor Petrichors Wohnungstür stand, wusste sie erst nicht, was sie tun sollte. *Und was jetzt? Soll ich einbrechen? Wie bekomme ich die Tür auf, ohne dass mich jemand hört?*

Vorsichtig rüttelte sie an der Türklinke, doch nichts geschah. »Das wäre auch zu einfach gewesen.« Grummelnd zog sie eine Haarklammer und ihren Ausweis aus der Tasche. Noch nie zuvor in ihrem Leben hatte Asra ein Schloss geknackt. Sie besaß nicht den leisesten Schimmer, wie so etwas funktionierte. Doch im Moment fiel ihr nichts Besseres ein, also versuchte sie es.

Asra bog die dünne Haarklammer auseinander und stocherte damit im Schlüsselloch herum. Mit ihrem Körper drückte sie sich fest gegen die Tür und versuchte, die Plastikkarte in den Spalt zu schieben. Sie hatte Glück, dass das Gebäude so alt war und die Türen nicht besonders gut abgedichtet, geschweige denn stabil waren. Nach etlichen gescheiterten Versuchen war sie kurz davor, aufzugeben.

Genervt und fluchend lehnte sich Asra fester gegen das Holz. Am liebsten hätte sie die Tür vor lauter Wut einfach eingetreten. Doch wie durch ein Wunder erklang nach dem gefühlt hundertsten Anlauf ein leises Knacken und sie stolperte ungeschickt in die Wohnung.

»Ich glaub's ja nicht … Es hat wirklich funktioniert!«, rief sie erstaunt aus und schloss die Tür hinter sich. *Jetzt bin ich offiziell eine Kriminelle.*

Asra stand in der finsteren Wohnung und tastete die Wand nach dem Lichtschalter ab. Sie fand ihn und kniff die Augen zusammen, bis sie sich an die plötzliche Helligkeit gewöhnt hatte.

Sie stand in einem schmalen Flur und machte einige Schritte vorwärts. Links von ihr war die einzige andere Tür im Raum, die ins Bad führte. Vor ihr lag eine kleine Küche, die nur durch eine Trennwand vom restlichen Raum abgetrennt wurde. Seine Wohnung bestand nur aus einem Raum, der vielleicht dreißig Quadratmeter hatte. Asra fühlte sich, als würde sie verbotenes Gebiet betreten.

Das Zimmer war spärlich eingerichtet und er besaß nicht einmal ein richtiges Bett. Es lag lediglich eine Matratze auf dem Boden unter dem einzigen Fenster. Allerdings war es alles andere als dreckig oder unordentlich. Die wenigen Dinge, die Petrichor besaß, waren fein säuberlich in schlichten Regalen verstaut. Seine Bettdecke war gefaltet und der Aschenbecher auf seinem Fensterbrett war leer. Er besaß weder einen Fernseher noch sonstige elektronische Geräte. Sie entdeckte ein paar Bücher und öffnete im Vorübergehen seinen Kleiderschrank. Sein gewohnter Duft schlug ihr entgegen und sie roch an einem seiner Flanellhemden.

*Kein Zweifel, das hier sind Petrichors Sachen.* Als sie ihren Blick darüber schweifen ließ, erkannte sie einige Dinge wieder, die er in Arkana getragen hatte. Es war immer noch so schwer zu begreifen, dass Petrichor ebenfalls nur ein Traumwandler war. Sie sah an sich hinunter. *Deswegen konnte ich das Hemd auch mit in diese Welt nehmen. Weil es gar nicht aus Arkana stammt.*

»Er ist wie ich. Er hat mich die ganze Zeit über belogen. Er hat uns alle belogen«, flüsterte sie und Tränen stiegen ihr in die Augen. Sie blinzelte sie weg und redete sich selbst ein, dass sie jetzt stark sein musste.

»Ich bin aus einem bestimmten Grund hier, verdammt.« *Ich darf mich nicht so ablenken lassen!*

Asra ging in die Küche und durchsuchte alle Schränke, doch ohne Erfolg. Als Nächstes suchte sie im Badezimmer. Doch auch dort fand sie nichts. Niedergeschlagen marschierte sie zurück und setzte sich auf die Matratze. Sie strich mit den Fingern über die weiche Decke und ließ ihren Blick nachdenklich im Raum umherschweifen.

*Das ist sein Zuhause. Er lebt hier ganz allein. Ob seine Eltern auch hier in der Stadt leben? Aber hat Daniel nicht irgendetwas davon gesagt, dass Petrichor nicht mehr viele Angehörige hat?*

Sie ließ sich zur Seite fallen und schmiegte ihre Wange an sein Kissen, das so sehr nach ihm roch. Für einen Moment konnte sie seine Anwesenheit so deutlich spüren, als wäre er hier. »Warum hast du es getan, Petrichor?«, murmelte sie und krallte ihre Nägel in die Matratze.

Erstaunt riss sie die Augen auf. Etwas fühlte sich seltsam an. Sie griff mit den Händen unter das Kissen und zog ein schwarzes Notizbuch heraus. *Du bist mir ähnlicher, als ich dachte, und dennoch hasst du mich. Vielleicht ja genau deswegen …?*

Asra schlug das Buch auf und erschauderte, als sie durch die gefüllten Seiten blätterte. Die Worte waren unwahrscheinlich klein geschrieben, manche in einer Sprache, die sie nicht verstand. *Walisisch?*, vermutete sie. Das meiste war jedoch auf Englisch. Sie begriff nun, dass es nicht nur sein Traumtagebuch war. Es waren wild durcheinander gewürfelte Notizen, Träume, normale Tagebucheinträge und Erinnerungen. Asra stieß auf Einträge über seinen Vater und seine Schwester – was sie darüber las, schnürte ihr die Kehle zu. Auch wenn sie die Seiten nur kurz überflog, fühlte sie sich wie eine Verräterin, wie eine Diebin. Sie drang auf diese schreckliche Weise in seine Privatsphäre, in seine geheimsten Gedanken, ein und schämte sich zutiefst dafür. Wenn Asra auch nur daran dachte, dass jemand anderes ihr Traumtagebuch lesen würde, wurde ihr übel. Und sie wusste, wie verschlossen und unnahbar Petrichor war.

»Das hier würdest du mir nie verzeihen«, flüsterte sie und schloss das Buch vorsichtig wie einen wertvollen Schatz, den man behüten musste. »Ich passe für dich darauf auf, versprochen.« Sie stand auf und hätte das Foto fast nicht bemerkt, das zwischen den Seiten hervorrutschte. Asra zog es heraus und starrte es ungläubig an.

Es zeigte Petrichor, als er noch um einiges jünger war und lächelte. Sein Lächeln kam aus tiefster Seele. Er hatte den Arm um ein kleines Mädchen gelegt, das strahlend in die Kamera grinste. Sie war blond und sah ihrem Bruder in keiner Weise ähnlich.

*Und das ist Eira, seine Schwester?*

Ihr Handy vibrierte und riss sie aus ihren Gedanken. Sie war sich sicher, dass es Adrian war und ein Blick auf das Display bestätigte ihre Vermutung. Doch auch diesmal öffnete Asra die Nachricht nicht. Sie erhob sich und ging auf das Bücherregal zu. Es war das letzte Regal, das sie noch nicht durchsucht hatte.

»Wo hast du es nur versteckt?« Asra strich sich eine widerspenstige Strähne ihres Haares hinters Ohr und zog wahllos ein Buch nach dem anderen heraus. Sie überflog die Titel flüchtig und ohne großes Interesse. Es waren hauptsächlich Klassiker und auch einige Bücher über das Klarträumen. Dann stach ihr ein ganz spezielles Buch ins Auge. Es sah ziemlich alt aus und war in Leder gebunden. Asra zog das kleine, aber relativ dicke Buch heraus und wunderte sich noch darüber, dass es so leicht in ihren Händen lag. Der Titel schockierte sie. Mit zitternden Fingern strich sie über die goldene Inschrift.

»Der Alchemist«, las sie laut vor und schlug es auf. »Ich glaub es ja nicht!«, rief sie erstaunt und starrte auf den Inhalt, der alles andere als Papier war. Es war ein mit Samt ausgeschlagenes Kästchen, in dem fein säuberlich drei kleine Spritzen mit einer blauschimmernden Flüssigkeit lagen.

*Ein ziemlich gutes Versteck, das muss man dir wirklich lassen.* Sie bemerkte einen Zettel, der ebenfalls darin lag und sie las:

*»Eine Dosis des Serums wirkt innerhalb von zehn Minuten und bringt dich für vierundzwanzig Stunden nach Arkana.«*

Sie ging schwer davon aus, dass die Worte, die fein säuberlich mit blauer Tinte geschriebenen waren, vom Alchemisten selbst stammten. Also wusste selbst er, dass Petrichor ein Traumwandler war. Und das Gift der Belladonna ermöglicht es Petrichor, zu jedem beliebigen Zeitpunkt nach Arkana zu reisen.

*Also darum hat er sich das Zeug gespritzt. Aber warum so viel auf einmal?*

»Wie ist das alles nur möglich?« Asra klappte das als Buch getarnte Kästchen zu und drückte es zusammen mit dem

Notizbuch fest an sich. Dann sah sie sich ein letztes Mal im Raum um und schickte Stan eine Nachricht:

*Du musst mir jetzt vertrauen!*
*Komm zum alten Gewächshaus.*
*Bring bitte folgende Dinge mit:*
*Decken, Essen, Wasser. Taschenlampe oder Kerzen.*
*Den Rest erzähle ich dir später.*
*Versuch erst gar nicht, mich anzurufen.*
*Ich werde nicht rangehen.*

Dann verließ sie die Wohnung und rannte zurück zu ihrem Auto. Es war ihr ein Rätsel, wie sie es schaffte, heil am Gewächshaus anzukommen. Das letzte Mal war sie hier gewesen, als sie mit Adrian die Fotos für die Uni gemacht hatte.

Asra fuhr den dunklen Schotterweg entlang und sah aus der Ferne die Scheinwerfer eines anderen Autos durch die Schwärze der Nacht leuchten. Sie fuhr schneller und ignorierte das heftige Rattern ihres Frosches.

»Stan du Irrer, wie schnell bist du gefahren?«, rief sie, als sie aus dem Auto stieg. Er lief auf sie zu und schloss sie stürmisch in die Arme.

»Was ist passiert, Asra? Ich bin ganz verrückt vor Sorge! Adrian hat bei mir angerufen und erzählt, dass du einfach abgehauen bist. Der arme Kerl ist völlig am Ende ...«, erzählte Stan und seine Stimme bebte. Sie hörte sogar eine Spur Zorn heraus.

Asra war unglaublich froh über seine Nähe und dass sie endlich mit jemanden reden konnte, der Bescheid wusste. In seinen Armen wurde sie sofort ruhiger und ihre Angst wurde leichter. »Ich weiß«, murmelte sie, »das war richtig scheiße von mir, aber ich habe einen verdammt guten Grund.«

Widerwillig löste sie sich von ihm und marschierte zum

Gewächshaus hinüber. Schwungvoll öffnete sie die Tür und ging hinein.

Stan folgte ihr und sah sie fassungslos an. »Würdest du mir jetzt bitte endlich erklären, was hier los ist?«

»Hast du die Sachen dabei?«

Er schnaufte. »Ja, aber …«

Asra unterbrach ihn sofort. »Hol sie. Dann erzähle ich dir alles.«

Einige Minuten später hatten sie sich ein gemütliches Lager in einer intakten Ecke des alten Gewächshauses gemacht. Stan hatte sie erst einmal nicht mehr mit Fragen gelöchert, sondern half ihr leise fluchend, die Decken auf dem Boden auszubreiten und ein paar Kerzen aufzustellen. Das Flackern der Flamme warf tanzende Schatten auf das trübe Glas. Der Himmel war verhangen und nur ab und an blitzten die Sterne und die goldene Halbmondsichel zwischen den Wolken hindurch.

Asra ließ sich auf eine der Decken sinken und breitete Petrichors Sachen vor sich aus. Stan setzte sich ihr gegenüber und starrte sie erwartungsvoll an. Sie überlegte, wo sie am besten mit ihrer verwirrenden Geschichte anfangen sollte.

»Also?«, begann Stan.

»Also«, wiederholte Asra und zog ihr Skizzenbuch aus der Tasche. »Ich bin völlig durch den Wind und hoffe, ich kann dir die Situation anständig erklären. Stan, ich bin wirklich kurz vorm Durchdrehen. Du wirst es nicht glauben …« Sie sprach viel zu schnell und ihre Sätze klangen abgehakt und hektisch. Dann blätterte sie in ihrem Buch herum und schlug die Seite mit dem gezeichneten Portrait auf. Sie drückte es ihm in die Hand. »Das ist Petrichor.«

»Und warum bist du jetzt so hysterisch? Was hat dieses Portrait mit dem heutigen Abend zu tun?«, fragte er und verstand nicht, was sie ihm damit zu sagen versuchte. Er sah sich die Zeichnung genau an und blickte dann wieder zu ihr auf.

Als Nächstes zog Asra das Foto heraus, das sie in Petrichors

Notizbuch gefunden hatte. Dann sah sie es sich noch einmal an, um sicher zu gehen, dass es immer noch dasselbe Foto war und es noch immer ihn zeigte. Dass sie nicht verrückt war. Ihre Finger zitterten, als sie es ihm gab. Dann sprudelten die Worte nur so aus ihr heraus.

»Er existiert, Stan. Er lebt hier in dieser Stadt. Adrian hat das Bild vorhin im Devil's Trap erkannt und mir erzählt, dass er im Krankenhaus liegt. Ich war eben dort und konnte mit Mamas Hilfe zu ihm. Er liegt im Koma, weil er angeblich eine Überdosis genommen hat. Adrians Freund Fabian hat ihn gefunden. Er wacht aus irgendeinem Grund nicht auf, obwohl laut Angaben des Arztes das Gift in seinem Blut kaum nachweisbar ist. Ich glaube, dass der Alchemist etwas damit zu tun hat. Dass er Petrichors Traumgegenstand gestohlen hat und er deswegen in Arkana festhängt. Er ist ein Traumwandler wie ich! Ich bin in seine Wohnung eingebrochen und habe diese Dinge hier gefunden. Sein Traumtagebuch und das hier …« Sie öffnete das Kästchen und zeigte ihm die Spritzen mit dem blauen Gift der Belladonna.

Stan starrte sie einfach nur fassungslos an. Er war bleich wie eine Wand und hielt das Foto und die Zeichnung nebeneinander. »Aber das …«, murmelte er und schüttelte wirr den Kopf.

»Es ist wahr«, flüsterte Asra. »Verstehst du jetzt, warum ich so gehandelt habe? Ich habe gerade erst Petrichors Geheimnis herausgefunden und weiß nicht, wie ich damit umgehen soll. Ich habe ihn reglos in einem Krankenhausbett liegen sehen! Einem Menschen, von dem ich dachte, dass er nur in Arkana – einer Traumwelt – existiert!« Ihre Stimme wurde lauter und verzweifelter. »Und hiermit konnte er nach Arkana reisen, wann immer er wollte.«

Stan raufte sich die Haare und schien nicht zu wissen, wie er reagieren sollte. »Asra, das ist das absolut Verrückteste und Seltsamste, das ich jemals in meinem ganzen Leben gehört habe.«

»Was denkst du, wie ich mich fühle?«, begann sie schluchzend,

»alles, woran ich geglaubt habe, ist in nur wenigen Minuten zerbrochen! Petrichor hat mich die ganze Zeit über belogen …«

»Und was hast du jetzt vor?«, fragte er und bedachte sie mit einem Blick, der mehr sagte als tausend Worte.

Selbstsicher sah sie ihm in die Augen. »Ich werde ihn retten.«

»Nein …«

»Es geht nicht anders. Ich muss es tun«, widersprach sie mit fester Stimme.

»Du musst gar nichts! Es ist viel zu gefährlich«, entgegnete Stan aufgebracht. »Du kannst genauso gut warten, bis du auf natürliche Weise wieder nach Arkana gehst.« Er sah sie flehend an und nahm ihre Hand. »Du weißt doch gar nicht, was das für ein Zeug ist! Es könnte giftig sein und dich umbringen!«

Doch Asras Entschluss stand fest. Nichts und niemand würde sie von ihrem Vorhaben abbringen können.

»Ich kann nicht warten, Stan. Ich bitte dich hiermit von ganzem Herzen um deine Hilfe. Nur dieses eine Mal. Du bist mein bester Freund und ich liebe dich wie meinen Bruder. Du bist der einzige Mensch, dem ich vollkommen vertraue. Und jetzt bitte ich dich darum, mir zu vertrauen.« Sie drückte seine Hand und lächelte. »Mir wird nichts passieren, versprochen. Das Serum ist harmlos.«

Stan gab auf. Sie sah es in seinen tiefblauen Augen.

»Warum willst du ihn retten, nach all dem, was er dir angetan hat?«

Asra beugte sich zu ihm hinüber und flüsterte ihm die Antwort ins Ohr.

Stan nickte und sah aus, als wären gerade die vielen Rätsel, die in seinem Kopf herumspukten, gelüftet worden. »Ich helfe dir.«

Erleichtert atmete sie auf. »Danke, das werde ich dir nie vergessen.« Sie wollte keine Zeit mehr verschwenden und nahm eine der Spritzen aus dem Kästchen.

»Wie lange wird es anhalten?«, fragte Stan.

»Ungefähr vierundzwanzig Stunden. Sobald ich in Arkana bin, werde ich dir ein Zeichen senden. Schau einfach an meinen Hals.« Asra zeigte ihm die unversehrte Haut an ihrer Kehle.

Er nickte besorgt.

Sie war sich sicher, dass er noch immer zweifelte. Der Schnitt würde der endgültige Beweis sein. Dann setzte sie, ohne zu zögern, die Spritze an ihre Armbeuge und stach zu. *Ich habe doch etwas von dir gelernt, Mama.* Sie beobachtete fasziniert, wie das blaue Serum unter ihrer Haut schimmerte und sich in ihren Venen ausbreitete. Aus irgendeinem ihr unerklärlichen Grund empfand sie keine Angst. Sie legte die leere Spritze beiseite und machte es sich auf der Decke einigermaßen bequem.

Stan war aufgestanden und hatte sich neben sie gesetzt. Er bettete ihren Kopf auf seinem Schoß und strich ihr liebevoll über das Haar. »Du bist verrückt.«

»Ich weiß«, antwortete Asra, während sie in den dunklen Himmel über ihr blickte. Der Mond war gerade hinter den Wolken hervorgekommen. Sie beobachtete die goldschimmernde Sichel so lange, bis die Wirkung des Serums einsetzte. Die Müdigkeit überkam sie und ließ ihren Körper bleischwer werden. Als würde eine Last auf ihr liegen – einem dunklen Schatten gleich, der sie gewaltsam in die Dunkelheit schickte. Sie unter Wasser tauchte und nicht mehr an die rettende Oberfläche ließ.

Und Asra ertrank …

… bevor sie nach Luft ringend die Augen aufschlug.

Sie stand vor dem Gewächshaus und blickte durch die dreckigen Glasscheiben. Ein ungutes Gefühl breitete sich in ihr aus, als sie Stan an der Wand gelehnt, sitzen sah. Auf ihren Armen breitete sich eine Gänsehaut aus, als sie sich selbst erkannte, wie sie dort bei ihm auf dem Boden lag. Es fühlte sich an wie in den Filmen, in denen Geister neben ihren toten Körpern standen, nachdem sie gerade gestorben waren.

*Bin ich tot?*, fragte sie sich und schlagartig breitete sich die Angst in ihr aus. Sie griff sofort nach dem Würfel und fühlte die 0 unter ihren Fingern. Trotzdem blieb die Panik und sie drehte sich schaudernd um. Sie konnte diesen Anblick nicht länger ertragen.

Doch der nächste Schock ließ nicht lange auf sich warten.

Asras Hand umklammerte weiterhin ihren Traumgegenstand, als sie stumm auf die drei Türen blickte, die direkt vor ihr schwebten. Und wieder waren dieselben drei Namen darauf eingraviert. Es war exakt die gleiche Szenerie wie in ihrem letzten Traum. Arkana wollte es ihr nicht leicht machen. Es wollte sie quälen, auf die grausamste Weise.

»Wieso?«, flüsterte sie voller Schmerz und trat einen Schritt zurück. *Könnte ich dieses Mal überhaupt umkehren? Das Serum lässt mich schlafen. Ich kann nicht so leicht wieder aufwachen. Es war meine Entscheidung, ich muss es tun. Ich kann nicht mehr zurück. Es ist zu spät, wieder einmal …*

Und sie las erneut den Satz, der blass leuchtend auf der mittleren Tür erschien.

*»Wen liebst du aus tiefstem Herzen?«*

Asra überwand die Angst in ihrer Seele und riss die Wand, die sie so lange mühsam aufgebaut hatte, nieder.

Dann nahm sie ihren Würfel ab und öffnete mit Tränen in den Augen die einzig wahre Tür.

# Kapitel 6

## *Die Schatten erheben sich*

*Wie konntest du es so lange vor uns verheimlichen? Vor mir verheimlichen? Ich hatte nicht die geringste Ahnung, nicht einmal den Hauch eines Verdachtes. Meine Welt bricht zusammen und ich bekomme kaum Luft bei dem Gedanken, dass wir uns ähnlicher sind, als ich jemals für möglich gehalten hätte. Ich fühle mich wie ein Stück Glas, das jedes Mal wieder von dir auf dem Boden zerschmettert wird. Du zerbrichst mich weiter und trampelst auf den Scherben herum, bis es nicht einmal mehr Fragmente sind, die von mir übrig sind, sondern nur noch Asche und Staub.*

*Wie um Himmels willen hast du es versteckt? Dein Geheimnis? Wie konntest du es verbergen, während ich es nicht einmal eine Sekunde vor dir verheimlichen konnte? Du wusstest vom ersten Augenblick an, wer oder was ich bin. Und ich war so blind und musste es durch einen dummen Zufall herausfinden. Ich wäre niemals selbst auf die Idee gekommen. Du warst für mich zu unnahbar, zu faszinierend, um einfach nur ein Mensch aus meiner Welt sein zu können. Ich hätte mit allem gerechnet, aber nicht damit.*

*Du bist kein Monster aus einer fremden, fantastischen Welt.*

*Du bist deinen Schatten ähnlicher, als ich dachte. Du scheust das Licht und versteckst dich in Arkana. Dieser magischen Welt, in der du so viel mehr sein kannst. In der du Macht hast und die Menschen dich fürchten.*

*Ich verstehe nun, dass meine Welt dein Licht ist und du sie fürchtest, mehr als alles andere. Doch aus welchem Grund? Warum flüchtest du? Warum darf niemand wissen, wer du bist?*

*Doch die wichtigste Frage, die sich durch meine Gedanken ätzt und mir keine Ruhe mehr lässt, ist folgende:*

*Was. Kann. So. Schrecklich. Sein. Dass. Du. Niemals. Wieder. Aufwachen. Möchtest?*

Und Asra lebte.

Sie stolperte und spürte harte Pflastersteine unter ihren schweren Stiefeln. Hier in Arkana dämmerte es und die untergehende Sonne tauchte das viele Grau um sie herum in einen harten Kontrast aus Licht und Schatten. Der Himmel war nahezu feuerrot und purpurn. Der starke Wind trug den salzigen Geruch des Meeres mit sich und sie genoss die kühle Brise auf ihrer Haut. Es verlieh ihr eine gewisse Stärke und die Trauer verstummte. Stattdessen gewann die Wut Oberhand und sie krallte ihre Nägel tief in ihre Handflächen. Ihre Augen fixierten eine bekannte Person, die ein paar Meter von ihr entfernt stand und sie überrascht ansah. Seine dunklen Haare peitschten im Wind umher und er hielt das silberne Etui in den Händen, als er mitten in der Bewegung erstarrte.

Asra rannte voller Wut auf ihn zu und verpasste ihm eine so harte Ohrfeige, dass ihr die Hand wehtat.

Petrichor starrte sie fassungslos an und sagte kein einziges Wort.

Ihre Augen funkelten. »Wir müssen reden. Jetzt.«

Die Zwillinge, die Asra in all ihrer Wut gar nicht wahrgenommen hatte, beobachteten schockiert das Geschehen. Narah starrte sie mit offenem Mund an und Jorah war ebenfalls mitten in der Bewegung erstarrt. Er schien sich zu fragen, ob

Asra nach Midas' Tod nun endgültig den Verstand verloren hatte.

Petrichor legte die Hand auf seine gerötete Wange und bedachte sie mit einem Blick, den sie nicht deuten konnte. Seine Augen blieben kurz an ihrem, beziehungsweise *seinem* Hemd hängen und sie war sich sicher, dass ihm wahrscheinlich gerade hundert verschiedene Ideen durch den Kopf gingen, wie er sie am liebsten umbringen würde.

»Nicht jetzt«, sagte er ungewöhnlich ruhig. »Wir haben wichtigere Dinge zu erledigen.«

»Wichtigere Dinge?« Asra schrie und das Blut rauschte durch ihre Adern. Dann verlor sie endgültig die Kontrolle. »Midas ist tot und alles geht den Bach runter und du hast *wichtigere* Dinge zu tun?« Ihre Stimme überschlug sich. »Wenn das so ist, besprechen wir das eben hier und jetzt und es ist mir scheißegal, ob die anderen mithören!« Sie wurde immer hysterischer und trat näher auf ihn zu.

Petrichor wich keinen Schritt zurück, sondern bedachte sie nur mit einem warnenden Blick. Er wartete ab, wie weit sie gehen würde. Dann steckte er sich herausfordernd eine Zigarette an, die Asra ihm sofort wieder aus der Hand schlug.

»Wer zur Hölle denkst du eigentlich, wer du bist, Petrichor? Wie kannst du nur so etwas Schreckliches und Selbstsüchtiges tun?« Ihre Stimme bebte und sie hatte die Hände zu Fäusten geballt.

»Asra, sei still«, erwiderte er ruhig und steckte sein Etui wieder in die Tasche seiner olivgrünen Cargo Hose.

Doch sie forderte ihn nur noch weiter heraus. Sie drehte sich zu Jorah und Narah um. »Wisst ihr von seinem dreckigen, kleinen Geheimnis?«

Die beiden sahen sich verwirrt an und schienen absolut keine Ahnung zu haben, wovon Asra gerade redete.

»Nein, natürlich wisst ihr es nicht«, fügte sie sofort hinzu und lachte wirr.

»Petrichor, was meint sie damit?«, fragte Jorah irritiert.

»Ich habe nicht die geringste Ahnung«, zischte dieser.

Asra spielte mit dem Feuer und es war ihr vollkommen bewusst. Sie genoss die Gefahr in vollen Zügen. »Ich weiß so vieles über dich, Petrichor *Heavens.*«

Einen Sekundenbruchteil später stand er dicht vor ihr und drückte ihr ein Messer an die Kehle. »Asra …«

»Wir wissen beide, dass du es nicht tun wirst«, hauchte sie und lächelte bittersüß.

»Sei endlich still …«, flüsterte er warnend und auch wenn seine Stimme noch immer ruhig war, funkelten seine Augen wild, waren voller Unglauben und Entsetzen.

Doch Asra hörte nicht auf.

»Hast du Angst, dass die anderen erfahren, was für ein verdammter Lügner du bist? Wie skrupellos kann man sein, um seine eigenen Freunde hinters Licht zu führen? Ach warte, ich hatte ganz vergessen, dass du ein widerliches Monster bist und weder ein Herz noch den leisesten Hauch von Moral und Anstand besitzt.«

Er riss hasserfüllt die Augen auf und packte sie grob am Arm. Gleichzeitig ließ er seinen Dolch sinken, aber nicht, ohne ihr vorher absichtlich einen ordentlichen Schnitt am Hals zuzufügen.

*Wie vorhersehbar,* dachte sie zufrieden und ihr Mundwinkel zuckte spöttisch. *Jetzt in diesem Moment wirst du es mir glauben, Stan.*

Sie war zu aufgebracht, um den Schmerz wahrzunehmen. Stattdessen fühlte Asra die warme Feuchtigkeit, die ihr Schlüsselbein hinabrann und vom Stoff ihres Kleides aufgesaugt wurde.

Petrichor wandte sich an die Zwillinge, ohne sie dabei anzusehen. Er fixierte weiterhin Asra und ließ sie für keine Sekunde aus den Augen.

»Ihr zwei wartet hier«, befahl er, dann zog er Asra hinter sich her in eine leerstehende Lagerhalle.

Erst als sie außer Sicht- und Hörweite waren, verlor auch er die Kontrolle. Er drückte sie an die Wand und presste sie so fest gegen die kalte Steinmauer, dass ihr die Luft wegblieb.

*Wieder einmal. Wie oft wird er mich noch verletzen, bevor er mich endgültig umbringt?* Es lag ihr auf der Zunge, zu fragen, aus welchem Grund ihm der Mut dazu fehlte, es zu Ende zu bringen.

Doch er drückte zu fest zu.

Diesmal hatte Asra keine Angst vor ihm. Sie wehrte sich mit aller Kraft. Sie schlug auf ihn ein, zerrte an seinem weißen T-Shirt, kratzte über seine Haut und schrie so lange, bis jegliche Wut und jeder Hass aus ihr gewichen waren. So lange, bis nur noch eine tiefe Verzweiflung in ihr zurückblieb. Er hielt sie die ganze Zeit über fest, verletzte sie aber nicht weiter.

»Woher weißt du es, Asra?«

»Warum hast du das getan, Petrichor?«, stellte sie die Gegenfrage und schluchzte.

Er hielt sie weiterhin fest umklammert, als befürchtete er, dass sie gleich wieder auf ihn losgehen würde.

Ihr Kopf sank an seine Brust und sie weinte so sehr, dass ihr ganzer Körper bebte. Sie fühlte sich so unwahrscheinlich elend, dass sie nicht mehr wusste, was sie noch fühlen sollte. Sie wollte ihn mit aller Macht hassen, doch es funktionierte nicht.

»Weißt du, wie schrecklich es war, dich so zu sehen? Dich dort liegen zu sehen, angeschlossen an all diese Maschinen?«, schluchzte sie und ihre Worte waren kaum zu verstehen, so sehr bebte ihre Stimme. Asra wartete gebrochen auf eine Antwort, doch es war, als würde sie gegen eine Wand reden. Sie hielt seine Stille nicht länger aus und so schrie sie ihm die letzte Frage mit aller Kraft entgegen.

»Warum wolltest du dich umbringen, du verdammter Idiot?« Asra krallte ihre Hände in sein Shirt, das von ihren Tränen fleckig war und an seiner Haut klebte.

Sein Griff wurde weicher und seine Hände lagen nun ruhig auf ihren Schultern.

»Ist das das Einzige, was dich interessiert?«, begann er

fassungslos, »du hast herausgefunden, dass ich ein Traumwandler bin und das Erste, was du mir an den Kopf wirfst, ist, dass ich versucht habe …?« Seine Stimme versagte mitten im Satz.

Asra sah zu ihm auf. »Warum möchtest du nicht mehr aufwachen?«

Er antwortete nicht und wich ihrem Blick aus.

»Vor was läufst du in der Realität davon, Petrichor? Ist es wegen deiner Familie? Wegen Eira, deiner Schwester? Oder kannst du nicht mehr aufwachen, weil der Alchemist dir etwas angetan hat …?«, drängte sie weiter und versuchte mit aller Macht, Informationen aus ihm herauszubekommen.

Nun starrte er sie mit aufgerissen Augen an, als wäre sie eine Fremde. Als könnte er nicht glauben, dass jemand fähig war, sein Geheimnis zu lüften.

»Wie viel weißt du …?«

»Genug«, hauchte sie. »Genug, um zu erahnen, was dich zu dem Monster gemacht hat, das du nun bist.« Sie legte eine Hand an seine Wange. »Ich verstehe es nur allzu gut. Es tut mir so unglaublich leid …«

»Wieso interessiert es dich überhaupt? Ich sollte dir egal sein, nach alldem was ich getan habe …« Er sah sie voller Unglauben an. Seine Miene war zu Stein erstarrt und er war unfähig, sich zu bewegen.

Asra bemerkte seine Hände, zitternd zu Fäusten geballt. Sie wartete nur darauf, dass er sie verletzen oder anschreien würde, doch nichts geschah. Und für den Bruchteil einer Sekunde blickte sie durch seine makellos aufgebaute Fassade hindurch.

*Selbst du fürchtest dich vor irgendetwas, Petrichor.*

Und dieser Augenblick war perfekt, um ihren Plan in die Tat umzusetzen. Schamlos nutzte sie seine Lethargie aus und stellte sich auf die Zehenspitzen. Dann grub sie ihre Hände tief in sein Haar und zog ihn zu sich hinab.

Und sie küsste ihn, mit all ihrer Verzweiflung.

Er erwiderte ihren Kuss nicht, doch Asra ignorierte den Schmerz in ihrem Herzen.

Sie fasste einen Entschluss und sank im nächsten Moment blitzschnell zu Boden und grub ihre Hand in den feinen Sand, der dort verteilt war. Noch ehe er reagieren konnte, sprang sie auf und schleuderte ihm den feinen Staub in die Augen.

Durch den Schock war seine Reaktion verzögert und es gelang ihm nicht rechtzeitig, sich zur Seite zu drehen.

*Volltreffer,* dachte Asra erleichtert und rannte.

Sie stürmte davon, so schnell sie konnte und wagte es nicht, sich umzusehen. Egal wie eiskalt sie zu ihm gewesen war, sie plagte kein schlechtes Gewissen. *Manche Dinge erfordern Opfer und ich werde nicht zulassen, dass du deinen Untergang mit solch detailverliebter Hingabe selbst herbeiführst.*

Die Lagerhalle hatte sie durch ein zerbrochenes Fenster verlassen. Wahllos bog sie von einer Gasse in die nächste. Sie erkannte die Umgebung wieder und war sich sicher, dass sie sich in Lynhdinas befand. Es war das stillgelegte Industriegebiet, das sich unweit des Versteckes der anderen befand. Asra rannte so lange, bis ihre Lungen brannten und sie vor Anstrengung keine Luft mehr bekam. Sie schlug erneut den Weg in eine schmale Gasse ein und drückte sich mit dem Rücken an die im Schatten liegende Wand.

Sie lauschte angestrengt, doch sie hörte nur ihren eigenen Herzschlag, der laut in ihrer Brust pochte. Niemand schien sie zu verfolgen. *Warum sollte er auch,* dachte sie und fühlte einen Hauch Enttäuschung in sich emporsteigen. Stattdessen betrachtete sie den reich verzierten Dolch, den sie in den Händen hielt. Sie hatte ihn von seinem Gürtel gestohlen, als sie ihn geküsst hatte. *Nein, nicht gestohlen. Es ist meiner. Er hat ihn mir geschenkt.*

Sie wartete noch einen Moment, bis sich ihre Atmung beruhigt hatte. Dann tat sie das Einzige, was für sie in Frage kam. Es war die absolut grausamste und unbarmherzigste

Lösung, die ihr einfiel. Auch wenn sie vermutete, dass die Chancen ziemlich gering standen, so musste sie es doch versuchen. Denn es war wohl der einzige Weg, der sie zum Alchemisten führen konnte.

Asra umklammerte ihren Würfel und aktivierte ihre Kraft. Dabei dachte sie mit aller Macht an den Alchemisten und die Stormhunter. *Ich muss ihn finden. Ich muss.*

»Warum zur Hölle tue ich das nur? Du hast es nicht einmal ansatzweise verdient, gerettet zu werden, *Petrichor Heavens* …«, flüsterte sie und fühlte bereits das Ziehen in ihrer Brust aufflammen.

*Was ist, wenn der Alchemist gar nicht hier in der Nähe ist? Was, wenn er tausende Meilen weit entfernt in seinem Versteck sitzt? Oder hoch oben über den Wolken mit der Stormhunter durch die Lüfte segelt?*

»Dann werde ich sterben«, hauchte sie und wurde sich erst jetzt schmerzlich bewusst, dass sie gerade ihr Leben für ihn aufs Spiel setzte. Für diesen Jungen, dem sie absolut gar nichts bedeutete. Und dennoch würde sie nicht umkehren.

Der Zauberfaden erschien wie von Geisterhand und Asra verdrängte die Angst vor dem Tod ein für alle Mal.

*Niemand kann mir jetzt noch helfen.*

Und Asra rannte erneut.

Sie war nun seit gut zwei Stunden unterwegs. Der Zauberfaden schimmerte deutlich vor ihr in der Dunkelheit, um ihr den Weg zu weisen. Auch wenn sie nicht wusste, wie weit ihr Ziel entfernt war und ob sie jemals dort ankommen würde.

Die Nacht war hereingebrochen wie die düsteren Klauen eines unheilvollen Dämons, den niemand besiegen konnte. Sie hatte die Hauptstraßen von Lynhdinas hinter sich gelassen. Aus irgendeinem Grund schien der Faden sie durch ein weniger bewohntes Gebiet zu führen. Sobald ihr Menschen begegneten, änderte er seine Richtung.

Asra war sich bewusst, dass sie ungefähr vierundzwanzig Stunden hier gefangen sein würde. Meistens verbrachte sie fünf bis acht Stunden in Arkana und nicht länger. Es war eine völlig neue Erfahrung für sie und sie hoffte, dass es ihr gelang, den Alchemisten ausfindig zu machen. *Ich bin wirklich auf ein riesiges Wunder angewiesen, so viel steht fest.*

Erschöpft seufzte sie.

Die Luft wurde kühler und der Wind frischte auf. Die Wolken zogen immer schneller über dem Himmel hinweg und Asra konnte den nahenden Regen in der Luft riechen. In der Ferne hörte sie ein leises Donnern – die ersten Vorboten des aufziehenden Unwetters. Sie war in ihre Gedanken vertieft und folgte weiterhin dem blauen Faden. Sie kontrollierte in gewissen Abständen, ob sie jemand verfolgte. Doch weder Petrichor noch die Zwillinge schienen sich die Mühe zu machen, nach ihr zu suchen. *Ist es mir tatsächlich gelungen, einen ausreichenden Vorsprung zu erreichen? Durchaus möglich, die Stadt ist schließlich groß genug. Es wird nicht leicht sein, mich zu finden.*

Ihre Gedanken schweiften schon wieder zu Petrichor ab und sie war wütend, dass sie nicht einmal die kleinste Antwort aus ihm herausbekommen hatte. *Er schmollt wahrscheinlich gerade voller Hass vor sich hin und hofft, dass ich mich verlaufe und von irgendwelchen Piraten gefunden und umgebracht werde.*

Aufgebracht beschleunigte sie ihre Schritte. *Nein, quatsch. Das würde er nicht zulassen. Diesen Spaß würde er keinem außer sich selbst gönnen. Nur aus diesem Grund würde er nach mir suchen – um sich an mir zu rächen.*

Asra marschierte tapfer weiter und hatte nach einer weiteren Stunde die Stadt hinter sich gelassen. Sie lief durch ein karges Waldgebiet, das überwiegend von knorrigen Bäumen und einem sanddornähnlichen Gewächs überwuchert wurde. Im Dunkeln hatte sie sich mittlerweile oft genug an den Dornen gestochen. Der Boden war sandig und das Rauschen in der

Dunkelheit verriet ihr, dass sie wieder näher ans Meer gelangt war. Doch der Zauberfaden führte sie nicht zum Strand, sondern lotste sie weiterhin durch die Wildnis.

*Wie weit ich mich wohl schon von Lynhdinas entfernt habe?*, überlegte sie und spürte langsam, aber sicher eine tiefe Erschöpfung in ihren Knochen. Doch sie war weit davon entfernt, aufzugeben. Eine ungeahnte Kraft trieb sie voran.

Eine weitere Stunde verging und ihr Zeitgefühl wurde immer ungenauer. Sie vermutete, dass es schon tiefste Nacht war. Der kräftige Wind hielt weiterhin an, doch es regnete noch immer nicht. Asra war froh darüber und hatte sich die umherfliegenden Haare im Nacken zusammengebunden. Petrichors Hemd hatte sie bis oben hin zugeknöpft und der weiche Stoff hielt sie zumindest warm. Langsam machte sie sich Sorgen, dass ihre Befürchtung wahr wurde und der Faden nie ein Ende finden würde. Doch sie spürte allmählich ein leichtes Zupfen in ihrer Brust, als würde der Faden sanft vibrieren.

*Nähere ich mich vielleicht dem Ziel?*

Ein Funke Hoffnung keimte in ihr auf. Asra rannte nun so schnell sie konnte. Es kümmerte sie nicht, dass die Dornen an ihrer Kleidung und ihrer Haut entlangritzten. Sie stolperte und stand mit einem Mal unter freiem Himmel, was ihr beinahe zum Verhängnis wurde. Denn das Heulen des Windes und das Peitschen der Wellen hatten die Stimmen übertönt.

Als sie die Personen erkannte, die vor ihr am Strand lautstark miteinander redeten, erschauderte sie. Das Ziehen in ihrer Brust wurde stärker und verwandelte sich langsam, aber sicher in einen stechenden Schmerz, der an ihrer Seele riss. Sie taumelte einen Schritt zurück und suchte blitzschnell Schutz hinter einem der Sträucher. Es war ihr Glück, dass die Nacht stockfinster war und nicht einmal ein einziger Stern am Firmament prangte. Sonst hätten die Piraten sie mit ziemlicher Sicherheit längst entdeckt.

Sie kontrollierte, ob ihr Würfel sicher unter dem Hemd

verborgen war und spürte ihn warm auf ihrer Brust ruhen. Der Schnitt, den Petrichor ihr zugefügt hatte, blutete nicht mehr. Doch er hatte den Kragen des Hemdes getränkt, sodass der Stoff unangenehm nass an ihrer Haut klebte. Als sie die Wunde berührte, brannte der Schnitt unter ihren Fingern und sie kniff wütend die Augen zusammen.

Asra spähte hinter den Zweigen hervor und versuchte zu erkennen, was sich vor ihr abspielte. Sie konnte die Stormhunter nicht sehen, dennoch spürte sie das bekannte elektrische Surren in der Luft. Der Zauberfaden zeigte in Richtung Meer. Es verursachte immer noch ein ungutes Gefühl in ihr, dass nur sie diesen leuchtenden Streifen sehen konnte. Die Angst, dass die Magie sie verraten würde, blieb.

Die Piraten schienen mit irgendetwas beschäftigt zu sein. Sie trugen schwere Kisten und Fässer, die sie am Ufer abluden. Asra nahm in der Ferne Lichter wahr und sie vermutete, dass es sich um eine kleine Hafenstadt handelte.

*Haben die Piraten gerade das Dorf ausgeraubt? Midas hat mir davon erzählt. Der Alchemist schickt seine Crew auf Raubzüge, um Wertgegenstände, aber auch Lebensmittel und Wasser zu beschaffen. Die Piraten schreckten auch nicht vor Mord zurück, wenn sich die Leute wehrten und die Sachen nicht freiwillig aushändigten.*

Kurz kam ihr die vage Erinnerung an einen ihrer Alpträume in den Sinn, in der sich genau so eine Szene abgespielt hatte. *Diese grausamen Bastarde … warum unternimmt niemand etwas gegen diese Raubzüge?*

Asra ballte die Hände zu Fäusten.

Sie konnte die Piraten in der Dunkelheit nicht allzu gut erkennen. Die Männer hatten lediglich ein paar Fackeln entzündet, die ihnen den Weg zum dunklen Strand wiesen. Die meisten von ihnen waren groß, muskulös und sahen ziemlich furchteinflößend aus. Sie alle trugen ähnliche Kleidung: Dunkle Leinenhosen und weite, helle Hemden. Ihre Füße steckten in Lederstiefeln und sie waren schwer bewaffnet. Entweder mit Säbeln, Dolchen oder Pistolen. Manche trugen kurzgeschorene Haare, andere hatten sich wiederum nur die Seiten kahlgeschoren oder trugen Dreadlocks.

Asra fragte sich, was die Piraten wohl denken würden, wenn sie wüssten, dass sie äußerlich dem gängigen Klischee ihrer Welt entsprachen.

Es mussten um die fünfzig Männer sein und sie luden eine Kiste nach der anderen ab. Nur, um sich gleich wieder auf den Weg zurück ins Dorf zu machen. Asra hörte ihr schauriges Lachen, als würden sie sich gegenseitig Witze erzählen, oder sich einen Spaß aus der Angst der Bewohner machen. Von Weitem hörte sie ab und an Schreie, die der Wind vom Dorf in ihre Richtung trug.

Asra schlich sich hinter dem schützenden Dickicht weiter in Richtung Meer und näher an den Berg von Kisten heran. Der Schmerz in ihrer Brust nahm zu und sie hatte Schwierigkeiten, ruhig zu bleiben. Verbissen starrte sie zu den größeren Holzkisten hinüber und wusste, dass es ihre einzige Chance sein würde, ungesehen an Bord zu kommen.

*Nur, wie soll ich dort hinüberkommen, ohne dass mich die Piraten entdecken?* Inständig hoffte sie, dass das Tosen der Wellen und der heulende Wind laut genug sein würden, um jedes Geräusch, das sie verursachte, zu übertönen.

Sie wartete, bis der nächste Pirat seine Kiste ablud und kehrt machte. Und wieder schien das Glück auf Asras Seite zu sein.

Der Pirat klopfte einem anderen auf die Schulter und betrachtete gierig das kleine Fass, das dieser in den Händen hielt. »Ist das Wein? Den sollten wir uns selbst unter den Nagel reißen! Haben wir uns verdient, nach der ganzen Rackerei. Der Käpt⊠n hat sowieso schon genug …«

Der andere schien nicht lange überlegen zu müssen. »Bist gar nicht so dumm, wie du aussiehst …«

Asra nutzte es sofort aus, dass die Piraten abgelenkt waren, und schlich sich geduckt zu den Kisten hinüber. Als sie unter den freien Himmel trat, spürte sie die ersten Regentropfen auf ihrer Haut. Es war anstrengend, im tiefen Sand zu laufen, und der Schmerz in ihrer Brust machte es nicht einfacher.

Die Piraten standen weit genug von ihr entfernt und hatten ihr noch dazu den Rücken zugekehrt. Sie unterhielten sich weiterhin über den Wein und schienen zu überlegen, wie sie ihn an Bord schmuggeln konnten.

Asra verschwendete keine Zeit und sah sich gehetzt nach einer Kiste um, die groß genug war, um sich darin zu verstecken. Sie kniete im Sand und hoffte, dass sie hinter dem Berg von gestohlenen Gegenständen keiner so schnell entdecken würde.

Sie war gerade dabei, eine geeignete Kiste zu öffnen, als über ihr der Himmel gleißend zu leuchten begann. Als sie voller Furcht den Kopf in den Nacken legte, sah sie die Stormhunter, die majestätisch über dem Meer schwebte und zur Landung ansetzte. Das elektrische Knistern lag unheilvoll in der Luft und Asra meinte sogar, die Magie kitzelnd auf ihrer Haut zu spüren. Das Schiff war so gigantisch, dass sie den Blick nicht abwenden konnte.

Die Stormhunter durchbrach die dunkle Wolkendecke wie ein Geisterschiff die tosende See. Die blauen Blitze umgaben die riesigen zeppelinförmigen Ballons wie züngelnde Flammen. Die schwarzen Segel blähten sich im stürmischen Wind und die Flagge des Alchemisten wehte am höchsten Mast – jedem das kommende Unheil verkündend.

*Ich muss mich beeilen!*, dachte Asra zitternd und warf einen der Stoffballen, der sich in der Kiste befand, kurzerhand in den Sand und stieg dann selbst hinein. Sie breitete einen der anderen Stoffe über sich aus und nahm all ihren Mut zusammen. *Ich glaube, das war die dümmste Idee, die ich jemals hatte. Doch jetzt ist es zu spät. Was würde Petrichor empfinden, wenn ich sterbe?*

Sie war froh, dass sie die Antwort auf diese Frage nicht kannte.

Es dauerte eine Weile, bis sie es schaffte, die Kiste von innen zu verschließen. Genau im richtigen Augenblick, denn sie hörte die aufgeregten Rufe der Piraten.

»Die Stormhunter landet! Ruft die Crew zusammen, dann verschwinden wir von hier, bevor die Soldaten auftauchen!«

Asra erkannte Igors Stimme und schloss die Augen. Die Dunkelheit und die Enge in der Kiste beunruhigten sie. Sie lag seitlich zusammengekrümmt und hatte die Knie fest an ihren Körper gezogen. Um sie herum war nichts als Holz und der staubige Geruch von altem Stoff. Die Angst malte die verschiedensten Szenerien in ihren Gedanken aus und die Panik war nicht mehr ganz so leicht zu unterdrücken. Sie atmete tief ein und aus und krallte ihre Finger um den Griff des Dolches, um das Stechen in ihrer Brust zu bekämpfen.

*Was, wenn sie die Kiste öffnen und mich entdecken? Was werden sie mit mir anstellen? Was, wenn sie die Kisten in einem Raum einsperren und ich nicht herauskomme? Was, wenn sie eine andere Kiste auf diese hier stellen? Ich werde lebendig begraben und irgendwann qualvoll durchdrehen, weil ich stundenlang, wenn nicht sogar tagelang, unfähig sein werde, mich zu bewegen. Wahrscheinlich wird es nicht einmal einen Tag dauern, bis ich mir selbst die Pulsadern aufschneide, um diesem Alptraum zu entfliehen. Wenigstens habe ich den Dolch.*

Ein unsanftes Ruckeln unterbrach ihre düsteren Gedanken. Gerade noch konnte sie einen überraschten Aufschrei verhindern, indem sie sich fest die Hand auf den Mund drückte. Sie lauschte wie zu Stein erstarrt den Worten des Piraten.

Die Stormhunter war vermutlich gelandet, denn die Crew schaffte die Beute an Bord. Einer der Piraten hatte gerade versucht, die Kiste hochzuheben, in der Asra kauerte.

»In allen drei Teufels Namen …«, begann der Mann lautstark zu fluchen, »sind in der Kiste Goldbarren, oder was? Matt, hilf mir gefälligst, das Teil hier an Bord zu bringen!«

Matt lachte schaurig auf. »Scott, willst du mir ernsthaft erzählen, dass du die nicht allein tragen kannst?«

»Halt gefälligst deine vorlaute Klappe, sonst stopfe ich sie dir mit Sand!«, drohte Scott mit kratziger Stimme.

»Ist ja schon gut, reg dich ab! War doch nur Spaß«, besänftigte Matt den anderen Piraten und nahm sich selbst die Kiste vor.

Asra verhielt sich mucksmäuschenstill, als Matt die Kiste anhob und unsanft wieder auf den Sand fallen ließ.

»Das gibt's doch nicht!«, begann dieser überrascht, »vielleicht ist wirklich Gold drin?«

»Sag ich doch!«, rief Scott genervt und trat wieder näher heran.

»Wir sollten mal reinsehen, nur um sicherzugehen«, meinte Matt und wartete ab, was sein Kamerad dazu sagen würde.

Doch plötzlich unterbrach eine weitere Stimme das Gespräch der beiden.

»Was trödelt ihr hier so herum? Der Alchemist bezahlt euch nicht fürs Plaudern, ihr elenden Ratten! Macht euch gefälligst an die Arbeit, sonst lasse ich euch in hundert Fuß Höhe über Bord werfen!«

Matt und Scott wurden mit einem Male ziemlich kleinlaut. »Aye, Igor«, murmelten sie gleichzeitig.

Asra konnte den Riesen förmlich vor sich sehen, wie er die Piraten drohend ansah – das vernarbte Auge gruselig in die Leere starrend.

Es dauerte keine Sekunde, da wurde die Kiste von beiden Seiten in die Höhe gestemmt und wackelig fortgetragen.

Asra atmete erleichtert auf und umklammerte wieder ihren Dolch, als würde er ihr Trost spenden. *Wenn auch nur einer von ihnen die Kiste öffnet, werde ich zumindest diesen mit in den Tod nehmen,* dachte sie und zweifelte selbst an ihrem eigenen, vorgegaukelten Mut.

Der Schmerz in ihrer Brust nahm weiter zu und ihr war klar, dass sie sich ihrem Ziel näherte. Sie wusste nur nicht, wann der Faden abreißen würde. Wenn sie auf der Stormhunter angekommen war? Wenn sie den Kompass gefunden hatte?

Oder tatsächlich nur, wenn sie vor dem Alchemisten stand? Auf welche der drei Dinge hatte sie sich am stärksten konzentriert? Asra konnte sich beim besten Willen nicht mehr daran erinnern. Also biss sie die Zähne fest zusammen und betete, dass sie es lange genug ertragen konnte. *Und das tue ich alles nur für dich, du verdammter Idiot. Du würdest nicht einmal im Traum daran denken, dasselbe für mich zu tun.*

Die Gewissheit schmerzte mehr als der schneidende Zauberfaden.

Die Piraten fluchten, als sie außer Igors Reichweite waren und lästerten über ihren strengen Vorgesetzten.

Asra wusste, dass Igor nach dem Alchemisten die höchste Stellung an Bord hatte. Nach etlichen wackligen Minuten wurde sie allen Übels auch noch eine Treppe hinuntergetragen.

Es dauerte nicht lange, bis Scott die Kiste fluchend aus der Hand rutschte und Asra das letzte Stück nach unten donnerte. Sie unterdrückte einen Schmerzensschrei und konnte den Bluterguss an einer sehr unangenehmen Stelle schon beinahe pochen spüren. Der Deckel der Kiste blieb zu ihrer Erleichterung verschlossen und nicht einmal das starke Gepolter hatte ihn verrutschen lassen.

»Du Idiot!«, zischte Matt, eilte die Stufen hinunter und griff wieder nach der Kiste. »Komm schon! Wenn Igor das sieht und denkt, wir machen die Ware kaputt, wirft er uns wirklich über Bord!«

Scott eilte sofort herbei und die beiden schleppten die Kiste weiter den Gang entlang. Kurze Zeit später wurde Asra unsanft abgesetzt. Die Piraten grunzten erschöpft und ihre Schritte entfernten sich, ehe es vollkommen still wurde. Auch wenn Asras Erleichterung nicht lange anhalten sollte. Denn damit war das Ausharren keineswegs beendet. Sie hörte, wie sich bereits die nächsten Schritte näherten und weitere Piraten ihre Beute ablegten.

*Wie lange es wohl dauern wird? Der Stapel draußen am*

*Strand war schon beachtlich.* Sie öffnete die Augen und nur der Zauberfaden, der vor ihr durch die Wand der Kiste verschwand, spendete ein sanftes Licht. Trotzdem machte ihr die Dunkelheit schon jetzt zu schaffen. Hier auf diesem engen Raum waren die Schatten drückend und auch wenn sie nie an Platzangst gelitten hatte, war diese Situation eine reine Zumutung. Gequält versuchte sie, ihre Gedanken in eine andere Richtung zu lenken.

*Ob sich Stan schon Sorgen um mich macht? Wie viele Stunden ich wohl schon weg bin? Der arme Kerl muss vierundzwanzig Stunden bei mir sitzen, um mich zu beschützen. Was er wohl zu Mama gesagt hat? Er hat sich sicher etwas Schlaues einfallen lassen. Wahrscheinlich hat er gesagt, er wäre mit mir über das Wochenende Zelten gefahren, um mich abzulenken, weil ich so aufgewühlt war. Das würde Lucy verstehen und sie vertraut ihm. Ja, Stan weiß immer, was zu tun ist. Ob Petrichor schon auf der Suche nach mir ist? Ich habe ihn noch nie so absolut starr gesehen, wie heute. Meine Worte haben ihn ganz schön aus der Bahn geworfen. Ich kann es immer noch nicht glauben. Es ist alles so surreal.*

Ihre Hand wanderte zu dem Würfel und die feine, ovale Linie der 0 lag noch immer klar und deutlich unter ihren kalten Fingern. Die Zeit verging quälend langsam, doch die Abstände, in denen die Piraten den Raum betraten, wurden größer. Asra befand sich währenddessen in einem Dämmerzustand, in dem sie alle möglichen Wege ihres Plans durchging. Es half ihr immerhin, sich abzulenken und die Angst und den Schmerz einigermaßen zu unterdrücken.

Nach einiger Zeit horchte sie auf und lauschte. In Gedanken zählte sie die Sekunden mit, um die Zeit ungefähr bestimmen zu können. Seit mindestens fünfzehn Minuten war niemand mehr hier gewesen. *Sind sie fertig mit dem Beladen?*

Asra beschloss, noch etwas abzuwarten, bevor sie versuchen würde, den Deckel der Kiste zu öffnen. Die Stille hier unten wurde durch die Wände der Holzkiste noch mehr gedämpft und sie fühlte sich so einsam, wie noch nie.

Plötzlich vermisste sie Midas so sehr, dass ihr Tränen in die Augen stiegen. *Er hätte sich, ohne nachzudenken, sofort mit mir in dieses Abenteuer gestürzt. Er wäre sicher wütend auf mich, wenn er wüsste, dass ich mich wegen Petrichor in solche Gefahr bringe. Ich muss dieses Schiff lebendig verlassen, koste es, was es wolle. Für Midas.*

Noch immer hörte Asra kein Geräusch, allerdings *fühlte* sie etwas. Eine Vibration, die vom Boden ausging.

*Hebt die Stormhunter ab? Ich habe mir noch gar keine Gedanken darüber gemacht, wie ich vom Schiff wieder herunterkommen soll. Mein Plan war definitiv unausgereifter, als ich dachte. Wunderbar.*

Sie seufzte und drückte vorsichtig mit den Händen gegen den Deckel. Es tat sich nichts, weshalb sie den Druck verstärkte, so gut es in dieser eingepferchten Position eben möglich war. Die Panik kroch erneut in ihr hoch und sie wollte nichts sehnlicher, als dieses Gefängnis endlich zu verlassen. Kurzerhand griff sie nach dem Dolch und steckte ihn zwischen die schmale Spalte. Dann benutzte sie die Klinge als Hebel, um den Deckel aufzustemmen. *Bitte brich jetzt bloß nicht ab …*

Ihr Atem ging schwer und ihre Hände waren feucht. Sie benötigte mehrere Anläufe, da sie immer wieder abrutschte. Doch mit einem Mal gelang es ihr. Das Holz über ihr rutschte zur Seite und ein dämmriger Lichtschein fiel durch die Öffnung. Erleichtert griff sie mit den Händen hindurch und befreite sich endgültig aus diesem klaustrophobischen Käfig.

Asra saß da und atmete keuchend die muffige Luft ein, die sie umgab. Sie stieg sofort aus der Kiste und schwor sich, nie wieder einen solchen Weg zu wählen. Lieber würde sie schnurstracks durch die Vordertür der Stormhunter marschieren, als sich noch einmal für so lange Zeit einsperren zu lassen.

Sie sah sich um und prüfte, wohin der Zauberfaden zeigte. Der Raum war riesig und allerlei Vorräte, Kisten mit Schmuck, Wein- und Rumfässer und anderes Gerümpel wurde hier gelagert. Durch ein spärliches Fenster fiel das bläuliche Licht der Magie herein, mit der das Schiff betrieben wurde.

Der Faden führte sie zu einer Tür, die sich ohne Probleme öffnen ließ. Vorsichtig spähte Asra durch einen kleinen Spalt und als sie niemanden entdeckte, trat sie mutig hindurch.

Sie stand in einem Flur, der nur von einer spärlichen Lampe in ein düsteres Licht getaucht wurde. Dieser endete ein paar Meter vor ihr, wo eine Treppe steil nach oben führte. *Kein Wunder, dass die zwei Trottel die Kiste fallen gelassen haben,* dachte sie belustigt und fühlte sofort ihre schmerzenden Knochen. Mit einem größer werdenden Gefühl des Hasses rieb sie sich über die linke Pobacke. *Piraten sind mir unsympathisch. Aber solange blaue Flecken das Einzige sind, was ich heute davontrage, kann ich mich glücklich schätzen.*

Sie machte den ersten Schritt. Es war gar nicht so einfach, kein Geräusch zu verursachen. Der Holzboden war uneben und knarzte. Asra drückte sich fest an die Wand und stieg die ersten Stufen der Treppe empor. Die Kontraste und Schatten wirkten hart und sie fühlte sich wie in einem Horrorfilm. Sie wartete nur darauf, dass das Monster sie finden und töten würde.

Am oberen Ende traf sie auf eine Tür und hoffte inständig, dass sie nicht verschlossen war. Sie hatte die Hand bereits auf den Griff gelegt, als laute Schritte auf der anderen Seite vorbei eilten.

Jemand rief wütend einen Namen und öffnete eine Tür nach der anderen, nur, um sie dann lautstark wieder zuzuknallen. »Wo zur Hölle ist der Smutje? Der Alchemist wartet seit einer halben Stunde auf sein Essen!«

»Hab ihn nicht gesehen«, antwortete ein Pirat.

»Derjenige, der Jack findet, kann ihm verdammt nochmal von mir ausrichten, dass ER heute den Haien zum Fraß vorgeworfen wird!«

Eine weitere Tür wurde zugeschlagen und der Pirat stapfte fluchend davon.

Asra wartete und legte ein Ohr an die Tür, doch sie hörte niemanden mehr. Sie nahm all ihren Mut zusammen und drehte den Knauf. Mit rasendem Herzen schlich sie schnell über einen breiten, hell erleuchteten Flur. Weitere Gänge und Türen zweigten von dort ab, doch sie folgte zielsicher dem Faden, der sie eine weitere Treppe hinaufführte. Der Weg war nicht beleuchtet, die Schatten waren dunkel und boten Schutz. Am Ende befand sich dieses Mal keine Tür. Ihr Herzschlag pochte laut in ihrer Brust und das Ziehen in ihrem Herzen wurde immer stärker.

*Ich bin bald da!* Asra lauschte und kämpfte sich Schritt für Schritt nach oben.

Wenig später hörte sie jemanden. Blitzschnell drückte sie sich gegen die Wand und hoffte, dass die Schatten sie verbergen würden.

Ein Pirat spazierte pfeifend am oberen Ende der Treppe vorbei und sah nicht einmal in ihre Richtung. Er hielt eine Flasche in der Hand und Asra vermutete, dass er gerade ausgiebig mit den anderen den erfolgreichen Beutezug gefeiert hatte. Von Weitem hörte sie schiefen Gesang und Gegröle. Sie hatte also mit ihrer Vermutung recht. *Hoffentlich sind sie schon so betrunken, dass ihnen nicht auffällt, wenn ich hier herumspaziere.*

Sie stieg weiter nach oben und spähte um die Ecke. *Keiner zu sehen.* Dann bog sie nach links ab und folgte dem Faden bis ans Ende des Flures. Er führte zu einer weiteren Treppe und Asra stieg sie auf Zehenspitzen nach oben. Am Ende warf eine Lampe ihr schummriges Licht auf die Tür. Sie drückte den Knauf, doch nichts passierte.

Ihre Miene erstarrte zu Stein, als sie verstand, dass sie abgesperrt war. Ein Schloss prangte unter dem Knauf und tiefer Zweifel keimte in ihrer Seele auf. *Wars das jetzt? So kurz vor dem Ziel? Es kann doch nicht sein, dass mir ein verdammtes Schloss zum Verhängnis wird!*

Nervös kratzte sie sich am Kopf und erstarrte. Dann hätte sie vor Erstaunen fast laut aufgelacht. *Ich bin doch so ein Dummkopf!*, dachte sie zerstreut und zog die Haarnadel heraus. *Es hat heute schon einmal funktioniert, wieso also nicht auch ein zweites Mal?*

Sie bog die Klammer erneut auseinander und stocherte damit im Schloss herum. Eine Karte hatte sie zwar nicht zur Hilfe, aber sie würde die altmodische Tür auch so aufbekommen. *Ich darf die Hoffnung nicht aufgeben!*

Das metallische Schaben hörte sich unwahrscheinlich laut an und sie fürchtete, dass sie jemand hören könnte. Ihre feuchten Hände erschwerten ihr die Arbeit und sie wischte sie immer wieder an ihrem Kleid ab. Sie fluchte leise, als ihr die Klammer aus der Hand rutschte und auf den Boden fiel. Dann hörte sie, wie in der Ferne eine Tür geöffnet wurde und mehrere Schritte erklangen.

»Scheiße!«, murmelte Asra nervös, als sie blitzschnell die Klammer aufhob und wieder ins Schloss steckte.

Die Schritte wurden lauter und zwei Piraten unterhielten sich lachend.

*Ist jetzt alles vorbei?*

Die Männer würden jeden Moment um die Ecke kommen und falls sie die Treppe nach oben blickten, wäre das ihr Ende. Auch wenn ihre Chancen fifty-fifty standen, dass sie einfach abbiegen und sie übersehen würden.

Die Panik wurde übermächtig, denn durch das Licht der Lampe war sie unmöglich zu übersehen. Asra fühlte sich wie auf dem Präsentierteller.

Sie versuchte es weiter und konzentrierte sich so gut es ging auf den Mechanismus des Schlosses. Wenige Sekunden später erklang ein leises Klicken. Ein Stein fiel ihr vom Herzen.

Noch ehe die Piraten um die Ecke gelaufen kamen, war

Asra bereits hindurchgetreten und hatte die Tür nahezu lautlos ins Schloss fallen lassen. Wie angewurzelt lehnte sie mit dem Rücken am Holz und lauschte. Doch das Lachen der Männer wurde leiser und die Schritte entfernten sich. Niemand schien Verdacht geschöpft zu haben.

*Mein Schutzengel hat sich heute definitiv einen Orden verdient,* dachte sie erleichtert und ein Lächeln schlich sich auf ihre Lippen. Dann wagte sie es, sich umzusehen.

Asra befand sich in einem weiteren Flur, der sich einige Meter nach links und rechts erstreckte. Vor ihr lagen drei weitere Türen und eine sehr schmale Treppe, die nach oben führte. Hier wirkte alles auf eine gewisse Weise *freundlich.*

Asra runzelte die Stirn. Auf dem Boden lag ein dekorativer Teppich und die schlichten hölzernen Wände wurden von Gemälden geschmückt. Helle Lampen tauchten den Flur in ein goldenes Licht.

Asra stand verunsichert da und ihr Blick folgte dem Zauberfaden. Sie ging zur Tür am Ende des Flures und starrte auf das goldene Schild, das dort prangte. Darauf waren ein geöffnetes Buch und eine Schreibfeder eingraviert. Asra legte ein Ohr an die Tür, doch sie hörte kein Geräusch. Sie vermutete, dass dieser Bereich des Schiffes rein dem Alchemisten vorbehalten war. Nicht umsonst war die Tür, die hierherführte, verschlossen gewesen.

*Wird mein Weg hier ein Ende finden?*

Erwartungsvoll betrat sie den Raum.

Kaum hatte Asra die Tür hinter sich geschlossen, zerrte der Faden so heftig an ihrer Seele, dass sie einen Aufschrei nicht unterdrücken konnte. Sie fasste sich an die Brust und der Schmerz wurde übermächtig. Der Geruch von Staub und Leder stieg ihr in die Nase und sie ließ sich kurz mit dem Rücken an eine Wand sinken. Stöhnend wartete sie, bis der Schmerz so weit abflaute, dass sie wieder einen klaren Gedanken fassen konnte. *Warum muss es nur so schrecklich wehtun?*

Es herrschte Stille und nur das stetige Surren der Magie lag in der Luft. Der Raum war nicht sehr groß und die Wände wurden fast durchgehend von schweren Bücherregalen bedeckt. Sie waren vollgestopft und einige Bücher stapelten sich auf dem Boden und dem großen, massiven Schreibtisch, der unter einem Fenster stand. Alles war in den mattblauen Schimmer des Zaubers gehüllt. Der Faden endete direkt über dem Schreibtisch.

Asra taumelte hinüber und mit jedem Schritt wuchs das qualvolle Gefühl in ihrer Brust. Als hätte sich der Faden um ihr Herz gewickelt. Und er schnürte und schnitt immer tiefer. Sie bekam kaum Luft und jeder Atemzug war eine Qual. *Gleich habe ich es geschafft. Nur noch ein paar Schritte!*

»Wenn ich sterbe, dann nicht auf diese Weise und nicht so kurz vorm Ziel!«, presste sie hervor und sammelte ihre letzten Kräfte. Weinend und zitternd erreichte sie den Tisch. Sie stützte sich daran ab, rutschte mit ihren verschwitzten Händen ab und stürzte. Dabei riss sie etliche Bücher und heruntergebrannte Kerzen mit sich. Das dumpfe Geräusch drang durch den Raum und sie hatte furchtbare Angst, dass sie jemand gehört haben könnte.

Sie kämpfte sich auf die Beine, zog sich zitternd hoch, öffnete Schubladen und durchwühlte sie wie eine Wahnsinnige. Sie warf Papier, Briefe, Zeichnungen und Pläne des Schiffes achtlos auf den Boden. Ihre Sicht verschwamm und ihre Hände tasteten fast blind. Dann endlich ergriffen ihre Finger etwas Kühles, Metallenes.

Der Faden riss.

Er riss mit einer Heftigkeit, dass sie zurücktaumelte und hart gegen das Glas des Fensters prallte. Schwärze hüllte sie ein und ihre Knie verwehrten den Dienst. Asra sank erneut zu Boden. Doch sie lächelte unter Tränen, als sie den goldenen Kompass in der Hand hielt. Sie umklammerte ihn so fest, dass ihre Knöchel unter ihrer Haut hervorstachen. Mit der anderen

Hand hielt sie noch immer den Dolch. Sie lachte und weinte und drückte beide Dinge fest an sich.

Asra bemerkte nicht, wie jemand die Tür öffnete und lautlos in den Raum trat. Sie hörte nicht einmal, wie die Tür wieder ins Schloss fiel und die Person wie ein Schatten auf sie zuschritt.

Asra durchfuhr die blanke Panik, als sich der Schatten blitzschnell zu ihr auf den Boden sinken ließ und sie grob an den Schultern rüttelte.

»Was zur Hölle hast du dir dabei gedacht, Asra?«

Sie war zu schockiert, um seine Frage zu beantworten. Stattdessen starrte sie Petrichor einfach nur wirr an. »Was? Du …?« *Träume ich?* »Aber wie … hast du mich gefunden?«

Er antwortete nicht, sondern starrte sie nur hasserfüllt an. Als wäre sie ein naives Gör, das einen fatalen Fehler begangen hatte.

Obwohl Asra zu ihrer Tat stand, fühlte sie einen Hauch von Scham in sich aufsteigen. Kurzerhand wandte sie den Blick ab. »Wo sind die anderen?«

»Sie werden nicht kommen«, antwortete Petrichor knapp. Dann näherte er sich ihrem Gesicht und der Geruch von Rauch und Nacht ließ Asra langsam, aber sicher, aus ihrer Starre erwachen. *Er ist wirklich hier. Das ist kein Traum.*

Petrichor sah ihr tief in die Augen und schien auf Antworten zu warten.

»Petrichor, ich …« Ihre Stimme versagte.

»Wenn du dich umbringen willst, hättest du nur etwas sagen müssen. Ich hätte das liebend gern für dich erledigt!«, hauchte er ihr eiskalt entgegen. »Und ein Tod durch meine Hand wäre hundertmal angenehmer als durch die des Alchemisten, das kannst du mir glauben!« Er packte sie an den Armen und zerrte sie mit Leichtigkeit auf die Beine.

Asra zitterte noch immer vor Schwäche und hatte Mühe, stehen zu bleiben. Doch er hielt sie fest. Er war so nah bei ihr, dass der Schwindel stärker wurde, anstatt zu verschwinden.

»Wie hast du mich gefunden, Petrichor?« Als sie kurz davor war, erneut zusammenzubrechen, zerrte er sie zum Schreibtisch hinüber, damit sie sich darauf setzen konnte.

»Denk nach, dann kommst du von ganz allein drauf«, antwortete er monoton.

Asra überlegte und verstand erst nicht, was er ihr damit sagen wollte.

»Du weißt angeblich so vieles über mich, aber auf diese simple Lösung kommst du nicht?«, fügte er belustigt hinzu.

Sie durchsuchte ihre Erinnerungen – rasende Bilder, flimmernd und schwarzweiß. Doch es war nur ein einziges Wort, an dem sie hängenblieb.

*Traumwandler.*

Dann fiel es ihr wie Schuppen von den Augen. »Du hast dieselbe Kraft wie ich.« Sie sprach es als Feststellung aus, nicht als Frage.

Er nickte.

Ihre Sicht verschwamm hinter einem Nebel aus Tränen. »Du hast gewusst, wie schrecklich es ist und hast es mich dennoch immer wieder tun lassen.« Die Tatsache war ernüchternd und etwas in ihr zerbrach. Asra fragte sich, wie oft sie noch zerbrechen konnte, bis nicht einmal mehr Fragmente von ihr übrig sein würden. Bis selbst die Splitter zu Sand gemahlen sein würden. Bald würde nichts mehr übrig sein, was zusammengesetzt werden konnte.

»Wie hast du erfahren, dass ich ein Traumwandler bin? Asra, wenn du jetzt nicht redest …«, drohte er und hielt sie weiterhin fest.

Sie spürte seine Hände an ihren Schultern. Die Kälte, die von ihm ausging.

Asra lächelte und die Leere übermannte sie schleichend – wie Schnee in einer eiskalten Winternacht, der sich flüsternd auf die Wiesen und Felder legt, bevor es jemand bemerkt. »Frage für Frage. Antwort für Antwort.«

Petrichor lachte voller Spott und nickte. »Das alte Spiel. Von mir aus.«

Während sie die beiden Gegenstände fest an sich drückte, beantwortete sie seine Frage. »Adrian hat eine Zeichnung von dir in meinem Skizzenbuch gefunden. Ihr kennt euch flüchtig. Er hat mir erzählt, dass du im Krankenhaus liegst. Ich bin sofort hingefahren und habe dich gefunden. Ich war am Ende, Petrichor. Meine Mutter arbeitet im Krankenhaus, deswegen kam ich an deine Adresse. Ich bin eingebrochen und habe alles gefunden, was nötig war. Ich habe mir das Serum gespritzt, um so schnell wie möglich nach Arkana zu gelangen.«

Sie wartete kurz ab und versuchte, etwas in seiner Miene zu lesen. Doch er sah sie nur verständnislos an. Sein Blick wirkte leer. Als könnte er es nicht fassen, dass ein einfaches Mädchen in kürzester Zeit sein komplettes Leben – seine komplette Lüge – auf den Kopf gestellt hatte.

»Warum möchtest du nicht mehr aufwachen?«

Er zögerte einen Moment. »Es hat nichts mit dem Aufwachen zu tun.«

Asra wartete ungeduldig, doch es kam nichts weiter. »Aber …?«

»Ich bin dran, Asra«, unterbrach er sie schroff. »Hast du mein Notizbuch gelesen?«

»Erstens: Diese kurzen Antworten sind absolut unfair! Und nein … ich habe die Seiten nur überflogen, um zu erfahren, was ich wissen musste. Ich kenne keine Details. Allerdings weiß ich von Eira. Sie war Patientin bei meiner Mutter. Daher habe ich ein paar Dinge über dich erfahren. Nicht, weil ich dein Buch gelesen habe. Ich bewahre es gut für dich auf, Petrichor. Es wird niemand zu Gesicht bekommen, das verspreche ich dir.«

Sie sah ihn mitfühlend an, doch seine Miene veränderte sich nicht. Asra atmete tief durch und rang sich ein Lächeln ab. Dann hielt sie ihm den Kompass entgegen. »Ich bin nur hierhergekommen, um dich zu retten. Ich habe deinen Traumgegenstand gefunden, jetzt kannst du wieder aufwachen.«

Er legte den Kopf schief. »Nur deswegen bist du …?« Er sah sie an, sekundenlang. Und doch kleine Ewigkeiten. Er atmete tief durch, fuhr sich durch die Haare. »Ich wollte sterben.«

Seine Worte ließen sie erstarren. »Das ist nicht wahr …«

Er unterbrach sie harsch. »Leider hat mich das Serum nicht getötet. Jetzt hänge ich hier fest.«

Ungläubig schüttelte sie den Kopf. »Der Alchemist hat deinen Traumgegenstand gestohlen, deshalb kannst du nicht aufwachen und liegst im Koma!« Asra wiederholte ihre eigene Wahrheit laut und deutlich und hoffte, dass er es zugeben würde.

Stattdessen holte er sein silbernes Etui aus der Tasche. Ein Zischen erklang, als er sich mit einem Streichholz eine Zigarette anzündete.

Der Geruch des Schwefels stieg ihr in die Nase und sie erschauderte. »Petrichor …«

»Das hier ist mein Traumgegenstand.« Er hielt ihr kurz das Etui vor das Gesicht und steckte es dann wieder zurück.

Ungläubig schüttelte Asra den Kopf. »Das kann nicht sein …«

»Es ist die Wahrheit. Ist dir noch nie aufgefallen, dass das Etui immer voll ist? Egal wie viel ich rauche? So erkenne ich den Traumzustand in Arkana.« Petrichor strich ihr kurz mit der Hand über die Wange. »Es war niemals deine Aufgabe, mich zu retten, Asra.« Vorsichtig nahm er ihr den Kompass aus der Hand und steckte ihn in seine Tasche. Sie ließ es zu.

»Warum möchtest du sterben?«, fragte sie aufgelöst und hielt seine Hand fest, als er sie von ihrer Wange nehmen wollte.

Er zog sie nicht weg. »Ich habe niemanden mehr in der realen Welt. Es ist egal, wenn ich niemals wieder dorthin zurückkehre, oder sterbe. Mein Verschwinden würde nicht einmal jemandem auffallen.«

Asra fuhr entsetzt hoch und nahm sein Gesicht in ihre Hände. »Wie kannst du nur so etwas sagen?«

»Weil es so ist. Meine Schwester ist an Krebs gestorben und meine Mutter hat sich keine zwei Monate danach das Leben genommen, weil sie die Trauer nicht mehr ertragen hat. Mein Stiefvater ist ein widerwärtiges, gewalttätiges Arschloch, das mich oft genug grün und blau geschlagen hat …« Seine Stimme bebte. »Ich habe dieses Leben so satt, Asra.«

So vieles ergab nun einen Sinn und sie begriff, dass ein Monster über viele Jahre hinweg immer wieder zerschmettert und dann neu geformt wird, bis es zu dem wird, was es ist.

Asra zog ihn näher zu sich heran und seine grünen Augen schimmerten. »Bist du so blind, Petrichor?«, fragte sie, während sie ihre Stirn an seine legte. »Die Zwillinge brauchen dich in Arkana und ich brauche dich auch.« Sie machte eine kurze Pause. »In beiden Welten.«

Petrichor zuckte fast unmerklich zusammen. Er grub seine Hände in ihr Haar und sie spürte seinen Atem an ihrer Wange. »Wieso solltest du …?«

Sie konnte es nicht aussprechen, also küsste sie ihn und hoffte, dass es Antwort genug war. Dass er es verstehen würde.

Er erwiderte ihren Kuss und für einen flüchtigen Moment, war es wieder so wie in der einen Nacht, die sie zusammen in seinem Zimmer im alten Glockenturm verbracht hatten. Sie spürte seine Wärme und sie nahm wahr, wie seine Schatten zurückwichen. Seine Gesichtszüge waren weicher und seine Wangen leicht gerötet, als er von ihr abließ.

Doch die Dunkelheit breitete sich schlagartig über ihm aus. Als hätte jemand das Licht in einem fensterlosen Raum gelöscht. Er wich einen Schritt zurück, fast, als hätte er sich an ihr verbrannt. Dann wurde seine Miene wieder kühl und unnahbar.

»Petrichor?« Sie trat fragend auf ihn zu.

»Du verstehst es einfach nicht«, murmelte er und stieß sie weg.

Asra knallte gegen die Kante des Tisches und stöhnte schmerzerfüllt auf. »Was verstehe ich nicht?«, rief sie entsetzt und lief erneut auf ihn zu. Voller Hoffnung schlang sie die Arme um ihn, doch er stieß sie sofort wieder weg. Diesmal so hart, dass sie zu Boden ging.

*Was ist nur los mit ihm?* Sie verstand nicht, was Petrichor so schnell aus der Fassung gebracht hatte.

Er stand über ihr und sah gleichgültig auf sie herab. »Du warst der letzte Auftrag, Asra.«

Verständnislos blickte sie in seine emotionslosen Augen. Nach Antworten suchend, doch das Einzige, was sie fand, war das Monster. »Was meinst du damit …?« Sie kämpfte sich tapfer allein auf die Beine. Ihr Dolch lag vor ihm auf dem Boden und als Asra danach greifen wollte, trat er mit dem Fuß darauf. Blitzschnell hob er ihn auf und steckte ihn wieder an seinen Gürtel. Dann ging er näher auf die Tür zu.

»Du wirst jetzt mit mir mitkommen«, erklärte er ruhig.

»Verschwinden wir von hier?«, fragte Asra hoffnungsvoll und näherte sich ihm, auch wenn sie fürchtete, er würde sie wieder wegstoßen. »Was ist denn plötzlich los mit dir?«

»Geh vor«, befahl er und öffnete die Tür.

»Nicht, bevor du mir nicht endlich sagst, was hier los ist!« Asra schrie mit bebender Stimme und hätte fast vergessen, dass sie sich auf dem Schiff des Alchemisten befand, auf dem es von Piraten nur so wimmelte.

Ein metallisches Klicken erklang und sie schwieg. Voller Unglauben starrte sie auf den Lauf des Revolvers, den er ihr an die Stirn hielt.

»Geh«, befahl er erneut.

*Drück ab*, dachte sie.

Doch Asra schwieg und gehorchte. Er führte sie die letzte Treppe hinauf, die entsicherte Waffe an ihrem Kopf.

Sie traten durch die Tür und Asra legte staunend den Kopf in den Nacken. Der frische, grüne Duft, der in der Luft lag, war überwältigend.

Sie befanden sich doch tatsächlich in einem Gewächshaus. Die gesamte Front und die Decke des meterhohen Raumes waren komplett verglast. Sie flogen hoch über den Wolken. Der Himmel war wieder klar und der Mond tauchte alles in ein helles, silbernes Licht. Überall wuchsen die verschiedensten Pflanzen. Rosensträucher in allen möglichen Farben, eine Monstera und andere Grünpflanzen, die sie noch nie gesehen hatte, mannshohe Büsche mit faszinierenden Blüten und sogar Bäume und kleinere Palmen.

Asra wusste gar nicht, wo sie zuerst hinsehen sollte. *Ein Gewächshaus auf einem Piratenschiff. Noch paradoxer geht es nicht*, dachte sie irritiert und fragte sich zum ersten Mal, ob der Alchemist vielleicht sogar eine Frau sein könnte. *Oder er ist einfach nur ein größenwahnsinniger Pirat, dessen Hobbys es sind, Angst und Schrecken zu verbreiten, Arkanas Magie für seine Zwecke zu missbrauchen und nebenbei singend in seinem Garten zu werkeln und Pflanzen zu züchten.*

Sie schüttelte den Kopf, um die verstörenden Bilder aus ihrem Kopf zu bekommen. »Petrichor, was tun wir hier?«, fragte sie erneut und der süße Geruch von unzähligen Rosen raubte ihr fast den Atem.

Petrichor ließ die Waffe sinken. »Der Alchemist wird dich hier empfangen«, erwiderte er monoton und wandte sich ab, um zu gehen.

»Was soll das heißen?«, rief Asra und hielt ihn am Arm fest. »Du meinst das nicht im Ernst, oder?« Sie wusste nicht, wie ihr geschah. Doch als sie in seine ausdruckslosen Augen sah, begriff sie es. Auch wenn ihr Herz es nicht glauben wollte, ihr Verstand erkannte die schreckliche Wahrheit. »Ich war nur ein *Auftrag* …?«

Er nickte. »Ja.«

»Seit wann …?«

»Erst seit Kurzem, das kannst du mir glauben.« In seiner Stimme lag nicht einmal ein Hauch von Reue.

Asras Welt ging in Flammen auf und brannte nieder. »Warum?«, hauchte sie.

»Das wirst du noch früh genug erfahren«, antwortete er knapp.

*Warum nur. Warum? Warum!* Ihr Verstand rebellierte gegen die schreckliche Wahrheit. Kämpfte und versuchte, sie abzustoßen wie einen unerwünschten Fremdkörper, wie einen Feind. Ihre Gedanken kreisten umher und fanden keinen Ausweg. Sie ging alle Fluchtwege durch, blieb immer wieder stecken. Sie verirrte sich, verlor bei jeder einzelnen Möglichkeit.

Alles in ihr gab auf.

Jetzt.

*Es ist vorbei. Arkana wird mein Ende sein.*

Sie atmete zitternd die süße, mit Blüten getränkte Luft ein. »Dann gewähre mir noch einen letzten Wunsch, Petrichor.«

Er sah sie skeptisch an. »Was willst du?«

Sie zögerte kurz, bevor sie es aussprach.

»Einen letzten Kuss.«

Petrichors Mundwinkel zuckte spöttisch. »Mach es nicht dramatischer, als es ist.«

Statt zu antworten, trat Asra näher auf ihn zu und sie musste mit aller Macht die aufsteigenden Tränen unterdrücken. Sie hätte nicht gedacht, dass er zu so einem Verrat fähig war. Sie wusste, dass er skrupellos war, kaltherzig und selbstsüchtig. Aber dass er sie dem Alchemisten ausliefern würde, übertraf ihre Vorstellungskraft.

Er steckte seinen Revolver zurück an seinen Gürtel, bevor er sie ein letztes Mal küsste. Nicht sanft und liebevoll wie vorhin, sondern kalt und schroff und ohne Gefühl.

Asra schmeckte den Rauch auf ihrer Zunge, vermischt mit einer Spur von Blut. Sie küsste ihn ebenfalls so grob und intensiv, wie er es tat. Ihre Hände wanderten seinen Rücken hinab und gruben ihre Nägel tief in seine Haut. Petrichor stöhnte kurz auf und küsste sie dann nur umso heftiger. Er war so vertieft und in Rage, dass er nicht bemerkte, wie sie ihren Würfel in seine Hosentasche sinken ließ.

»Hättest du mich nicht einfach schnell und schmerzlos töten können? Bin ich dir nicht einmal das wert, Petrichor?«, flüsterte sie ihm ins Ohr. Dann drückte sie ihn von sich weg. »Ich habe dir so vieles vergeben. Aber heute hoffe ich, dass die Schuld dich auffrisst, jedes Mal, wenn du an mich denkst.«

»Asra …« Er sah sie kurz verwirrt an, fing sich jedoch schnell wieder. Er fuhr sich durch die zerzausten Haare und fixierte sie noch eine Weile nachdenklich.

Dann sprach sie die letzten Worte aus, die ihr auf der Zunge lagen. Dinge, die sie ihm sagen musste, bevor er ging. Bevor er sie allein und dem Tod geweiht auf der Stormhunter zurücklassen würde.

»Ich habe noch nie in meinem Leben eine Person gekannt, die das Licht so sehr gefürchtet hat, wie du es tust.«

Petrichor runzelte die Stirn, ließ sie aber ausreden, als sie weitersprach.

»Warum liebst du deine Schatten so sehr? Sie werden dich ruinieren. Dich verbrennen, bis nichts mehr von dir übrig ist außer einem Häufchen Asche.«

Und noch während Asra diese Worte aussprach, realisierte sie, dass sie ihn auf exakt dieselbe Weise liebte, wie er seine Dunkelheit.

»Ich bin so dumm«, murmelte sie und lächelte durch den Schmerz hindurch. »Du bist wie ein absolut tödliches Gift, das durch meine Venen fließt. Eine Krankheit, die mein Herz befallen hat, und so lange ihre Krallen hineinbohrt, bis es letztendlich ganz aufhört zu schlagen. Jetzt stehe ich hier und zerfalle langsam, aber sicher zu Staub.«

Petrichor wich vor ihr zurück, als wolle er ihre Worte

nicht hören. Oder, als könnte er sie nicht länger ertragen. »Hör auf …«

Doch Asra hörte nicht auf.

Noch ehe er die Tür aufriss, um zu flüchten, schrie sie ihm die Worte entgegen. Die Worte, die ihr schon so lange auf der Zunge lagen. Sie brannten und ätzten und es glich einer Erlösung, als sie endlich ausgesprochen werden durften. Jetzt war der einzige Moment, der noch zählte. Und die Wahrheit verließ Asras Lippen.

»Ich liebe dich, Petrichor – trotz alledem. Ich liebe dich auf eine Weise, wie ich es niemals für möglich gehalten hätte. Du ruinierst mich. Zerstörst mich, bis nichts mehr von mir übrig ist. Du wirst wieder deine Hände an meinen Hals legen und so lange zudrücken, bis jedes Leben aus mir gewichen ist. Und ich liebe dich so sehr, dass es mir egal sein wird, solange du mich küsst, während du es tust.«

Die Stille des Moments war so eindringlich, dass Asra meinte, die Zeit wäre stehengeblieben.

Petrichor war mitten in der Bewegung erstarrt und hob langsam den Kopf. Seine Augen starrten auf den Boden, ehe er zitternd zu ihr aufblickte. Er hatte sichtlich Mühe, ihrem Blick standzuhalten. Im hellen Mondlicht wirkte das Glasgrün seiner Iris wie schimmernder Opal.

»Du könntest niemals …« seine Stimme versagte, »… ein Monster wie mich lieben.«

Dann kehrte er ihr den Rücken zu und ging.

Asra sank kraftlos auf den Boden, die Trauer und Enttäuschung saßen so tief verankert, dass sie keine einzige Träne vergießen konnte. Die Leere erfüllte sie komplett und verdrängte jegliche Emotion. Sie starrte auf ihre Hände und ignorierte die Person, die soeben das Gewächshaus betrat und ihr die Hand hinhielt.

Noch gelang es ihr nicht, nach oben zu sehen. Die Erschöpfung lähmte sie. Ihr Blick blieb an den schweren, ledernen Stiefeln hängen. Sie empfand nicht die geringste Furcht.

Die Person blieb weiterhin geduldig und bewegte sich nicht von der Stelle.

*Ich habe nichts mehr zu verlieren,* dachte Asra gleichgültig und ergriff nach etlichen verstrichenen Sekunden resignierend die große, mit Schwielen überzogene Hand. Der Unbekannte trug mehrere goldene Ringe an den Fingern, die mit funkelnden Edelsteinen besetzt waren. Er zog sie kraftvoll hoch und sah lächelnd auf sie hinab.

Als ihre Blicke sich begegneten, deutete er höflich eine Verbeugung an. Dann sprach er mit einer warmen, dunklen Stimme die ersten Worte aus.

»*Jade*, endlich lernen wir uns persönlich kennen.«

# Kapitel 7

*Samsara*

*Ich weiß langsam nicht mehr, wie viel Wahrheit ich noch ertragen kann. Ein Ereignis jagt das nächste und es ist jedes Mal wieder ein Schlag ins Gesicht. Nichts ist mehr so, wie es war und alles, woran ich glaubte, ist verloren.*

*Ich lebte so viele Lügen und die größte und ungeheuerlichste von allen warst du, Petrichor. Wie skrupellos kann ein Mensch sein, um seine eigenen Ziele zu erreichen? Wie viele Opfer hast du gebracht, um deinen eigenen kranken Traum zu verwirklichen? Wie viele Herzen hast du zerschmettert, ohne auch nur mit der Wimper zu zucken? Du hast das Monster in dir bereits viel zu lange mit Dunkelheit gefüttert. Hast es genährt – mit Lügen, Hass und Schmerz. Deine Schatten sind zu dunkel, um sie mit Licht vertreiben zu können. Sie verschlingen alles, saugen es auf und vernichten es. Es war zwecklos, um dich zu kämpfen. Du konntest nicht anders, als diejenigen zu zerstören, die dich trotz alledem liebten.*

*Doch eine Sache lässt mir keine Ruhe, bereitet mir schlaflose Nächte und frisst mich auf. Dachtest du wirklich, du würdest so etwas wie Liebe empfinden, in dem einen Moment, in dem deine Lippen meine berührten und du dich mir vollkommen hingegeben hast? Du liebst niemanden, Petrichor. Du bist verloren und bemerkst nicht einmal, wie sich deine eigenen Schatten gegen dich wenden und sich erheben. Du wirst ihr letztes Festmahl sein und ich hoffe, dass ich nicht mitansehen muss, wie sie dich endgültig verschlingen.*

*Petrichor hat ihm nicht meinen richtigen Namen verraten,* war der erste Gedanke, der ihr in den Sinn kam. Erst dann sah sie vorsichtig nach oben und betrachtete den gutaussehenden Mann, der lächelnd vor ihr stand.

Asra schätzte ihn auf Ende vierzig und sein braunes, welliges Haar war vereinzelt mit silbrigen Strähnen durchzogen. Er trug es locker hinter die Ohren gestrichen. Seine goldbraunen Augen waren von feinen Fältchen umrandet. An der linken Seite seiner Stirn prangte eine tiefe Narbe, die sich bis zu seinem Wangenknochen hinunterzog. Er trug ähnliche Sachen wie die anderen Piraten. Dunkle Stoffhosen und ein sandfarbenes, locker sitzendes Leinenhemd. Die obersten Knöpfe waren geöffnet und gaben den Blick auf allerlei kostbare Halsketten frei. Die Edelsteine und Perlen klimperten wie Silberglöckchen, als er sich vor ihr verbeugte.

»Jade, meine Liebe. Du weißt mit Sicherheit schon, wer ich bin. Dennoch möchte ich höflich sein und mich selbst vorstellen.« Er führte ihre Hand an seine Lippen und hauchte einen Kuss darauf. »Man nennt mich den Alchemisten.«

Asra lief es eiskalt den Rücken hinunter. »Sie sind der Alchemist?«, fragte sie und konnte den Zweifel in ihrer Stimme nicht verbergen.

Der Mann lachte, als er in ihr verdutztes Gesicht sah. »Du hast dir sicher einen furchteinflößenderen Piraten vorgestellt, habe ich recht?«

Asra nickte. »Wenn ich ehrlich sein soll, ja. Eher so in die Richtung Captain Hook oder Davy Jones …«

Der Alchemist schien äußert amüsiert zu sein, denn seine Augen funkelten wild und das Lächeln auf seinen Lippen blieb.

»Captain Hook war jetzt nicht direkt mein Vorbild, er war mir immer etwas zu altmodisch«, erklärte er und musterte sie.

Asra runzelte die Stirn. »Stimmt. Die Piratenkönige von heute gärtnern lieber auf ihrem Schiff und spielen mit Magie herum.«

»Du hast Humor, das muss man dir lassen«, lobte der Alchemist und machte einen Schritt an ihr vorbei. »Lass uns eine kleine Runde gehen, damit wir uns besser kennenlernen.«

Asra war zu verwirrt, um zu widersprechen. Also folgte sie ihm auf einem sorgsam angelegten Weg durch das Gewächshaus.

*Das soll wirklich der gefürchtetste Mann von ganz Arkana sein?* Ihre Gedanken schweiften zu Petrichor ab, doch das erhoffte Gefühl von Hass wollte sich einfach nicht einstellen. Die Welle aus Abscheu blieb aus, stattdessen fühlte sich ihr Herz an, als würde es von einer unsichtbaren Macht zugeschnürt werden. Der Schmerz war körperlich spürbar – jeder Atemzug fühlte sich wie Ersticken an. *Ich ertrinke qualvoll an deinen Lügen, du elender Bastard.*

»Warum war ich der letzte Auftrag?«, stellte sie die Frage, die am schwersten auf ihrer Seele lastete. Jedes Wort war anstrengend. Sie musste tief Luft holen, doch es gelang ihr nicht richtig. Ihr wurde schwindlig. Nadelbesetzte Hände um ihren Hals, die unablässig zudrückten. *Das Monster wird immer ein Monster bleiben.*

Der Alchemist antwortete nicht sofort, sondern zog eine Pfeife aus seiner Hosentasche, die er sorgfältig mit Tabak stopfte. Anstatt sie mit einem Streichholz anzuzünden, tat er etwas anderes, was Asra staunen ließ. Er klopfte mit einem tiefblauen Stein, der auf einem seiner Ringe saß, gegen die Pfeife und sie entzündete sich mit einem Knistern.

»Magie …«, murmelte Asra und starrte wie gebannt auf die glitzernden Funken. Das Schauspiel ließ sie sogar für eine Sekunde das Monster vergessen.

»Um genau zu sein, Alchemie. Richtige Magie kann ich nicht benutzen, da ich ein einfacher Mensch bin. Ich nutze Gegenstände, um die Magie darin zu speichern und nutzbar zu machen. Die Verbindungen sind wichtig«, erklärte er und zuckte mit den Schultern.

»Warum ich?«, wiederholte sie ihre Frage. Diesmal drängender.

»Dazu kommen wir später«, erwiderte der Alchemist und in seine Stimme schlich sich allmählich ein warnender Unterton.

Doch Asra ließ sich davon nicht abschrecken. »Seit wann arbeitet Petrichor für Sie und warum?« Sie blieb stehen und betrachtete fasziniert die weiße Blüte einer Pflanze, die über und über mit feinen, goldenen Sprenkeln überzogen war. Der süßschwere Duft benebelte sie auf seltsame Weise.

Der Alchemist lachte erneut auf. »Du hast absolut keine Angst vor mir, habe ich recht?«

»Nein. Aber vielleicht wurde mir vorhin einfach nur das Herz bei lebendigem Leibe herausgerissen und jetzt fühle ich absolut gar nichts mehr. Es hat also nichts mit Ihren Qualitäten als Bösewicht zu tun. Nehmen Sie es nicht persönlich.«

»Nimm es Petrichor nicht allzu übel«, begann der Alchemist fast schon verständnisvoll, »er hatte keine andere Wahl.«

»Man hat immer eine Wahl«, widersprach Asra.

»Nicht, wenn der Preis stimmt«, erwiderte er kühl. »Petrichor ist mein bester Dieb. Noch nie konnte mir jemand mehr Artefakte beschaffen als er. Wenn ich mich richtig erinnere, sollten es fünf Jahre sein, seitdem er für mich arbeitet. Den Grund werde ich dir nicht nennen. Betriebsgeheimnis.« Er zwinkerte ihr verschwörerisch zu und zog an seiner Pfeife. Der Rauch roch süßlich intensiv nach Kräutern. »Auf jeden Fall hat er bei mir angeheuert und nicht andersherum.«

»Weil Sie so ein guter Arbeitgeber sind?«, spottete Asra und runzelte die Stirn.

»Vielleicht bin ich das tatsächlich?« Der Alchemist schmunzelte und ließ Asra für keine Sekunde aus den Augen.

»Aber genug von Petrichor. Ich möchte mehr über dich erfahren. Woher kommst du?«

»Woher wissen Sie, dass ich ein Traumwandler bin?«, stellte sie patzig eine Gegenfrage.

Der Alchemist blieb unbeeindruckt. »Petrichor hat es mir verraten.«

»Aber er hat alles dafür getan, dass es geheim bleibt! Er hat Igor erzählt, ich sei eine Hexe!«, widersprach sie und ihre Stimme wurde unbeabsichtigt lauter. »Warum sollte er sich solche Mühe geben, wenn er mich dann doch verrät?«

Der Piratenkönig sah sie mitfühlend an. »Es muss schwer für dich sein. Von demjenigen verraten worden zu sein, den du liebst.«

*Wie viel hat dieser Mistkerl vorhin mit angehört?*, dachte sie wütend und ballte die Hände zu Fäusten. Asra fragte sich, wie viel von dem, was der Alchemist preisgab, real war. Es war zu perfekt, um echt zu sein. Sie war felsenfest davon überzeugt, dass er ein äußerst talentierter Schauspieler war. Er war nicht der freundliche Pirat, der Mitgefühl zeigte. Er hatte seine Gründe, warum er seine wahre Natur vor ihr verbarg. *Wann zeigt er mir sein wahres Gesicht?*

»Er ist ein Monster«, erklärte sie.

»Jeder ist bestechlich, Jade. Er lieferte mir die Informationen, die ich gebraucht habe, und ich habe ihn dafür bezahlt. Der Preis war hoch, aber so ist das nun einmal, wenn man Geschäfte mit seltenen Gütern macht.«

Asra sog scharf die Luft ein. »Ich bin also eine Ware.« Sie spie die Worte aus und verschränkte die Arme vor der Brust.

»Eine äußerst seltene und wertvolle noch dazu«, stimmte der Alchemist zu.

Sie ignorierte den aufkeimenden Hass und löcherte ihn weiterhin mit Fragen. Es interessierte sie nicht im Geringsten, wer er war. »Weil ich ein Traumwandler bin? Das ist Petrichor auch. Also warum benötigen Sie gerade mich?«

Der Mann grinste. »Weil ich Petrichor so ungern entbehren möchte. Er ist mir ein so guter Diener.«

»Entbehren? Wie meinen Sie das?«, fragte sie zögernd.

Der Alchemist trat näher an sie heran. Er sah mit funkelnden Augen zu ihr hinab und hob sanft mit seinen Ringen besetzten Fingern ihr Kinn an.

Asra verstand, dass er sie mit seiner Nähe einschüchtern wollte. Doch sie gönnte ihm die Genugtuung nicht, also blieb sie mutig stehen und wich nicht aus. Mit festem Blick fixierte sie ihn und gab nicht nach.

»Die Magie eines Traumwandlers ist sehr mächtig, mein Kind. Für mein Vorhaben benötige ich sehr viel davon. Petrichors Magie wäre niemals ausreichend gewesen. Er ist bereits zu schwach, zu verdorben, zu oft zwischen den Welten hin und her gereist. Aber du? Du bist noch so jung und deine Magie ist frisch und gerade erst zum Leben erwacht.«

»Wissen Sie, wie sich das anhört?«, begann Asra voller Spott, »als wären Sie Graf Dracula. Nur, dass Sie mir nicht mein Blut, sondern meine Magie aussaugen wollen.«

Er sah sie nachdenklich an. »Ein guter Vergleich. Allerdings wird ein Teil ganz genauso ablaufen, Jade.« Der Pirat lächelte wehmütig. »Egal ob Blut oder Magie, wenn zu viel davon deinen Körper verlässt, stirbst du. Dein Leben wird ausgehaucht wie eine Flamme im Wind.«

Einen unsagbar kurzen Augenblick später rammte er ihr eine Spritze in den Arm.

Asra konnte nicht schnell genug reagieren, um auszuweichen. Sie taumelte einige Schritte zurück und warf dem Piratenkönig einen hasserfüllten Blick zu. Die Umgebung verschwamm vor ihren Augen und jedes Geräusch wurde dumpf und taub. »Was zur …«, murmelte sie und noch ehe sie auf dem Boden aufprallte, war sie in eine tiefe Ohnmacht gefallen.

Als Asra erwachte, dröhnte ihr Kopf wie verrückt. Sie versuchte sich verzweifelt aufzusetzen, doch es gelang ihr nicht. Was jedoch nicht an dem Serum lag, das der Alchemist ihr gespritzt hatte. Ihre Erinnerungen waren sofort wieder da und sie wusste mit völliger Klarheit, wo sie sich befand und was geschehen war. Der Knoten in ihrer Brust zog sich sofort wieder zusammen und sie wünschte sich, das Sedativum hätte sie länger außer Gefecht gesetzt.

*Ich will nur noch schlafen und vergessen. Ich ertrage keine einzige weitere Wahrheit mehr,* dachte sie und starrte an die hölzerne Decke des Schiffes. Asra fühlte sich unwahrscheinlich schwach und ausgelaugt. Sie schob es kurzerhand auf die schrecklichen Dinge, die ihr widerfahren waren. Sie drehte ihren Kopf zur Seite und sah sich um.

Es war kein richtiges Bett, auf dem sie lag, sondern nur eine Matratze auf dem Boden. Die Wolldecke, mit der sie zugedeckt war, kratzte unangenehm auf ihrer Haut. Angewidert schob sie sie zurück. Neben ihr standen ihre Stiefel und sie startete einen neuen Versuch, aufzustehen. Diesmal gelang es ihr, doch der nächste Schock folgte, als sie zu ihrem rechten Knöchel blickte.

»Das darf doch nicht wahr sein«, murmelte sie und tastete nach der dünnen, eisernen Kette, die daran befestigt war. Asra hielt sie hoch und zog daran. Es klimperte und ihr Blick wanderte hinter ihr provisorisches Bett. Die Kette endete an einer stabilen Befestigung in der Wand. Obwohl sie mit aller Kraft daran zog, ahnte sie bereits, dass es sinnlos war. Sie stand auf und hielt sich an der Wand fest, als ihr erneut schwindlig wurde.

Sie öffnete die Tür, die sich direkt neben ihrem Schlafplatz befand. Zu ihrer Verwunderung war sie nicht abgesperrt. *Ich kann ja auch nicht abhauen, ich bin gefesselt,* dachte sie hasserfüllt und spähte in den kleinen Raum hinein. »Na, wenigstens muss ich nicht in einen Eimer pinkeln«, grummelte sie, als sie das Badezimmer inspizierte. Sie trat hinein und fand sogar einen Waschtisch vor, auf dem eine Schüssel mit frischem

Wasser stand. Sie tauchte die Hände hinein und wusch sich mit einem Stück Kernseife die Make-up Reste vom Gesicht. Dann ging sie zurück, um den Raum genauer zu inspizieren. Was sie sah, machte ihr Angst.

Sie hatte vorhin schon einen Blick auf die seltsamen Gerätschaften geworfen, hatte es aber erfolgreich verdrängt. Sie schritt – so weit es ihre Fußfessel zuließ – in den Raum hinein. Die Planken knarzten unter ihren Füßen. Durch das einzige Fenster fiel helles Sonnenlicht. Weiße Wolken zogen vorbei wie Wattebäusche. Die Stormhunter befand sich also noch immer in der Luft.

Der restliche Raum sah aus wie Frankensteins Labor. In der Mitte stand ein massiver Tisch, der vollbeladen war mit Reagenzgläsern, Tiegeln und Glasbehältern, die mit verschiedensten Flüssigkeiten und Kräutern befüllt waren. Dahinter befand sich ein Regal, in dem fein sortiert allerlei Bücher standen. Sie konnte sogar ein paar Titel entziffern. Es waren hauptsächlich medizinische Werke, Kräuterkunde und Bücher über Magie und Alchemie.

»Das Buch!«, rief sie erstaunt, als ihr Blick an einem bestimmten Werk hängenblieb. Sie hätte es überall wiedererkannt. »Umbra et Somnium Secretum«, sprach sie den Namen des mächtigen Grimoires aus, das sie in der geheimen Bibliothek gestohlen hatten. Das Buch, das sich in ein geflügeltes Monster verwandelt hatte und das sie erfolgreich besiegt hatten.

Sie wünschte sich, sie hätten dieses Gewölbe niemals betreten. Dann wäre Midas noch am Leben. *Wäre ich doch niemals durch die Tür getreten. Ich wäre euch zwar niemals begegnet, aber dann hätte ich nicht mitansehen müssen, wie ihr alle ins Verderben rennt. Wie ich selbst in mein Verderben renne, wegen ihm.*

Asra fühlte das dringende Bedürfnis in sich aufsteigen, sich sein Hemd vom Leib zu reißen und es in eine Ecke zu werfen. Doch sie wollte dem Alchemisten nicht in ihrem knappen Kleid gegenübertreten. Sie atmete tief durch und versuchte, sich jedes Detail genau einzuprägen. Warum sie das tat, wusste sie nicht. Vielleicht würde es sich als wichtig erweisen. Womöglich suchte sie aber einfach nur verkrampft nach einer Ablenkung.

Rechts in der Ecke des Raumes befand sich ein quadratischer Glasbehälter, dessen Kanten mit bronzenen Metallstreben zusammengehalten wurden. Darauf waren ihr unbekannte Zeichen eingraviert. Asra vermutete, dass es sich dabei um Runen oder Sigillen handelte. In dem Behälter schwebte ein goldenes Licht, das sich hin und her bewegte wie ein Goldfisch in seinem Glas.

*Es sieht fast so aus, als würde dieses Ding leben,* dachte sie verwundert.

Aus irgendeinem Grund musste sie an ein Irrlicht aus einem Märchen denken, das sie einmal als Kind gelesen hatte. »Ich bin in Arkana, hier ist alles möglich. Oder der Alchemist hat einen Stern eingefangen, den er sich als Dekoration hält.« Es beruhigte sie immer, wenn sie mit sich selbst redete. Umso nervöser sie war, desto mehr Sarkasmus sprach aus ihr heraus und sie zog unfreiwillig alles ins Lächerliche.

Ihr Blick schweifte wieder über den riesigen Tisch.

*Blaue Spritzen. Noch mehr von dem Serum. Er will mich am Aufwachen hindern.* Dieser Gedanke machte ihr am meisten Angst. *Was wird Stan denken, wenn ich nicht mehr aufwache? Wenn ich ihm doch nur irgendwie eine Nachricht zukommen lassen könnte. Hey Stan, mein Plan ist gescheitert. Sorry, aber ich werde sterben.*

Sie lachte verzweifelt auf, während ihr brennende Tränen in die Augen stiegen.

Das Ding, das ihr jedoch am meisten Angst einjagte, war die Liege, die neben dem Tisch stand. Es erinnerte sie sofort an Krankenhauseinrichtung. *Nein, falsch. Irrenanstalt,* korrigierte sie schaudernd, als sie die Schnallen und Sicherheitsgurte bemerkte, die daran befestigt waren.

»Was hat dieser Irre nur mit mir vor?«, flüsterte sie entsetzt. *Ich werde es dir nie verzeihen, dass du mich nicht einfach umgebracht hast, Petrichor.*

Ein lautes Klicken durchbrach die Stille und eine Tür wurde geöffnet. Sie fuhr erschrocken auf dem Absatz herum und sah in das lächelnde Gesicht des Alchemisten.

»Guten Morgen, Jade«, begrüßte er sie freundlich und trat näher auf sie zu. Er hielt ein Tablett in den Händen, auf dem sich eine Schüssel mit Haferbrei und eine Tasse mit einer dampfenden, braunen Flüssigkeit befand. Er stellte das Tablett neben die Matratze auf den Boden. »Wie ich sehe, bist du schon dabei, dich umzusehen.«

Asra wich schweigend vor ihm zurück. Die Kette schleifte knirschend hinter ihr her.

»Du siehst ziemlich verängstigt aus. Vielleicht solltest du erst einmal frühstücken. Ich hoffe, du trinkst gern Kaffee?«, plauderte er und musterte sie interessiert. »Hast du heute denn gar keine Fragen an mich?«, fuhr der Alchemist belustigt fort und ging zu seinem Tisch hinüber, um in einem Buch zu blättern.

»Es hat doch sowieso alles keinen Sinn mehr«, murmelte Asra monoton.

»Was meinst du damit?«

»Ich werde sterben. Egal wie viele Fragen ich stelle. Egal, ob ich vor Ihnen auf die Knie falle und bettle. Macht es denn einen Unterschied? Es kommt mir ziemlich abartig vor, dabei Kaffee zu trinken, während ich auf Ihre Quälereien warte.«

Der Alchemist sah sie mitfühlend an. »Sei doch nicht so negativ, Kind. Dein Leben wird für einen höheren Zweck geopfert«, erklärte er und schien von seinen Worten mehr als überzeugt zu sein.

»Sie klingen wie ein durchgeknallter Sektenanführer.«

Er reagierte nicht auf ihre Beleidigung und griff zu einer der Spritzen. »Wenn du nichts essen möchtest, werden wir gleich mit der ersten Sitzung anfangen«, erklärte er gleichgültig und trat auf sie zu. »Es bringt nichts, sich zu wehren.«

»Ich weiß«, antwortete sie und senkte den Blick, als er ihr das Serum verabreichte. »Weitere vierundzwanzig Stunden«, hauchte sie und rieb sich den Arm. Das Gift der Belladonna brannte leicht und verteilte sich schnell in ihrem Blutkreislauf.

Der Alchemist nickte. »Ich werde jetzt deine Fessel öffnen, damit du drüben Platz nehmen kannst. Wirst du dich wehren oder kooperieren? Ich würde ungern Igor rufen müssen, um dich zur Vernunft zu bringen.«

Als sie Igors schrankartige Gestalt und sein entstelltes Gesicht vor ihrem inneren Auge sah, schüttelte sie schnell den Kopf. »Ich werde keinen Ärger machen.«

Der Piratenkönig nickte. »Braves Mädchen.« Dann nahm er eine Kette von seinem Hals.

Asra erkannte den schimmernden Anhänger sofort wieder, mit dem er ihre Fessel öffnete. »Der Schlüssel aus dem Eispalast!«

»Du hast ihn gefunden, nicht wahr? Petrichor hatte erwähnt, dass du die Idee hattest, Eis mit Feuer zu härten.« Er nickte ihr anerkennend zu und ließ die Fessel klirrend zu Boden fallen. Fast freundschaftlich legte er ihr seine Hand auf die Schulter und führte sie zur Liege hinüber.

Asra fühlte sich, als würde sie schlafwandeln. Als wäre sie ein Schaf, das gerade zur Schlachtbank geführt wird.

*Was würde es schon bringen, sich zu wehren? Selbst wenn ich aus diesem Raum herauskomme, bin ich immer noch auf dem Schiff gefangen. Wir fliegen hunderte Meter über dem Erdboden und der einzige Ausweg wäre ein Sprung ins Nichts.*

Für einen Moment überlegte sie, ob sie es nicht doch wagen sollte. *Wäre Fallen und Aufprallen nicht der angenehmere Tod?*

Auf dem Tisch hatte sie ein Skalpell entdeckt. Wenn sie schnell genug reagieren würde, könnte sie es sich schnappen und auf den Alchemisten losgehen. Er war zwar muskulös, aber noch lange kein so brutaler Riese wie Igor. Doch etwas hielt sie davon ab – der Mut verließ sie.

Asra setzte sich auf das weiche Leder und hob ihre Beine nach oben. Der Alchemist stellte die Rückenlehne höher, sodass sie in eine sitzende Position gelangte. Resignierend ließ sie den Kopf sinken und blinzelte den Schleier vor ihren Augen weg.

»Ich bin positiv überrascht von dir, Jade. Ich dachte, du würdest mehr Ärger machen.« Der Alchemist griff nach einem runden, eisernen Gestell, das aussah, wie ein bizarres Diadem. Er setzte es Asra auf den Kopf.

Diese zuckte schmerzerfüllt zusammen, als sich zwei Spitze Stacheln in ihre Schläfen bohrten. Aus Reflex drückte sie mit aller Kraft die Arme des Mannes weg und schlug auf ihn ein. Er hatte jedoch keine Mühe, ihre Handgelenke zu packen und sie mit den Schnallen seitlich an ihrem Körper zu fixieren.

»Bitte …«, wimmerte sie.

»Wenn ich merke, dass du eine Gefahr für mich wirst, muss ich dich leider fixieren«, erklärte er ruhig und griff als Nächstes nach mehreren dünnen Schläuchen.

Asra fühlte sich, wie ein Reh im Scheinwerferlicht. Sie wollte flüchten, die Augen verschließen und die furchtbaren Dinge ignorieren, doch sie konnte einfach nicht wegsehen. »Wie lange wird es dauern?«, fragte sie mit zittriger Stimme.

»Was meinst du?«, fragte der Alchemist, während er die Nadeln in die Kanülen steckte und geschickt die Schläuche an Asras Armbeugen befestigte. Die Stiche waren schnell und schmerzlos. Der Mann wusste, was er tat.

»Sind Sie Arzt?«, fragte sie. »Und ich meinte, wie lange es dauert, bis ich sterbe.«

»Nein, ich bin kein Arzt. Doch manche dieser Tätigkeiten gehören auch zu meiner Arbeit dazu. Du kannst mich eher als eine Art Wissenschaftler sehen«, erklärte er, während er eine weitere Kette von seinem Hals holte.

Als Asra den roten Kristall erkannte, wurde doch ihre

Neugier geweckt. Auch, wenn es ihr zutiefst zuwider war. »Das Herz des Sanddämons. Was haben Sie damit vor?«

Der Alchemist entfernte das Lederband, an dem der Kristall befestigt war und beugte sich über Asra. An seinem Hemd hing der Geruch des süßen Tabakrauchs und ihr wurde übel.

»Es wird mein Gefäß sein«, erwiderte er knapp, während er den Stein an einer Öffnung im Diadem einrasten ließ und weitere Drähte daran befestigte. »Deine Magie wird in den Kristall geleitet. Das Herz des Sanddämons besteht aus dem härtesten Material, das in dieser Welt existiert. Es ist der einzige Gegenstand, der diese Form von Energie aushalten kann, ohne zu zerspringen.«

Sie musste zugeben, dass sich das alles ziemlich faszinierend anhörte. Der Alchemist hatte eine angenehme Weise, Dinge zu erklären. Seine warme und sanfte Stimme erinnerte sie wirklich an die eines Arztes. Er nahm ihr die Angst und sie wusste nicht, wie er es anstellte. Vielleicht hatte er ihr aber auch zusätzlich ein Beruhigungsmittel mit dem Serum gespritzt.

»Wie lange?«, fragte sie erneut und beobachtete, wie er die Schläuche und Drähte an einer seltsam aussehenden Apparatur anschloss.

»Drei Tage«, antwortete er knapp. Sein Blick wanderte immer wieder konzentriert über die Seiten des Grimoires, das aufgeschlagen auf dem Tisch neben ihm lag. Dann drückte er abwesend an ein paar Knöpfen herum und die Maschine begann zu leuchten und zu arbeiten.

Und das war der Moment, in dem die Schmerzen begannen.

Asra stöhnte und strampelte mit den Füßen. Die durchsichtigen Schläuche färben sich rot von ihrem Blut und wurden durch ein Filtersystem geleitet, das sie nicht begreifen konnte. Sie drehte ihren Kopf, um die Maschine besser sehen zu können. »Was … passiert jetzt?«

Der Alchemist fixierte nun auch ihre Beine und legte

beruhigend eine Hand auf ihren Arm. Das kalte Gold der Ringe jagte einen Schauer über ihre Haut.

»Diese Maschine macht es möglich, die Magie aus deinem Blut zu filtern«, erzählte er und kontrollierte, ob alles nach Plan lief.

Sie ging davon aus, denn auf seinen Lippen lag ein zufriedenes Lächeln. Asra sah ihn schockiert an und brachte kein Wort heraus.

»Das Grimoire enthielt übrigens die Anleitung dazu, falls es dich interessiert.« Seine Augen funkelten schadenfroh, als er das Verstehen in ihrer Miene aufblitzen sah. »Aber keine Angst, das magielose Blut wird in deinen Körper zurückgeleitet. Ich werde dich natürlich nicht vollkommen ausbluten lassen. Die Magie wird letztendlich vom Kristall aufgenommen und übernimmt deine Kraft.«

»Das erleichtert mich natürlich ungemein«, antwortete sie sarkastisch. »Schön, dass Ihr Plan funktioniert. Ich hoffe, Sie schmoren eines Tages dafür in der Hölle.« Sie drehte ihren Kopf zur Seite, damit sie ihrem zukünftigen Mörder nicht länger in die Augen sehen musste. *Ich habe also alle Artefakte für meinen Tod selbst beschafft … Welch Ironie des Schicksals.*

Der Alchemist lachte amüsiert auf und näherte sich der Tür. »Fünf Stunden täglich, drei Tage lang. Schneller geht es leider nicht, sonst würdest du eventuell zu früh sterben. Die Magie muss langsam extrahiert werden. Erst wenn jeder Funke aus deinem Körper verschwunden ist, wirst du sterben. Ein Traumwandler kann ohne seine Magie nicht existieren.«

Dann verließ er den Raum.

Asra legte den Kopf in den Nacken und starrte an die Decke. Hartnäckig fixierte sie einen Punkt und noch gelang es ihr, die stärker werdenden Schmerzen zu unterdrücken. Sie biss sich auf die Lippe und schwor sich, nicht zu weinen.

»In drei Tagen bin ich tot«, flüsterte sie und konnte es einfach nicht glauben. Wimmernd schloss sie die Augen und schluckte die Tränen hinunter. Das Blut in ihren Adern brannte wie Feuer.

»Wie konnte das alles nur so extrem schiefgehen?« *Ich hatte nicht einmal mehr die Zeit, mich persönlich bei Adrian zu entschuldigen. Was bin ich nur für ein schrecklicher Mensch. Er wird niemals die Wahrheit erfahren. Ich bereue es so sehr, mich nicht mehr auf ihn eingelassen zu haben. Ebenso wenig wird Stan verstehen, warum ich nicht mehr aufwache. Was wird er tun, wenn er bemerkt, dass mein Plan schiefgelaufen ist?*

Sie dachte verzweifelt an das »*Was-wäre-wenn*«.

Was, wenn sie Adrian in der Bar geküsst hätte? Wenn er das Skizzenbuch niemals zu Gesicht bekommen hätte? Wenn sie niemals herausgefunden hätte, dass Petrichor ein Traumwandler war? *Dann hätte er mich eben ausgeliefert, wenn ich auf natürlichem Wege nach Arkana gekommen wäre. Jeder Weg läuft auf dasselbe hinaus: Meinen Tod. Mama, ich wünschte, ich hätte dir mehr erzählen können …*

Sie schrie vor Schmerzen auf und das Letzte, was sie in diesem wirren Fiebertraum sah, war das strahlende Gesicht ihrer Mutter, bevor sie in eine allesverschlingende Ohnmacht fiel.

*Es tut mir so unendlich leid …*

*Die Schatten haben mich vollends verschlungen und werden mich nicht mehr ausspucken.*

*Ich werde ertrinken – und verbrennen zugleich.*

# Kapitel 8

## *Halfsleeper*

*Die Dunkelheit fließt nicht länger durch meine Adern, sie hat ebenso mein Herz befallen und strömt durch meine Lungen. Sie duftet nach trügerischer Nostalgie und hinterlässt Rückstände von klebrig süßem, verbranntem Zucker. Ich kann nicht mehr denken, nicht mehr fühlen. Das Einzige, was ich auf meinen Lippen schmecke, ist Blut und Rauch und Nacht. Ich bekomme keine Luft und jeder Atemzug fühlt sich an, als würde ich ertrinken. Dickflüssige Schatten fließen durch mich hindurch und ertränken mich von innen. Vergiften mich und lösen alles auf, was von Bedeutung war.*

*Die Leere hat schon lange von mir Besitz ergriffen und selbst der Schmerz wird taub und dumpf und verschwindet langsam unter einer dicken Schicht aus Eis. Ich sehe deine Absinth-Augen vor mir und jedes Mal, wenn sich meine Lippen deinen nähern, mischt sich Schwarz unter das Grün und wird so dunkel, dass ich voller Furcht vor dir zurückweiche. Das Lächeln auf deinen Lippen ist mein Verderben und ich lese die Worte, die lautlos deinen Mund verlassen.*

*»Ich hasse dich«, hauchst du und gehst. Jedes Mal derselbe Traum, in dem du mich verrätst, verlässt und sterben lässt. Ich renne dir hinterher und auch, wenn du nur langsam dahinschreitest, erreiche ich dich nie. Ich schreie, doch kein Laut verlässt*

*meine Lippen. Die Worte gehen unter wie ein Wiegenlied in einem Schneesturm.*

*Ich liebe dich …*

*… kommt niemals bei dir an.*

*Und ich zerbreche wie eine Schneeflocke im Wind.*

Als Asra erwachte, fand sie sich auf der Matratze am Boden wieder. Die Einstichstellen an ihren Armen brannten höllisch. Jedoch waren sie sorgfältig verbunden worden. Auch an ihren Schläfen fühlte sie Pflaster kleben.

Asra versuchte, sich aufzusetzen, doch sie war zu schwach. Ihr Kopf sank erschöpft auf das Kissen zurück. An ihrem Knöchel fühlte sie das kühle Metall der Fußfessel.

*Es ist noch hell,* dachte sie abwesend und kniff die Augen zusammen. Ihre Schläfen pochten, als das Tageslicht auf ihre Netzhaut traf. Sie fühlte sich schlimmer als nach Midas' Tod. Nie hätte sie gedacht, dass es für diesen Zustand eine Steigerung geben würde. Ihr war übel und es gelang ihr nicht einmal richtig, den Kopf zu drehen, geschweige denn, die Hand zu heben. Sie tastete nach ihrem Hals und seufzte verloren, als ihr einfiel, dass sie den Würfel gar nicht mehr besaß.

Er war bei Petrichor.

*Ich könnte nicht einmal dann aufwachen, wenn mich jemand retten würde. Mein Traumgegenstand ist bei ihm. Wieso habe ich das getan?* Über ihre spröden Lippen kam ein krächzendes Lachen. *Weil ich Idiot immer noch denke, dass er zurückkommt, um mich zu retten.*

»Ich bin so naiv«, hauchte sie und vergrub ihr Gesicht im Kissen. Sie war verschwitzt und ihre Klamotten klebten unangenehm auf ihrer Haut. Ungeschickt schälte sie sich aus Petrichors Hemd und bettete ihre Wange darauf.

*Es riecht immer noch ein wenig nach ihm,* dachte sie und der Schmerz übermannte sie mit voller Wucht.

»Monster!«, schimpfte sie mit bebender Stimme und warf das Hemd in eine Ecke.

Einen Moment später hörte sie Schritte, die sich dem Zimmer näherten. Es schien nicht nur eine Person zu sein. Asra zuckte zusammen und stellte sich schlafend, in der Hoffnung, dass der Alchemist wieder verschwinden würde.

Der Türknauf wurde gedrückt und die Personen betraten den Raum.

»Sie ist immer noch ohnmächtig, damit hatte ich nicht gerechnet«, sagte der Alchemist und stellte etwas neben ihr auf dem Boden ab. Er griff nach ihrem Handgelenk.

Asra gab sich die größte Mühe, ruhig zu atmen und die Augen geschlossen zu halten.

»Soll ich später wiederkommen?«, schlug Igor vor und wartete geduldig auf die Antwort seines Anführers.

Der Alchemist prüfte ihren Puls und legte eine Hand auf ihre Stirn. »Ich werde ihr etwas verabreichen, das sie stärkt. Ich bin mir nicht einmal sicher, ob ich die zweite Sitzung heute starten kann.« Er klang enttäuscht und Asra hörte, wie er etwas hervorkramte. Kurz darauf spürte sie einen Stich in ihrer Armbeuge.

Sie verzog keine Miene, so geschwächt war sie.

»Igor, du hast recht. Komm in einer Stunde wieder«, befahl der Alchemist und wartete, bis der muskulöse Riese ohne ein weiteres Wort den Raum verlassen hatte.

Asra hörte, wie er einen Stuhl zurechtrückte und sich darauf niederließ. Sie nahm seinen Atem dicht neben sich wahr. Kurz darauf folgte ein Räuspern.

»Guten Morgen, Jade.«

*Warum guten Morgen? Es ist doch erst Nachmittag, oder?* Asra schwieg und rührte sich keinen Millimeter.

»Du musst nicht mehr so tun, als würdest du schlafen. Igor ist weg«, erklärte der Pirat und wartete.

Asra hörte den warnenden Unterton heraus. *Zeigt er mir*

*jetzt endlich sein wahres Gesicht?* Sie atmete etwas zu scharf die Luft ein und wusste, dass sie sich jetzt endgültig verraten hatte.

»Woher kennen Sie Dracula?«, fragte sie zusammenhangslos, als sie die Augen öffnete.

»Was?«, fragte der Alchemist.

»Sie wissen, wer Dracula ist. Der Roman ist aus meiner Welt, das kann nur bedeuten, dass Sie …«

»Schlau beobachtet«, bemerkte der Alchemist anerkennend. »Du hast übrigens sehr lange geschlafen. Ich hätte nicht gedacht, dass dich die Prozedur so stark mitnimmt. Vielleicht muss ich vorsichtiger an die Sache rangehen.«

»Aha«, murmelte Asra gleichgültig.

»Dein psychischer Zustand ist sehr labil. Das beeinträchtigt auch deine körperliche Gesundheit«, erklärte der Alchemist und es schien ihn nicht zu interessieren, dass Asra gar nicht richtig zuhörte.

»Sie machen sich Sorgen um meine Psyche, aber Sie opfern mein Leben für einen dummen, magischen Stein. Dazu kann ich wirklich nichts mehr sagen«, giftete sie und ließ die Augen geschlossen. Ihre Lider fühlten sich an wie Blei.

»Beruhige dich, Jade. Du musst dich ausruhen und etwas essen. Ich habe dir sogar frische Kleidung besorgt«, erzählte er und hörte sich dabei an, als würde er nur das Beste für sie wollen.

»Ich habe keinen Hunger«, erwiderte sie trotzig, obwohl ihr Magen verdächtig knurrte.

»Na schön, wenn es dir soweit gut geht, werden wir nun doch mit der zweiten Sitzung beginnen können. Ich hole nur noch schnell Igor …«

Asra fuhr erschrocken hoch und bereute es im selben Moment, als der Schmerz ihren ganzen Körper durchzuckte. Wimmernd schlang sie die Arme um ihren Oberkörper und weinte lautlos. »Ist schon gut, ich esse ja! Aber bitte, geben Sie mir noch etwas Zeit … ich ertrage das jetzt noch nicht!«

Sie fühlte sich widerwärtig, dass sie vor dem Alchemisten bettelte.

Dieser grinste zufrieden und fuhr sich durch das braune Haar. »Ich komme in einer Stunde wieder und sehe nach, ob du aufgegessen hast und frische Sachen trägst.«

Kaum hatte er den Raum verlassen, begann Asra fürchterlich zu schluchzen. Sie hatte solche Angst vor dem Tod, dass es sie lähmte. Gleichzeitig fürchtete sie ebenso die Schmerzen und sehnte sich nach Erlösung. Es war ein Teufelskreis, aus dem sie nicht herauskam.

»Zwei Tage …«, wisperte sie und vergrub das Gesicht in den Händen. Doch selbst das Weinen gelang ihr nicht richtig. Nach wenigen Minuten waren die Tränen versiegt und eine tiefe Lethargie hatte von ihr Besitz ergriffen. Sie konnte sich nicht einmal daran erinnern, wie sie den Brei gegessen hatte und wie es ihr gelungen war, sich zu waschen und in das altmodisch aussehende, cremefarbene Spitzenkleid zu schlüpfen, das der Piratenkönig ihr hingelegt hatte.

*Was Petrichor wohl den Zwillingen erzählt hat? Asra war so dumm und hat sich auf die Stormhunter geschlichen? Sie ist von den Piraten getötet worden? Wahrscheinlich endet seine Geschichte, egal welche er wählt, immer mit Letzterem. So kann er verhindern, dass sie nach mir suchen. Denn niemand sucht nach einer Toten. Was haben sie wohl gefühlt, als er es ihnen erzählt hat? Waren sie schockiert? Traurig? Werden sie mich vermissen?*

Ihre Gedanken drehten sich im Kreis. Hoffnungslos kauerte sie am Rand ihrer Matratze, die Knie fest an den Körper gezogen und die Arme darum geschlungen. Zeit hatte keine Bedeutung mehr – verdrehte und wand sich wie eine formlose Substanz.

Asra sah nicht einmal auf, als der Alchemist nach abgelaufener Zeit erneut den Raum betrat.

Er betrachtete sie selbstgefällig und ging in die Hocke, um ihre Fußfesseln zu lösen.

»Sie haben noch nicht geantwortet«, murmelte Asra. »Woher Sie das Buch kennen.«

Er hob den Blick und sah ihr tief in die Augen. »Wenn du dich weiterhin gut aufführst, werde ich es dir erzählen.«

»Ich bin kein Hund oder kleines Kind, das man mit Belohnungen locken kann.«

Der Alchemist setzte ein unwiderstehliches Lächeln auf und seine haselnussbraunen Augen funkelten. »Wir werden sehen.«

Er half ihr beim Aufstehen und führte sie in Richtung Labor.

»Aber Sie haben gesagt …«, begann Asra vorsichtig.

»Ich habe gar nichts gesagt, Jade. Wir werden jetzt weiter machen.« Seine Stimme wurde kühler und er drängte sie, vorwärts zu gehen.

Alles in ihr sträubte sich und die Panik kroch in ihr empor. »Bitte …« Sie wich zurück, doch der Alchemist packte sie an der Schulter und drückte sie Schritt für Schritt weiter. Es kostete ihn kaum Kraft, denn Asra vermochte sich nur noch mit letzter Mühe auf den Beinen zu halten.

»Ich weiß nicht, ob ich das ein weiteres Mal aushalte«, winselte sie und stolperte kurz darauf. Absichtlich knallte sie gegen die Tischkante und riss etliche Sachen mit sich zu Boden. Blitzschnell griff sie nach dem Skalpell und ließ es in den Ärmel ihres Kleides rutschen.

»Mir ist so schlecht …«, wimmerte sie und hoffte, dass der Alchemist keinen Verdacht schöpfte. Sie würgte und tat so, als müsse sie sich übergeben.

»Stell dich nicht so an, Kind«, erwiderte er knapp und zog sie grob auf die Beine. Als sie sich wieder sinken ließ, packte er sie kurzerhand und lud sie auf seine starken Arme.

Sie wehrte sich nicht und ließ sich von ihm auf der Liege absetzten. Er wirkte nun nicht mehr ganz so freundlich und das Lächeln war aus seinem Gesicht verschwunden. Stattdessen funkelte er sie verärgert an. »Reiß dich jetzt gefälligst zusammen«, mahnte er und rieb sich über die Narbe an seiner Stirn.

Asra war so angespannt, als stünde sie unter Strom. Sie hatte Angst, dass ihr Plan nach hinten losgehen würde. Noch musste sie abwarten, sie durfte nicht zu früh handeln. Also saß sie still da und ließ zu, dass er ihr die Transfusion setzte und das Diadem auf dem Kopf platzierte.

Sie kniff kurz die Augen zusammen, als erneut der stechende Schmerz durch sie hindurchströmte. Noch immer bewegte sie sich keinen Millimeter. Trotzdem griff der Alchemist nach den Handfesseln.

»Aber ich wehre mich doch gar nicht!«, protestierte Asra und zog ihre Hand weg. »Sie müssen sich schon an Ihre Regeln halten!«

»Du wirst sicher verstehen, dass ich dich nicht unbeaufsichtigt lassen kann, wenn du nicht gefesselt bist«, erklärte er und griff wieder nach ihrem Arm. Er war stark und drückte grob ihr Handgelenk in das Leder. Dann schloss er die erste Schnalle.

Asra verlor keine Zeit mehr. Sie hielt den anderen Arm senkrecht, sodass das Skalpell zurück in ihre Hand glitt. »Wollen Sie nicht erst die Maschine anstellen?«, fragte sie, um ihn abzulenken.

»Erst fixiere ich dich.«

Sie sah am Alchemisten vorbei und runzelte die Stirn. »Ist es normal, dass die Maschine so raucht?«

»Was?«, murmelte der Mann ungläubig und drehte sich nach hinten, um nachzusehen.

Das war Asras Chance. Blitzschnell beugte sie sich nach vorn und rammte dem Mann das Skalpell so fest es ging in die Schulter. Sie erschauderte bei dem Gefühl. *Wie seltsam leicht es geht, eine scharfe Klinge durch Fleisch zu jagen. Erschreckend einfach.*

Er schrie wutentbrannt auf und wich vor ihr zurück.

Asra riss sich den Gurt vom Arm und sprang von der Liege. Sie stürmte zur Tür, stolperte, wäre fast gefallen. Das Adrenalin, das durch ihre Adern strömte, bündelte ihre letzten Kräfte. Zum Glück war die Tür nicht abgeschlossen.

»Du hinterhältige, verlogene Göre!«, schrie der Alchemist und zog sich mit einem Ruck die Klinge aus der Schulter. Das Blut tränkte sein helles Hemd und färbte es tiefrot. Asra verlor keine Zeit und taumelte durch die Tür …

… direkt in Igors Arme.

Sie schrie enttäuscht auf und schlug mit den Fäusten auf den Riesen ein.

Dieser blickte ohne jeglichen Ausdruck auf Asra hinab und packte sie. Er hob sie hoch wie eine Feder, trug sie zurück ins Zimmer und drückte sie auf die Liege. Asra schrie und tobte so sehr, dass ihr wieder schwindlig wurde. Die Welt um sie herum drehte sich, als Igor ihr eine harte Ohrfeige verpasste. Er hielt sie grob fest, während der Alchemist erneut die Fesseln fixierte. Er zurrte sie so fest, dass das Leder fest in ihre Gelenke schnitt.

»Lass mich!«, schrie sie und spukte Igor ins Gesicht. Dieser fackelte nicht lange und schlug sie erneut. Diesmal schmeckte sie Blut auf ihren Lippen. Kraftlos sank sie zurück. *»Es ist alles vorbei …«*, flüsterte sie immer und immer wieder, bis die Worte nur noch lautlose Bewegungen ihrer Lippen waren.

»Das war sehr dumm von dir«, teilte ihr der Alchemist mit und drückte sich ein Tuch auf die stark blutende Wunde. »Von nun an werde ich dich nicht mehr so sorgsam behandeln.«

»Sie müssen Ihre wahre Natur nicht vor mir verbergen«, versicherte sie und wandte das Gesicht ab.

Igor starrte Asra hasserfüllt an und sie konnte ihm ansehen, dass er sie am liebsten umbringen würde. Trotzdem, oder genau deswegen, forderte sie ihr Schicksal heraus. Sie wollte Unruhe stiften.

»Igor, weißt du, ich habe vor einiger Zeit eine Diskussion mit Petrichor geführt. Es ging dabei um dich.« Sie schluckte und leckte sich über die trockenen Lippen. »Ich war der Meinung, du bist ein fehlgeschlagenes Experiment des Alchemisten. Er meinte, du bist einfach nur hässlich.« Asra machte eine kurze Pause und grinste. »Wer von uns beiden hat recht?«

Igor stieß ein tiefes Grunzen aus und holte mit voller Wucht aus, als er seine schwielige Handfläche auf sie hinabsausen ließ.

Sie hoffte, dass der Schlag sie in eine tiefe Bewusstlosigkeit schicken würde, doch nichts passierte. Zu ihrer Verwunderung hatte der Alchemist den Schlag mit seiner Hand abgefangen.

»Hör auf, Igor«, befahl er streng. »Sie soll bei vollem Bewusstsein sein, wenn die Schmerzen einsetzen. Jade soll leiden.«

Asra gab auf. Jetzt konnte sie nur noch beten, dass zumindest der Schmerz sie irgendwann in eine Ohnmacht sinken ließ, so wie es auch am Tag zuvor geschehen war.

Der Alchemist startete die Maschine und ihr Blut verwandelte sich in brennendes Feuer.

Sie unterdrückte einen Schrei und krallte ihre Finger fest in das Leder.

»Igor, geh schon einmal vor. Den Rest schaffe ich auch allein«, befahl der Piratenkönig.

»Soll ich nicht noch Ihre Wunde verbinden, Captain?«

Dieser schüttelte den Kopf und Igor verließ, ohne ein weiteres Wort, den Raum.

Als Nächstes beugte sich der Alchemist über Asra und tupfte ihr mit einem Stück Stoff das Blut vom Mundwinkel. Er drehte ihr Gesicht hin und her und war absichtlich grob zu ihr. »Du wirst ziemlich verunstaltet sterben, Mädchen«, murmelte er und ließ wieder von ihr ab.

»Wie tragisch«, erwiderte sie.

»Du bist verletzt und kurz vorm Tod, aber deinen Sarkasmus wirst du bis zum Ende nicht ablegen, habe ich recht?« Es war keine Frage, sondern eine Feststellung.

Also schwieg Asra und starrte abwesend an die Decke.

»Eins musst du mir noch verraten, bevor ich gehe.« Er musterte sie von oben bis unten.

Asra fühlte sich schrecklich unwohl und seinen Blicken schamlos ausgeliefert. Sie schloss die Augen, um es nicht länger ertragen zu müssen. »Stellen Sie Ihre verdammte Frage, damit Sie endlich diesen Raum verlassen. Ich ertrage Ihre Anwesenheit noch weniger als den Schmerz, den Sie mir zufügen.«

»Wo ist dein Traumgegenstand?«

»Ich habe ihn nicht mehr.«

»Wo ist er?«

»Weg. Er wird nie wieder auftauchen.«

»Wirklich schade. Du weißt, dass du ohne ihn sowieso nicht mehr hättest aufwachen können? Und nach absehbarer Zeit würdest du vergessen, wer du bist und den Verstand verlieren.«

*Davon wusste ich allerdings noch nichts.* Sie nickte zögernd. »Deshalb können Sie sich das Serum eigentlich sparen.«

Der Alchemist prüfte noch einmal ihre Fesseln und schnürte diese so fest, dass sie tief in ihre Haut schnitten.

Noch immer verzog Asra keine Miene. Sie war bereits in ihr Innerstes verschwunden. Dort hatte sie sich einen Raum erschaffen, der vollkommen still und leer war. Sobald sie dort war, spürte sie den Schmerz nur noch gedämpft und bekam nichts mehr mit, was um sie herum geschah.

Der Alchemist verband provisorisch seine Stichwunde, während er Asra fast schon besorgt musterte. »Noch musst du etwas durchhalten. Es ist wichtig, dass der Kristall fertiggestellt wird, bevor du stirbst.« Dann lächelte er wie ein Psychopath und drehte sich zum Tisch, um flüchtig im Grimoire zu blättern. Er kritzelte etwas auf ein Stück Papier und steckte es in seine Hosentasche. Dabei murmelte er so leise vor sich hin, dass Asra ihn kaum verstehen konnte. »Wenn das hier schiefgehen sollte, müsste ich erst einmal die Tür finden, was sich als schwierig erweisen dürfte …«

Der Alchemist zupfte sein blutiges Hemd zurecht und warf ihr einen letzten nachdenklichen Blick zu, ehe er den Raum verließ. »Schlaf gut, Jade.«

*Tür? Von welcher Tür spricht er?* Doch bevor Asra den Gedanken vertiefen konnte, fing ihr Körper vollends Feuer.

Das Fieber stieg. Bereits nach wenigen Minuten war sie vollkommen verschwitzt und der Schweiß rann von ihrer Stirn. Das Blut wurde erst durch die Schläuche aus ihrem Körper gezogen, gefiltert und dann wieder zurückgeleitet. Das Herz des Sanddämons schimmerte immer intensiver und saugte die Magie auf wie ein Schwamm. Es wurde schlimmer und der Schmerz steigerte sich so sehr, dass sie schreien musste. Nicht einmal ihr unsichtbarer Raum konnte ihr noch helfen. Sie warf sich hin und her, riss an den Fesseln, biss sich auf die Lippe und krallte sich ihre Nägel in die Handflächen. Doch nichts vermochte, den Schmerz in ihren Adern zu übertünchen.

Erst nach einer gefühlten Ewigkeit gönnte ihr Körper ihr die rettende Erlösung, indem er sie in eine tiefe Ohnmacht fallen ließ.

Und zum ersten Mal wünschte sich Asra, dass sie nicht mehr aus der Dunkelheit erwachen würde.

Doch ihr Flehen wurde nicht erhört.

Ihr Kopf war zur Seite gerutscht und das Blut ihrer Wunde hatte sich auf dem Leder verteilt. Sie schlug die Augen auf und das Erste, was sie sah, war der gläserne Behälter in der anderen Ecke des Raumes. Das goldene Licht schwebte schimmernd darin umher und aus irgendeinem Grund hatte es eine beruhigende Wirkung auf Asra. Sie wollte eine Hand heben, um sich das Blut vom Gesicht zu wischen, doch sie war noch immer fixiert. Blinzelnd drehte sie den Kopf in Richtung Fenster. Der Himmel schimmerte rosa und orange im schönsten Abendrot. *Wie lange liege ich hier schon?*

Sie stöhnte und sah zu der Maschine, die stillstand. Ihre Armbeugen waren blutunterlaufen und schmerzten fürchterlich. Eine der Nadeln war halb herausgerutscht – ein unangenehmes Ziehen zog sich ihren ganzen Arm hinauf. Asra rutschte so weit wie möglich nach hinten und ihre Haut schabte an den Fesseln. Dennoch gelang es ihr, die Nadel herauszuziehen. Das Ziehen verschwand und sie sank erleichtert zurück. Sie ignorierte das Blut, das ihre Haut hinabrann und lenkte ihren Blick wieder auf das Irrlicht.

»Hey, Irrlicht«, flüsterte sie wirr. »Ziemlich ätzend hier, nicht wahr?«

Das Licht hüpfte und drückte sich gegen die Scheibe.

Asra lächelte und wollte sich einbilden, dass das Wesen sie hören und verstehen konnte. Es tat gut, mit jemandem zu reden, auch wenn es nur ein funkelnder Stern war.

»Wie lange bist du schon hier?«, fragte sie und das Wesen hüpfte erneut und schwirrte herum.

»Das verstehe ich leider nicht.« Ihr Blick wurde glasig. »Ich werde … morgen sterben«, hauchte sie und das Sprechen wurde zunehmend anstrengender. »Hat dich der Alchemist auch eingesperrt? Ich wünschte … ich könnte dich aus diesem Käfig herausholen«, flüsterte sie und leckte sich über die spröden Lippen. Erst jetzt bemerkte sie, wie durstig sie war.

Das Irrlicht schimmerte heller, bevor es ruhig an Ort und Stelle schwebte. Asra hörte Schritte und schloss die Augen.

Der Alchemist betrat den Raum und ging auf sie zu. Er prüfte schweigend ihren Puls und griff nach dem Glas Wasser, das er mitgebracht hatte. Er schob ihr zuerst seine Hand hinter den Nacken und hob dann ihren Kopf.

Sie blinzelte und legte all ihre Kraft in einen abgrundtief bösen Blick. Er hielt ihr das Glas an den Mund, aber sie weigerte sich zu trinken. Doch als der erste kühle Tropfen an ihren Lippen hängen blieb, konnte sie nicht länger widerstehen. Sie trank gierig, bis das Glas leer war.

»Ich hoffe, es war dir eine Lehre«, begann der Alchemist und stellte das Glas ab. Er löste die Fesseln an ihren Füßen, dann die an ihren Armen. Normalerweise hätte er erst die Schläuche entfernt, aber er ging wohl nicht davon aus, dass Asra sich wehren würde. Ihr Zustand war zu schlecht, ihr Körper zu schwach. Für diese Information hätte er nicht erst ihren Puls messen müssen.

Sie fühlte sich mehr tot als lebendig. Die Blutergüsse an ihrer Wange pochten unaufhörlich. Das getrocknete Blut, das an ihrer Lippe klebte, war auch auf ihrem Kinn verschmiert – es zupfte und spannte unangenehm auf der Haut. Die verschwitzten Haare hingen ihr feucht in die Stirn und es störte sie, dass sie nicht einmal fähig war, sie wegzustreichen. Ihre Arme fühlten sich an wie Blei. Die Haut an ihren Gelenken war blutunterlaufen und aufgeschürft – brannten wie Feuer.

»Was ist das für ein leuchtendes Ding dort drüben in dem Behälter?«, fragte sie fast lautlos.

Der Alchemist sah kurz zu dem Irrlicht hinüber und wirkte mit einem Mal sehr nachdenklich.

Asra war sich nicht sicher, ob er überhaupt mit ihr sprechen würde.

Er kontrollierte die Schläuche und setzte die herausgezogene Nadel erneut.

Sie zuckte zusammen. *Warum macht er mich nicht los?*

»Eine Seele«, antwortete er knapp.

»Ich glaube kaum, dass man eine Seele in einem Behälter aufbewahren kann«, merkte Asra zweifelnd an. »Für mich sieht es aus wie ein Irrlicht aus einem Märchen.«

Der Pirat lachte amüsiert. »Ich lüge nicht. Mit den richtigen Bannzeichen funktioniert es. Allerdings ist es ziemlich sinnlos.«

Asra schluckte. »Und wessen Seele soll das sein?«

Der Alchemist überlegte. »Eigentlich kann ich es dir ja erzählen. Einen so neugierigen und interessanten Gesprächspartner hatte ich schon lange nicht mehr. Diese Seele ist der Grund dafür, warum Petrichor für mich arbeitet.«

Asra riss ungläubig die Augen auf. »Sie lügen.«

»Wieso sollte ich? Ich habe keinen Grund zu lügen. Dieses Geheimnis wird mit dir zusammen sterben.«

Wie gebannt starrte sie auf das Licht, das wieder schwächer

schimmerte und sich kaum mehr bewegte. Dann sprach sie flüsternd den richtigen Namen des Wesens aus.

»Eira …?«

Der Alchemist nickte. »Petrichor denkt tatsächlich, dass ich seine Schwester zurückholen könnte. Eira ist der Grund, warum er dein Leben opfert, Jade. Er denkt, ich würde deine Magie dazu benutzen, um seine Schwester wieder lebendig zu machen.«

Asra verstand nun so vieles und nichts zugleich. »Sie sind grausam.«

»Stimmt. Dieser Dummkopf hat sogar oft genug seine eigene Magie gespendet. Anstatt sie der Seele einzuflößen, habe ich sie für meine eigenen Zwecke benutzt. Man kann keine Seelen zurückholen. Das arme Wesen ist hier seit vielen Jahren gefangen und er ahnt es nicht einmal. Vielleicht will er es auch ganz einfach nicht wahrhaben.«

*Deshalb sah Petrichor oft so müde und ausgemergelt aus. Und ich dachte, seine Schatten würden von ihm zehren, oder die Aufträge würden ihn so verausgaben.*

Dieses Wissen schnürte ihr die Kehle zu. »Und ich dachte, Petrichor wäre ein Monster. Doch sie übertreffen einfach alles. Aber …«, begann sie nachdenklich, »aus welchem Grund benötigen Sie dann meine Magie?«

»Das nehme ich als Kompliment.« Er zog seine Pfeife aus der Tasche und stopfte sie sorgfältig mit Tabak. Dann entzündete er sie auf dieselbe Weise, wie er es im Gewächshaus getan hatte. Er zog daran und der süßliche Duft erfüllte schon bald den ganzen Raum. Ihre Frage ignorierte er.

Asra rieb sich schmerzerfüllt die Handgelenke. »Aber wie kann das Eiras Seele sein? Sie ist an Krebs gestorben! Ich verstehe nicht, wie es möglich sein kann …«

Der Alchemist unterbrach sie. »Eira war selbstverständlich auch ein Traumwandler. Sie starb im Schlaf, im selben Moment, als sie Arkana betrat. So ein Fall ist äußerst selten, wenn nicht sogar unmöglich. Ihr Körper war bereits tot, doch ihre Seele war gefangen. Allerdings stirbt auch die Seele nach einigen Stunden. Sie folgt dem Körper ins Jenseits. Eira hätte in Arkana also nur noch wenig Zeit zur Verfügung gehabt.

Petrichor hat wohl geahnt, dass etwas nicht stimmt und ist ihr sofort nach Arkana gefolgt. Ich war ihm zuvor schon einmal begegnet und er wusste, wie viel Macht ich besitze. So suchte er mich auf und bat mich um Hilfe. Den Rest der Geschichte kennst du bereits. Ich habe ihm ein Angebot gemacht, das er nicht abschlagen konnte. Seitdem sucht er Artefakte für mich, im Glauben, dass ich damit irgendwann Eiras Seele in einem neuen Körper wiedererwecken könnte.«

Asra war so angewidert, dass ihr übel wurde. »Aber für was sammeln Sie dann all diese magischen Gegenstände? Und was für eine Rolle spiele ich dabei, wenn es hier gar nicht um Eira geht?«

»Die Antwort ist ziemlich simpel. Mir ist fast dasselbe widerfahren wie Petrichors Schwester. Nur hatte ich glücklicherweise vorgesorgt, um für den Fall meines Todes in Arkana weiterleben zu können. Es gibt immer Mittel und Wege …«

Asra blieb jedes Wort im Halse stecken und sie wartete schweigend, bis der Alchemist weitererzählte.

»Ich bin …«, er zögerte kurz und verbesserte sich, »… *war* ebenfalls ein Traumwandler. Ich komme aus deiner Welt, Jade. Und mit deiner Magie werde ich mir einen neuen Traumgegenstand erschaffen, damit ich wieder durch die Welten springen kann.«

»Das kann nicht sein …« Asra wurde kurzzeitig schwarz vor Augen. Die Schmerzen flammten erneut auf und brannten sich in ihre Seele.

»Es ist die Wahrheit. Ich starb vor vielen Jahren bei einem Unfall. Ich war noch nicht tot, als ich in meinem Auto im eiskalten Wasser eines Sees versank. Ich wurde ohnmächtig und trat durch die Tür. Wenig später starb mein Körper. Meinen Traumgegenstand konnte ich nicht mehr übernehmen. Er blieb in der realen Welt zurück.« Er machte eine kurze Pause und musterte ihr entsetztes Gesicht. »Sieh mich nicht so an, Mädchen. Ja, es ist möglich, hier in dieser Welt weiterzuleben. Bei Eira war es jedoch schon zu spät, ihre Krankheit hätte sie auch in Arkana dahingerafft.«

»Das ist unmöglich …«, hauchte Asra und ihre Stimme versagte. Sie betrachtete den Alchemisten genauer, prägte sich jedes Detail seines Gesichtes ein. Erst jetzt begriff sie es. Erkannte die feinen Ähnlichkeiten. Hatte sie es nicht schon bei ihrem ersten Zusammentreffen bemerkt? Ihr wurde abwechselnd heiß und kalt und ihr Verstand suchte verzweifelt nach Erklärungen, die realistisch waren. Doch sie fand keine.

»Die Narbe … du bist durch den Aufprall auf das Lenkrad geknallt. Der Airbag hat nicht funktioniert …«, flüsterte sie in Gedanken versunken.

Der Alchemist sah sie schräg an. »Schlussfolgerst du das gerade? Und wo ist auf einmal dein Sinn für Höflichkeit geblieben?«

Asra fixierte den Mann eindringlich, der ihr so fremd war und doch auf eine Weise so nah.

Ihr Herz brach, als sie seinen richtigen Namen aussprach.

»David?«

Der Alchemist riss ungläubig die Augen auf und ließ die Pfeife fallen, die er in der Hand gehalten hatte. Der Aufprall erzeugte ein dumpfes Geräusch und der Tabak verteilte sich dampfend und knisternd auf dem Boden. Er stand ruckartig auf und packte sie grob an den Schultern. Die Schläuche an ihren Armen und an ihrem Nacken schnitten schmerzhaft in ihre Haut und waren kurz davor, sich zu lösen. Die Nadeln stachen bei jeder Bewegung, bei jedem Schütteln.

»Woher weißt du meinen Namen? Niemand weiß meinen Namen!« Er schrie und sein Gesicht war zu einer einzigen Grimasse verzerrt. »Stehst du etwa mit Howlan im Bunde, du verdammte Hexe?«

Asra nahm tatsächlich einen Hauch von Angst in seinen Augen wahr. *Wer ist Howlan?* Sie konnte nicht antworten, der Schock saß zu tief in ihren Knochen.

»Seit fast neunzehn Jahren habe ich diesen Namen nicht mehr gehört, geschweige denn ausgesprochen!«, wütete David weiter und dachte nicht daran, von ihr abzulassen.

Asras Sicht verschwamm und sie wusste nicht, wie viel sie noch ertragen konnte. Sie hatte das Gefühl, die Last eines ganzen Universums würde auf ihren Schultern liegen. Ihr Körper war zu schwach, um sich zu wehren, und ihre Seele hatte schon längst aufgegeben. Nach Petrichors Verrat war etwas in ihr erloschen. In welchen Zustand konnte sie als Nächstes fallen? Was kam nach Aufgeben? Nach völliger seelischer Taubheit? Sie hoffte, dass es bald zu Ende sein würde. Sie ertrug es nicht länger. »Ich bin es«, hauchte sie, »… Asra, deine Tochter.«

Der Alchemist riss die Augen auf und taumelte einen Schritt zurück. Er betrachtete Asra wie einen Dämon, wie einen Fehler in der Realität.

»Meine Tochter ist tot«, widersprach er mit bebender Stimme.

»Nein, ich bin hier. Und Mama … Lucinda, ist auch am Leben.«

David lief auf sie zu und verpasste ihr eine Ohrfeige. »Ich weiß nicht, woher du diese Informationen hast, Hexe, aber ich werde sie begraben, zusammen mit dir!«

Asra spürte den brennenden Schmerz nicht, den seine Handfläche auf ihrer Wange hinterließ. Sie fühlte überhaupt nichts mehr. »Du hast meinen Namen ausgesucht, oder? Lucy hat es mir erzählt. Er bedeutet *»travel at night«*, habe ich recht? Wusstest du, dass du mir deine Gabe vererben würdest?«

»Sei still«, fauchte der Alchemist und rieb sich nervös mit den Fingern die Schläfen.

Sie wusste nicht, wie viele Beweise David noch brauchen würde. »Dein Würfel ist nun mein Traumgegenstand.«

»Der Würfel ist mit mir zusammen im See versunken!«, schrie

der Alchemist und griff in all seiner Rage nach einem Skalpell. Er schritt langsam auf sie zu und seine Augen funkelten wild und entschlossen.

»Willst du mich jetzt umbringen?«, flüsterte Asra.

»Wo hast du ihn? Wenn du die Wahrheit sagst, beweis es«, forderte der Alchemist.

»Ich habe ihn nicht hier«, gestand sie monoton. Sie war schon lange nicht mehr richtig anwesend. Es war, als würde eine fremde Person aus ihr sprechen.

David lachte irre auf. »Also bist du nichts weiter als eine Hochstaplerin.«

»Woher sollte ich sonst all diese Dinge über dich wissen?«, merkte Asra an und schloss die Augen. »Ich habe den Würfel in einer Schubblade deines Schreibtisches gefunden. Im Nachhinein denke ich, Lucy hat ihn dort versteckt. Vielleicht, um ihn von mir fernzuhalten …«

*Weiß Mama doch mehr, als ich geglaubt habe?*

David beugte sich tiefer zu ihr hinunter. »Manche Traumwandler haben mehr als nur eine Gabe. Vielleicht hast du auch einfach nur eine Hexe in der Blutlinie, die Gedankenlesen kann? Ich weiß es nicht und es ist mir auch egal. Deine Magie ist so gut wie aufgebraucht und der Kristall scheint fast voll aufgeladen zu sein! Deine Kraft ist wirklich erstaunlich.«

»Bring es zu Ende«, flüsterte Asra lächelnd. »Ich ertrage es nicht länger, Papa.«

Der Alchemist schlug sie erneut.

Sie schmeckte Blut auf ihren Lippen und hoffte inständig, dass sie ohnmächtig werden würde. *Ein letztes Mal einschlafen,* dachte sie verzweifelt. *Stan, Mama … es tut mir so unglaublich leid.* Tränen brannten auf ihren Wangen und der Geschmack von Salz vermischte sich mit dem des Blutes. Sie war zu erschöpft, um ihrem Vater ein letztes Mal in die Augen zu sehen. »Was hat dich zu einem Monster gemacht?«

Der Alchemist legte ihr die kalte Klinge an die Kehle. »Ich

habe alles verloren. Meine Frau, mein ungeborenes Kind, mein erfolgreiches Leben. Ich starb mit der Ungewissheit, was aus ihnen geworden ist. Fast zwei Jahrzehnte verbringe ich nun schon damit, einen Weg zu finden, wie ich zurück kann! Die Wut trieb mich voran. Ich lernte alles über Magie und Alchemie. Ich habe nach hunderten Wegen gesucht. Nach Lösungen. Doch ich habe die verdammte Tür nie gefunden. So wenige Wege – so viele Sackgassen …« Er fuhr sich wirr durch die Haare, redete wie im Wahn.

»Für die Menschen hier wurde ich zum gefürchtetsten Mann von ganz Arkana! Ich ging über Leichen, verriet langjährige Freunde. Raubte, suchte Anhänger und fand nach kurzer Zeit eine ganze Armee. Ich verbreite auf meiner Suche Angst und Schrecken, ich beherrsche den Himmel! Und für was? Nur, um einen Traumgegenstand zu erschaffen! Weil die verdammte Tür nicht zu finden ist …« Er lachte hysterisch auf. »Es würde ohnehin nichts nutzen! Denn dieses verdammte Schwert ist wie vom Erdboden verschwunden …« Ich will doch nur noch einmal nach Hause, um nachzusehen. Mehr will ich gar nicht … um Ruhe finden zu können …«

Asra verstand kein Wort von dem, was er sagte. *Tür? Schwert? Meint er etwa die Tür, die in den Träumen von uns Traumwandlern auftaucht? Die Tür nach Arkana?* Die Gedankenfäden konnten sich nicht vollständig verbinden. Die Puzzlestücke drifteten auseinander wie Eisschollen auf dem Meer.

David war so in Rage, dass er die Maschinen erneut startete und ihr die Klinge an die Kehle hielt. »Nur noch ein paar Minuten und der Kristall ist mein.« Seine irren Augen schimmerten feucht.

Asra lächelte unter Tränen. »Wenn es dir gelingt … wir wohnen immer noch in dem Haus, das du Lucy zur Hochzeit geschenkt hast. Nur ich werde dann nicht mehr da sein, wenn du dort ankommst, Papa. Sag Mama bitte, dass ich sie lieb habe, okay?«

»Hör auf, mich so zu nennen!«, flehte der Alchemist mit bebender Stimme und drückte ihr die Klinge ins Fleisch.

Sie hatte so viele Fragen, doch ihr war klar, dass es keinen Zweck hatte. Asra atmete tief durch und flüsterte ihm die letzten Worte entgegen. Worte, die ihr in diesem letzten Moment wichtiger schienen als Antworten. »Schade, dass wir uns nie richtig kennenlernen konnten. Aber ich verzeihe dir ...«

Die Klinge glitt durch Haut und Fleisch und Asra akzeptierte den Tod.

Sie fühlte, wie sich die Schatten über ihr ausbreiteten und sie schützend umarmten. Ein Hauch von Räucherstäbchen stieg ihr in die Nase und sie lächelte.

*Ich liebe dich, Petrichor.*

Doch mit einem Mal stoppte die Klinge und der Alchemist taumelte keuchend zurück. Das Skalpell fiel klirrend zu Boden und Asra öffnete zögernd die Augen.

Jemand hatte David eine silberne Kette um den Hals geschlungen und drückte zu.

Sie hätte die Kette überall wiedererkannt.

Der Würfel presste sich in die Haut am Hals ihres Vaters. David versuchte verzweifelt, seinen Angreifer abzuwehren.

»Halt endlich still«, zischte der Unbekannte, »sonst trennt dir dein eigener Traumgegenstand noch die Kehle durch, du elender Mistkerl.«

*Diese Stimme!*

Und Asra schluchzte voller Unglauben auf, als sie in Petrichors stechend grüne Augen sah.

# Kapitel 9

*Endlosnächte*

*Hätte ich jemals auch nur die geringste Chance gehabt, dich vor dir selbst zu retten? Möglicherweise hätte ich niemals eingreifen, niemals etwas bezwecken können. Egal, wie sehr ich es versuchte. Du warst immer du und ich war dumm genug, dass ich dachte, ich könnte dich etwas mehr fühlen lassen als nur Leere, Dunkelheit und Hass. War ich nur ein Mittel zum Zweck? Ein Auftrag, der erledigt werden musste? Eine Last auf deinen Schultern? Oder fraß dich dieser eine, unvorstellbare Gedanke langsam innerlich auf? Stück für Stück.*

*Hast du wirklich geglaubt, dass nur deine Dunkelheit übriggeblieben war? Du konntest alles und jeden um dich herum täuschen. Alle außer mir. Und diese Tatsache wuchs zu deiner größten Angst heran. Zu deinem erbittertsten Feind. Doch es gibt Dinge, die kannst selbst du nicht töten, Petrichor. Diese Eventualität. Diese lästige Ungeheuerlichkeit. Die unabdingbare Wahrheit, die sich durch dein schwarzes Herz gezogen hat und es langsam, aber sicher zurück in ein rotes, lebendiges Etwas verwandelte. Ich war zu einem unerwünschten Funken Licht in deiner geliebten Nacht geworden.*

*Du fühlst sehr wohl etwas für mich.*

*Mehr, als du ertragen kannst.*

*Also zerschmettere mich, wie alles andere auch. Meine Splitter werden dir in jeden Traum folgen und sich dort verhaken.*

»Du bist zurückgekommen«, hauchte Asra zitternd und sagte diese Worte mehr zu sich selbst als zu ihm – noch immer halb im Fiebertraum versunken. Doch selbst ausgesprochen fühlte es sich nicht real an. *Das kann einfach nicht wahr sein. Träume ich? Bin ich tot …?*

Petrichor sah ihr tief in die Augen, während er dem Alchemisten fester die Kehle zuschnürte. Die Haut an Davids Hals blutete und es gelang ihm nicht, sich aus Petrichors Griff zu befreien. Er versuchte verzweifelt, seine Finger unter die Kette zu schieben und seinen Angreifer abzuwehren. In seinen Augen lag blankes Entsetzen.

»Halt endlich still, sonst wird es nur noch länger dauern«, flüsterte Petrichor.

Asra starrte ihn an und hielt diesen Moment für nichts weiter als eine Halluzination – einen krankhaften Traum. Sie versuchte nicht einmal, sich die Schläuche von den Armen zu reißen, geschweige denn, sich selbst zu befreien. *Das hier ist nicht real. Petrichor würde niemals zurückkommen. Er hat keinen Grund dazu.*

Während Asra in ihren Gedanken festhing wie in einem Puzzle, bei dem die Teile nicht zusammenpassten, drängte der Alchemist Petrichor mit aller Kraft gegen die Tischkante. Dinge fielen klirrend zu Boden und gingen zu Bruch. David schaffte es nicht, ihn abzuschütteln.

Der Junge war zu stark. Das Monster in ihm hellwach und die eiskalte Gleichgültigkeit in seinen Augen verriet, dass er den Alchemisten, ohne zu zögern, umbringen würde.

*Wird. Er wird ihn töten. Jetzt. Wenn ich nicht …*

David rang keuchend nach Luft, sein Gesicht war rot und wutverzerrt. Er tastete immer wieder hektisch über das Silber und blieb letztendlich an dem kleinen Würfel hängen. Als er erkannte, womit er gerade gewürgt wurde, fixierte er Asra mit einem Blick, in dem tiefer Unglauben lag – Verwirrung und Angst.

Petrichor drückte fester zu. Das Silber schnitt tiefer und das Blut rann seinen Hals hinab.

»Hör auf …«, flüsterte Asra.

Petrichor legte den Kopf schief und sah sie fragend an. Doch er hörte nicht auf sie.

»Bitte, der Alchemist …« Ihre Stimme versagte.

»Er hat den Tod verdient, Asra.«

»Ich weiß, aber …«

»Aber was? Sieh doch nur, was er dir angetan hat.« Sein Blick wanderte über ihren ausgemergelten Körper und er zog fester zu.

»David ist mein Vater«, presste sie mit letzter Kraft hervor, zog sich verzweifelt den Schlauch aus dem linken Arm und bewegte ihre schmerzenden Beine über die Kante der Liege.

Petrichor hielt kurz inne, wirkte aber nicht sonderlich überrascht. Ihr wurde klar, dass er es bereits wusste.

*Wie lange war er schon hier und hat zugehört?*

Der Alchemist nutzte den Moment der Unachtsamkeit und holte keuchend Luft. Er schlug Petrichor hart mit dem Ellbogen in die Seite. Dieser zuckte zusammen und wich taumelnd einen Schritt zurück. David konnte sich endlich aus seinem Griff befreien und hielt hustend die blutverschmierte Kette in der Hand.

»Das kann nicht wahr sein«, murmelte er und starrte verbissen auf den kleinen Würfel. »Meine Tochter ist tot … alle sind tot!«

Petrichor hatte blitzschnell seinen Dolch gezogen und trat näher an den Alchemisten heran. »Es ist vorbei, deine Zeit ist vorüber.«

David griff nach seinem Skalpell und ging in Angriffsstellung. »Warum stellst du dich mir nach all den Jahren in den

Weg? Nach allem, was ich für dich getan habe? Wegen diesem Mädchen? Willst du wirklich alles für sie opfern? Das ist ein großer Fehler, Petrichor. Ich werde Eira nicht zurückholen, wenn du nicht sofort aufhörst …«

»Er lügt!«, rief Asra und versuchte, sich das teuflische Diadem vom Kopf zu ziehen. Die Dornen rissen die Haut an ihren Schläfen auf und trotzdem stoppte sie nicht, bis sie die Krone aus Metall in den Händen hielt. Sie ließ sie zu Boden fallen und das laute Geräusch lenkte vollends die Aufmerksamkeit auf sie. »Er kann Eira nicht zurückholen«, wisperte sie mit bebender Stimme. »Er hat dich die ganze Zeit über belogen. Es tut mir so unendlich leid, Petrichor …«

Dieser war von ihrer Antwort wie vor den Kopf gestoßen und es war ein Leichtes für David, den ersten Angriff zu starten. Er stürzte sich nach vorn und Petrichor konnte nicht rechtzeitig ausweichen.

Der Schnitt war tief und das Blut tränkte sofort sein Shirt. Dennoch packte er Davids Arm und schlug ihm das Skalpell aus der Hand. Der Alchemist schrie auf und stürzte sich mit seinen bloßen Fäusten auf den Verräter.

»Du wirst dieses Schiff niemals lebendig verlassen, Petrichor«, zischte er und sein nächster Schlag traf den Jungen mitten ins Gesicht. Dieser verzog keine Miene und griff blind nach einem Glasbehälter, den er dem Alchemisten an die Schläfe knallte. Nach dem dumpfen Aufprall zersplitterte das Glas und die Scherben fielen klirrend zu Boden.

Der Alchemist schien erst nicht zu reagieren. Er stand ruhig da und blickte verwirrt in Petrichors Richtung. Doch als er zum Gegenangriff ansetzen wollte, ging er plötzlich zu Boden. Wenige Sekunden später drückte er perplex die Hand an sein Gesicht. Rote Rinnsale flossen zwischen seinen Fingern hervor. Sein Auge war blutunterlaufen.

Von Petrichors Hand tropfte ebenfalls Blut. Seine Knöchel waren aufgeplatzt – das splitternde Glas hatte in sein Fleisch geschnitten. Er war nach wie vor die Ruhe in Person. Er sah aus wie jemand, der wusste, dass er gewinnen würde. Dem es nicht das Geringste ausmachte, zu verletzen und zu töten. Keine Sekunde ließ er den Alchemisten aus den Augen. Der Ausdruck in seinem Gesicht war starr wie der einer Statue. *Wie ein wunderschöner, aus Obsidian geschnitzter Dämon.*

Wie in Zeitlupe zog Petrichor seinen Revolver.

»Ein paar letzte Worte?«, fragte er gleichgültig.

David versuchte, sich auf die Beine zu kämpfen, doch der Schlag auf den Kopf hatte ihm sichtlich zugesetzt. Er wischte sich vergebens das Blut aus dem Gesicht und blinzelte. Der Fluss aus roter Tinte stoppte nicht und sein Auge starrte purpurn und furchteinflößend in die Leere. »Ich werde einen Weg finden, um euch beide zu töten«, flüsterte David mit fester Stimme.

Petrichor entsicherte die Waffe und sein Mundwinkel zuckte spöttisch. »Nicht einmal du hast die Macht, von den Toten aufzuerstehen.«

Keiner der beiden beachtete Asra, die sich auch den zweiten Schlauch vom Arm gerissen hatte und mit letzter Kraft die Beine von der Liege schwang. Kurz bevor Petrichor abdrücken konnte, warf sie sich vor David und fiel auf die Knie. »Nicht …«, bat sie und breitete schützend die Arme aus. »Es gibt schlimmere Dinge als den Tod, das hast du selbst einmal zu mir gesagt!«

Petrichor zielte noch immer auf sie und runzelte die Stirn. »Wie oft willst du dich mir noch in den Weg stellen, Asra?«

Sie lächelte unter Qualen. »So oft es nötig ist.«

»Geh zur Seite … bitte«, bat er und seine Stimme war ausnahmsweise nicht schneidend, sondern sanft.

Währenddessen kroch der Alchemist auf allen vieren zur Tür hinüber und schrie hysterisch nach Igor.

»Das kannst du dir sparen«, begann Petrichor, »dein treuer Schoßhund ist tot.« Ein selbstgefälliges Lächeln umspielte seine Lippen. Er zielte nun an Asra vorbei und schoss vor dem Alchemisten in den Boden.

Der Knall war ohrenbetäubend. Asra sah sich panisch um und war aus irgendeinem Grund erleichtert, dass ihr Vater nicht getroffen worden war. »Hör auf!«, befahl sie nachdrücklich. Trotzdem war sie verwundert, dass Petrichor danebengeschossen hatte. *Absichtlich. Er würde niemals sein Ziel verfehlen.*

David kroch dennoch weiter und öffnete unbeholfen die Tür. Ihm gelang es endlich, sich auf die Beine zu kämpfen. Er schrie erneut nach Igor und trat suchend in den Flur hinaus.

Asra blickte über ihre Schulter und sah nur noch, wie der Alchemist stocksteif dastand und auf den Boden starrte. Von ihrem Standpunkt aus konnte sie nur Igors blutüberströmten Kopf sehen, der aus der Dunkelheit des Flures vom Lichtschein des Raumes erhellt wurde. Asra spürte nicht die geringste Regung in sich. Nur abgrundtiefe Abscheu.

Petrichor ging an ihr vorbei, um David aufzuhalten.

Doch sie packte ihn am Handgelenk. »Nicht! Er wird seine gerechte Strafe bekommen. Nur nicht auf diese Weise …«

Er ließ die Waffe widerwillig sinken und steckte sie zurück an seinen Gürtel.

Asra fiel ein Stein vom Herzen. Sie hatte nicht damit gerechnet, dass er auf sie hören würde. Stattdessen betrachtete er sie voller Unglauben.

»Ist es wirklich das, was du willst?«, fragte er.

Asra nickte und warf einen letzten Blick zur Tür.

David war verschwunden.

Aus dem Augenwinkel heraus sah sie etwas Glitzerndes auf dem Boden liegen. *Mein Würfel? Er hat ihn tatsächlich zurückgelassen? Wieso?*

Petrichor folgte ihrem Blick und ging hinüber, um den Würfel aufzuheben. Er kehrte zu Asra zurück und ließ sich vor ihr auf den Boden nieder.

Sie hatte das Gefühl, dass er sie nicht richtig ansehen konnte. Als sie bemerkte, was er vorhatte, senkte sie den Kopf. Er legte ihr den Traumgegenstand um den Hals und verschloss den Haken sorgfältig in ihrem Nacken. Seine Hände verweilten länger als nötig auf ihrer Haut und sie hätte alles darum gegeben, seine Gedanken lesen zu können.

»Warum bist du zurückgekommen?«, fragte sie erneut.

Er mied noch immer den direkten Augenkontakt und betrachtete stattdessen schweigend ihre Wunden. Die tiefblauen Blutergüsse, die ihren Körper überzogen wie eiskalte Winterseen. Das frische, und bereits getrocknete Blut, das ihre blasse Haut noch weißer leuchten ließ. Seine Hände wanderten über ihre Arme und griffen letztendlich nach ihren Händen. Er hielt sie zitternd fest. »Kannst du aufstehen?«

»Ich glaube schon«, log Asra und sah auf ihre blanken Füße hinab. Ein breiter, purpurner Striemen leuchtete an ihrem Knöchel, dort, wo die Kette aus Metall gesessen hatte.

Petrichor sah sich suchend um und brachte ihre Stiefel. Sie schlüpfte wacklig hinein und als ihre zitternden Finger den Dienst versagten, half er ihr, die Schnürsenkel zu binden.

»Danke«, hauchte sie.

Er nickte. »Es wird nicht lange dauern, bis uns dein lieber Vater den jämmerlichen Rest seiner Gefolgschaft auf den Hals hetzt.«

Asra sah ihn schief an. »Den Rest?«

»Ich kam gut vorbereitet her«, erklärte er geheimnisvoll und zog sie vorsichtig auf die Beine. »Ich habe auf meinem Weg ein paar Leichen hinterlassen.«

Ihr wurde sofort schwindlig und die Schwäche übermannte sie erneut. Doch bevor sie zurück auf den Boden sinken konnte, packte Petrichor sie und legte stützend einen Arm um ihre Hüfte.

»Ich weiß nicht, ob ich laufen kann …«, gab sie widerwillig zu und biss die Zähne zusammen.

»Dir wird nichts anderes übrigbleiben. Wir müssen schleunigst von hier verschwinden. Sonst war alles umsonst.«

»Aber wie? Wir kommen hier sowieso nicht runter!«, erwiderte Asra hoffnungslos.

»Denkst du wirklich, ich bin allein gekommen?«, fragte er, während er sie auf seine linke Seite hinüberschob. Dann zog er seinen Revolver, bereit für den letzten Kampf. »Ohne Jorah und Narah wäre ich nicht so weit gekommen. Sie warten draußen auf meinem Luftschiff. Wir werden von hier verschwinden, Asra.«

Sie riss ungläubig die Augen auf. »Die Zwillinge sind wirklich gekommen, um mich zu retten …?«

»Was denkst du denn?«, erwiderte Petrichor. »Ich wollte allein gehen, aber diese Sturköpfe stellten sich mir zum ersten Mal in den Weg.« Er lachte kurz auf und zog eine Augenbraue hoch. »Du hast alles verändert, weißt du das? Sogar meine eigenen Leute hast du gegen mich aufgehetzt.«

In Asras Augen sammelten sich Tränen. Sie ließ kurz ihren Kopf an seine Schulter sinken. »Vielleicht war es nötig, dass endlich einmal jemand die Regeln bricht. Keine Herrschaft währt ewig, Petrichor, und manchmal brauchen selbst die Monster eine Pause von ihren Schatten.«

Sie sog tief seinen vertrauten Geruch ein, ehe sie ihren nächsten Gedanken laut aussprach. »Bevor wir gehen, müssen wir noch etwas erledigen …«

Er schwieg und Asra verstand, dass er diesen Gedanken bis jetzt erfolgreich verdrängt hatte. Doch er wusste selbst, dass er dieses Thema nicht ewig vor sich herschieben konnte.

»Wir müssen Eira befreien«, erklärte sie leise. »Du solltest es tun, Petrichor. Sie hätte sich das sicher so gewünscht.«

Asra bemerkte seine Unruhe und ihr war bewusst, wie schwer es für ihn sein musste.

»Ich kann nicht … Vielleicht gibt es noch einen anderen Weg …«, begann er, doch er verstummte, als er sich der Wahrheit bewusst wurde.

Es gab nichts, was sie ihm hätte sagen können. Keine Worte

auf dieser Welt hätten seinen Schmerz lindern können. »Es tut mir so leid … aber es ist das Einzige, was du noch für sie tun kannst. Befreie sie.«

Er bewegte sich noch immer keinen Schritt. Asra griff nach seiner Hand, die auf ihrer Hüfte ruhte. »Du musst es nicht allein tun, ich gehe mit dir, wenn du möchtest.«

Petrichor nickte fast unmerklich und sie näherten sich dem Glasbehälter. Das goldene Licht strahlte sofort heller und hüpfte aufgeregt hin und her.

»Ich weiß nicht, wie man es öffnen kann«, begann er leise.

Asra überlegte. »Vielleicht sollten wir es einfach auf die altbewehrte Weise versuchen.«

Er legte den Kopf schief. »Wie …?«

»Der Behälter ist aus Glas, oder?«, erwiderte Asra. »Also werfen wir ihn runter.«

»Und das soll funktionieren?«, fragte er skeptisch. »Das sieht für mich wie ein magisch versiegelter Gegenstand aus.«

»Versiegelt heißt für mich nicht *unkaputtbar*. Ein Versuch ist es wert, oder?«

Petrichor reichte ihr seinen Revolver.

»Aber …«, stotterte sie.

»Hast du Angst?«

»Nein, aber du hast ihn noch nie aus der Hand gegeben«, stellte sie fest. »Das ist gruselig. Und seltsam.«

Er sah in Gedanken versunken auf das helle Licht der Seele hinab. »Seitdem ich dich kenne, habe ich viele seltsame Dinge getan.« Er dachte jedoch nicht daran, seinen Revolver zurückzustecken. »Jetzt nimm ihn schon. Du sollst ihn ja nur kurz für mich halten, für den Fall, das Piraten durch die Tür marschiert kommen.«

Asra starrte ihn weiterhin skeptisch an. »Sicher?«

Er nickte und schien sich ein Lachen zu verkneifen. »Ich werde dich sicher nicht erschießen, nachdem ich dich so mühsam gerettet habe.«

»Das ist ein Argument«, erwiderte sie und nahm ehrfürchtig die Waffe entgegen. Sie hielt den Revolver zitternd wie einen besonders wertvollen Schatz in den Händen und schien nicht so recht zu wissen, was sie damit anfangen sollte. Es verwunderte sie, wie schwer die Waffe war. *Wie viele Menschenleben hat er damit schon ausgelöscht?*, fragte sie sich und war froh, dass sie die Antwort nicht kannte. Und sie dachte nicht einmal im Traum daran, ihn danach zu fragen.

Petrichor hatte seine Hände an den Glasquader gelegt und hob ihn auf Augenhöhe hoch. Er blickte voller Trauer auf die leuchtende Seele, die vor langer Zeit den Körper eines Mädchens bewohnt hatte. »Es tut mir so leid, Eira. Ich habe wirklich gedacht, ich könnte dich retten.«

Die Seele strahlte und erhellte den ganzen Raum mit ihrem warmen Licht.

Asra hielt sich wacker auf den Beinen und beobachtete voller Mitgefühl, wie Petrichor seiner Schwester mit Tränen in den Augen ein letztes Mal etwas zuflüsterte.

»Irgendwann werden wir uns wiedersehen …«

Dann ließ er das durchsichtige Gefängnis fallen.

Als es auf dem Boden aufschlug, zerbrach das Glas klirrend zwischen den Metallstreben in tausende kleine Splitter.

Und Eira leuchtete wie der hellste Stern.

Bevor sie im Nichts verschwand, erklang ihre Stimme klar und deutlich in ihren Köpfen. Selbst Asra konnte sie hören und es jagte ihr einen wohligen Schauder über den Rücken.

*»Danke für alles, was du für mich getan hast, Petrichor …«*, flüsterte die Stimme eines Kindes. Dann schwebte das Licht zu Asra hinüber. *»Pass gut auf meinen Bruder auf, er braucht dich …«*

Sie nickte und griff nach Petrichors Hand. Tränen rannen lautlos über ihre Wangen. Er zog sie an sich, klammerte sich an ihr fest wie ein Ertrinkender.

Und Eira erlosch.

Petrichor starrte noch einen Moment lang in die Leere, doch es gelang ihm erstaunlich schnell, seine Starre zu durchbrechen. »Wir müssen endlich von hier verschwinden.«

»Ist gut …«, murmelte Asra und wusste, dass er seinen Schmerz nur hinter seiner perfekt aufgebauten Fassade versteckte. Sie reichte ihm seine Waffe und hoffte, dass zumindest sie ihm etwas Trost spenden konnte.

»Bringst du mir irgendwann das Schießen bei?«, fragte sie, als sie zur Tür hinüber gingen.

Asra stolperte mehr, als dass sie lief, doch sie gab ihr Bestes. Ihr Zustand war kritisch und sie hoffte, dass ihre Kraft ausreichen würde, um dieses schreckliche Schiff verlassen zu können. Wenn sie jetzt zusammenbräche, konnte sie nicht erwarten, dass Petrichor sie den ganzen Weg über tragen würde.

Als er ihre Frage hörte, lächelte er ungläubig und sah betreten zur Seite. Er wollte seine Tränen vor ihr verbergen.

*Er hat noch immer nicht den Mut, Gefühle zu zeigen*, dachte sie wehmütig, doch sie nahm es ihm nicht übel.

»Von mir aus«, antwortete er knapp und zog sie weiter vorwärts.

Als sie durch die Tür traten, blieb Asra ruckartig stehen. Nur mit aller Kraft konnte sie einen Schrei unterdrücken. Mit großen Augen starrte sie auf Igors leblosen Körper und hätte es fast nicht geschafft, an ihm vorüber zu gehen. Aus irgendeinem Grund hatte sie es verdrängt, dass das Ungeheuer dort lag. Mit durchgeschnittener Kehle. Sie hatte noch immer schreckliche Angst vor ihm. Selbst jetzt, wo er ihr nichts mehr tun konnte und sich eine riesige rote Lache unter ihm ausgebreitet hatte. »Er ist … er ist wirklich …«

»Tot. Ja. Und es war einfacher, als ich gedacht hatte«, vollendete Petrichor ihren Satz. Dann zog er sie kraftvoll weiter. Sie atmete tief durch und versuchte, sich vorzustellen, wie es ihm gelungen war, diesen Riesen zu töten. Allein. Und ohne viel Lärm zu machen.

Es gelang ihr nicht.

Immerhin lenkte sie der aufkeimende und stärker werdende Schmerz etwas ab. Jeder ihrer Schritte war eine Zumutung und ihr Kopf dröhnte mittlerweile so intensiv, dass sich die Umgebung um sie herum drehte und unscharf wurde. Vor ihren Augen flackerte es und ein dunkler Schleier legte sich vor ihre Sicht. Den halben Weg durch das Schiff taumelte sie halb blind und stolperte so oft, dass Petrichor sie unentwegt stützen musste.

Zuerst waren sie den Weg zurückgelaufen, den Asra gekommen war. Die erste Treppe hatte sie noch allein nach unten geschafft. Sie liefen durch unzählige Flure und der Geruch von Metall haftete unangenehm in der Luft. Es war wie ein Miasma, das das komplette Schiff befallen hatte. Die Leichen, denen sie auf ihrem Weg begegneten, blendete sie so gut es ging aus. Sie war unheimlich froh, dass ihr Kreislauf so verrückt spielte und sie fast nichts sehen konnte.

Asra drückte ihr Gesicht fest an Petrichor und vergrub ihre Nase an seinem Shirt. So gelang es ihr zumindest, den Geruch des Todes etwas auszublenden. Die Leichen nahm sie nur schemenhaft wahr. Sie ließ sich von ihm führen und manchmal warnte er sie vor und flüsterte ihr zu, dass sie die Augen schließen sollte.

Nach einer Weile kamen die beiden zu einer Tür, die offen stand. Eine steile Treppe führte nach oben und sie war komplett in Dunkelheit gehüllt. Die meisten Lampen im Schiff waren erloschen und Asra vermutete, dass Petrichor und die Zwillinge etwas damit zu tun hatten. Sie hob den Kopf und blickte schwer atmend die steilen Stufen nach oben.

»Ich glaube, ich schaffe das nicht …«, murmelte sie und war von sich selbst enttäuscht. Es war nicht leicht, ihre Schwäche vor ihm zuzugeben. Selbst der Weg bis hierher hatte ihr alles abverlangt. Das Kleid klebte an ihrer Haut und ihre Stirn glühte vom Fieber.

Petrichor sah besorgt zu ihr hinab, dennoch wirkte er fest entschlossen. »Ich werde dich tragen, aber du musst dich um die Piraten kümmern, hast du verstanden? Ich kann nicht auch noch gleichzeitig zielen.«

Sie nickte dankbar und ließ es zu, dass er ihr den Revolver in die Hand drückte. Dann schob er seinen anderen Arm unter ihre Beine und hob sie mit Leichtigkeit hoch.

»Bist du bereit?«, fragte er. »Die Waffe ist entsichert. Wenn uns jemand entgegenkommt, drückst du den Abzug. Du wirst nicht zögern, hast du gehört?«

Asra nickte schweren Herzens.

Das schien ihm als Antwort zu genügen, denn er stieg festen Schrittes die Stufen hinauf. Sie hielt den schweren Revolver mit beiden Händen umklammert und zielte nach vorn.

»Wird das hier unser letzter gemeinsamer Kampf?«, wisperte Asra und sie wusste nicht, warum sich ihre Stimme so unendlich traurig anhörte.

»Ich weiß es nicht. Aber wenn es so sein sollte, dann werden wir dieses gottverdammte Schiff wenigstens in Flammen aufgehen lassen.«

»Das gefällt mir«, murmelte sie. »Für Eira, die Zwillinge und für Midas …«

Petrichor stoppte an der letzten Stufe und lächelte. »Und für uns.«

Dann stieß er schwungvoll die Tür auf und sie traten auf das mit Piraten überfüllte Deck der Stormhunter hinaus.

Asra drückte halb blind den Abzug und wie durch ein Wunder traf sie den Piraten, der nur knapp zwei Meter von ihnen entfernt stand. Dieser riss überrascht die Augen auf und griff sich an die Brust, wo ihn die Kugel durchbohrt hatte. Er starrte auf seine blutverschmierten Finger, fluchte und sackte auf dem Boden zusammen.

»Glückstreffer«, murmelte Petrichor, ließ sie herunter und nahm ihr blitzschnell den Revolver aus der Hand. Als Ersatz reichte er ihr den Dolch und schloss ihre Finger um den Griff. »Du musst jetzt noch etwas durchhalten. Ich werde so viele von ihnen erledigen, wie ich kann.«

Er stand dicht neben ihr und Asra wich nicht von seiner Seite. Zitternd hielt sie den Dolch umklammert und warf einen Blick über das Deck der Stormhunter. Sie schätzte die Zahl der Piraten auf mindestens zwanzig Stück. Die meisten waren erst durch den Schuss auf sie aufmerksam geworden. Keiner der Männer schien mit ihnen gerechnet zu haben. Sie warfen sich überraschte Blicke zu, ehe sie mit den Schultern zuckten und grinsend ihre Waffen zogen. Ihre Gesichter waren weder angespannt noch verunsichert. Niemand schien zu erwarten, dass zwei Jugendliche ihnen zum Verhängnis werden konnten.

»Versucht da gerade, das Experiment des Captains davonzulaufen?«, fragte ein Pirat den anderen.

»Sieht fast so aus«, stimmte dieser zu.

Weiter kamen sie mit ihrer Unterhaltung nicht, denn Petrichor verlor keine Zeit und schoss. Die beiden Männer gingen zu Boden und die anderen blieben wie angewurzelt stehen.

Asra warf Petrichor einen verdutzten Blick zu. »Sie wissen gar nicht, was passiert ist …?«

»Das könnte unser Vorteil sein. Ich frage mich nur, wo der Alchemist geblieben ist«, antwortete Petrichor und schoss die nächsten zwei Piraten nieder, die auf sie zu gerannt kamen. Zu ihrem Glück waren die meisten von ihnen nur mit Säbeln und Schwertern bewaffnet, nicht mit Pistolen. Allerdings schlugen die Männer nun endgültig zum Gegenangriff an und sie würden es ihnen mit Sicherheit nicht leicht machen.

Asra spürte den Luftzug einer Kugel an ihrer Wange, die sie nur haarscharf verfehlt hatte. Sie taumelte zurück und suchte Schutz hinter einem Mast.

»Bleib dort!«, befahl Petrichor, lud geschickt seine Waffe nach und zog einen weiteren Dolch mit seiner freien Hand. Er ging zielstrebig auf den nächsten Mann zu und streckte ihn nieder, indem er ihm mit einer blitzschnellen Bewegung die Kehle durchschnitt.

Asra beobachtete ihn und auch wenn sie es nicht zugeben wollte, faszinierte er sie. Sie hatte noch nie jemanden so kämpfen sehen. Jede seiner Bewegungen saß perfekt und war absolut tödlich. Es war, als könnte er die Handgriffe seiner Gegner vorhersehen.

*Er ist ein kaltblütiger Mörder,* dachte sie und sie wusste nicht, ob sie jemals mit dieser Tatsache würde leben können. Ob sie es ertragen konnte. Dann wurde sie sich schmerzlich bewusst, dass sie vorhin ebenfalls ein Leben ausgelöscht hatte. Ihr wurde übel und sie umklammerte fest den Dolch. *Könnte ich noch jemanden töten? Wäre ich wirklich dazu fähig?*

Asra schüttelte den Gedanken ab und konzentrierte sich wieder auf das Wesentliche. Sie spähte hinter dem Mast hervor und suchte die Umgebung ab. Von David war noch immer keine Spur zu sehen.

Es war fast dunkel und nur ein letzter tiefroter Schimmer bedeckte den Horizont. Die Stormhunter segelte gemächlich dahin und das Surren der Magie lag in der lauen Sommerluft wie das Zirpen von Grillen. Die Wolken wurden im letzten Licht des Tages purpurn verfärbt.

Als sie den Blick über die Reling schweifen ließ, entdeckte sie das blaue Leuchten des zweiten Luftschiffes. Es segelte in unmittelbarer Nähe und der Abstand verringerte sich zunehmend.

Am liebsten wäre Asra jubelnd aufgesprungen und hinübergelaufen, doch zu viele Piraten versperrten ihr den Weg. Die Männer hatten das Luftschiff ebenfalls bemerkt und versuchten, ihnen den Fluchtweg abzusperren.

Petrichor kämpfte sich unermüdlich durch die Männer hindurch und hinterließ ein Schlachtfeld auf seinem Weg.

*Ich kann ihn nicht die ganze Drecksarbeit allein machen lassen,* dachte Asra mit schlechtem Gewissen und kam endlich aus ihrem Versteck hervor. Das Adrenalin, das durch ihre Adern pumpte, löste ungeahnte Kräfte in ihr aus. Sie wollte nicht sterben. Nicht heute und nicht hier auf diesem verfluchten Schiff. Diesen Triumpf würde sie ihrem Vater nicht gönnen. Nicht nach alldem, was er ihr angetan hatte.

Sie unterdrückte den Schmerz, kämpfte sich auf die Beine und taumelte zu Petrichor hinüber. Dabei ignorierte sie das viele Blut und die Leichen um sich herum. Es gelang ihr, zu ihm aufzuholen. Zu zweit näherten sie sich der Reling.

»Bleib dicht hinter mir!«, rief Petrichor ihr zu und Asra gehorchte. Doch sie bemerkte, dass auch seine Kraft langsam schwand. Er steckte immer mehr Schnitte und Schläge ein und auch wenn er schon viele der Piraten erledigt hatte, waren es noch zu viele.

Ein großer, kahlgeschorener Mann ging gerade auf Petrichor los und verpasste ihm eine harte Ohrfeige. Ein anderer packte ihn gleich darauf grob von hinten und drückte ihm mit seinem tätowierten Arm die Luft ab. Er schlug ihm den Revolver aus der Hand, sodass er klackernd auf den Holzplanken davonschlitterte. Ein weiterer Pirat mit Dreadlocks eilte zu seinen Kameraden und achtete darauf, dass der Verräter nicht flüchten konnte.

Asra schrie auf und wollte Petrichor zu Hilfe eilen, doch sie wurde festgehalten und herumgerissen.

Vor ihr stand Matt, der Pirat, den sie am Strand beobachtet hatte. Er grinste ihr hämisch ins Gesicht und zog sie näher zu sich. »Na, Mädchen? Wo willst du denn hin?«, spottete er und entblößte eine Reihe schwarzer Zähne.

Angewidert verzog Asra das Gesicht und reagierte sofort. Sie rammte ihm so fest sie konnte den Dolch in die Hand. Spürte, wie die Klinge Fleisch durschnitt und Knochen splittern ließ, bevor sie ihn wieder herauszog.

Er schrie auf und ließ augenblicklich ihren Arm los.

»Du kleines Miststück!«, rief er und ging erneut auf sie los.

Asra wusste nicht, was sie tun sollte. Sie nutzte ihre Wut und schwor sich, diesen Widerling zu erledigen. Auch wenn sich der aufkeimende Plan gerade erst in ihrem Kopf manifestierte. Sie versuchte, Zeit zu schinden und wich schwankend näher an die Reling heran. Der Schwindel wollte einfach nicht nachlassen, obwohl die kühle Nachtluft immerhin ihre Gedanken klarer werden ließ.

Matt zog gerade einen messerscharfen Säbel und wischte sich die blutende Hand an seiner Hose ab.

*Wird es so enden?*, dachte sie und die Hoffnung, die eben aufgeflammt war, verschwand genauso schnell, wie sie gekommen war.

Asra drückte sich fest gegen die Reling. Der Wind wehte vom Abgrund empor und als sie einen Blick riskierte, empfand sie nicht die gewohnte Höhenangst. Ganz im Gegenteil.

*Es ist wunderschön …*

Ein Meer aus anthrazitgrauen und purpurnen Wolken schwebte unter ihr und am Horizont konnte sie die ersten Sterne aufleuchten sehen. *Wenn ich springe, sterbe ich zumindest in einem Meer aus Wolken.*

Sie lächelte aufrichtig und Matt warf ihr einen wirren Blick zu.

»Die Experimente haben dir wohl das Gehirn weggebrannt«, schlussfolgerte er und zeigte mit der Säbelspitze auf sie. »Der Alchemist wird dich lebend zurückwollen, Mädchen.«

Asra lachte nun wirklich laut auf. Sie fühlte kühle Tränen auf ihren Wangen, als sie heftig den Kopf schüttelte. »Mein Vater wird mich nie wieder zu Gesicht bekommen«, flüsterte sie.

Matt runzelte die Stirn und stempelte sie wohl als vollkommen durchgeknallt ab.

Asras Blick wanderte an ihm vorbei. Ihr blieb das Herz stehen, als sie Petrichor am Boden liegen sah. Einer der Piraten kniete über ihm und schlug immer wieder auf ihn ein.

*Ich muss Matt irgendwie loswerden!*, dachte sie verzweifelt und wusste nicht, wie sie einen Mann, der so viel stärker war als sie, aus dem Weg räumen sollte.

»Vielleicht solltest du dem Alchemisten Bescheid geben?«, schlug Asra höflich vor. »Er weiß wohl noch nicht, dass ich geflüchtet bin.«

Matt musterte sie argwöhnisch. »Das wird er schon noch früh genug erfahren.«

»Denkst du nicht, dass er denjenigen belohnt, der ihm Bericht erstattet? Außerdem glaube ich nicht, dass der Alchemist es toll findet, wenn ihr seinen besten Dieb umbringt«, pokerte sie und zeigte zu Petrichor hinüber.

Diesmal schien Matt ernsthaft über ihre Worte nachzudenken. Sie meinte förmlich, seine dümmlichen Gedankengänge in seinem Kopf rattern zu hören. Also machte sie weiter. »Du kannst mich ja zu ihm zurückbringen und die Lorbeeren ganz allein ernten. Das heißt natürlich, solange dir die anderen nicht zuvorkommen …«

»Vorwärts«, befahl Matt und zeigte in Richtung Treppe. Keiner der anderen Piraten beachtete sie, als Matt mit Asra im Schlepptau zurück marschierte.

»Gib mir deinen Dolch«, zischte er, während er die Tür öffnete.

*Nur noch ein kleines Stück.* Die Blutlache vor ihr auf dem Boden kam ihr gerade recht. Sie atmete absichtlich tief den metallischen Geruch ein und es dauerte nicht lange, bis die Übelkeit heftig in ihr emporstieg.

»Mir ist so übel«, warnte sie Matt vor und übergab sich kurzerhand vor ihm auf den Boden. Dieser wich angewidert ein Stück zurück und starrte auf die Sauerei. »Fast hättest du mir meine Stiefel ruiniert!«, grunzte er, doch weiter kam er nicht.

Asra sammelte ihren Mut und stieß Matt mit aller Kraft die Treppe hinunter.

Dieser war zu überrascht, um zu schreien.

Sie hörte nur das dumpfe, knackende Geräusch, das sein schwerer Körper verursachte, als er unten aufprallte.

Für einen Moment lauschte sie in die Dunkelheit hinein, doch es war totenstill.

Wie in Trance wischte sie sich mit dem Ärmel ihres Kleides über den Mund und hoffte, dass sie noch niemand entdeckt hatte. Dann ging sie in Deckung und suchte den Boden nach dem Revolver ab. Wie durch ein Wunder lag er nur wenige Meter von ihr entfernt. Allerdings mitten auf einer freien Fläche. Würde sie dort hinaustreten, würden die Piraten sie sofort entdecken. *Ich muss einfach schnell genug sein,* dachte sie gleichgültig. *Außerdem wird niemand auf das wertvolle Gut des Alchemisten schießen. Sie wissen ganz genau, dass ich unersetzlich für ihn bin. Und sollten sie das vergessen haben, werde ich sie ganz einfach daran erinnern.*

Also verlor sie keine Zeit mehr. Sie biss die Zähne zusammen und rannte. Rannte, taumelte, fiel, rutschte wimmernd die letzten Meter auf den Knien, bis sie den Revolver in den Händen hielt und ihn fest umklammerte. Sie zielte auf die fünf Piraten, die sich um Petrichor versammelt hatten.

»Hey!«, rief sie, so laut sie konnte.

Die Männer drehten sich zu ihr um und musterten sie amüsiert.

»Nimm die Waffe runter, Kleine«, mahnte einer von ihnen.

Asra schüttelte den Kopf. Sie kniete, zitterte und blutete, aber ihre Stimme war klar und kraftvoll. »Tretet zur Seite! Ich schwöre bei Gott, wenn ihr nicht endlich von ihm weggeht, erschieße ich euch alle!«

Ein Mann trat bereits vorsichtshalber hinter einen anderen, um Schutz zu suchen. Der Pirat, der auf Petrichor einschlug, hielt inne und betrachtete Asra mit einem abschätzigen Blick. »Er ist der Grund, warum du hier bist. Willst du ihn wirklich retten?«

Asra antwortete nicht auf seine Frage. »Steh auf und geh weg von ihm!«, befahl sie und richtete den Lauf der Waffe auf ihn. Sie hoffte zumindest, dass es überzeugend aussah. Denn die

Umgebung begann sich erneut schwarz zu verfärben und zu drehen. Der Schwindel würde sie bald vollends übermannen.

»Wahrscheinlich hast du nicht einmal den Mut zu schießen«, meinte der Mann und grinste. »Du siehst nämlich nicht so aus, als hättest du schon jemals eine Waffe in der Hand gehalten, geschweige denn, ein Leben ausgelöscht.«

»Willst du es herausfinden? Frag doch mal deinen Kumpel da hinten, den habe ich sogar halb blind erschossen«, erwiderte Asra schnippisch. Sie schluckte die Übelkeit hinunter und leckte sich über die trockenen Lippen.

Der Tätowierte zögerte kurz, doch dann gehorchte er und sein Gesicht war wutverzerrt. Als er den Blick auf Petrichor freigab, veränderte sich etwas in ihr. Ein ungeahnter Hass rauschte durch ihre Adern und sie handelte intuitiv. Von nun an würde sie nicht besser sein als er. Aber das war ihr egal. *Ich habe nur noch eins zu verlieren und um das muss ich jetzt kämpfen.*

Und Asra schoss.

Der Knall übertönte jedes Geräusch und ließ ihre Ohren klingeln. Der Rückstoß ließ sie taumeln, dennoch gelang es ihr, mit der ersten Kugel einen der Piraten niederzuschießen. Es war ihr Glück, dass die Männer alle so dicht beieinanderstanden und Asra sich in unmittelbarer Nähe befand. Einige Kugeln gingen trotzdem daneben und sie hoffte, dass ihr die Munition nicht ausgehen würde. *Wie viele Kugeln passen überhaupt in einen Revolver? Ich habe nicht die geringste Ahnung,* dachte sie panisch und versuchte angestrengt, besser zu zielen.

Ein Pirat stürmte auf sie zu, doch kurz bevor er sie erreichen konnte, drückte sie ab. Er fiel schreiend zurück und blieb bewusstlos auf dem Boden liegen. Den nächsten Piraten traf sie an einer Stelle, die er wohl so schnell nicht wieder vergessen würde. Er schrie auf und taumelte laut fluchend davon. »Das Mädchen ist vollkommen irre!«

»Verschwindet endlich!«, brüllte Asra voller Zorn. Sie war

angewidert von sich selbst, als sie noch einmal abdrückte. Sie schrie und weinte gleichzeitig und niemals wieder würde sie dieselbe Person sein. Diese Kugeln töteten ebenso einen Teil von ihr selbst. Sie spürte es, tief in ihrem Inneren.

Die Tränen verschleierten ihre Sicht, während sie erneut schoss. Mit dieser Kugel streifte sie nur das Bein eines Piraten. Dennoch humpelte dieser feige davon, um sein Leben zu retten.

Der letzte verbliebene Mann funkelte sie hasserfüllt an und wollte gerade auf sie zustürmen, als Petrichor ihn am Knöchel festhielt und zu Boden zog.

»Asra, du hast keine Munition mehr!«, rief er ihr zu, während er sich auf die Knie kämpfte und dem Piraten mit letzter Kraft ins Gesicht schlug. Der Mann wehrte sich und ging auf den Jungen los.

Asra stolperte – halb gehend, halb auf allen vieren kriechend – zu ihm hinüber und riss ihn von Petrichor weg, mit sich zu Boden. Dann war es mit ihrer Kraft zu Ende. Ihr Kopf knallte auf dem Holz auf und sie blieb einfach liegen. Sie nahm alles nur noch schemenhaft wahr und erst, als der Pirat auf sie einschlug, wurde sie wieder klarer.

*Werde ich so sterben?*, fragte sie sich enttäuscht und blickte zu dem Piraten mit den Dreadlocks auf, der über ihr kniete.

Er schlug sie erneut und lachte siegessicher. »Zu schade, dass ich dich nicht töten darf. Aber so wie du aussiehst, wird es dem Alchemisten gar nicht auffallen, wenn du noch ein paar mehr blaue Flecken …«

Seine Stimme versagte. Anstatt weiterer Worte erklang nur noch ein krächzendes, gurgelndes Geräusch aus seinem Mund. Als würde er auf trockenem Boden ertrinken.

Asra fühlte Blut, das auf ihr Gesicht hinuntertropfte und sie drehte sich angewidert zur Seite. Keine Sekunde später wurde der tote Körper weggestoßen.

»Geht es dir gut?«, fragte eine bekannte Stimme.

Sie blinzelte erleichtert, als sie in Petrichors blutüberströmtes Gesicht blickte. Über seiner Augenbraue klaffte eine Platzwunde und seine Haare klebten glänzend an seiner Stirn. Seine Lippe war aufgeschlagen und an seinem Hals prangte eine Schnittwunde.

Sie ließ sich von ihm hochziehen und verstand nicht, wie er überhaupt noch die Kraft dazu aufbringen konnte. Er stützte sie, doch Asras Knie waren so zittrig, dass sie sich kaum auf den Beinen halten konnte. Die Fieberschübe flammten in diesem Moment erneut auf und ihre Wangen glühten vor Hitze. Petrichor zögerte nicht lange und lud Asra wieder auf seine Arme.

»Ob es mir gut geht?«, fragte sie und ihr Lächeln sah ziemlich armselig aus. »Du siehst viel schlimmer aus als ich.« Ihre Worte sollten ironisch klingen, doch die Angst um ihn ließ ihre Stimme zittern.

»Das glaube ich kaum«, erwiderte er spöttisch. »Aber jetzt mal im Ernst, diesmal hast du mich gerettet, obwohl du allen Grund dazu gehabt hättest, mich dort sterben zu lassen.« Er drückte sie fester an sich und ging langsam auf die Reling zu.

»Aber dann wäre ich nicht besser als du«, flüsterte sie.

»So tief könntest du niemals sinken. Dazu müsstest du noch eine ganze Menge aufholen.« Er atmete schwer und es schien ihm Mühe zu bereiten, ihr Gewicht zu tragen. Sie rutschte ihm immer wieder aus den Händen, dennoch kämpfte er sich zielstrebig weiter.

»Ich bin allerdings auf einem guten Weg dorthin«, meinte sie leise. »Du bist einfach ein schlechter Umgang für mich, Petrichor.« Und als sie die Tränen auf ihren Wangen spürte, wurde ihr klar, dass dies der Wahrheit ziemlich nahe kam.

»Du hattest die Wahl, Asra«, hauchte er.

»Und trotzdem würde ich mich immer wieder für das Monster entscheiden«, erwiderte sie ohne Reue.

Petrichor schwieg, doch sie spürte, wie er zitternd die Luft einsog.

Doch es sollte noch nicht zu Ende sein.

Eine Kugel schlug direkt neben ihnen in den Brettern der Reling ein. Petrichor fuhr erschrocken herum und hielt Asra weiterhin fest umklammert.

Der Alchemist stand auf der gegenüberliegenden Seite des Decks und zielte mit einer Pistole auf sie. Ein Verband war um seinen Kopf und sein verletztes Auge gewickelt. Er lächelte zufrieden. Hinter ihm kamen immer mehr Piraten hervorgestürmt und bildeten eine kleine Armee.

Er war ihr König, sie würden für ihn sterben. Man sah es in ihren entschlossenen, aggressiven Gesichtern.

»Petrichor, du hast es tatsächlich geschafft, mich für einige Zeit außer Gefecht zu setzen«, erklärte David vorwurfsvoll und zeigte auf seinen Kopf. Dann begutachtete er das Schlachtfeld um sich herum. »Dann habe ich es wohl gerade noch rechtzeitig geschafft. Dieses Blutbad habt ihr zwei allein veranstaltet?« Er schüttelte ungläubig den Kopf. »Ich glaube, ich habe meine Männer nicht gut genug trainiert.«

Petrichor trat vorsichtig einen Schritt zurück, weiter auf die Reling zu. Doch das zweite Luftschiff war verschwunden.

Der Alchemist lachte fast schon hysterisch auf. »Wo wollt ihr denn hin? Egal, welche Richtung ihr wählt, ihr werdet immer auf eine Sackgasse stoßen.«

Asra schlang ihre Arme fest um Petrichors Hals und konnte ihrem Vater nicht in die Augen sehen. »Was willst du denn noch von mir, Papa? Der Stein ist vollendet! Du brauchst mich nicht mehr!«

Als sie den Alchemisten so nannte, zeichnete sich ein tiefes Entsetzen auf den Gesichtern der verbliebenen Piraten ab. Sie warfen sich gegenseitig fragende Blicke zu und tuschelten miteinander.

»Seid still!«, drohte David in die Menge und schritt langsam auf Petrichor und Asra zu. »Ich kann dich nicht gehen lassen«, erklärte er ruhig. »*Euch* nicht gehen lassen«, verbesserte er sich und zielte weiterhin auf sie.

»Willst du jetzt deine eigene Tochter erschießen?«, fragte Petrichor und sprang mit Asra zusammen auf die Kante der Reling hinauf. Sie zuckte voller Furcht zusammen und klammerte sich an ihm fest.

Der Alchemist blieb abrupt stehen und sah ihn fragend an. »Was soll das?«

»Nimm die Waffe runter«, antwortete er stattdessen.

»Erst, wenn du wieder auf festem Boden stehst oder mir zumindest meine Tochter übergibst«, forderte David mit angespannter Stimme.

*Er hat mich zum ersten Mal seine Tochter genannt,* erkannte Asra erstaunt und sah hilfesuchend zu Petrichor auf. Dieser sah den Alchemisten auf eine Weise an, die ihr einen Schauder über den Rücken jagte. Sein Gesichtsausdruck war eiskalt, fast schon diabolisch.

»Petrichor, ich warne dich ein letztes Mal. Gib mir Asra zurück und wir könnten das Ganze vielleicht sogar vergessen …«, versuchte es David erneut. Diesmal ruhiger, denn er schien zu ahnen, dass der Junge mit den dunklen Schatten nichts Gutes im Schilde führte.

»Niemals. Bist du bereit für deinen Untergang?«, erwiderte er. Petrichor klang dabei völlig gleichgültig. Als würde er das Ende der Welt planen und sich währenddessen in aller Ruhe eine Zigarette anzünden.

Dann lächelte er.

*Petrichor lächelte.*

Der Alchemist sah ihn fragend an.

Einen Augenblick später durchbrach ein lauter Knall die Stille der hereinbrechenden Nacht wie ein Donnerschlag. Die Explosion ließ die Dunkelheit für einige Sekunden taghell aufleuchten. Die Magie schien sich auszudehnen und eine blaue Druckwelle aus Blitzen und sengender Hitze schlug ihnen entgegen.

Der Alchemist schrie wütend auf und die Piraten stoben

wild auseinander, um herauszufinden, was geschehen war. Ein heftiger Ruck durchzuckte das ganze Schiff, doch Petrichor hielt sein Gleichgewicht und stand weiterhin sicher auf der Reling. Er beobachtete zufrieden die Flammen, die aus der Stormhunter hervorzüngelten und schon einige der Segel befallen hatten.

»Was geschieht hier?«, flüsterte Asra, als der heiße Wind um sie herumpeitschte und die Luft mit Rauch und Asche tränkte. Petrichors grüne Augen fixierten sie eindringlich.

»Vertraust du mir?«, flüsterte er.

Sie tastete völlig automatisch nach ihrem Würfel und die 0 war nach wie vor da. Eine ferne Erinnerung flammte in ihr auf und sie lächelte.

»Nein«, hauchte sie.

Auf seinen Lippen lag nun wieder dieses selbstsichere, spöttische Lächeln.

*Es gibt schlimmere Dinge als den Tod,* dachte sie wieder und schloss die Augen. Sie schmiegte sich fest an Petrichors Brust und atmete tief seinen vertrauten Geruch ein.

»Ich liebe dich«, flüsterte sie ein letztes Mal, ehe er sich umdrehte und in die endlose Tiefe hinabsprang.

*Ich bin schon so viele Male gefallen, aber noch nie zusammen mit ihm. Und irgendwie …*

*… machte mir der Tod so nichts aus.*

# Kapitel 10

## *Mondlichtschatten*

*Alles steht auf dem Kopf und ich fühle mich wie Alice, die in den Kaninchenbau fällt. Nur, dass ich niemals unten ankomme. Die Wolken ziehen unter mir vorüber und über mir ist nichts weiter als tiefblaue Leere.*

*Wunderland hat nie existiert.*

*Die Tage werden kürzer, als würden sie mit jeder Stunde weiter erlöschen wie eine Flamme im Wind. Die Uhr tickt rückwärts und mit jeder Sekunde verschwindet eine weitere Erinnerung. Ein weiteres Leben. Die Sterne verglühen, explodieren und verschlingen jedes verbliebene Licht. Alles was bleibt, ist die Schwärze der Nacht, die mich schmerzlich an deine Dunkelheit erinnert. Fühlt es sich so an, zu sterben? Wohin wird meine Seele gehen, wenn mein Körper schon längst vergangen ist? Wirst du dich an mich erinnern, in den Momenten, in denen ein salziger Windhauch deine Lippen berührt?*

Der Aufprall war hart und drückte ihnen die Luft aus den Lungen. Sie rollten von der Wucht des Falls eng umschlungen über das Deck des kleinen Luftschiffes und prallten gegen die Reling. Dort blieben sie benommen liegen.

*Wir sind am Leben*, dachte Asra verwundert. Etwas flammte

in ihrer Seele auf – der Hauch eines Gefühls, das vielleicht sogar Hoffnung hätte sein können. Ihr Körper fühlte sich allerdings so an, als wäre er von einem Auto überfahren worden. Sie stöhnte schmerzerfüllt und schlug die Augen auf.

Petrichor hatte sie für keine Sekunde losgelassen, seine Arme lagen fest an ihrem Rücken. Sein Gesicht war nah an ihrem und sie musterte ihn besorgt. Er hatte die Augen geschlossen, doch er wirkte erleichtert und friedlich.

»Petrichor …?« Sie hob ihre Hand und strich ihm vorsichtig eine blutige Haarsträhne aus dem Gesicht. »Hast du gerade ernsthaft …«, ihre Stimme brach und sie musste husten, »… eine Bombe an Bord der Stormhunter gezündet?« Selbst unter all den Schmerzen konnte sie sich ein Grinsen nicht verkneifen.

»Ich wollte einen bleibenden Eindruck hinterlassen«, flüsterte er und kniff die Augen zusammen. »Ich dachte, wenn ich schon wegen dir sterbe, dann wenigstens so, dass es halb Arkana sieht.«

»Ich wusste ja, dass du ein Mörder bist, aber ein Bombenleger?«, scherzte sie. Doch seine letzten Worte hatten sie tief berührt, auch, wenn er versucht hatte, sie als Beleidigung zu verpacken. »Danke.«

»Danke wofür? Dass ich dich verraten habe?«

»Dass du für mich eine Bombe gebaut, und das mächtigste Luftschiff dieser Welt in Flammen aufgehen hast lassen.«

Petrichor öffnete die Augen und sah sie nachdenklich an. »Findest du das romantisch?«

»Ziemlich.«

Sein Mundwinkel zuckte. »Du bist verrückt, Asra.« Er machte eine kurze Pause, ehe er ihr ein Geheimnis verriet. »Die Anleitung für die Bombe habe ich übrigens aus Midas' Notizbuch.«

Asra sah ihn mit großen Augen an. »Du … du hast sein Notizbuch?«

»Möchtest du es sehen, wenn wir wieder im Versteck sind?«, sprach er ihre Gedanken aus, als wisse er ganz genau, was ihr durch den Kopf ging.

»Sehr gerne …«, antwortete sie mit Tränen in den Augen. »Also hat eigentlich Midas das Schiff in die Luft gejagt.«

Petrichor nickte. »Ich dachte, es würde ihm gefallen …«

Asra hätte ihn am liebsten sofort stürmisch geküsst, so sehr berührten sie seine Worte. Doch sie wagte es nicht. Stattdessen legte sie die Arme fester um ihn und vergrub ihr Gesicht an seiner Brust. Petrichor tat nicht viele sympathische Dinge, aber wenn, dann war es etwas Rares und Besonderes. Auch, wenn er es niemals zugeben würde. *Er ist ein Monster. Aber besitzen nicht auch Monster lebendige, schlagende Herzen?*

Zu ihrer Verwunderung strich er ihr übers Haar und sie spürte seine Lippen an ihrer Stirn.

»Woher wusstest du, dass das Schiff direkt unter der Wolkendecke schwebte?«, fragte Asra neugierig.

»Ich wusste es nicht.«

»Also hatten wir nur … Glück?«

Er konnte nicht antworten, denn eine schrille und aufgeregte Stimme kam ihm zuvor.

»Ziemlich unverschämtes Glück sogar!«, rief Narah, während sie wütend auf sie zu rannte. Sie ging in die Hocke und zog Asra kraftvoll in eine sitzende Position. »Geht es dir gut?«, fragte sie und hielt sie stützend an den Schultern fest. Als sie Asra näher musterte, verwandelte sich jegliche Wut in eine tiefe Furcht. »Ach du meine Güte …«

Petrichor hatte sich in der Zwischenzeit selbst auf die Beine gekämpft und rieb sich die schmerzenden Schläfen.

Narah warf ihm einen fragenden Blick zu. »Willst du reingehen und das Ruder übernehmen? Jorah kann Asra tragen. Du siehst nämlich auch verdammt übel aus.«

»Ich werde sie tragen«, erwiderte er knapp und lud sie auch schon auf seine Arme.

Narah widersprach nicht. Sie wusste, dass es zwecklos war, ihrem Boss etwas auszureden. »Wie du meinst.«

Asra bemerkte, wie das blonde Mädchen den Kopf hob und sekundenlang in den Himmel starrte. Sie folgte ihrem Blick.

Die Stormhunter hatten sie schon ein gutes Stück hinter sich gelassen. Das brennende Schiff leuchtete wie eine Supernova durch die Wolkendecke hindurch und der Geruch von brennendem Holz erfüllte die Luft. Es sank langsam tiefer, dem Ozean entgegen, und wirkte wie ein Komet in der Finsternis. Schon bald würde sie in den endlosen Tiefen versinken. Der Wind war stark und würde die Flammen schnell nähren und sich weiter ausbreiten lassen.

»Das Ende der Stormhunter …«, murmelte Narah mit großen Augen und wirkte tatsächlich etwas wehmütig. Dann trat sie durch die Tür, stieg eine kurze Treppe hinunter und ging zielstrebig auf einen Raum zu.

Petrichor und Asra folgten ihr wortlos.

»Jorahs Nerven lagen übrigens die ganze Zeit über so dermaßen blank, dass er dein Luftschiff beinahe mit voller Wucht gegen die Stormhunter gejagt hätte«, erzählte Narah nebensächlich und hielt Petrichor die Tür auf. Narah betrat gleich nach ihnen den mit Magie beleuchteten Raum, in dem allerlei Handtücher und Verbandsmaterial herumlag.

»Leg Asra auf die Decke«, befahl sie.

Petrichor gehorchte. Danach ließ er sich mit etwas Abstand auf den Boden sinken und lehnte sich kraftlos an die Wand des Schiffes. Er legte den Kopf dagegen und schloss die Augen.

Narah wusch und desinfizierte sich gründlich die Hände mit Alkohol, bevor sie sich vor Asra auf den Boden kniete und ihre ausgemergelte Gestalt genauer betrachtete. Als sie das Ausmaß der Verletzungen begriff, schlug das Elbenmädchen erschrocken eine Hand vor den Mund. »Was zur Hölle hat dir dieser verdammte Alchemist nur angetan …?«

»Sehe ich wirklich so schlimm aus?«, fragte sie und rang sich zu einem Lächeln ab.

»Schlimmer«, entgegnete Narah ernst und begann mit ihrer Arbeit. »Ich hoffe dieser abartige Sadist verbrennt qualvoll auf seinem Schiff!«

Asra zuckte zusammen, als Narah sorgfältig ihre Wunden reinigte und desinfizierte. Sie wagte es nicht, ihr zu erzählen, wer der Alchemist wirklich war.

*Was würde sie wohl von mir denken, wenn sie wüsste, dass er mein Vater ist?* Sie schwieg und behielt das schreckliche Geheimnis erst einmal für sich.

Narah fluchte und schüttelte aufgebracht den Kopf. Sie schob die Ärmel des zerfetzten Kleides nach oben und starrte auf die blutunterlaufenen Einstichstellen an ihren Armbeugen. »Eigentlich müsste ich deinen ganzen Körper einbandagieren ...«

»Petrichor geht es auch schlecht«, murmelte Asra besorgt. »Vielleicht solltest du erst seine Wunden versorgen.«

»Mir geht es bestens«, widersprach dieser und zündete sich eine Zigarette an, als würde er ihnen etwas beweisen wollen. Er wich nicht von ihrer Seite – sie spürte seine Blicke wie Berührungen. Aus dem Augenwinkel beobachtete er jeden von Narahs Handgriffen.

Diese zog skeptisch eine Augenbraue hoch. »Erstens: Asra?«

»Ja?«

»Halt die Klappe. Zweitens: Petrichor?«

»Was.«

»Du solltest besser gehen«, befahl Narah scharf und warf ihm einen kurzen Blick zu. »Wenn ich mit Asra fertig bin, verbinde ich deine Wunden.«

Er blickte zweifelnd zu Asra hinüber, als würde er auf ihre Zustimmung warten.

Sie nickte. »Ist schon okay, ich werde es überleben. Und wenn nicht, möchte ich, dass du meine Grabrede hältst, verstanden?«

Er runzelte die Stirn. »Im Sinne von: Asras Lieblingsfarbe war Schwarz. Sie war ein seltsames und starrköpfiges Mädchen, das sich ständig selbst in gefährliche Situationen brachte und ihren Mitmenschen in jeder freien Sekunde den letzten Nerv raubte?«

Asra schüttelte den Kopf und ließ sich von seinen verletzenden Worten nicht beirren. »Nein, im Sinne von: Asra hat mit ihren talentierten magischen Fähigkeiten mehr Artefakte beschaffen können als ich, der absolut tollkühne Petrichor, und ich werde Asra mehr vermissen, als ich es je zugeben würde.«

Er lachte tatsächlich kurz auf und wandte sich kopfschüttelnd an Narah. »Du rufst mich sofort, wenn es ihr schlechter geht.«

Diese hatte schweigend das Geschehen beobachtet und wirkte äußerst skeptisch. »Ja. Und jetzt geh! Jorah braucht deine Hilfe beim Steuern des Schiffes, und zwar, bevor er noch vor Nervosität einen Herzinfarkt bekommt. Es dauert nicht mehr lange, bis wir zur Landung ansetzen. Ich mache mir ernsthafte Sorgen, dass er das Schiff in ein Gebäude jagt.«

Petrichor verließ, ohne zu antworten, den Raum.

Erst dann starrte Narah Asra verblüfft an. »Wie zur Hölle hast du das angestellt?«

»Was?«

»Petrichor?«, sprach sie stark betont seinen Namen aus.

»Ich verstehe nur Bahnhof«, erwiderte Asra verständnislos.

Narah rollte mit den Augen. »Jetzt tu nicht so, als wäre ich dumm. Petrichor hat Angst. Und er hat niemals Angst.«

»Und was habe ich damit zu tun?«

»Ich bin nicht blind. Die Angst ist nur dann in seinen Augen, wenn er dich ansieht.«

»Meinst du wirklich?«

»Ja, und das bereitet mir ziemliches Unbehagen. Er ist furchtlos. Und wenn er um dich Angst hat, kann das nur eins bedeuten …«

Asra schloss die Augen. »Ich denke nicht, dass es das bedeutet.«

Narah musterte sie nachdenklich. Dann schüttelte sie lachend den Kopf. »Anfangs dachte ich wirklich, er würde dich irgendwann umbringen. Aber jetzt? Du hast es tatsächlich geschafft, das Monster in ihm zu zähmen.« Ihre Augen strahlten. »Ich hätte es wirklich niemals für möglich gehalten …«

»Sprich es bitte nicht aus, Narah«, unterbrach Asra sie mit zitternder Stimme. »Ich sage dir das jetzt nur, weil ich dich wirklich mag, okay? Und du wirst es schön für dich behalten, verstanden?«

»Ist gut.«

»Ich denke nicht, dass er dasselbe für mich empfindet, wie ich für ihn.« Die Wahrheit schmerzte, aber es tat gut, sie jemandem anvertraut zu haben.

Narah lächelte noch immer. »Er hat dich gerettet.«

»Das hätte er auch für dich oder Jorah getan.«

»Aber für uns hätte er nicht sein komplettes Leben zerstört. Er hat seinen Boss betrogen, der immerhin der gefürchtetste Mann in ganz Arkana ist, und für den er jahrelang gearbeitet hat. Er hat zusätzlich seine halbe Armee umgebracht und die Stormhunter angezündet. Und er hat sich mit dir zusammen in die Tiefe gestürzt, obwohl er sich, wenn er allein gewesen wäre, hätte retten können.«

Asra sah betreten zur Seite und schwieg.

»Hast du *es* ihm gesagt?«, fragte Narah vorsichtig.

Asras Kehle zog sich zusammen und sie konnte nicht sprechen. Also nickte sie fast unmerklich.

Narahs Augen wurden groß. »Hat er …?«

Sie schüttelte den Kopf. »Er hat gesagt, dass ich niemals ein Monster wie ihn lieben könnte. Dann hat er mich auf der Stormhunter zurückgelassen.« Jedes ausgesprochene Wort fühlte sich an, als würde sie Nägel hinunterschlucken.

Zu ihrer Überraschung griff Narah tröstend nach ihrer Hand und drückte sie.

»Gib ihm Zeit.«

»Ich glaube nicht, dass Zeit es möglich macht, Gefühle in Petrichor auszulösen«, hauchte Asra und drehte ihr Gesicht zur Seite. Sie schämte sich für ihre Schwäche und wischte sich hektisch die Tränen aus den Augen.

Narah schwieg betreten und widmete sich wieder ihrer Arbeit. Die nächste halbe Stunde wagte keiner von beiden, auch nur ein Wort zu sagen. Als Narah fertig war, packte sie ihre Sachen und stand auf. »Ich kümmere mich jetzt um das Monster«, erklärte sie.

Asra hielt sie kurz am Handgelenk fest. »Danke, Narah. Für alles.«

Diese nickte und ging zur Tür. »Er hat dich nicht verdient«, sagte sie mit fester Stimme, bevor sie den Raum verließ.

Asra dachte noch eine Weile über Narahs Worte nach. Sie hielt sich die Hände vor das Gesicht und ließ ihren Blick über ihre sauber verbundenen Arme wandern. Die Erschöpfung setzte langsam ein und die Stille um sie herum machte es nicht besser. Sie wusste, dass sie in Arkana nicht schlafen konnte. Auch wenn sie nicht verstand, warum es dennoch möglich war, ohnmächtig zu werden. *Wo liegt der Unterschied?*, grübelte sie und kam zu keinem Ergebnis. Sie schnaufte lautstark und leckte sich über die spröden Lippen.

»Ob David überleben wird?«, flüsterte sie und versuchte, für sich selbst herauszufinden, ob sie Trauer empfinden würde. Und ob es in Ordnung war, Gefühle dieser Art für jemanden zu haben, der versucht hatte, seine eigene Tochter zu ermorden.

*Wie könnte ich über jemanden weinen, der mir solche Dinge angetan hat?*

Sie ließ ihre Hand in die Tasche ihres Kleides wandern und umklammerte den kleinen Gegenstand, der sich darin befand. *Wird sich meine Magie von allein wieder erholen? Ich bin am Leben, also muss noch etwas in mir sein,* dachte sie und spürte das sanfte Pulsieren, das sich unter ihrer Hand ausbreitete. Sie lächelte und schloss die Augen. *Wie lange es wohl dauert, bis ich aufwache?*

Ein Ruck ging durch das Schiff und Asra spürte, wie es an Höhe verlor. »Landen wir schon?«, murmelte sie verwundert und setzte sich auf. Zu spät bemerkte sie, dass es eine schlechte Idee gewesen war, ihre Kräfte schon wieder zu strapazieren. Ihr wurde schwarz vor Augen und sie ließ ihren Kopf an die Wand neben ihr sinken. Sie akzeptierte, dass sie ihrem Körper eine Pause gönnen musste. Also wartete sie geduldig, bis das Schiff zum Stillstand kam.

Ein paar Minuten später klopfte es an der Tür.

»Ja?«, rief Asra und wunderte sich darüber, wer nach solch einer schrecklichen Nacht noch die Höflichkeit besaß, anzuklopfen.

Jorah trat durch die Tür und musterte sie schockiert. »Asra …«

»Hey, Jorah. Du hast es also geschafft, das Schiff zu landen?«, fragte sie freundlich und versuchte, den sarkastischen Unterton in ihrer Stimme zu verstecken.

Er fuhr sich nervös durch die Haare. »Du glaubst nicht, wie froh ich bin, endlich wieder festen Erdboden unter meinen Füßen zu haben. Dieses verdammte Schiff allein zu steuern war das Schrecklichste, was ich jemals tun musste«, erklärte er kopfschüttelnd.

Der Elbenjunge sah ziemlich mitgenommen aus. Seine hellen Haare waren zerzaust und tiefe Schatten lagen unter seinen eisblauen Augen. Er trat näher auf sie zu und kniete sich zu ihr hinunter. »Hätte ich auch nur geahnt, was er vorhatte …«, murmelte er, »ich hätte ihn mit allem in meiner Macht Stehende daran gehindert …«

Sie verstand erst nicht, wen Jorah meinte, also sah sie ihn nur fragend an.

»Petrichor ist mein Freund, aber was er getan hat, ist unverzeihlich«, beantwortete er ihre Frage von selbst.

»Es ist okay«, flüsterte Asra lächelnd. »Ich habe ihm bereits verziehen.«

Ungläubig musterte er sie. »Wie um Himmels willen kannst du ihm diesen Verrat verzeihen?« Er sah ihr tief in die Augen und legte ihr seine Hand auf die Schulter.

Asra antwortete nicht darauf, doch Jorah schien sie auch so zu verstehen.

»Ich hatte mir so etwas schon länger gedacht …«, sprach er seine Gedanken aus.

»Ist es denn so offensichtlich?«, erwiderte sie wehmütig.

Er legte den Kopf schief. »Von dir hätte ich es nie erwartet, falls du das meinst.«

»Wie …?«

»Ich habe die Veränderung bei Petrichor bemerkt. Es war fast nicht erkennbar und der Prozess war schleichend, aber ich nahm es wahr. Nach all den Dingen, die du getan oder gesagt hast, hätte er dir schon längst etwas antun müssen. Doch jedes Mal, wenn ich dachte, er erschießt dich, tat er es nicht. Du hast etwas in ihm verändert, Asra. Deswegen hat er dich letztendlich auch gerettet.«

Asra war nicht allzu verwundert darüber. Sie hatte Jorahs aufmerksame Blicke zuvor schon oft genug bemerkt. Seine stillen Beobachtungen, wenn keiner von ihnen hinsah.

»Hat er denn irgendetwas zu dir gesagt?«, fragte sie vorsichtig.

»Was denkst du denn?« Jorah musterte sie lächelnd.

Sie seufzte. »Natürlich nicht.«

Er nickte und zog sie vorsichtig auf die Beine. »Kannst du laufen?«

»Ich werde es versuchen.«

»Ich kann dich auch tragen«, schlug Jorah vor und legte ihr einen Arm um die Hüfte.

»Aber ich bin doch zu schwer«, erwiderte sie und musterte den großen, aber schlanken Elben.

»Asra …«, begann er lachend, »ich bin vielleicht nicht der Stärkste, aber dich Fliegengewicht werde ich gerade noch tragen können.«

»So war das nicht gemeint«, murmelte diese peinlich berührt und ließ sich resigniert von ihm hochheben. »Es ist mir nur unangenehm, ständig herumgetragen zu werden.«

»Du bist schwer verletzt«, entgegnete er in einem Ton, der keine Widerrede zuließ. Er stieg mit Leichtigkeit die Treppe zum Ausgang hinunter und trat mit ihr in die kühle Nacht hinaus. Selbst hier, zwischen den Fabrikhallen Lynhdinas' hindurch, war die brennende Stormhunter zu sehen. Das Schiff sank tiefer und hinterließ einen glühenden Streifen aus Rauch und Asche hinter sich. Es würde nicht mehr lange dauern, bis es auf der Wasseroberfläche des Meeres aufprallen würde.

»Beten wir, dass der Alchemist den Aufprall nicht überleben wird«, sagte Narah ernst und trat neben ihren Bruder. »Geht es dir besser, Asra?«

Sie nickte. »Habe mich nie besser gefühlt.«

»Kannst du deinen Sarkasmus nicht einmal sein lassen?«, erwiderte Narah kopfschüttelnd. »Du hättest sterben können.«

»Tut mir leid«, antwortete sie kleinlaut und sah zu Petrichor hinüber, der ebenfalls in den Himmel sah. Narah hatte seine Wunden verbunden und das Blut war aus seinem Gesicht verschwunden. Dennoch prangte ein riesiger Bluterguss an seiner Wange. Die Platzwunde an seiner Augenbraue war ordentlich mit ein paar Stichen genäht worden. »Lasst uns zurück ins Versteck gehen«, sagte er, ohne aufzusehen.

»Und dann müsst ihr uns erzählen, was passiert ist«, sprach Narah entschieden aus. »Ich möchte alles hören, bis ins kleinste Detail.«

Jorah stimmte seiner Schwester nickend zu und folgte seinem Anführer. »Müssen wir irgendetwas wissen, Petrichor?«

»Ich werde euch morgen alles erzählen. Asra ist sowieso zu nichts mehr in der Lage und ich muss gestehen, dass ich auch ziemlich am Ende bin«, erwiderte er ruhig.

»Natürlich, das verstehen wir«, entgegnete Jorah und schien überrascht, dass Petrichor so ehrlich war.

Narah grummelte unzufrieden, widersprach aber nicht.

Asra hörte aufmerksam zu und stellte die Frage, die ihr schon die ganze Zeit lang unangenehm auf der Zunge brannte.

»Was, wenn der Alchemist überlebt …? Wird er nach uns suchen?«

»*Wenn* er überlebt, werde ich ihm zuvorkommen«, erklärte Petrichor und zog an seiner Zigarette. »Und diesmal wird mich niemand davon abhalten.«

Asra schloss die Augen und ließ ihren Kopf an Jorahs Schulter sinken. Sie musste den Blick von Petrichor abwenden. Seine Worte verletzten sie, ohne zu wissen warum. Die Wahrheit über ihren Vater nagte zusätzlich unbarmherzig an ihr und hinterließ schmerzende Löcher in ihrer Seele.

Obwohl sie dieses Geheimnis mit Petrichor teilte, fühlte sie sich so allein, wie schon lange nicht mehr. Die Nähe zwischen ihnen kam und ging so schnell und unvorhersehbar, dass es ihr Angst machte. Manchmal war es, als würden zwei Seelen in ihm koexistieren. Doch seine Schatten verdrängten jedes Licht – jeden Schimmer, der in ihm aufflackerte.

Den ganzen Weg bis zum Versteck sagte niemand mehr auch nur ein einziges Wort. Die Stille der Nacht schien jedes Geräusch um sie herum zu dämpfen. Es war, als wäre selbst der Pflasterboden ein anderer. Als würde er jeglichen Ton verschlucken und aufsaugen. Geheimnisse überlagerten sich und erzeugten nichts weiter als eine unglaublich schwerwiegende Geräuschlosigkeit. *Totenstille.*

Als sie endlich die Treppen des alten Kirchturmes hinter sich gebracht hatten, durchbrach Asra als Erste die unangenehme Stille.

»Ich möchte jetzt noch etwas sagen«, begann sie mutig und ließ sich von Jorah absetzen, »ich bin wirklich unglaublich dankbar, dass ich euch kennenlernen durfte. Egal, wie katastrophal sich diese Abenteuer letztendlich entwickelt haben, würde ich sie um nichts auf der Welt rückgängig machen wollen. Arkana ist für mich zu einem zweiten Zuhause geworden und ihr seid meine Freunde.« Sie hielt sich stützend am Geländer fest und blickte jedem der dreien nacheinander in die Augen. »Auch du, Petrichor«, fügte sie betont hinzu, als er ihrem Blick auswich. »Ich habe keine Ahnung, wann ich aufwache, deshalb muss das jetzt sein, ob ihr wollt oder nicht.«

Dann umarmte sie zuerst Jorah stürmisch und drückte ihn fest an sich. »Danke, dass du mich immer verteidigst, wenn Petrichor mich wieder einmal umbringen will. Und danke, dass du für mich dieses Luftschiff gesteuert, und mich so gerettet hast.«

Jorah war sichtlich überrascht und schenkte ihr ein breites Lächeln. Asra ließ von ihm ab und fiel taumelnd Narah um den Hals. »Danke, dass du mich trotzdem aufgenommen und akzeptiert hast, obwohl ich damals einfach wie ein Eindringling in dein Leben geplatzt bin. Ich werde es dir niemals vergessen, dass du dennoch gekommen bist, um mich zu retten.«

Narah schluchzte leise auf, als Asra lächelnd noch etwas hinzufügte. »Und du würdest wirklich eine unheimlich gute Krankenschwester abgeben. Nur so zum Anreiz, falls du einmal keine Lust mehr hast, Dinge zu stehlen und mit Monstern zu kämpfen.«

»Asra … was auch immer wir morgen für eine Geschichte hören werden, es wird nichts ändern«, erklärte Narah schniefend. »Du gehörst zu uns.«

Jorah stimmte seiner Schwester zu. »Außerdem wäre es schrecklich langweilig ohne dich.«

Asra lächelte. »So schnell werdet ihr mich nicht los, auch wenn wir uns jetzt neue Abenteuer suchen müssen.« Dann tat sie etwas, was sie sonst niemals getan hätte. Sie ging langsam auf Petrichor zu und schloss auch ihn in die Arme. Es gab nichts mehr, was sie verbergen musste.

»Egal, was du denkst, mir angetan zu haben, es ist vergeben und vergessen«, flüsterte sie.

Auch wenn er sie nicht richtig umarmte, legte er sanft seine Hände an ihre Schultern. »Komm mit du Nervensäge, du musst dich ausruhen.«

Asra blickte verwundert zu ihm auf, doch er schob sie bereits in Richtung seines Zimmers.

»Gute Nacht … und danke«, murmelte er den Zwillingen entgegen und ignorierte ihre verdutzt dreinschauenden Gesichter.

Asra sah aus dem Augenwinkel, wie sich die Geschwister einen kurzen Blick zuwarfen. Auf Narahs Lippen lag ein zufriedenes Lächeln.

Petrichor saß rauchend vor dem geöffneten Fenster und sah in die Nacht hinaus. Er hatte einige Kerzen entzündet, die den Raum in ein warmes Licht tauchten.

Asra hatte darauf bestanden, die restlichen Meter bis zu seinem Zimmer, allein zu gehen. Sie hatte die Nase gestrichen voll davon, herumgetragen zu werden. Es gelang ihr erstaunlich gut und sie ließ stolz die Tür ins Schloss fallen. Jetzt gab es nur noch eins, das sie tun wollte, bevor sie sich etwas Ruhe gönnen würde.

»Petrichor? Darf ich mir bitte etwas von dir zum Anziehen borgen? Ich will dieses widerliche Kleid keine Sekunde länger auf meiner Haut haben.«

Er nickte und schien mit seinen Gedanken weit entfernt zu sein.

Asra wühlte kurzerhand in einem Stapel Klamotten herum und lächelte, als sie den Pullover erkannte, den sie in den Händen hielt. Sie schälte sich aus dem fleckigen Kleid, nahm ihr kleines Geheimnis aus der Tasche und schlüpfte in das weiche Kleidungsstück. »Ich dachte, du trägst diesen Pullover nicht mehr«, sagte sie und setzte sich ihm gegenüber.

»Narah weiß auch nicht alles«, erklärte er gleichgültig. »Ist dir das nicht zu warm?«

»Nein, mir ist kalt«, sagte sie und zog den Saum des Pullovers über ihre Oberschenkel, als sie seine wandernden Blicke bemerkte. Ihre helle Haut war mit dunkelblauen Flecken übersät und die von Narah gesetzten Verbände verdeckten die schlimmeren Schnitte und Schürfwunden.

»Ich sehe wirklich übel aus, hm?«, stellte sie fest und wünschte sich, dass er ihren Blick erwidern würde.

Doch Petrichor war so undurchschaubar wie eh und je. Er drehte und wendete nervös das silberne Etui in seinen Händen herum. »Du solltest dich besser hinlegen.«

»Ich möchte aber bei dir sitzen«, erklärte sie.

»Hast du jemanden, der für dich da ist, wenn du aufwachst?«, fragte er.

»Mein bester Freund passt auf mich auf. Allerdings gehe ich stark davon aus, dass ich schon im Krankenhaus liege. Ich bin bereits viel zu lange hier, er wird meine Mutter zur Hilfe geholt haben.«

»Ich erinnere mich an deine Mutter. Lucinda?«, fragte er.

»Genau.«

»Sie hat immer darauf bestanden, dass ich sie mit Lucy anspreche und nicht mit Frau Dr. Sturm.«

»Das sieht ihr ähnlich.« Asra lachte und vermisste ihre Mutter daraufhin schmerzlich. *Sie wird ausrasten, wenn sie meine Verletzungen sieht! Wie soll ich die Wahrheit nur erklären, ohne wie eine Verrückte zu klingen? Um ehrlich zu sein, würde ich mir diese Geschichte ja nicht mal selbst glauben.*

»Ich mochte sie«, erwiderte er und zündete sich gleich daraufhin die nächste Zigarette an.

Asra beobachtete ihn stumm und spürte die Unruhe, die von ihm Besitz ergriff. »Warum bist du so nervös?«, fragte sie vorsichtig.

Er druckste herum, bevor er mit der Wahrheit herausrückte. »Ich habe in noch einer Sache gelogen.«

Sie sah ihn fragend an. »Erzähl es mir.«

Petrichors Augen trafen ihre. Glasgrün auf Eisgrau.

»Eira war kein Traumwandler.«

»Aber …«, begann Asra völlig verwirrt, »… wie konnte sie denn sonst nach Arkana reisen?«

Er holte den goldenen Kompass hervor und reichte ihn ihr. »Damit.«

»Der Kompass? Aber wie …?«, fragte sie und zögerte, sein Heiligtum zu berühren.

Doch Petrichor legte ihn behutsam in ihre Hände.

Asra begutachtete den mattgoldenen Gegenstand zum ersten Mal genauer. Sie drehte und wendete ihn und prägte sich alles ganz genau ein. »Der Alchemist meinte, dass dieser Gegenstand einer der stärksten magischen Artefakte sei, die existieren.«

»Damit hat er recht«, begann Petrichor und erzählte ihr die ganze Geschichte. »Der Kompass ist ein Erbstück aus der Familie meiner Mutter, davon gehe ich zumindest aus. Du weißt, dass die Gabe des Traumwandelns weitervererbt wird. Eira war meine Halbschwester. Doch weder ihr Vater noch unsere Mutter sind, beziehungsweise waren, Traumwandler.«

»Aber woher …«, unterbrach ihn Asra verwirrt, »hast du dann die Gabe? Von deinem richtigen Vater? Wer ist er?«

»Ja, ich vermute es. Ich habe ihn nie kennengelernt. Meine Mutter hat immer behauptet, er wäre früh gestorben. Doch wenige Tage vor ihrem Tod hat sie etwas zu mir gesagt, was mich beschäftigt hat. Sie sagte, dass mein Vater vielleicht noch am Leben sei, aber in einer anderen Welt. Wir hatten sonst nie über das Traumwandeln gesprochen und ich konnte es immer erfolgreich vor ihr verheimlichen. Den Kompass hatte ich gefunden, als Eira krank geworden ist. Zu diesem Zeitpunkt war ich schon einige Male nach Arkana gereist.

Ich habe Eira immer Geschichten davon erzählt, um sie aufzuheitern. Es hat ihr so viel Kraft gegeben und ich schwor mir, sie eines Tages dorthin zu bringen, koste es, was es wolle. Und tatsächlich fand ich heraus, welche Kraft der Kompass besitzt. Mit ihm kann jeder nach Arkana reisen, auch wenn er die Gabe nicht besitzt. Zu jeder erdenklichen Zeit. Siehst du die kleine Zahl in dem Feld aus Kristall?« Er zeigte auf die Stelle und sie nickte.

»Vier«, las sie.

»Als ich ihn selbst zum ersten Mal zufällig benutzte, stand die Zahl auf sechsundsechzig.«

Asra sah ihn fragend an. »Eine Art Countdown?«

»Ja. Die verbliebenen Male, mit denen man noch nach Arkana reisen kann.«

»Faszinierend«, murmelte sie und starrte ungläubig auf das schöne Artefakt. »Deshalb konntest du Arkana so oft besuchen, während ich nur alle paar Wochen dazu fähig bin. Aus diesem Grund habe ich nie Verdacht geschöpft.«

Er nickte. »Ich habe Eira damals sehr oft mit nach Arkana gebracht. Es stärkte ihren Lebenswillen und gab ihr die Kraft, die Krankheit weiterhin zu bekämpfen. Ich dachte, sie könnte es vielleicht schaffen, den Krebs zu besiegen …«

»Es muss so schwer für dich sein …«, hauchte sie.

»Ich wollte flüchten«, gab er leise zu.

»Das verstehe ich nur allzu gut.«

»Nach ihrem Tod wollte ich herausfinden, ob es mehrere Möglichkeiten gibt, die Tür schneller oder zumindest häufiger erscheinen zu lassen. Ich arbeitete viel zu lange, machte täglich Kampfsport bis zur absoluten Erschöpfung. Ich rauchte Gras, nahm Schlaftabletten, Drogen. Ich trieb mich von einer Sucht in die nächste …« Er hielt inne, als würde ihm klar werden, was er ihr da anvertraute.

Asra bemerkte, wie er langsam wieder zurückwich. »Hat etwas davon funktioniert? Du kannst mit mir über alles reden. Ich würde niemals dein Vertrauen missbrauchen«, versicherte sie und nahm seine zitternde Hand. »Darf ich fragen, wie du in den Besitz des Kompass gekommen bist?«

Petrichor sah in den Himmel hinauf, doch die Nacht war finster und wolkenverhangen. Von hier aus war die Stormhunter nicht zu sehen, nur ein schwacher Duft von Rauch hing in der Luft. »Ich glaube, ich will nicht weiter darüber reden.«

Asra seufzte, wollte ihn aber nicht weiter drängen. Ihre Angst war zu groß, dass er sich wieder vor ihr verschloss. Also wechselte sie das Thema. »Wenn der Countdown abgelaufen ist, verliert der Kompass dann seine Magie?«

»Gut möglich …«, antwortete er. »Aber ich weiß es nicht sicher.« Er nahm den Kompass wieder an sich und stand auf. Doch anstatt zu flüchten, reichte er ihr die Hand.

Asra nahm sie und er führte sie zu seinem Bett hinüber.

»Du wirst dich jetzt endlich hinlegen und ausruhen«, befahl er leise.

Doch Asra konnte genauso stur sein wie er. »Nur, wenn du bei mir bleibst.«

»Wenn es sein muss.«

Sie war mittlerweile geübt darin, seinen Sarkasmus herauszuhören und lächelte. Er meinte es nicht so, wie er es sagte. »Schön, dass wir einer Meinung sind.« Asra ließ sich in die Kissen sinken und rutschte zur Seite. Er legte sich neben sie, achtete aber sorgfältig darauf, sie nicht zu berühren.

*Es fühlt sich alles so surreal an. Ich liege hier neben ihm, in seinem Bett, das die ganze Zeit über nur Tarnung war. Denn er kann nicht schlafen, wenn er hier ist. Er hat sich dieses zweite Leben so perfekt aufgebaut, dass er die Wahrheit jahrelang vor den anderen verbergen konnte. Und ich hätte nie gedacht, ihm einmal so nahe zu sein.*

»Wann denkst du, wirst du aufwachen?«, fragte sie leise und starrte an die Decke.

»In ein, vielleicht zwei Stunden, schätze ich«, antwortete er. Er machte eine kurze Pause, bevor ihm etwas einzufallen schien. »Unter einem der Kissen liegt übrigens Midas' Notizbuch. Du solltest es in die Wachwelt mitnehmen können.«

»*Wachwelt*? Eine gute Bezeichnung, finde ich.« Diesen Begriff hatte sie noch nie zuvor gehört. »Darf ich das Buch wirklich mitnehmen?« Sie drehte ihren Kopf zur Seite, um ihn ansehen zu können.

»Wenn er es jemandem vermacht hätte, dann dir.«

Petrichor lag auf dem Rücken, seine hoffnungslos zerzausten Haare hatte er im Nacken zusammengebunden. Seine Augen wirkten so voller Schmerz, dass sie ihn fast greifbar spüren konnte. Die Kerze, die auf seinem Nachttisch stand, warf flackernde Schatten auf sein Gesicht. Die vereinzelten Sommersprossen auf seiner Nase waren dunkler geworden und der schwarze Ring war blutverkrustet. Zwischen seinen Augenbrauen lag die kleine Falte, die immer erschien, wenn er nachdachte oder mit den Gedanken weit entfernt war. Die Wunde an seiner Augenbraue hatte wieder leicht zu bluten begonnen und ein Tropfen bahnte sich gerade den Weg über seine ausgeprägten Wangenknochen. Es sah fast so aus, als würde er Blut weinen.

Ihr war bewusst, dass sie ihn unverhohlen anstarrte und dass er es bemerken musste. Doch er sagte nichts.

»Wie schön du bist«, sprach sie ihren Gedanken laut aus.

Er schien aus seiner Starre zu erwachen und drehte den Kopf zur Seite. Seine Augen trafen ihre und ihre Gesichter waren nur wenige Zentimeter voneinander entfernt.

Er lächelte schief und schüttelte fast unmerklich den Kopf. »Ich und schön? Ich weiß ja nicht, wie oft du auf den Kopf gefallen bist, aber irgendetwas stimmt ganz und gar nicht mit dir.«

Asra legte ihre Hand an seine Wange. »Was ist denn daran so abwegig? Ich bin mir sicher, dass dir das schon viele Mädchen gesagt haben.«

»Vielleicht. Aber vielleicht hat es mich vorher einfach nie interessiert«, erwiderte er.

»Und was hat sich jetzt geändert?«, fragte sie voller Hoffnung.

»Du bist anders.«

»Hasst du mich noch immer?«

»Nein.«

»Das ist ein Anfang«, hauchte sie lächelnd und rückte näher zu ihm. Er ließ es zu, als sie ihre Stirn an seine legte. Ihn zu küssen, wagte sie nicht. Jede Berührung konnte zu viel sein und das Risiko wollte sie nicht eingehen. Egal wie stark und unnahbar er von außen wirkte, etwas in ihm war aus Glas. Selbst ein Kuss konnte splittern und etwas in ihm zerbrechen. Doch sie musste diese eine Frage stellen, koste es, was es wolle.

»Willst du mir verraten, warum du zurückgekommen bist, um mich zu retten?«

Während er die Antwort aussprach, senkte er den Blick. Seine schwarzen Wimpern warfen feine Schatten auf seine Haut. »Ich brauche dich.«

Asras Herz schlug schneller. »Wieso brauchst du mich?«

Er schwieg und sie wusste, dass sie vorsichtig sein musste.

»Ich brauche dich auch, Petrichor.« Sie griff nach seiner Hand und verschränkte ihre Finger mit seinen.

Er schloss die Augen und die nächste Stunde lagen sie einfach nur schweigend da. Asra genoss seine Nähe und prägte sich seine Gesichtszüge so genau ein, wie nur möglich. Seine Schatten wachten über ihm und sie wurde sich bewusst, dass sie selbst seine Dunkelheit liebte.

»Wirst du da sein, wenn ich aufwache?«, fragte sie leise.

Doch Petrichor antwortete nicht.

Eine seltsame Unruhe breitete sich in ihr aus und sie musste es von ihm hören, eher würde sie keinen Frieden finden. »Versprich es mir … bitte.«

Doch er zog sie zu sich und küsste sie so voller Verzweiflung, dass sie seinen Schmerz auf ihren Lippen schmecken konnte.

*Irgendetwas stimmt nicht,* dachte sie, doch ihre Lippen trafen sich immer und immer wieder und sie konnte nicht mehr klar denken. Sie spürte das Ziehen in ihrer Brust aufflammen, doch die Freude darüber blieb aus.

Petrichor vergrub seine Hände in ihren Haaren und küsste

sie so intensiv, dass sie die Veränderung in ihm nicht greifen konnte. Und noch bevor sie die drei Worte erneut aussprechen konnte, die sie ihm am liebsten so oft entgegen geschrien hätte, bis er sie endlich erwidern würde, löste er sich langsam auf. Wie ein Geist – wurde durchsichtig und verschwand.

»Wir sehen uns auf der anderen Seite«, hauchte er und seine Stimme war das Letzte, was blieb. »Versprochen.«

Und Asra weinte, obwohl auch sie kurz vorm Aufwachen war. Sie suchte hektisch Midas' Notizbuch, wurde fündig und drückte es – zusammen mit dem Herz des Sanddämons – fest an sich. Dann wartete sie schluchzend auf den Kuss der realen Welt. Und irgendetwas sagte ihr, dass die Umarmung schmerzhaft und erbarmungslos sein würde.

Und seine Lüge summte in ihrem Herzen wie eine unheilbringende Melodie, bis sie ihr vollständig den Verstand und das Herz raubte.

*Und alles was übrigblieb, war der Duft von Rauch und Nacht.*

# Kapitel 11

*Alles was bleibt …*

*Egal wie weit wir laufen, ein Ende ist nicht in Sicht. Der Weg ist unklar, voller Steine und nebelverschleiert. Doch wir sind an einem Punkt angelangt, an dem Umkehren keine Option mehr ist. Uns gelang die Flucht und dennoch fühlt es sich an, als hätten wir bitterlich verloren. Als wären wir gescheitert und brüsten uns mit der Lüge des Erfolgs. Der Abgrund ist nah und ich weiß, dass du, ohne zu zögern, springen wirst. Das Blut an deinen Händen kann nie wieder abgewaschen werden. Du hast so viele Leben ausgelöscht, dass das Gewicht all dieser Seelen so unglaublich schwer auf dir lastet wie alle Felsen dieser Welt zusammen. Es drückt dich zu Boden und nimmt dir die Luft zum Atmen. Deine Lungen versagen und du vergiftest sie nur noch mehr mit Tabakrauch, von dem du denkst, er könnte die Schuld betäuben.*

*Für dich existiert keine Erlösung, Petrichor.*

*Ich bezweifle, dass du überhaupt auf der Suche nach Absolution bist. Nichts und niemand kann dir diese Sünden abnehmen. Nicht Gott, nicht die Toten, nicht der Rest der Welt und auch nicht ich. Dennoch werde ich für dich da sein. Ich werde deine Hand nehmen und mit dir zusammen springen, wenn es sein muss. Denn auch für mich gibt es kein Zurück mehr. Und die einzige Erlösung, die ich mir wünsche, bist du. Die Sucht hat sich bereits zu weit in mir ausgebreitet, um noch aufgehalten werden zu können.*

*In deinen Armen zu fallen, war das Erschreckendste und Schönste zugleich, was ich jemals gefühlt habe. Ich bin wie die Motte, die ins Feuer fliegt, weil sie nicht erkennen kann, dass es ihren Tod bedeutet. Und genauso verliere ich mich in dir, springe mit dir, sterbe mit dir. Ich liebe dich und es ist mir egal, wenn es meinen Untergang bedeutet. Meine Sucht verlangt zehrend nach mehr und ich werde nachgeben. Ich gebe mich dir hin, mit allem, was ich habe. Mit allem, was ich fühle. Und die Hoffnung wird mich auffressen, langsam, Stück für Stück.*

*Kann ein Monster die drei Worte, die alles bedeuten, überhaupt aussprechen, ohne sich dabei selbst zu zerstören? Doch ist nicht die Selbstzerstörung deine liebste Sucht von allen?*

Das Erste, was Asra sah, waren zwei saphirblaue Augen.

»Es tut mir so unglaublich leid, Stan …«, murmelte sie voller Schuldgefühle, als er ihr auch schon stürmisch um den Hals fiel.

»Asra! Ich bin ja so froh!«, rief er und ließ sich zu ihr auf das Bett fallen. Er schob seine Arme hinter ihren Nacken und drückte sein Gesicht an ihre Halsbeuge. »Ich dachte, du würdest nie wieder aufwachen …«

»Es tut mir so leid …«, schluchzte sie wieder und legte die Arme um ihren Freund. »Mein Plan ist sowas von schiefgelaufen. Wenn ich dir erzähle, was passiert ist, wirst du definitiv durchdrehen …« Asra ließ den Blick umherwandern und ihre Vermutung bestätigte sich.

Sie lag tatsächlich im Krankenhaus. Ihr Arm schmerzte fürchterlich und sie sah, dass sie an einer Infusion angeschlossen war. Das grelle Neonlicht über ihr blendete sie und ließ ihre Augen tränen. Durch das Fenster drang nur die Schwärze der Nacht. Ihre Mutter war nicht da und im ersten Moment war sie froh darüber. Sie wusste nicht, wie sie ihr all diese verrückten Dinge erklären sollte.

Stan weinte und sie spürte seine Tränen auf ihrer Haut. Es zerriss ihr fast das Herz und auch sie schmeckte Salz auf ihren Lippen. »Stan, bitte hör auf zu weinen. Es geht mir gut.«

»Wie kann es dir gut gehen? Du bist zwei Tage lang im Schlaf versunken gewesen! Ich habe beobachtet, wie sich urplötzlich blaue Flecken auf deinem ganzen Körper ausgebreitet haben! Deine Arme haben aus dem Nichts heraus angefangen zu bluten, als hätte dich jemand mit einer Nadel gestochen … Es ist alles so verrückt und ich wusste die ganze Zeit über nicht, wer oder was dich in Arkana verletzt. Weißt du, wie schlimm es für mich war, nichts tun zu können? Es war die verdammte Hölle!«

Stan war völlig außer sich, doch sie wusste, dass die Wut in seiner Stimme nicht ihr galt. Er hatte einfach nur schreckliche Angst um sie.

»Stan …« Sie drückte ihm einen Kuss aufs schwarze Haar und legte eine Hand an seine Wange. »Sieh mich bitte an. Wenn ich dir die schreckliche Wahrheit sage, musst du voll und ganz bei mir sein.«

»Hat *er* dir das angetan?«, fragte er und seine Augen funkelten wild.

»Du meinst Petrichor? Nein. Der Alchemist hat mich gefangen genommen und gefoltert. Wie du weißt, wollte ich Petrichors Traumgegenstand zurückholen, doch es kam alles anders als geplant. Ach Stan, ich weiß gar nicht, wo ich anfangen soll!« Sie war völlig außer sich und ihre Stimme war heiser und rau. »Es ist alles so schrecklich …«

Stan fing sich langsam wieder. Er schien zu ahnen, dass er nun stark für sie sein musste. »Erzähl es mir bitte.«

Und das tat sie. Sie war es ihm schuldig, auch wenn ihr Inneres unruhiger wurde und nach einer bestimmten Person schrie. Es war die Hölle für sie, still sitzen zu bleiben und nicht einfach aus dem Zimmer zu rennen. Die Worte flossen rasend schnell aus ihr heraus und hinterließen tiefe Wunden.

Stan hörte aufmerksam zu und stellte keine Fragen, bis Asra mit ihrer Geschichte fertig war. Seine Augen schimmerten nach wie vor glasig und er sah müde und erschöpft aus. »David ist also tatsächlich noch am Leben?« Er sah sie verwirrt an und ihre Worte schienen ihm alles abzuverlangen.

»Ich weiß, wie verrückt sich das anhört«, erwiderte Asra leise. »Aber es ist wahr.«

Stan schüttelte den Kopf. »Mir fällt es wirklich schwer, all diese Dinge zu kapieren. Ich glaube, es wird etwas dauern, bis ich damit zurechtkomme …«

Sie nickte verständnisvoll. »Das verstehe ich nur allzu gut. Ich bin schon froh genug, dass du mir überhaupt zuhörst und nicht ausrastest oder die Männer mit den weißen Kitteln anrufst.«

»Du hast mir genug Beweise geliefert. Ich habe es im Gewächshaus mit eigenen Augen gesehen. Wie du gesagt hast, tauchte der Schnitt an deinem Hals auf. Als würde eine unsichtbare Klinge über deine Haut ritzen.« Stan sah ihr tief in die Augen, dann wanderte sein Blick plötzlich nach unten und er runzelte die Stirn.

»Ich glaub's ja nicht … Wo hast du denn jetzt auf einmal diesen Pullover her? Den hattest du vorhin noch nicht an!«

»Der ist von Petrichor«, erklärte sie und tastete nach dem Notizbuch und dem roten Kristall. »Das hier ist auch aus Arkana. Ich habe dir doch von Midas erzählt, weißt du noch?«

»Der Junge, der gestorben ist?«, fragte er.

Asra nickte nur, denn der Schmerz des Verlustes überkam sie mit voller Wucht.

»Ich dachte, du kannst keine Dinge mitnehmen, die aus Arkana selbst stammen?«, erinnerte er sich und nahm ihr das Buch aus der Hand.

»In dem Kristall ist meine Magie gespeichert. Vielleicht konnte ich ihn deshalb mitbringen«, vermutete Asra.

»Ha!«, rief Stan aus, als er die letzte Seite aufschlug. »Da haben wir die Erklärung. Es wurde in Deutschland hergestellt.«

»Wahrscheinlich hat Petrichor es ihm geschenkt«, erwiderte Asra nachdenklich und sah auf den Firmenstempel hinab. »Ich glaube, Midas stand ihm sehr nah. Auch wenn er seine Zuneigung manchmal auf die seltsamste Weise zeigt. Er hat ein Herz …«

Stan sah sie mit hochgezogener Augenbraue von der Seite her an. »Meinst du? Von dem, was du mir erzählt hast, ist er ein Mörder und Verbrecher, der dich noch dazu an den Alchemisten ausgeliefert hat. Ich würde ihm nur allzu gern einmal meine Meinung sagen.«

»Ich hätte es dir nicht erzählen sollen …«, murmelte sie und krallte die Finger in die weiße Krankenhausdecke.

Er sah sie verwirrt an. »Würde es denn etwas ändern, wenn du mich anlügst, nur um ihn in Schutz zu nehmen? Du hast dein Herz an ihn verloren, Asra. Und auch wenn mir das nicht gefällt, muss ich es akzeptieren.«

»Ach, Stan …«, wimmerte sie und ließ sich erneut in seine Arme fallen. »Ich muss zu ihm. Ich habe so ein Gefühl, dass irgendetwas nicht stimmt. Ich muss nachsehen und zwar jetzt. Eher finde ich keine Ruhe …«

Stan strich ihr über das zerzauste Haar und hielt sie dann entschlossen an den Schultern fest. »Sieh mich an.«

Asra hob den Blick und sah in seine tränenfeuchten Augen. »Was ist?«

»Wenn ich dir helfen soll, möchte ich jetzt auf jede meiner drei Fragen die absolute Wahrheit hören, verstanden?«

»Verstanden.«

Er wischte ihr eine Träne von der blauen Wange. »Zuerst muss ich dir noch etwas beichten, wofür du mich mit ziemlicher Sicherheit hassen wirst.« Er machte eine kurze Pause und atmete tief durch. »Lucy weiß Bescheid. Über alles. Und sie wird bald zurückkommen. Wir sollten uns also beeilen.«

Asra lächelte. »Du hast das Richtige getan. Außerdem hatte ich schon damit gerechnet. Wie hat sie reagiert …?«

»Für meinen Geschmack viel zu gelassen … Ich hatte das Gefühl, dass sie irgendetwas geahnt hat. Aber das müsst ihr untereinander klären.«

»Verstehe …«, murmelte sie und unterdrückte ihre Neugier. Sie würde früh genug die Gelegenheit dazu bekommen, ausführlich mit ihrer Mutter zu sprechen. Lucy würde sicher nicht eher ruhen, bis sie jedes Detail aus ihrer Tochter herausgequetscht hatte.

Asra seufzte. »Na, dann los, stell deine Fragen!«

Stan schien sich über ihre Reaktion zu wundern, denn er verlor kurz den Faden und musste überlegen, was er eigentlich fragen wollte. »Geht es dir wirklich gut genug, dass du zu ihm gehen kannst, ohne zusammenzubrechen?«

»Ja.« *Lüge.*

»Wirst du keine Dummheiten begehen und mich sofort anrufen, wenn etwas nicht in Ordnung ist?«

»Ja.« *Lüge.*

Dann stellte er mit fester Stimme die letzte Frage. »Liebst du ihn so sehr, dass er es wert ist, von dir gerettet zu werden?«

»Ja.« *Wahrheit.*

Er nickte und stand auf. Dann löste er geschickt die Infusion von ihrem Arm und reichte ihr anschließend die Hand. Asra nahm sie und ließ sich von ihm auf die Beine ziehen. Sie wankte und atmete ruhig und bedacht, um den Schwindel zu unterdrücken. *Ich darf mir nicht anmerken lassen, wie schlecht es mir geht.* Halb blind schlüpfte sie in eine Hose und ihre Stiefel, während Stan ihr auch schon eine Tasche um die Schulter hängte.

»Da ist dein Handy drin. Ich werde im Bad die Dusche anmachen. Wenn Lucy kommt, sage ich, dass es dir schon viel besser geht und du dich waschen wolltest. Ich werde ihr auch sagen, dass du riesigen Hunger hast. Dann wird sie beruhigt wieder gehen und etwas für dich holen.«

»Du bist der absolut beste Freund auf Erden! Ich schulde dir so viel«, erwiderte Asra und drückte ihm einen Kuss auf die Wange.

»Eins noch«, rief er ihr nach, als sie schon zur Tür hinübergestolpert war und die Klinke drückte.

»Ja?«

»Falls dich jemand fragt, du bist beim Wandern einen steilen Abhang hinuntergefallen. Es war ein Unfall, verstanden?«

Sie nickte, verließ den Raum und schloss die Tür hinter sich. Ihre Knie fühlten sich an wie Wackelpudding und schon nach den ersten Schritten rang sie nach Luft. Ihre Schläfen pochten und sie hatte ein furchtbar schlechtes Gewissen, dass sie Stans Frage mit einer Lüge beantwortet hatte. Sie fühlte sich alles andere als stark genug und jeder ihrer Knochen schmerzte. Doch die Angst um Petrichor war schlimmer als jede ihrer körperlichen Wunden.

*Ich muss wissen, ob er wirklich aufgewacht ist,* dachte sie nervös und schlug denselben Weg ein, den sie vom letzten Mal in Erinnerung hatte.

Die Flure des Krankenhauses waren um diese Uhrzeit nahezu ausgestorben und die wenigen Schwestern, die ihr entgegen kamen, interessierten sich nicht für sie.

Erst als sie völlig außer Atem auf der Intensivstation ankam, wurde ihr bewusst, dass sie ohne Hilfe nicht hineinkommen würde. Stur ging sie auf die verschlossene Tür zu und rüttelte daran. *Ohne Ausweis habe ich keine Chance,* dachte sie enttäuscht und spielte bereits mit dem Gedanken, die Glastür zu zertrümmern. Asra schlug noch ein paar Mal wütend gegen die Tür, bevor sie die Klingel drückte.

»Ja?«

»Ähm …«, stammelte sie und bemerkte, dass sie sich noch gar keinen richtigen Plan zurechtgelegt hatte. »Ist … ist … verdammt, wie hieß Mamas Freund nochmal?«, murmelte sie panisch und überlegte angestrengt.

Die Stimme am Lautsprecher klang genervt. »Was wollen Sie um diese Uhrzeit? Wenn Sie keine Ärztin sind, bitte ich Sie, die Station zu verlassen.«

»Daniel!«, rief Asra laut aus, als ihr der Name wieder einfiel. »Ist Daniel da? Bitte! Ich muss mit ihm sprechen.«

»Sind Sie ein Familienmitglied?«

»Nein, aber …«

»Dann werde ich ihn jetzt auch nicht bei seiner Arbeit stören. Kommen Sie morgen zur Besuchszeit wieder.«

Asra hämmerte verzweifelt mit der Faust gegen die Tür. »Bitte! Holen Sie einfach Daniel! Er kennt mich, ich bin Lucys Tochter!«

Die Person am anderen Ende schnaufte. »Muss ich den Sicherheitsdienst rufen?«

»Lassen Sie mich nur kurz mit ihm reden!«, schrie Asra hysterisch und war kurz davor, durchzudrehen. Sie war so kurz vorm Ziel, nur wenige Türen trennten sie von Petrichor.

Der Lautsprecher knisterte und sie nahm die Stimme einer weiteren Person wahr.

»Was ist denn hier los?«

»Da ist irgendeine Verrückte an der Tür«, erklärte die unfreundliche Stimme.

Asra schöpfte Hoffnung. »Daniel? Hier ist Asra! Bitte, ich muss mit dir reden!«

»Das gibt's doch nicht …«, murmelte die Stimme und der Lautsprecher verstummte.

»Hey!«, rief sie wütend und rüttelte an der Tür.

Einige Sekunden später erschien ein Mann und Asra atmete erleichtert auf. »Daniel!«, rief sie, als er endlich aufsperrte.

»Asra? Was um Himmels willen machst du hier? Weißt du, wie spät es ist?«

»Nein, eigentlich nicht«, antwortete sie wahrheitsgemäß.

»Vier Uhr morgens!«, half ihr Daniel auf die Sprünge.

»Ich muss zu Petrichor«, erklärte sie und ignorierte seinen bösen Blick.

»Das geht jetzt nicht, Mädchen. Das eine Mal war schon eine Ausnahme …« Daniel musterte sie und sein Blick blieb an dem Bluterguss an ihrer Wange hängen. Die restlichen Wunden wurden Gott sei Dank von ihrer Kleidung verdeckt. Seine Stimme wurde weicher. »Was ist denn mit dir passiert? Du siehst ziemlich mitgenommen aus.«

Asra sah ihn flehend an. »Ich bin gestürzt, das ist alles. Aber bitte, du musst mir jetzt vertrauen!«

Daniel schien zu überlegen. »Was ist denn so wichtig, dass es nicht bis morgen warten kann?«

Asra wusste, dass sie nicht mehr viele Versuche haben würde, um Daniel zu überzeugen. Also musste sie es so anstellen, dass ihm nichts anderes übrigbleiben würde, als mit ihr zusammen nachzusehen.

»Es geht um Petrichors Leben.«

Und es funktionierte.

»Ist das die Wahrheit?«

»Ja«, erwiderte sie, ohne zu zögern.

Daniel fixierte sie eindringlich und hielt ihr resigniert die Tür auf.

Sie lief den ganzen Weg schweigend neben ihm her und versuchte angestrengt, so wenig wie möglich zu wanken.

Daniel schien so in Gedanken versunken, dass er ihr keine einzige Frage mehr stellte und auch ihren schlechten Zustand nicht bemerkte.

Als sie vor dem richtigen Zimmer ankamen, öffnete Daniel, ohne zu zögern die Tür und betrat den Raum. Er drückte einen Schalter und das Neonlicht flackerte kurz auf und erhellte den Raum in einen unnatürlichen Schein.

Asra drängte sich hinter ihm vorbei und prallte völlig erschöpft gegen die Wand. Als sie zum Bett hinübersah, kroch eine tiefe Furcht in ihr empor. Das Fenster war geöffnet und der Wind blähte den weißen Vorhang immer wieder auf.

Petrichor war nicht mehr da.

Die Decke war zurückgeschlagen und hing halb vom Bett hinunter. Die Schläuche lagen auf dem Boden und sie entdeckte einige Tropfen Blut, die zum Fenster hinüberführten.

Daniel rannte schockiert zum Fenster und schob den Vorhang beiseite. »Ist er …?«

»Du musst dir keine Sorgen machen. Er ist nicht gesprungen«, erklärte Asra mit einer tiefen Gewissheit.

Daniel blickte in die Tiefe und schien niemanden zu entdecken. »Aber wie konnte er …? Wir sind im dritten Stock!«

»Er ist ein ausgezeichneter Kletterer«, murmelte Asra und taumelte zum Bett. Bereits von Weitem hatte sie das Stück Papier entdeckt, das auf dem Tisch lag.

Daniel schüttelte den Kopf. »Aber in diesem Zustand? Er lag mehrere Wochen im Koma!« Er war auch schon dabei, sein Handy aus der Tasche seines Kittels zu angeln und eine Nummer einzutippen.

»Nicht!«, befahl Asra und hielt sich den Zettel vor die Augen. »Das kannst du dir sparen. Er hat eine Nachricht hinterlassen.« Sie erkannte die Handschrift sofort und wusste, dass es Petrichors war. Ihre Finger zitterten und es fiel ihr schwer, die Worte zu lesen, die er in Eile darauf geschrieben hatte. Sie las laut vor, damit Daniel es hören konnte.

*»Sie müssen sich nicht die Mühe machen, die Polizei zu rufen. Ich bin volljährig und entlasse mich hiermit selbst.«* Darunter hatte er fein säuberlich mit seinem Namen unterschrieben. *»Petrichor Heavens«*

Asra ließ sich auf die Bettkante sinken und starrte auf die Zeilen, die immer mehr hinter einem Schleier aus Tränen verschwammen. »Warum nur …«, hauchte sie und beachtete Daniel nicht, der ihr vorsichtig den Zettel aus der Hand nahm.

»Dann kann ich jetzt auch nichts mehr tun. Er hat sich tatsächlich selbst entlassen«, sprach er ungläubig aus und kratzte sich am Kopf. »Woher hast du es gewusst?«, fragte Daniel sie neugierig. *Und vorwurfsvoll.*

»Intuition«, murmelte Asra. Auf ihren Lippen lag ein verzweifeltes Lächeln. *Petrichor hat gelogen. Er hat gelogen. Er hat gelogen! Was hatte ich auch anderes erwartet?*

Asra bemerkte nicht, wie Daniels Handy klingelte.

»Ja, sie ist hier. Mach dir keine Sorgen, ich bringe sie zurück. Welche Zimmernummer? Kein Problem, Lucy, es geht ihr gut, beruhige dich …« Dann legte er auf.

Asra versank in eine tiefe Melancholie und ließ sich ohne Widerrede von Daniel in einen Rollstuhl verfrachten und zurück in ihr Zimmer bringen. Vor der Tür hörte sie bereits Lucys aufgebrachte Stimme, die mit Stan diskutierte. Daniel klopfte an und schob Asra in das Zimmer.

»Danke, Daniel. Ich weiß gar nicht, wie ich mich jemals für deine Hilfe revanchieren kann«, erklärte Lucy mit fester Stimme und bedachte ihre Tochter gleichzeitig mit einem vorwurfsvollen Blick.

Daniel lächelte geknickt und war schon dabei, zu gehen. »Mach dir deswegen keinen Kopf, Lucy. Deine Tochter ist zwar eine Nervensäge und ein richtiger Sturkopf, aber sie hat mich immerhin darauf hingewiesen, dass einer meiner Patienten geflüchtet ist.« Er nickte ihr zu und verließ das Zimmer.

»Petrichor ist verschwunden?«, schlussfolgerte Lucy und warf nun Stan einen bösen Blick zu. »Wusstest du es?«

Stan fuchtelte wild mit den Händen herum. »Nein, natürlich nicht!«

»Mama, Stan kann nichts dafür. Ich habe ihn angelogen und gesagt, dass ich nur schnell duschen gehen würde. Dann habe ich mich rausgeschlichen, ohne dass er es bemerkt hat«, erklärte sie und versuchte, die Situation somit zu entschärfen. »Mama … es tut mir so unglaublich leid!« Schluchzend kämpfte sie sich auf die Beine.

Lucys Fassade begann zu bröckeln. Sie lief ihrer Tochter entgegen, um sie in die Arme zu schließen. »Warum hast du mir nicht früher von alledem erzählt?«

»Ich hatte Angst, du würdest mich für verrückt erklären«, gab Asra weinend zu und vergrub das Gesicht in Lucys Haar, das wie immer nach Lavendel und Zitrone duftete.

»Ach, Asra! So wenig Vertrauen hast du in mich? Ich habe schon lange geahnt, dass irgendetwas nicht stimmt. Es tut mir leid, dass ich so wenig für dich da sein konnte«, erwiderte sie und führte ihre Tochter zum Bett hinüber. »Schatz, du musst dich hinlegen und ausruhen!«

»Es geht mir gut«, log sie und ließ sich von Lucy zudecken. Dann umarmte sie Asra und drückte sie fest an sich. »Auch wenn mir Stan alles erzählt hat, möchte ich es dennoch von dir hören. Ich glaube dir, hast du verstanden?«

Lucy schluchzte und auch wenn Asra ihre Mutter noch nicht oft hatte weinen gesehen, so berührte es sie zutiefst.

»Ich muss dir etwas sagen …«, hauchte sie, doch ihre Stimme versagte.

Lucy strich ihr liebevoll über das Haar und lächelte unter Tränen. »Du erzählst es mir, wenn du ausgiebig geschlafen und etwas gegessen hast. Du bist am Rande eines Zusammenbruchs, das werde ich nicht zulassen.«

Asra sah besorgt zu Stan hinüber. Dieser stand schweigend vor dem Fenster und schien sich fehl am Platz zu fühlen. Sie streckte fordernd die Hand nach ihm aus. »Komm gefälligst her und setz dich zu uns.«

Stan zögerte. Doch als Lucy zur Seite rutschte, überwand er seine Starre und gesellte sich zu ihnen.

Lucy drückte ihn einmal fest und Stan wusste nicht, wie ihm geschah. »Was …?«

»Danke, dass du meiner lebensmüden Tochter immer so ein guter Freund bist und sie so aufopfernd beschützt«, flüsterte sie weinend und schenkte ihm ein Lächeln.

Stan grinste schief und schien erleichtert zu sein. »Deine Tochter ist wirklich etwas ganz Besonderes«, antwortete er leise. »Auch wenn sie ziemlich verrückt ist.«

»Ich bin nicht verrückt!«, widersprach Asra gekränkt.

Schnell versuchte Stan, die Situation zu retten. »Okay, ich habe mich blöd ausgedrückt. Die Dinge, die dir passieren, sind verrückt, nicht du.«

»Danke«, brummte Asra und ließ sich mit dröhnendem Kopf in ihr Kissen sinken. »Warum ist er einfach gegangen …« Ohne zu blinzeln, starrte sie in das Neonlicht über ihr.

»Wo denkst du, könnte er hingegangen sein?«, fragte Stan vorsichtig. »In seine Wohnung?«

»Gut möglich«, erwiderte sie nachdenklich. »Ich habe solche Angst um ihn. Er ist auch schwer verletzt …«

Lucy betrachtete ihre Tochter nachdenklich. »Soll ich die Polizei rufen, um nach ihm suchen zu lassen?«

Sofort schüttelte Asra den Kopf. »Nein, auf gar keinen Fall …« *Er würde mich hassen.* Ihre Worte waren heiser und kaum mehr zu hören. Der Knoten in ihrer Brust ließ ihr kaum Luft zum Atmen.

»Gut, wie du willst. Aber du musst jetzt schlafen und wieder zu Kräften kommen«, predigte ihre Mutter besorgt.

»Mit der Ungewissheit finde ich niemals Schlaf«, hauchte sie.

Lucy drückte ihrer Tochter einen Kuss auf die Stirn und stand entschieden auf. Dann setzte sie erneut eine Infusion. Der Stich der Nadel schmerzte und Asra sah ihrer Mutter den Kummer an, als sie den Verband zur Seite schob und den blutunterlaufenen Arm betrachtete. Doch Lucy unterdrückte die Tränen und blieb stark.

»Morgen musst du unbedingt wieder etwas essen«, bat sie. »Und ich werde nicht mitansehen, wie du dich selbst zerstörst. Du wirst jetzt schlafen.«

Asra sah zu spät, wie ihre Mutter ein weiteres Medikament in die Infusion fließen ließ. Sie spürte bereits, wie sich eine angenehme Wärme in ihr ausbreitete. Ihr Körper wurde schwer und ihre Lider schlossen sich von ganz allein. Doch sie nahm es Lucy nicht übel. Sie wollte nur verhindern, dass sie sich erneut aus dem Bett schlich, um nach Petrichor zu suchen.

Stan nahm Asras Hand und drückte sie fest. »Ich werde zu seiner Wohnung fahren und sehen, ob er da ist.«

Das Sedativum entfaltete seine Wirkung so schnell, dass sie nicht einmal mehr antworten konnte. Sie drückte sanft seine Hand und er wusste Bescheid.

»Ich hab' dich auch lieb, Asra. Schlaf gut.«

Und Asra sank in einen tiefen, traumlosen Schlaf.

Als sie erwachte, war es bereits später Nachmittag. Die Sonne stach tief durch die Hochhausschluchten der Stadt hindurch und tauchte den tristen Raum in orangefarbenes Licht. Der typische sterile Krankenhausflair wurde durch das wärmende Licht zumindest etwas abgeschwächt.

Sie rieb sich über die Augen und drehte den Kopf zur Seite. Ihr Blick blieb an einem wunderschönen Strauß selbstgepflückter Wildblumen hängen. Ein kleiner Zettel hing daran und sie streckte die Hand danach aus. Sie faltete ihn auseinander und erkannte sofort Stans krakelige Handschrift.

*»Guten Morgen oder guten Nachmittag, je nachdem, wann du aufwachst. Petrichor war leider nicht in seiner Wohnung und selbst wenn er dort gewesen wäre, war ich wahrscheinlich einfach schon zu spät dran und habe ihn verpasst. Ich habe auch die Umgebung abgesucht, aber um die Uhrzeit war keine Menschenseele unterwegs. Es tut mir leid. Auch, dass ich gerade nicht hier sein kann. Aber ich habe die letzten Tage sehr wenig geschlafen und Lucy hat mich nach Hause geschickt. Du weißt ja, dass sie sehr überzeugend sein kann. Ich werde mich etwas ausruhen und komme dann wieder. So habt ihr Zeit, euch ausgiebig zu unterhalten. Und mach dir keinen Kopf, Petrichor wird schon wieder auftauchen. Wenn nicht, werde ich mit dir*

*zusammen auf die Suche gehen. Schließlich haben wir noch Ferien. Du kannst auf mich zählen. Stan. P.S. Die Blumen habe ich aus dem Beet vor dem Krankenhaus geklaut.«*

Asra lachte unter Tränen und legte den Zettel auf den Tisch zurück. Der ausgiebige Schlaf hatte ihr gut getan. Sie fühlte sich besser und die Erschöpfung hatte deutlich nachgelassen. Ihre Knochen schmerzten nicht mehr ganz so sehr, doch sie vermutete, dass es an den Schmerzmitteln lag, die Lucy ihr verabreicht hatte. Auf jeden Fall war sie stark genug, um sich auf die Beine zu kämpfen und ins Bad hinüberzugehen. Dort fand sie frische Kleidung, die Lucy für sie von zu Hause mitgebracht hatte.

Asra schälte sich aus Petrichors Pullover und legte ihn sorgfältig neben das Waschbecken. Als Nächstes stieg sie unter die Dusche. Sie hatte das Gefühl, dass sich heißes Wasser noch nie so gut angefühlt hatte wie heute. Sie benutzte viel zu viel Seife und wusch sich mehrmals die strähnigen Haare.

Es musste mindestens eine halbe Stunde vergangen sein, ehe sie das Wasser abstellte und sich in ein nach Desinfektionsmittel riechendes Handtuch wickelte. Asra rümpfte die Nase und trocknete sich schnell ab. Dann schlüpfte sie in die kurze, helle Jeans und in das graue T-Shirt.

»Ob das so eine gute Idee ist …«, murmelte sie skeptisch. Doch Lucy hatte keine langärmligen Sachen für sie mitgebracht. *Ich kann es Mama nicht verübeln. Es ist Hochsommer und sie geht nicht davon aus, dass ich mich nach meinem »Unfall« unter langen Klamotten verstecken müsste.*

Seufzend vertrieb sie den Gedanken und wischte mit der Hand über den mit Wasserdampf bedeckten Spiegel. Starr blickte sie in die geröteten Augen ihres Spiegelbildes.

Es war immer noch sie. Auch wenn ein dicker Bluterguss unter ihrem Auge prangte und etliche kleine Schnittwunden die blasse Haut rot leuchten ließ – etwas hatte sich verändert.

*Die alte Asra ist im Kampf gestorben. Ich werde nie wieder dieselbe sein,* dachte sie mit völliger Klarheit.

Ihr Gesichtsausdruck war ernster und sie wirkte älter, erwachsener. Und sie war angewidert – von sich selbst. *Ich habe Menschen getötet. Ich habe Blut an meinen Händen, das ich nie wieder abwaschen kann.*

Ihre Gedanken drehten sich im Kreis und landeten immer wieder bei der gleichen Person. »Petrichor … wohin bist du nur gegangen?«

Schluchzend vergrub sie ihr Gesicht an seinem Pullover. Sein Geruch hing so intensiv an dem Stoff, dass ihr Tränen in die Augen stiegen. *Warum hast du mich belogen?*

Asra verließ das Badezimmer und öffnete das Fenster, um frische Luft hereinzulassen. Was ihr nicht wirklich gelang, denn die Hitze war von einer sommerlichen Schwüle getränkt. Sie atmete tief durch, um sich zu beruhigen. Es roch nach heißem Asphalt und Autoabgasen.

*Typisch Stadt,* dachte sie und ließ sich in einen Stuhl fallen, der genauso unbequem war, wie er aussah. Sie griff nach Midas' Notizbuch und blätterte darin herum. Die ganze Zeit über hatte sie nicht mehr an das Buch gedacht, doch jetzt kribbelten ihre Finger und sie konnte es kaum erwarten. Zumindest das würde ihr etwas Ablenkung verschaffen.

Die Seiten waren vollgeschrieben mit den unterschiedlichsten Dingen: Beschreibungen von Dämonen – sogar mit detailreichen Skizzen –, magischen Artefakten und ihren Besonderheiten, fremden Schriftzeichen und ihrer Bedeutung, Landkarten, Legenden und wissenschaftlichen Formeln, von denen Asra keine Ahnung hatte.

Lächelnd blätterte sie durch die Seiten und bewunderte Midas' ordentliche Arbeit. Seine Skizzen und Zeichnungen waren großartig und mit Präzision erstellt worden. Asra wurde schmerzlich bewusst, dass sie von seinem künstlerischen Talent nicht einmal etwas geahnt hatte. Sie würde dieses Buch in Ehren halten. Es war eine wundervolle Erinnerung an einen ebenso wundervollen Menschen.

»Aber …«, murmelte sie, als sie auf der letzten Seite angelangt war. Perplex blickte sie in ihr eigenes Gesicht. »Du hast mich gezeichnet?«, flüsterte sie verwundert und las die Zeilen, die sich über die ganze rechte Seite erstreckten.

*»Asra, wenn du das hier liest, bin ich nicht mehr am Leben. Ich habe Petrichor schon vor einiger Zeit den Auftrag gegeben, dass – sollte mir etwas zustoßen – er dir dieses Buch überreichen soll. Ich hoffe, er hat es getan, sonst werde ich ihn vom Jenseits aus mit Keksen bewerfen. Ich weiß nicht, ob das möglich ist, aber ich bin mir sicher, dir würde diese Idee gefallen.*

*Ich habe nie den Mut gefunden, dir meine Gefühle zu gestehen und trotzdem bin ich dankbar, dass ich diese Stunden mit dir verbringen durfte. Du hast die Aufträge zu etwas Besonderem gemacht. Ich glaube, ich spreche für jeden von uns, wenn ich sage, dass du unsere kleine Gruppe bereichert hast. Auf eine Weise, wie ich es niemals für möglich gehalten habe.*

*Du warst so anders und dein Mut und deine ganze Art haben mich fasziniert. Ich glaube, ich habe mich schon am ersten Tag in dich verliebt. Als du einsam und verlassen in dieser Gasse gestanden hast und völlig orientierungslos warst. Du hast etwas in mir verändert. Ich war noch nie zuvor verliebt, doch in deiner Nähe konnte ich kaum atmen. Du hast mich immer verstanden und mir Mut gemacht, wenn ich zweifelte. Und auch, wenn du nie gesehen hast, was ich sah, so bin ich dennoch glücklich. Um nichts in der Welt würde ich unsere gemeinsame Zeit rückgängig machen wollen. Auch wenn du niemals dasselbe für mich empfinden wirst.*

*Ich sehe, wie du ihn ansiehst und auch wenn es mir das Herz zerreißt, so kann ich nicht böse auf dich sein. Also wählte ich, dich im Stillen zu lieben, um das zwischen uns nicht kaputt zu machen. Und ich weiß, dass du mich auch geliebt hast, nur eben auf eine andere Weise. Und das ist mehr, als ich erwartet habe.*

*Eins muss ich dir noch sagen, weil ich weiß, dass es dir vielleicht Erlösung bringen kann. Petrichor sieht dich auf dieselbe Weise an, wie du ihn. Natürlich nur, wenn er denkt, dass niemand ihn beobachtet.*

*Bis bald, dein Midas.«*

Das Papier war mit durchsichtigen Flecken bedeckt, als sie lautlos schluchzend das Buch an ihr Herz drückte. *Er hat es gewusst, die ganze Zeit über. Midas …*

Asra fuhr erschrocken zusammen, als die Tür geöffnet wurde.

»Schön, dass du endlich wach bist«, rief Lucy ihr freudig entgegen und hielt ein vollbeladenes Tablett in den Händen.

Asra wischte sich schnell die Tränen aus den Augen und lächelte. Sie wollte Lucy nicht auch noch erklären müssen, warum sie schon wieder so schrecklich traurig war.

»Mama, du willst mir nicht ernsthaft widerliches Krankenhausessen vor die Nase setzen, oder?«, fragte sie und rümpfte die Nase.

Lucy grinste mysteriös und stellte das Tablett neben Asra auf den Tisch. »Nein, ich habe dir allerlei tolle Sachen aus der Stadt besorgt. Aber erst werde ich nachsehen, ob es dir besser geht.« Sie legte ihr auch schon eine Hand auf die Stirn und tastete nach ihrem Puls.

»Es geht mir gut. Dein Schmerzmittel-Cocktail war einsame Spitze«, versicherte Asra und griff hungrig nach einer kleinen Frühlingsrolle. »Das duftet wirklich unglaublich gut!« Sie steckte sich die Leckerei gleich ganz in den Mund.

Lucinda sah sie zufrieden an. »Du musst langsam essen, sonst wird dein Magen rebellieren. Viel kauen und viel trinken«, erklärte sie nachdrücklich und hielt ihr ein Glas Wasser entgegen.

»Ist gut«, versprach Asra und schlang gleich das nächste Stück hinunter.

»Ich habe übrigens dafür gesorgt, dass du dieses Zimmer hier bekommst, sodass ich während der Arbeit so oft wie möglich nach dir sehen kann. Ich hoffe, Stan hat dir erklärt, welche Geschichte du erzählen musst, sollte dich jemand fragen?« Lucy setzte sich auf den gegenüberliegenden Stuhl und musterte Asra entschlossen.

»Ich bin beim Wandern einen Abhang hinuntergestürzt«, wiederholte sie Stans Worte von gestern.

Lucy nickte zufrieden. »Ich habe mir übrigens die nächsten zwei Stunden freigenommen. Wollen wir in den Garten hinuntergehen und du erzählst mir, was passiert ist?«

Asra schluckte angespannt und ein Stück Hähnchen blieb ihr im Hals stecken. Sie hustete und trank einen großen Schluck Wasser. »Ich würde es dir gern hier erzählen. Draußen muss ich nur Angst haben, dass jemand mithört und die Polizei ruft.«

Lucy runzelte die Stirn. »Ist gut. Und du sollst wissen, dass ich dir glaube.«

Asra atmete tief durch. »Wie kannst du so etwas nur sagen? Warte erst mal ab, bis ich fertig bin. Wahrscheinlich lässt du mich gleich in die Psychiatrie einweisen.«

Lucys Gesichtsausdruck veränderte sich kein bisschen. »So denkst du von mir? Habe ich dir jemals nicht zugehört oder dich unfair behandelt?«

Sie musste nicht einmal nachdenken. »Nein, Mama. Aber das hier ist etwas ganz anderes …«

Ein trauriges Lächeln schlich sich auf Lucys Lippen. »Dann bitte, erzähl mir, was dir passiert ist. Ich muss es wissen …«

Asra stocherte in ihrem Essen herum und fing ungewohnt kleinlaut an, von ihren Abenteuern zu erzählen. Sie begann mit ihrem achtzehnten Geburtstag, dem Tag, an dem sie zum ersten Mal nach Arkana gereist war. Sie erzählte von Petrichor und den anderen, dem Pakt, den sie mit ihm geschlossen hatte. Von den Aufträgen des Alchemisten und den gefährlichen

Reisen, die sie unternommen hatten. Wie Midas gestorben war und wie sie durch Adrian von Petrichors Geheimnis erfahren hatte – der Grund warum sie vor Kurzem völlig aufgelöst hier im Krankenhaus aufgetaucht war und nach Petrichor gesucht hatte.

Die Worte sprudelten mittlerweile nur so aus ihr heraus und sie war dankbar, dass Lucy sie nicht unterbrach, um irgendwelche Fragen zu stellen. Sie hörte geduldig zu und ihr Gesichtsausdruck war nachdenklich und interessiert. Trotzdem erzählte Asra nur die wichtigsten Dinge und ließ die brutalsten und persönlichsten Details weg. Auch wenn Lucinda ihre Mutter war, so musste sie nicht alles wissen. Genaugenommen erzählte sie ihr exakt dieselbe Version, die sie Stan erzählt hatte. *Die jugendfreie Version sozusagen.*

Als Asra bei den Erlebnissen auf der Stormhunter angelangt war, blickte sie kein einziges Mal zu ihrer Mutter auf. Sie zerrupfte eine Frühlingsrolle in sämtliche Einzelteile, weil sie es sonst nicht ertragen könnte, all diese schrecklichen Dinge noch einmal laut auszusprechen. Ihre Stimme wurde brüchig, als sie von Petrichors Verrat erzählte. Wie der Alchemist sie gequält hatte und was seine Pläne gewesen waren. Asra bemerkte die Veränderung bei Lucy, als sie vom Piratenkönig erzählte.

»Mama … der Alchemist ist einst selbst ein Traumwandler gewesen …« Asra wurde übel. Sie wusste nicht, wie sie es aussprechen sollte. Stattdessen legte sie das Dämonenherz auf den Tisch. »Deswegen brauchte er das hier. Einen neuen Traumgegenstand, weil er zurück in unsere Welt wollte. Das ist der Grund, warum er mich gebraucht hat – warum ich das letzte Artefakt war. Darin ist meine Magie gespeichert.«

Lucy schwieg und starrte auf den Kristall. Es herrschte nahezu eine Totenstille, würde nicht der Lärm der Straße durchs Fenster hereindringen.

Also erzählte Asra weiter. »Der Alchemist hat mir erzählt,

dass er bei einem Unfall ums Leben gekommen ist und im Moment seines Todes durch die Tür getreten ist. Seitdem hängt er in Arkana fest. Um genau zu sein … seit achtzehn Jahren.«

Lucy sog scharf die Luft ein, ihr Blick veränderte sich. Sie runzelte die Stirn, legte den Kopf leicht schief. »Wieso … ich verstehe nicht?« Sie schwieg wieder.

Asra zerriss es das Herz, als sie die Wahrheit aussprach. »Ich habe Papa gefunden. In Arkana.«

Lucindas Augen wurden glasig und sie krallte die Finger fest in die Stuhllehnen. »David …?«

Der Kloß in Asras Hals war zu groß, um zu antworten. Also nickte sie und senkte den Blick.

Lucys Stimme zitterte, als sie die nächsten Worte aussprach. »David … ist dieser … Alchemist?« Tränen rannen über ihre Wangen, doch als ihr Gehirn die Puzzleteile zusammensetzte, veränderte sich ihr Blick wieder. Von verzweifelt zu schockiert zu einem wütenden Funkeln. *War es Hass?* »David ist also am Leben.«

Sie sah ihrer Tochter fassungslos in die Augen. Und sie sagte etwas, das Asra niemals erwartet hätte.

»Irgendwie … habe ich es immer gespürt.«

Dann verlor Lucinda die Kontrolle.

Sie schluchzte voller Trauer und vergrub ihr Gesicht in den Händen. »Nach all dieser Zeit …«, wimmerte sie und ihre Stimme versagte. »Ich begreife das alles nicht! Wie kann das nur …?«

Asra saß daneben und wusste nicht, was sie sagen sollte. Keine Worte dieser Welt konnten ihre Mutter jetzt trösten. Sie konnte nur erahnen, wie schlimm diese Nachricht für sie sein musste. *Falls sie es überhaupt glaubte. Wie konnte man so eine Nachricht nur ansatzweise begreifen?*

Asra hatte ihren Vater ausschließlich als den grausamen Alchemisten kennengelernt und empfand hauptsächlich eine Mischung aus Neugier und Abscheu für diese Person.

»Mama … es tut mir so leid.« Asra griff nach Lucys Hand und drückte sie fest. »Und wenn du das alles nicht glauben oder verstehen kannst, ist es in Ordnung. Ich verstehe es ja selbst nicht einmal!«

Nach einigen Minuten hatte Lucinda sich wieder so weit gefangen, dass sie sprechen konnte.

»Ich wusste, dass David auch solche Träume gehabt hat … wie du. Er hat mir oft davon erzählt. Allerdings hätte ich niemals gedacht, dass er wirklich dorthin reisen würde … in dieses fremde Land.«

Asra war sprachlos. *Sie wusste es. Sie wusste die ganze Zeit über Bescheid … unbewusst.* »Deshalb glaubst du mir das alles jetzt auch.«

Lucy spielte nervös mit einer roten Locke ihres Haares herum. »Einmal habe ich in seinem Traumtagebuch herumgestöbert, auch wenn er sicher böse auf mich gewesen wäre, hätte er es herausgefunden. Ich habe über diesen Ort, den du Arkana nennst, gelesen und es schien so real, dass ich wirklich Angst bekommen habe. Und als du Arkana vorhin erwähnt hattest, wurde mir schlagartig klar, dass diese Dinge tatsächlich existieren. Wie hättest du denn sonst davon wissen können? Dieses Wort ist sicherlich nicht alltäglich …« Ihr Blick verlor sich kurz im Nichts, bevor sie sich fing und weiter erzählte.

»Weißt du, ich dachte immer, dass dein Vater vielleicht psychische Probleme gehabt hat und sich diese Dinge nur einbildete. Aber alles in mir sträubte sich gegen diese These. Er war schließlich ein Wissenschaftler und vollkommen auf Fakten fixiert. Er liebte die Sterne und war ein lebensfroher Mensch. Wahnvorstellungen wären das Letzte gewesen, was ich ihm zugetraut hätte. Nein, ich wusste, dass mein Mann nicht verrückt war. Also glaubte ich ihm auf gewisse Weise – sprach aber nie wirklich mit ihm darüber. Weil mir diese Dinge schreckliche Angst eingejagt haben. Das wusste er, weswegen er selbst schwieg. Und ja, ich hatte Sorgen, dass du diese Gabe von ihm geerbt haben könntest …«

»Deshalb hast du auch Papas Würfel versteckt«, schlussfolgerte Asra.

Lucy nickte niedergeschlagen. »Ja. Und sein Traumtagebuch.«

»Aber das habe ich doch?«

»Er hatte nicht nur dieses eine, Schätzchen«, beichtete Lucinda. »Es gibt noch eines, das habe ich in meinem Zimmer. Du wirst es bekommen, das verspreche ich dir.«

Asra schwieg und tastete nachdenklich nach ihrem Würfel. »Mama, darf ich dir eine blöde Frage stellen?«

»Natürlich.«

»Denkst du, du könntest Papa irgendwann verzeihen?«

»Für das, was er dir angetan hat?« Lucys Stimme bebte. »Niemals …«

Asra nickte. Sie wusste selbst nicht, ob sie David die Dinge, die er ihr angetan hatte, jemals verzeihen könnte. »Er ist nicht mehr der Mann, den du damals geliebt hast. Arkana hat ihn verändert. Es ist nicht schlimm, wenn du ihn jetzt hasst …«

Lucy wimmerte und ihre starke Mauer brach erneut zusammen. »Ich kann das alles nicht fassen, Asra. Wie um Himmels willen können solche Dinge nur real sein? Es ist alles so verwirrend und es zerreißt mir das Herz, dass dir so schreckliche Dinge widerfahren sind. Du hast diese … *Gabe* und ich bin ebenso stolz auf dich, dass du so mutig bist und so tapfer gekämpft hast. Aber es macht mir furchtbare Angst, dass du wieder dorthin gehen wirst. Und ich weiß, dass du es tun wirst, und ich kann nichts dagegen tun. Es ist in deinem Blut und du bist etwas ganz Besonderes. Das wusste ich schon lange …«

Asra warf sich auf Lucys Schoß und umarmte sie fest. »Es ist in Ordnung. Ich habe auch Angst, aber Arkana ist mein zweites Zuhause. Die Zwillinge und Petrichor sind mir unglaublich wichtig. Ich kann sie nicht im Stich lassen.«

»Das verstehe ich.« Lucy wischte sich die Tränen aus den Augen. Auch von ihren Schultern schien eine große Last gefallen zu sein. Sie kannte nun die Wahrheit, auch wenn nicht alles davon leicht zu ertragen war.

Plötzlich erklang ein Klopfen und Stan trat in den Raum. Er sah besser aus als gestern. Scheinbar hatte er geduscht und sich frische Sachen angezogen.

»Wenn ich störe, komme ich später wieder«, bemerkte er verlegen und blieb zwischen Tür und Angel stehen.

»Hör auf, Schwachsinn zu reden, und komm endlich rein«, rief ihm Asra entgegen, während sie aufstand und ihm mit aufflackerndem Schwindel entgegentaumelte. Sie umarmte Stan und drückte ihn fest an sich. »Danke, dass du für mich nach ihm gesucht hast. Mitten in der Nacht und allein.«

»Ist schon in Ordnung«, murmelte er und wuschelte ihr durchs nasse Haar. »Du siehst endlich wieder aus wie ein Mensch. Zwar wie ein Mensch, der sich geprügelt hat, aber immerhin riechst du wieder anständig.«

Asra lachte und verpasste ihm einen liebevollen Klaps auf den Arm. »Du bist echt mies, weißt du das?«

»Das verträgst du schon«, antwortete Stan und grinste.

Asra warf Lucy einen hoffnungsvollen Blick zu. »Darf ich nach Hause?«

Lucinda rieb sich über die schmerzenden Schläfen und überlegte. »Eigentlich würde ich dich schon gern ein paar Tage zur Beobachtung hier lassen.«

Asra verzog das Gesicht. »Aber das ist doch gar nicht nötig! Mir geht es gut.«

Lucy betrachtete Asra stirnrunzelnd. »Deine Wunden sind zum Glück alle nur oberflächlich und die Infusion sollte deine Reserven wieder aufgeladen haben.«

»Bitte, Mama! Du weißt, wie sehr ich Krankenhäuser hasse.«

Lucy gab seufzend nach. »Na gut. Aber nur, wenn Stan dich nach Hause bringt und noch eine Weile deinen Babysitter spielt.«

»Werde ich dafür bezahlt?«, fragte Stan.

»Wenn du deine Arbeit gut machst, vielleicht«, antwortete Lucy grinsend und erhob sich stöhnend aus dem Stuhl. »Ich glaube, ich werde alt«, grummelte sie und hielt sich die Hüfte.

Asra packte voll neuer Energie ihre Sachen und konnte es nicht erwarten, das Krankenhaus endlich zu verlassen. Lucy brachte sie bis zur Tür und verabschiedete sich von den beiden. Trotzdem schien sie unsicher und nervös zu sein, denn sie gab noch eine Menge Anweisungen. »Stan, sie muss heute noch den ganzen Tag liegen bleiben und viel trinken. Wenn die Schmerzen wiederkommen, kann sie Ibuprofen nehmen, die sind im Schrank in der Küche. Im Eisfach sind Kühlbeutel für die Prellungen …«

»Ich werde die fürsorglichste Krankenschwester sein, die man sich nur vorstellen kann«, unterbrach er Lucy freundlich. »Wenn sie nicht hören will, bestrafe ich sie, indem ich ganz laut Taylor Swift im ganzen Haus aufdrehe.«

»Das sind schlimmere Foltermethoden als die des Alchemisten!«, rief Asra empört.

Lucy winkte wehmütig zum Abschied und erklärte noch einmal nachdrücklich die Bedingungen. »Wenn du Dummheiten machst, zerre ich dich höchstpersönlich ins Krankenhaus zurück. Hast du verstanden, Tochter?«

»Ja«, murmelte diese kleinlaut und ließ sich von Stan die Treppe zum Parkplatz hinunterhelfen.

Er hielt ihr die Tür auf und half ihr beim Einsteigen. »Lucy ist außer Hörweite. Du musst jetzt nicht mehr so tun, als wärst du über Nacht wie durch ein Wunder vollständig geheilt worden.«

Asra stöhnte, als sie sich umständlich auf den Sitz sinken ließ. »Das stille Leiden war es wert – Ich bin endlich aus diesem gottverdammten Krankenhaus raus!« Mit schmerzverzerrtem Gesicht rieb sie sich über den Oberschenkel. »Die Prellungen sind am schlimmsten und die blöden Schnitte brennen, als hätte mir jemand Chilipulver hineingerieben.«

Stan sah sie verärgert an. »Dir ist klar, wie unvernünftig du handelst? Eigentlich sollest du hierbleiben und dich richtig ausruhen.« Dennoch ließ er sich auf den Sitz fallen und startete den Motor.

»Ich kann mich auch zu Hause ausruhen. Krankenhäuser machen nur noch kränker«, erklärte sie und war von ihrer Aussage mehr als überzeugt.

»Erzähl das mal lieber nicht deiner Mutter.«

Asra zuckte mit den Schultern und drehte sich mit einem lauten »Autsch!« und weiteren Schmerzensflüchen zu ihm. Dann sah sie ihn intensiv von der Seite her an und wartete.

»Nein, Asra«, murmelte Stan.

»Bitte.«

»Du hast Lucy gehört, oder?«

»Ich möchte nur kurz in die Stadt und nachsehen, ob er vielleicht bei seiner Arbeit aufgetaucht ist.«

»Das glaubst du ja wohl selber nicht.« Stan umklammerte das Lenkrad und starrte auf die dreckige Windschutzscheibe.

»Bitte …«, bettelte Asra und zog das Wort unnötig in die Länge. »Nur ganz kurz. Ich besteche dich auch mit einem gigantischen Eis.«

Stan schnaufte genervt, startete den Motor und parkte geschickt aus der engen Parklücke aus. Als er die Straße Richtung Innenstadt abbog, schlich sich ein breites Lächeln auf Asras Lippen. »Ist es dumm, wenn ich mich noch hundert Mal bei dir bedanke?«

»Nein und dein Schuldenberg hat sich gerade um das Zehnfache erhöht«, erwiderte er ernst und stellte das Radio an. »Ich will jetzt nichts mehr von dir hören«, grummelte er und drehte »Sugar Honey Ice & Tea« von *Bring Me The Horizon* lauter.

Asra lächelte und genoss den kühlen Fahrtwind, der ihr ins Gesicht wehte. Die Häuser der Stadt flitzten an ihnen vorbei und die laute Musik brachte sie zum ersten Mal seit Langem auf andere Gedanken. Es kümmerte sie nicht, dass Stan viel zu schnell fuhr. Wegen ihr hätte er auch mit hundert Stundenkilometern durch die Stadt rasen können. Der Moment verdrängte die schlimmen Bilder aus ihrem Kopf und machte die Schmerzen erträglich. Und das war alles, was zählte.

Bevor sie im Zentrum ankamen, zupfte Asra die Verbände sorgfältig in Position und gab darauf acht, dass die Wunden darunter nicht sichtbar waren.

Zehn Minuten später parkte Stan in der Parkgarage im Stadtzentrum. Als sie ausgestiegen waren, drückte er Asra das Ticket in die Hand. »Du zahlst später.«

»Mit Vergnügen«, erwiderte sie fröhlich und schlug den Weg zur Einkaufsstraße ein. »Was für ein Tag ist heute?« Ihr Zeitgefühl war kaum mehr vorhanden, seitdem sie Arkana das letzte Mal betreten hatte.

»Dienstag«, antwortete Stan.

»Ich habe mir das Serum Samstagnacht gespritzt.«

»Richtig.«

Asra seufzte. »Manchmal frage ich mich, ob das alles wirklich passiert, oder, ob ich die ganze Zeit über nur träume.«

»Ich muss zugeben, es klingt mehr nach einem komischen Fantasy-Film als nach der Realität«, erwiderte Stan.

Asra gab ihm recht. »Und irgendwie findet jeder, dass ich seltsam bin. Ich sollte mich damit abfinden, ein Freak zu sein.«

Er warf ihr einen besorgten Seitenblick zu. »Wir Freaks müssen zusammenhalten. Willst du dich bei mir unterhaken, oder kannst du allein laufen?«

»Geht schon.«

Die Straßen waren von Menschen überlaufen, die fröhlich miteinander plauderten – die Cafés und Eisdielen voll besetzt. Ideales Wetter, um einen schönen Abend in der Altstadt zu verbringen.

»Stan?«, begann Asra unsicher.

»Was?«

»Ich glaube, es war ein Fehler, eine kurze Hose anzuziehen.«

»Du wolltest in die Stadt, also musst du mit den Blicken leben«, erwiderte er und schien die Härte in seiner Stimme gleich darauf zu bereuen. Er legte ihr seinen Arm um die Schulter. »Lass die Leute doch gaffen.«

Asra ignorierte die starrenden Menschen, so gut es ging, dennoch fühlte sie sich unwohl. *Er hat recht, da muss ich jetzt durch.*

»Da vorn rechts«, murmelte sie und zeigte in eine kleine Seitenstraße.

»Ist das der Laden, der ganz hinten in der Sackgasse liegt?«, fragte Stan neugierig.

»Ja, komischerweise war ich da noch nie drin«, erklärte sie.

»Na ja, im Zeitalter von Musik-Streaming-Diensten ist das ja kein Wunder. Ich habe zwar keinen Plattenspieler, aber sie verkaufen auch CDs, Comics und Bücher«, erklärte er schulterzuckend.

»Also warst du schon mal dort?«

»Ja, nicht nur einmal.«

»Hast du *ihn* jemals gesehen?«, fragte sie vorsichtig und ihre schweren Stiefel waren eigentlich viel zu warm für diesen heißen Sommertag. Sie starrte auf den korallenroten Pflasterboden und hob den Blick erst wieder, als ihr Stan die Tür des Plattenladens aufhielt.

»Wahrscheinlich schon, ich erinnere mich nur noch an den einen hübschen Kerl mit den grünen Augen«, gab er ehrlich zu und folgte ihr hinein.

Asra riss die Augen auf. »Kurze oder lange Haare?«

»Kurz.«

Sie kniff ihm in die Seite. »Für eine Sekunde dachte ich wirklich, du würdest auf Petrichor stehen. Aber deine Beschreibung klingt nach Fabian.«

Stan lachte amüsiert. »Stell dir nur vor, wir würden auf denselben Kerl stehen.«

Asra funkelte ihn mürrisch an. »Darüber macht man keine Scherze, Stan. Das wäre ein wirklich ernst zu nehmendes Problem.«

»Siehst du mich etwa als Konkurrenz?«, scherzte er.

»Du bist attraktiv und wer weiß? Vielleicht steht Petrichor ja auch auf Männer.« Bei diesem Gedanken musste sie laut auflachen, denn sie wusste nicht einmal, ob Petrichor überhaupt auf irgendjemanden stand. »Eigentlich weiß ich so gut wie gar nichts über ihn.«

»Die Schmerztabletten von Lucy scheinen gut zu wirken«, meinte er und sah sie belustigt an. »Aber jetzt im Ernst. Du solltest dich nicht überanstrengen. Dein Körper denkt nur, es ginge ihm gut, weil er betäubt ist.«

»Ich weiß. Für mich hat Mama wohl das gute Zeug ausgepackt. Außerdem bin ich viel zu aufgekratzt, um Schmerzen zu empfinden.« Asra trat weiter in den Laden hinein und sah sich um, während sie munter plauderte. »Und diese Infusion heute Nacht hat wirklich Wunder gewirkt. Sowas bräuchte ich am besten jeden Tag, um die Uni zu überstehen.«

Stan rollte mit den Augen.

Im Laden war nicht viel los und Asra und Stan schienen die einzigen Kunden zu sein. »Zero« von den *Smashing Pumpkins* drang aus den Lautsprechern.

Asra bekam große Augen. »Gut, dass ich noch nie hier war. Ich würde sonst mein ganzes Taschengeld zum Fenster rauswerfen.«

Der Laden war von innen größer, als es von außen den Anschein machte. An den Wänden hingen Poster von *Nirvana* und *Metallica*, allerdings auch von neueren Bands wie den *Architects, Slipknot* und *Parkway Drive*. Die Einrichtung war dunkel gehalten, strahlte aber dennoch einen neunziger Jahre Flair aus. Die Auswahl schien sich auf Rock, Metal und härtere Musikrichtungen zu beschränken.

»Warum war ich noch nie hier?«, fragte sie entsetzt und stöberte durch die Regale.

Stan antwortete nicht.

Dann hörte sie auch schon, wie er mit einer anderen Person redete. Asra drehte sich fragend nach ihm um. Er unterhielt sich mit Fabian, der wie aus dem Nichts aufgetaucht war und CDs einsortierte.

»Hey, Asra!«, rief Fabian, als er sie entdeckte. Doch sein freundlicher Blick verwandelte sich gleich darauf in ein schockiertes Starren. »Meine Güte! Was ist denn mit dir passiert?«

»Hi Fabian. Ähm … Ich bin hingefallen«, erklärte sie und kam gleich darauf zur Sache. »War Petrichor hier?«

Fabian schüttelte verwirrt den Kopf. »Nein, er liegt, soweit ich weiß, noch immer im Krankenhaus …«

»Okay, schade, dann hat sich das erledigt. Danke trotzdem«, erwiderte Asra knapp und war schon dabei, zur Tür zu marschieren.

»Asra?«, rief ihr Fabian hinterher. »Würdest du dich bitte bei Adrian melden? Er ist völlig am Ende, seitdem du ihn einfach stehen hast lassen.« Der Junge mit den kurzen, hellbraunen Haaren und den grünen Augen fixierte sie eindringlich. »So habe ich ihn noch nie erlebt.«

Asra blieb stocksteif stehen und das schlechte Gewissen nagte schwer an ihr. »Mache ich, versprochen.« Sie fühlte sich erbärmlich, dass sie die ganze Zeit über keinen einzigen Gedanken an Adrian verschwendet hatte. Auf ihre jämmerliche Entschuldigungs-Nachricht hatte er nicht geantwortet. *Kein Wunder, wenn er nichts mehr mit mir zu tun haben will. Ich bin echt das Letzte,* dachte sie niedergeschlagen.

»Warum suchst du nach Petrichor?«, fragte Fabian neugierig.

»Er schuldet mir noch neue Kopfhörer«, murmelte sie und setzte ein gespieltes Lächeln auf.

»Woher kennst du ihn?«

»Ähm … also …«, begann sie stotternd und wusste nicht, was sie sagen sollte. »Kampfsport.«

»Kampfsport?«

»Er hat mir ein paar Dinge beigebracht«, erklärte Asra und steckte ihre schwitzigen Hände verlegen in die Hosentaschen ihrer Jeans.

»Ich wusste gar nicht, dass er Unterricht gibt. Ich hätte ihn ehrlich gesagt eher als Einzelgänger eingeschätzt«, antwortete Fabian skeptisch.

»Ist er auch«, gab Asra zu. »Aber bei mir hat er eine Ausnahme gemacht.« Als sie bemerkte, wie sich das anhörte, fluchte sie leise. »Egal. Fabian, wenn du ihn siehst, ruf mich bitte sofort an, okay?« Rastlos strich sie sich eine ausgeblichene Haarsträhne aus dem Gesicht, berührte dabei aus Versehen den Bluterguss an ihrer Wange und zog schmerzerfüllt eine Grimasse. »Verdammt!«

Fabian runzelte die Stirn und wandte sich an Stan. »Ist sie immer so seltsam?«

Stan grinste verlegen und fuhr sich nervös durch die Haare. »Nicht immer. Der Unfall hat sie ziemlich mitgenommen. Sie steht unter starken Schmerzmitteln … und wahrscheinlich hat sie sich auch den Kopf gestoßen.«

Asra stand mit verschränkten Armen vor der halb geöffneten Tür und lauschte dem Gespräch der beiden.

*Ist Fabian etwa …?* Das Lächeln auf ihren Lippen verzog sich zu einem breiten Grinsen. »Während ihr euch so nett über mich unterhaltet, gehe ich mir ein Eis kaufen. Lass dir ruhig Zeit, Stan.« Sie zwinkerte ihm zu und zog die Tür hinter sich ins Schloss.

Stan starrte ihr mit offenem Mund nach, lief aber nicht hinterher. Zumindest noch nicht.

Asra genoss es, nach langer Zeit, endlich einen Moment für sich allein zu haben. *Fabian steht auf Männer. Und das ist mir erst heute zum ersten Mal aufgefallen. Hoffentlich stellt sich Stan nicht allzu doof an.* Grinsend lief sie die Gasse zurück und schlenderte durch die volle Fußgängerzone. Gemächlich folgte sie der Masse und nahm Musik wahr, die lauter wurde, je weiter sie sich dem alten Marktplatz näherte. Der Geruch von Grillfleisch lag in der Luft und sie entdeckte Stände mit Zuckerwatte und Schokofrüchten.

*Ist heute irgendeine Veranstaltung?*, fragte sie sich und überlegte, ob sie sich etwas Süßes holen sollte. Doch sie entschied sich dagegen und ging langsam weiter. Es fiel ihr mittlerweile leichter, die Blicke der Leute zu ignorieren.

Sie hatte auch kein schlechtes Gewissen, dass sie Stan einfach so zurückgelassen hatte. *Ich habe mein Handy dabei, er kann mich anrufen, wenn er fertig mit Flirten ist.* Sie grinste und musste sich eingestehen, dass sie weniger eifersüchtig war, wenn er mit einem Mann flirtete, als mit einem Mädchen. *Eigentlich dürfte ich gar nicht eifersüchtig sein. Aber hey! Er ist mein bester Freund. In meinen Augen wird nie jemand gut genug für ihn sein.*

Als sie den Platz erreichte, in dessen Mitte ein großer Brunnen stand, bewunderte sie staunend die bunten Wimpelfahnen aus Stoff, die zwischen den alten Fachwerkhäusern gespannt waren. Die Sonne war weiter gesunken und ihr Licht fiel strahlenförmig hinter dem großen Kirchturm am Ende des Marktplatzes hervor. Der warme Wind fuhr durch ihr Haar und für einen Moment dachte sie, einen Hauch von Rauch darin wahrzunehmen.

Sie erschauderte und blieb stehen, um sich mit klopfendem Herzen umzusehen. Lichterketten waren in den Bäumen befestigt und schimmerten trotz Tageslicht in bunten Farben. Eine Schar von Kindern hatte sich um einen Clown versammelt, der riesige Seifenblasen in die Luft pustete. Die dünne Haut glitzerte öligbunt im Sonnenlicht und immer mehr wabernde Blasen stiegen in den Himmel hinauf. Die Kinder lachten und versuchten hüpfend, die zerbrechlichen Seifenblasen platzen zu lassen.

Asras Blick war wie hypnotisiert von diesem wunderschönen

Schauspiel, doch wieder mischte sich dieser spezielle Geruch in die laue Sommerluft. Ihre Beine begannen zu zittern und sie umschloss fest den Würfel mit ihrer Hand. Ihre Finger tasteten nach der 3 und fanden sie.

*Es ist alles in Ordnung, ich träume nicht.* Sie erwachte aus ihrer Starre und drehte sich langsam im Kreis.

Ein kleines Kind rannte gegen sie und Asra stolperte. Sie fing sich wieder und taumelte wie in Trance über den Marktplatz. Achtlos drängte sie sich an den Menschen vorbei und ignorierte ihre genervten Blicke. Die Musik war laut und es fiel ihr schwer, ihre Sinne zu schärfen. Ihr wurde schwindlig und sie bog in eine Gasse ab, die weniger überlaufen war. Sie ließ sich kurz an eine Wand sinken und blickte in den abendrotverfärbten Himmel.

Vereinzelte violett-graue Wolken zogen gemächlich dahin und die bunten Fähnchen tanzten im Wind. Sie schloss die Augen, um Kraft zu sammeln und den Schwindel zu unterdrücken. Die Aufregung schwächte sie und sie musste vorsichtig sein. Stan hatte recht mit dem, was er vorhin gesagt hatte. *Mein Körper ist nur betäubt, die Wunden sind immer noch da.*

Wenn sie jetzt auf der Straße zusammenbrach, würde Lucy sie sofort wieder ins Krankenhaus stecken. Und das war das Letzte, was sie wollte.

Sie spürte einen Windhauch auf ihrer Haut, als würde jemand dicht an ihr vorübergehen. Es wäre ihr egal gewesen, doch als sie einatmete und ihr der Duft von Räucherstäbchen so intensiv in die Nase stieg, dass sie leise aufschluchzte, riss sie sofort die Augen auf. Doch niemand war zu sehen, außer ein paar Kinder, die Fangen spielten.

»Petrichor?«, hauchte sie und wankte weiter die Straße entlang. Hinter einem Baum zu ihrer Linken entdeckte sie einen schmalen Weg, der zwischen den Häusern hindurchführte. Die Strahlen der Sonne drangen nicht bis hierher vor.

Vorsichtig trat sie in den Schatten. Der Schwindel ließ in der Kühle der Gasse nach und sie genoss den frischen Wind auf ihrer glühenden Haut. Gras und Wildblumen wuchsen zwischen den Pflastersteinen hindurch und die Wände aus rotem Backstein lagen so dicht beieinander, dass der Efeu, der an manchen Stellen darüber wucherte, ihre nackten Arme streifte.

Ein Déjà-vu überkam sie so heftig, dass sie sich erneut anlehnen musste, um nicht den Verstand zu verlieren. Sie spürte es deutlich – etwas veränderte sich. Es lag in der Luft, wie eine unsichtbare Spannung. Ein Knistern, das auf ihrer Haut kitzelte.

Asra sah sich hektisch um, doch die Gasse war leer. Niemand sonst war zu sehen. Doch tief in ihrem Inneren wusste sie, dass sie nicht allein war. Die Schatten strichen über ihre Haut, wie ein sengender Windhauch – dennoch streckte sie die Hand nach ihnen aus. Tastete sehnsuchtsvoll. Doch die Leere rann durch ihre Finger wie eine ferne Erinnerung.

»Petrichor?«, flüsterte sie zitternd.

Sie lauschte und wagte es kaum, zu atmen. Doch die einzige Antwort, die sie bekam, war absolute Stille.

*Bilde ich mir seine Nähe nur ein?* Als Asra hoffnungslos umkehren wollte, hörte sie hinter sich einen dumpfen Aufprall. Sie zuckte zusammen, doch ehe sie reagieren konnte, packte sie jemand und zog sie fest an sich. So fest, dass sie sich nicht umdrehen konnte.

*Es ist nicht nötig nachzusehen,* dachte sie und schloss erleichtert die Augen.

Petrichor drückte sich mit ihr zusammen an den Efeu und hatte seine Arme fest um sie geschlungen.

Asra ließ sich in seine Umarmung sinken und wehrte sich nicht. *Es endet, wie es begann.*

Er sagte noch immer kein Wort und seine Lippen ruhten an ihrem Haar.

Sie schmiegte sich näher an ihn, genoss das Tasten seiner Schatten. »Ist es dir gelungen, das Blut von deinen Händen zu waschen?«, hauchte sie mit bebender Stimme. »Mir nicht … es klebt noch an meiner Haut wie zähflüssiger Honig, lässt sich nicht abkratzen und sickert tiefer in meine Knochen. Und ich weiß nicht, ob ich jemals damit leben kann …«

Asra spürte, wie er seine Stirn an ihr Haar sinken ließ.

»Petrichor, sag doch bitte was …«, flehte sie und versuchte, sich zu ihm umzudrehen. Doch er ließ es nicht zu.

»Es tut mir leid …« Seine Hände wanderten ihre Arme nach oben zu ihrem Hals und für einen kurzen Moment empfand sie sogar Angst. Nichts passierte und einen Augenblick später spürte sie etwas Kühles auf der Haut ihres Dekolletés ruhen. Seine Finger krallten sich fest in ihre Schultern und sie hatte das Gefühl, als ringe er mit sich selbst.

»Bleibst du bei mir?«, fragte sie vorsichtig, auch wenn sie die Antwort bereits kannte.

»Erinnerst du dich an den Garten der Königin?«, fragte er zusammenhangslos.

Sie nickte und war einfach nur froh, dass sie endlich seine Stimme hören konnte. »Wie könnte ich diesen Tag jemals vergessen …?«

»Du bist meine Belladonna, Asra«, hauchte er und ließ sie plötzlich los. Und noch ehe sie sich umdrehen konnte, war er verschwunden.

Sie schluchzte auf und drehte sich panisch im Kreis herum. Doch sie konnte nicht einmal erahnen, welche Richtung er eingeschlagen hatte. Er war wie vom Erdboden verschluckt. Dennoch fühlte sie schwach seine Anwesenheit – eine verblassende Aura im Licht der untergehenden Sonne. *Seifenblasenmomente. Fragil und zerbrechlich.*

Asra machte einen Schritt vorwärts, doch ihre Beine wollten ihr nicht mehr gehorchen. Sie stolperte, fiel zu Boden und schürfte sich die Knie und Handflächen am rauen Pflasterboden auf. Die Wunden bluteten sofort – nichtsdestotrotz hieß sie den Schmerz willkommen.

*Oh, wie zerbrechlich wir doch sind. Vielleicht waren wir dazu bestimmt, als funkelnder Sternenstaub zu enden.*

»Wieso …?«, schrie sie ins Nichts. »Nach alledem, was wir durchgemacht haben, kannst du doch nicht einfach so verschwinden!« Voller Verzweiflung schlug sie mit den Fäusten auf den Boden ein. »Ich weiß, dass du noch hier bist!« Ihr Blick wanderte hin und her, ihre Sinne tasteten nach ihm. Ihr Herz fand ihn, ihr Verstand blieb blind.

»Ich flehe dich an, geh nicht …«, bat sie wimmernd.

Doch mit einem Mal riss die Verbindung ab. Seine Anwesenheit war verschwunden.

»Petrichor …?« Die Hoffnung verließ sie schlagartig und etwas in ihr flüsterte, schrie und tobte zugleich, dass sie ihn niemals würde halten können.

*Ein Monster kann man nicht zähmen.*

Sie verlor den Rest an Selbstkontrolle, den sie noch besaß und weinte hemmungslos. Es hatte keinen Zweck mehr, nach ihm zu suchen.

Petrichor wollte nicht gefunden werden.

Asra fühlte es mit einer grausamen Gewissheit. Nun ließ er nichts weiter zurück als eine abgrundtiefe Leere. Sie konnte nicht einmal ansatzweise begreifen, was gerade geschehen war. Dieser Moment war wie ein Traum – die Bilder waren verschwommen und körnig und flimmerten vor ihren Augen. Ihre Hand wanderte wie in Trance zu ihrem Hals und tastete nach dem Schmuckstück, das er ihr angelegt hatte.

Es war eine silberne Kette, an der ein Anhänger in Form einer Blüte befestigt war. In der Mitte saß eine kleine, tiefschwarze Perle.

»Eine Belladonna …?«, hauchte sie ungläubig und spürte einen tiefen Stich im Herzen. Die Kette war kürzer, als die ihres Würfels und die Belladonna schwebte nun in perfektem Abstand, und wunderschön passend, darüber.

Voller Schmerz lächelte sie und blickte zu dem schmalen Streifen Himmel empor, der zwischen den Dächern der Häuser hindurchblitzte. Bald würde auch der letzte Sonnenstrahl verschwunden sein.

Sie vergrub ihr Gesicht in ihren Händen und weinte so lange, bis sie meinte, ersticken zu müssen. Ihr Herz schmerzte so sehr, dass sie es fast nicht mehr ertragen konnte.

Erst als keine einzige Träne mehr in ihr war und sie lethargisch an die Wand starrte, kam ihr in den Sinn, dass Stan vermutlich schon längst verzweifelt nach ihr suchte.

Das Salz der getrockneten Tränen spannte auf ihrer Haut und ihre Augen brannten. Sie stand wackelig auf, ging taumelnd den Weg zurück und überquerte den Marktplatz. Ihr Blick war starr und leer und sie lief einfach weiter, als fremde Leute sie ansprachen und ihr Hilfe anboten.

Als Stan sie endlich entdecke, rannte er panisch auf sie zu. Er stützte sie und rüttelte an ihren Schultern, als sie nicht reagierte.

»Was ist passiert? Ich habe dich mindestens zehn Mal versucht, auf dem Handy anzurufen! Asra? Verdammt, sieh mich an!«

»Stan … er …«, flüsterte sie wirr.

Er sah auf ihre blutenden Knie hinab und blickte sich hektisch um. Die Leute starrten sie neugierig an und Stan schob sie weiter in Richtung Parkgarage.

»Hast du ihn etwa gefunden?«, fragte er irritiert.

Asra schwieg. Sie hatte Angst zusammenzubrechen, wenn sie aussprach, was geschehen war.

»Würdest du bitte mit mir reden?«, bat Stan ruhiger und bezahlte schweigend das Parkticket am Automaten, das er selbst mühsam aus Asras Tasche angeln musste.

Sie war wie zu Eis erstarrt und konnte nicht richtig auf seine Anweisungen reagieren. Ihre Augen blickten weiterhin glasig ins Leere. Stan führte sie zum Auto, hielt die Tür auf und half ihr beim Einsteigen.

»Muss ich dich wieder ins Krankenhaus fahren?«, fragte er vorsichtig und schien sich unsicher zu sein, was er tun sollte.

»Bitte nicht …«, murmelte sie.

»Na, geht doch! Was ist passiert?«, hakte er erneut nach,

während er um das Auto herumlief und sich erschöpft auf den Fahrersitz fallen ließ.

Sie weinte lautlos und die Tränen rollten unaufhörlich über ihre Wangen. »Ich weine doch gar nicht …«, flüsterte sie wütend zu sich selbst und ließ sich tiefer in den Sitz zurücksinken.

Stan legte ihr eine Hand auf den Arm. »Vielleicht geht es dir besser, wenn du mit mir redest.«

Doch kein Wort verließ Asras Lippen.

Stan startete seufzend den Motor und schlug den Heimweg ein. Er löcherte sie nicht weiter mit Fragen, sondern warf ihr nur ab und an besorgte Blicke zu. Er nahm seine Hand nur von ihrer, wenn er den nächsten Gang einlegen musste.

»Ich würde diesem Petrichor nur allzu gern eine reinhauen«, fluchte er und biss wütend die Zähne zusammen.

»Das wäre keine gute Idee«, antwortete Asra nach einer Weile. Ihre Stimme klang weit entfernt, leise und monoton. Ihr Ausdruck war nach wie vor abwesend und sie beobachtete wie in Trance die vorbeiziehende Landschaft.

Die Wolken waren purpurn und gingen langsam, aber sicher, in ein tiefes Anthrazit über. Nur am Horizont war ein letzter blutroter Schimmer zu sehen, über dem eine silberne Mondsichel emporstieg. Die Bäume verschmolzen zu einem dunklen Kontrast aus flirrenden Schemen und wurden eins mit den dunkelgrünen Wiesen und Feldern.

»Er war da, Stan«, flüsterte sie. »Er wusste, wie sehr ich ihn brauche und ist dennoch gegangen.«

Dieser Gedanke drehte sich im Kreis und brannte Löcher in ihre Seele.

Und Asra fühlte alles und nichts zugleich.

# Epilog

## *… sind Scherben.*

*Und es ist eine dieser Nächte, sternenlos und finster. Getaucht in ein alles verschlingendes Schwarz, das jedes Licht und jedes Geräusch aufsaugt und verstummen lässt, bis alles in eine vollkommene Stille gehüllt ist. Endlos erscheinende Leere. Leer wie gebrochene Versprechen. Leer wie Verlust. Leer wie wir.*

*Und ich wünschte, ich könnte am Anblick des tintenschwarzen Himmels ertrinken, weil ich deine Abwesenheit nicht länger ertragen kann.*

Asra saß auf dem Fensterbrett und kritzelte wirres Zeug in ihr Notizbuch. Es war tiefste Nacht, doch sie fand einfach keinen Schlaf. Das Fenster war weit geöffnet – es gab in diesem Moment nur sie und die Dunkelheit. *Zwei alte Bekannte, die sich Gesellschaft leisteten.*

Bis eben war es noch unheimlich still gewesen und die Einsamkeit in ihrem Herzen hüllte alles in Watte. Doch sie wusste, dass es nur die Ruhe vor dem aufziehenden Sturm war. Sie sah es an den Flammen der Kerzen, die immer unruhiger hin und her zuckten. Ihr Zimmer war in tanzende Schatten gehüllt und das Licht zog Motten und andere Insekten an.

Der Wind wurde allmählich stärker und schlug ihr die ersten

kühlen Regentropfen entgegen. Es kümmerte sie nicht, denn der Tag war so voller Sonnenschein und sengender Hitze gewesen, dass sie froh um jede Abkühlung war. Das aufziehende Unwetter hatte sich schon vor Stunden angekündigt, doch erst seit den letzten Minuten verdunkelte sich der Himmel vollkommen. Die Schwärze verschluckte jeden funkelnden Stern. Nicht einmal der Vollmond schaffte es, die dichte Wolkendecke zu durchdringen.

Sie umklammerte den Stift so fest, dass ihre Knöchel weiß unter ihrer Haut hervorstachen. Die Buchstaben drückten tief in das Papier hinein und waren unruhig und in krakeliger Handschrift verfasst worden. Die Worte waren nur so aus ihr herausgeflossen, als würde sie ihre Gefühle auf Papier bluten. Ihre unordentliche Schrift war das Letzte, was sie im Moment interessierte. Alles in ihr schrie und tobte und ihre Gedanken fanden einfach keine Ruhe.

Eine Woche war seit Petrichors Verschwinden vergangen und auch die Tür nach Arkana wollte all ihrem Flehen zum Trotz nicht erscheinen. Und es machte sie verrückt, nicht zu wissen, wann sie wieder auftauchen würde. *Und ob sie überhaupt jemals wieder erscheinen würde.*

Ihre Träume waren verschwommen und monochrom und sie erinnerte sich morgens nicht einmal annähernd an Details. Die Furcht, dass nicht mehr genug Magie in ihr war und sich ihre Kräfte vielleicht nie wieder erholen würden, war schwer zu ertragen. Sie besaß noch immer den Stein, wusste aber nicht, ob sie die eingeschlossene Magie darin nutzen konnte.

Doch der Grund, warum sie sich Tag für Tag, Nacht für Nacht, Vorwürfe machte und sich in den Schlaf weinte, war er.

Petrichor war fort und sie hatte keine Ahnung, wo er sich befand. Und ob sie überhaupt nach ihm suchen sollte. Seine Worte hallten nur allzu deutlich in ihrem Kopf wider.

*»Du bist meine Belladonna, Asra.«*

Sie tastete nach dem blütenförmigen Anhänger. *Du verdammter, sturköpfiger, undurchschaubarer Idiot!*, kritzelte sie so fest auf das Papier, dass die Miene des Bleistiftes brach. Sie warf den Stift kurzerhand aus dem Fenster und schlug die Hände vor das Gesicht. Die Tränen kamen erneut und sie musste ihre Wut irgendwie herauslassen. Der Knoten in ihrer Brust würde sie sonst ersticken. Und als wäre ihr Wunsch erhört worden, ertönte der erste Donnerschlag so laut, dass die Wände des Hauses erzitterten. Dann begann der Regen.

Und Asra schlich sich leise, barfuß und im Nachthemd aus dem Haus.

Der Geruch von nasser Erde und Regen lag so schwer in der Luft, dass sie die Augen schloss und zitternd auf die Wiese hinaustrat. Die Tropfen prasselten immer stärker vom Himmel und sie war in wenigen Sekunden völlig durchnässt. Die Luft war noch warm und der Sturm peitschte und heulte um sie herum, als würde er sie mit sich reißen wollen.

Und als der nächste Donnerschlag über die Welt rollte, schrie Asra. Sie schrie so laut sie konnte seinen Namen. Ihr Herz raste und der Schmerz war so unerträglich, dass sie dachte, er würde sie zerschmettern. Und vielleicht wünschte sie sich sogar für einen Moment, dass sie der nächste Blitz treffen und all ihre Erinnerungen ausradieren würde.

Der Regen kühlte ab und das Nachthemd klebte an ihrer Haut. Blitze erhellten die Nacht für Sekundenbruchteile und die Abstände zwischen den Donnerschlägen wurden kürzer. Die Äste der Bäume peitschten im Wind, Blätter wirbelten herum und sie fühlte sich, als würde sie im Herzen des Sommergewitters stehen und eins mit dem Sturm werden.

Erst als ihre Stimme heiser und all ihre Gefühle verstummt waren, ging sie zurück ins Haus. Sie hinterließ eine nasse Spur auf dem Holzboden, als sie in ihr Zimmer ging und leise die Tür hinter sich schloss.

Blätter des Apfelbaumes lagen auf dem Boden verteilt, die von den starken Böen hereingeweht worden waren. Das Fensterbrett war mit einer Pfütze bedeckt.

Asra schlenderte langsam auf ihr Bett zu, als sie überrascht die Augen aufriss.

»Das kann nicht sein«, hauchte sie und war sich unsicher, ob sie sich den bekannten Duft nur einbildete, der in der Luft lag, oder, ob er wirklich da war. Doch der Geruch war so intensiv, dass sie voller Schmerz aufschluchzte.

Als Asra den Zettel sah, der auf ihrem Kopfkissen lag, stürzte sie hinüber, rutschte aus, fiel auf die Knie und riss dabei die Decke hinunter. Hastig setzte sie sich auf, griff nach dem Stück Papier und faltete es mit zittrigen Händen auseinander.

Jeder Zweifel verstummte. Der Brief war von ihm. »Aber …«, schluchzte sie, während sie sich sogleich panisch umsah, doch ihr Zimmer war leer. Die Hoffnung in ihr erlosch sofort, denn sie spürte seine Anwesenheit nicht.

Petrichor war längst nicht mehr hier.

Dann las sie weinend die Zeilen, die er darauf geschrieben hatte.

*»Asra.*

*Ich hoffe, du kannst mir irgendwann vergeben. Ich kann nicht gerettet werden und ich weiß, dass ich dich letzten Endes nur zerstören würde. Also muss ich gehen. Es ist das Einzige, was ich tun kann, um dich zu schützen. Und ich schulde dir so viel mehr, als ich dir jemals zurückzahlen kann. Ich hoffe, dass deine Träume von nun an nicht länger Alpträume sind, jetzt, wo das Monster verschwunden ist.*

*Rwy'n dy garu di, Asra.«*

Und aus irgendeinem Grund wusste sie, was diese Worte bedeuteten. Asra hörte seine Stimme in ihrem Kopf widerhallen wie eine ferne Melodie. Sie erinnerte sich an den walisischen Akzent in seiner Aussprache und alles in ihr ließ los.

*Nichts wird jemals wieder so sein wie früher.*

Sie ließ sich klitschnass auf ihr Bett sinken und fixierte den Traumfänger, der wild vor ihrem Fenster umhertanzte. Der Knoten in ihrer Brust verschwand und dieser letzte Satz brachte ihr die Erlösung, nach der sie so lange gesucht hatte.

Und ihr Entschluss stand fest. Nichts und niemand würde sie jetzt noch davon abbringen können.

*Egal wo du bist, egal in welcher Welt, egal in welcher Zeit, in welcher Realität, ich werde nach dir suchen. So lange, bis ich dich gefunden habe und dich endlich wieder in meine Arme schließen kann. Die einzige Person, vor der du noch gerettet werden musst, bist du selbst. Was auch immer du vorhast, ich werde es nicht zulassen.*

»Ich werde dich finden, Petrichor«, flüsterte sie und drückte den Brief fest an ihr Herz. Dann schloss sie seelenruhig die Augen und schlief so gut, wie schon lange nicht mehr.

*Wir hinterlassen Spuren auf all den Dingen, die wir je berührt, und die wir je verloren haben. Fingerabdrücke, die sich nie wieder abwaschen lassen. Egal wohin wir gehen – wir gehen nie für immer.*

*Du hast ein Chaos aus Fußspuren in den schneebedeckten Hügeln meiner Träume hinterlassen. Trotzdem bist du mein sehnlichster Besucher, denn Liebling …*

*… das schlimmste Chaos bedeutete für mich schon immer die tiefste Ruhe.*

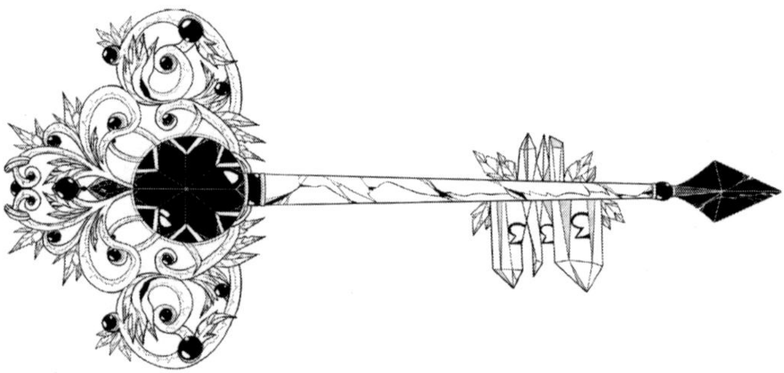

## Nachwort:

## Wie weit würde man für den Menschen gehen, den man liebt?

»Einen weiteren Schritt, selbst wenn ich direkt vor dem Abgrund stehe«, würde Asras Antwort lauten.

Sie weiß ganz genau, wie selbstzerstörerisch ihre Liebe zu Petrichor ist. Dass er ihr nie das zurückgeben wird, was sie ihm gibt. Dennoch würde sie alles dafür tun, um einen winzigen Funken Licht in seinem Innersten zu entfachen. Sie verdrängt jegliche Vernunft und begibt sich in größte Gefahr, nur um diesen Jungen zu retten. Und warum? Welchen Grund könnte man haben, um so weit zu gehen? Teile von sich selbst aufzugeben, sein eigenes Wohl hintenanzustellen, für jemanden, der ihr immer wieder Schaden zufügt? Asra hatte die Möglichkeit umzukehren – die Tür zu schließen und Arkana ein Geheimnis bleiben zu lassen. Sie hätte ein normales Leben führen, und sich in den Prinzen verlieben können. Doch wie hätte sie widerstehen können, nachdem sie einmal den Kuss der Magie auf ihren Lippen gespürt hat? Liebe ist nicht logisch oder nachvollziehbar. Liebe ist nicht immer romantisch und rosarot. Manchmal ist Liebe kosmosschwarz und bittersüß wie verbrannter Zucker.

Ich habe mich genauso in Petrichor verliebt wie Asra. Und deshalb musste ich seine Geschichte erzählen. Ich habe ihn zusammen mit viel Poesie und Abenteuern »in die Realität geschrieben«, ein Satz, dessen Bedeutung schwerer wiegt als seine Worte.

Egal was Asra durchmachen musste, sie wird nicht aufhören, Petrichors Dämonen herauszufordern und seine Geheimnisse zu entschlüsseln. Ob es ihr gelingt und ihre Suche ein Ende finden wird, erfahrt ihr im emotionalen Abschlussband der Trilogie.

Jeder von uns trägt eine andere Form von Dunkelheit in sich. Nicht jeder hat den Mut, sich seinen Dämonen zu stellen. Doch zeugt es manchmal nicht von viel größerer Stärke, nicht gegen etwas zu kämpfen, was sowieso nicht zu besiegen ist? Wenn man stattdessen aufhört, sinnlos seine Kräfte zu verschwenden und ganz einfach Freundschaft mit dem Monster schließt?

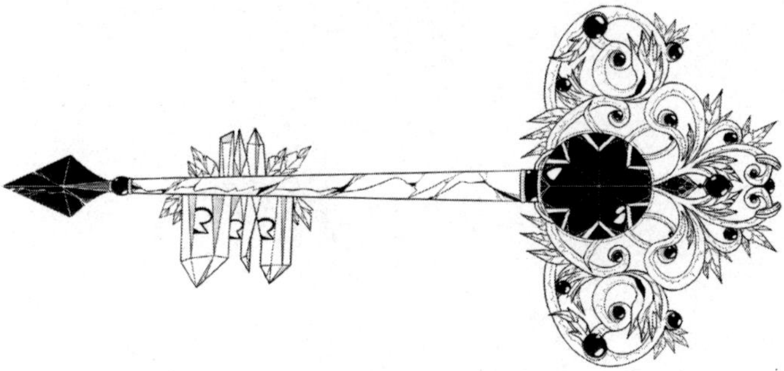

**Danksagung:**

**Benjamin.** Danke, dass du immer für mich da bist und mir hilfst, wo es nur geht. Wenn ich mal wieder alles hinschmeißen will, überzeugst du mich vom Gegenteil und schenkst mir neue Kraft. Außerdem sorgst du dafür, dass ich immer mit dem neusten Equipment ausgestattet bin, um mir das Arbeiten zu erleichtern. Ich und Technik sind irgendwie nicht kompatibel – die Geräte funktionieren in meiner Gegenwart einfach nicht, wie sie sollen. Du bringst grundsätzlich alles wieder zum Laufen, egal, was ich so anstelle. So viel Unterstützung wie von dir, bekomme ich sonst von Niemandem. Ich schätze das mehr wert, als du denkst. Ich liebe dich.

**Frau Meln.** Mein treuer Soul-Nerd und die beste Motivationsfee, die man sich nur vorstellen kann! Ohne dich wäre mein Leben schon ziemlich unlustig. Ich bin fest davon überzeugt, dass uns das Schicksal zusammengeführt hat. Du weißt, ich bin nicht gut in rührseligen Dingen und Gefühlen ausdrücken (haha, zumindest nicht im realen Leben), deshalb: Ich hoffe, unsere Freundschaft bleibt für immer bestehen. Du bist mir unglaublich wichtig <3

Und Leute, bitte einen großen Applaus für die geniale Karte, die Mel von Arkana gezeichnet hat!

**Lisa Hanke.** Du warst die erste Testleserin außerhalb meiner Familie und Frau Meln, die dieses Manuskript lesen durfte. Für mich war es ehrlich gesagt immer undenkbar, ein Manuskript an jemand Fremden zu geben, obwohl das heutzutage ja völlig normal ist. Egal, ich schweife ab! Ich muss dir auf jeden Fall nochmal sagen, wie begeistert ich von deiner Antwort war. Ich hatte wirklich nicht mit einer 6-seitigen PDF an Feedback gerechnet, die noch dazu wunderschön gestaltet war! Danke für deine unglaubliche Begeisterung und Liebe für Arkana <3

**Andrea und Familie.** Ihr wisst ja, dass ich mich lieber verkrieche und arbeite, anstatt irgendwas zu unternehmen. Schön, dass ihr mir das (meistens) nicht übelnehmt. Und schön, dass euch meine Geschichten gefallen! Ich finde es trotzdem immer etwas seltsam, wenn Familienmitglieder meine Bücher lesen.

**L.** The poem »Color-Blind« is dedicated to you. I've tried to put your nightmarescapes into words. No matter what happened, you'll always be a part of this story. I'm so glad you defeated your demons. And I'm proud that I was the dagger, you killed them with. I'll never forget you. #333

SADWOLF